Papeles inesperados

Julio Cortázar

PAPELES INESPERADOS

Edición de Aurora Bernárdez
y Carles Álvarez Garriga

ALFAGUARA

© Herederos de Julio Cortázar, 2009
© Aurora Bernárdez (por la edición de la obra), 2009
© Santillana Ediciones Generales, S.L., 2009
© De esta edición:
   Av. Universidad 767, Col. Del Valle
   México, 03100, D.F.
   Teléfono 5420 7530
   www.alfaguara.com.mx

ISBN: 978-607-11-0208-9

Primera edición: abril de 2009

© Fotografía de cubierta: Antonio Gálvez, *Julio Cortázar en el
   Pont Neuf* (frag.), 1971
Diseño de cubierta: Raquel Cané - Pablo Rey

Índice

De *Libro de Manuel*

De un tal Lucas

Momentos

Otros territorios

Fondos de cajón

ENTREVISTAS ANTE EL ESPEJO

POEMAS

Prólogo

A Lluís Izquierdo, Jaime Alazraki
y Jean Andreu, maestros guardagujas.

En el cuento que da título a su primer libro, "Obras completas", Augusto Monterroso relata la historia de un tal profesor Fombona, autor de traducciones, monografías, prólogos y conferencias de escaso valor, que conoce al gran poeta en ciernes Feijoo y dedica años de magisterio a su corrupción —o embalsamamiento— hasta que el muchacho deja de escribir versos y queda reducido a la frecuentación de unos condiscípulos para quienes el descubrimiento de una simple errata acrecienta "la fe en la importancia de su trabajo, en la cultura, en el destino de la humanidad". En los párrafos finales la erudita tertulia recibe la visita del gran hispanista Marcel Bataillon y el otrora creador, encauzada ya su vida al estudio "en un mar de papeles y notas y pruebas de imprenta", tolera ser presentado ante el sabio como especialista y preparador de unas obras completas de Unamuno en edición crítica. "Feijoo le estrechó la mano y dijo dos o tres palabras que casi no se oyeron, pero que significaban que sí, que mucho gusto, mientras Fombona saludaba de lejos a alguien, o buscaba un cerillo, o algo."

La moraleja, broma sobre la importancia de compiladores y editores que fue leída por Cortázar entre carcajadas, es oportuna en ocasión de escribir un prólogo que explique cómo es posible que, dos décadas y media después de la muerte del autor y mediada la ejecución de sus obras completas, aparezca una miscelánea de inéditos ¡de cuatrocientas cincuenta páginas!

Cortázar escribió en un prólogo, sin recordar al autor de la cita (era Dino Segre, *Pitigrilli*), que el prefacio es lo que el autor escribe después, el editor publica antes y los lectores no leen ni antes ni después; aun así, o quizá por ello mismo, éste es un buen lugar para explicar de qué modo surgen las inesperadas cuatrocientas cincuenta páginas siguientes: ¿La atención funcionando como un pararrayos?, ¿un misterio como el de la carta robada?

Un misterio como el de la carta robada

La trayectoria de Julio Cortázar como escritor y su proyección como personaje público ilustran muchos aspectos de la consolidación de un mercado literario "global" en el siglo XX. Con pocos y muy fieles lectores hasta la aparición de *Rayuela* en 1963, el inicio del enorme éxito de la novela coincidió con la invitación oficial que le cursó el gobierno cubano para que participara en el jurado del Premio Casa de las Américas engrosando las filas de intelectuales de renombre conversos al socialismo. Si Cuba fue —como dijo— su camino de Damasco, basta sumar al compromiso divulgador de raíz política la aparición de un público ávido de la obra para entender cómo aquel escritor casi secreto empieza a prodigarse y entra (en opinión de algunos, ése fue su drama) en el "campo literario". En ambas etapas es igualmente difícil seguir la pista de sus publicaciones: si bien para documentar los años del exilio provincial y la práctica reclusión entre amigos en Buenos Aires y París hay que acceder a revistas de localización recóndita o incierta, en la fase de internacionalización de su firma, la dispersión geográfica y lingüística complican todavía más el asunto.

Por suerte, los fondos documentales que conservan los originales cortazarianos más importantes están localizados. Hasta el 23 de diciembre de 2006, los de mayor relevancia conocida eran dos: la serie de escritos vendida por el propio Cortázar a la Universidad de Texas en Austin en 1982, y el conjunto de textos, borradores, notas y agendas depositado en la Universidad de Princeton en el año 2001. Esta segunda colección contenía, cabía suponer, los papeles del legendario mueble que, a modo del baúl de Fernando Pessoa, Cortázar dejó a su muerte: un armario —según contó Mario Muchnik en una entrevista publicada en la revista *Cambio 16* a los pocos meses de la muerte del escritor— de un metro de largo y lleno de cajones, una especie de mueble de plástico en el que había bastante de todo: novelas y cuentos inéditos, recibos de la luz, notas como "Era zurda de una oreja". De ese mueble salieron los libros editados póstumamente: *Dos juegos de palabras*, *Divertimento*, *El examen*, *La otra orilla*, *Teoría del túnel*, *Diario de Andrés Fava*, *Imagen de John Keats*, *Cuaderno de Zihuatanejo*. El lector coleccionista (y los de Cortázar son legión) sólo tenía que esperar a que los pocos textos dispersos que continuaban inéditos en volumen se integraran lacónicamente en los intersticios reservados a tal efecto en los tomos genéricos de las obras completas, ya que siendo tan pocos no se justificaba la existencia de un libro suelto, uno más, para ellos solos. A no ser que…

El tesoro de la Plaza del General Beuret

La antevíspera de la Navidad de 2006, cerca de la medianoche y tras tres nada tristes días hablando ininterrumpidamente —sobre todo, ella— de la vida en general y de la vida de los Cortázar en particular, Aurora Bernárdez, su viuda, albacea y heredera universal, dijo en su domicilio parisino del distrito XV que tenía algo, unos papelitos a los que, por cierto, quizá me interesase echar un vistazo. Bajamos al primer piso de esa alargada y estrecha casa que Vargas Llosa comparó en su primera visita con la figura del escritor, cuatro décadas atrás y para siempre en la memoria de los lectores; se acercó a una cómoda (desde una fotografía en un estante, Alejandra Pizarnik se sonreía con malicia muy adecuada a la escena que iba a presenciar), abrió con esfuerzo un cajón que se resistía por barrigudo, sacó un puñado de hojas de varios tamaños y colores y dijo: "¿Has leído alguna vez esto? Y…, ¿esto? ¿Y esto otro?". Puso sobre la gran mesa de madera en la que fue escrita *Rayuela* un montón de manuscritos y mecanuscritos originales, inéditos en libro, probablemente inéditos absolutos, sin duda inéditos absolutos. "Pero ¡¿este texto se ha conservado…?!" "Eso no es todo", me detenía a cada instante. Repitió el truco del rebosante cajón

15

hasta cinco veces. "Este artículo lo tienes, este poema te falta." Temí que la cómoda tuviera doble fondo; vi, como en un brindis de Macedonio Fernández que Cortázar citaba, que me faltaban tantas páginas que si me faltaba una más no iba a caber.

A la madrugada todo el piso estaba empapelado de textos nunca publicados en libro. ¿Cómo era posible que ese tesoro no estuviera ordenado, clasificado, inventariado, microfilmado? ¡El día de mi llegada habíamos pasado un buen rato riéndonos con las historias del simpático ratoncito que le robaba pan todas las noches! ¿Y si era un roedor papirófago —me dije entonces—, un ratón de biblioteca? "¿Cómo se le ocurre tener todo esto aquí?", protesté. "Bueno —accedió al rato, tras un temerario discurso salpicado de sobreagudos que salía de mi boca con tanto entusiasmo que hasta a mí acabó por convencerme—, quizá sí; quizás haya llegado ya el momento de empezar a ordenarlo *verdaderamente*."

La atención funciona como un pararrayos

Uno de los encantos indudables de leer todo Cortázar es asistir, como desde un ventanuco de la alcoba, al prodigioso acontecimiento de la formación de un gran escritor y a su posterior desarrollo. En el famoso ensayo-entrevista "Cortázar o la cachetada metafísica" Luis Harss, que lo conoció en 1964, escribía que "Cortázar no fue siempre lo que es, y cómo llegó a serlo es un problema misterioso y desconcertante". En efecto, para Harss era una incógnita la combinación indescifrable y maravillosa de lecturas, genética, intuición y azar que —como señalaba Chesterton al estudiar el portento formativo de Dickens— produjo ese escritor, enigma al que había que sumar el asombro acerca de qué iba a hacer el tipo en adelante. Concluido ya el ciclo biológico y cerrado también el ciclo de publicación de los libros póstumos de mayor enjundia, así como fijado el contorno del itinerario vital e intelectual mediante la correspondencia, tenemos una idea muy completa que da respuesta a esos interrogantes; conocemos los primeros escritos y tenemos acceso a casi toda la obra. Para ofrecer una imagen aún más detallada, quedaba sólo recuperar y editar conjuntamente los textos dispersos.

Hasta que el fondo documental en manos de Aurora Bernárdez no fue estudiado en detalle, se preveía incorporar en las obras completas —a modo de apéndices de los volúmenes dedicados a cuentos, poesía, obra crítica y la llamada "prosa varia"— los textos publicados por el autor pero no recogidos en libro, así como los que conservó inéditos con indicación de que podían aparecer póstumamente. Sin embargo, el descubrimiento de tal cantidad de materiales nuevos aconsejaba una reformulación de la idea original: los textos dispersos, más otras hierbas que irían encontrándose al extremar los cuidados ("Es sabido que toda atención funciona como un pararrayos", se lee en *Último round*), darían lugar a un nuevo volumen, muy visible; este que, usted que tan gentilmente lee estas líneas, tiene ahora entre las manos.

El volumen que usted tiene entre las manos

Editar textos póstumos trae a la memoria de todos el episodio Kafka/Brod y las dos corrientes de pensamiento que se enfrentan al respecto: los "lectores-héroe" quieren leer hasta las notas para el panadero, mientras que los "lectores-vinagreta" tienen una imagen fija del escritor —al que no necesariamente frecuentan— y consideran una traición a su memoria ¡y un abuso! darles más lectura. (Es cierto, hay ya tantas novedades imperdibles… Nota mental del prologuista: comprar otra cesta para los libros pendientes.) En este caso concreto no hay lugar para el debate porque el testamento de Cortázar atribuye a Aurora Bernárdez, de un modo muy claro, la potestad de seleccionar y decidir, y así lo ha hecho.

A la vista de la montaña decidió suprimir, por ejemplo, algún discurso juvenil o algún texto reiterativo. Decidió asimismo que no era necesario publicar por el momento los fragmentos conservados en cuadernos o en papeles sueltos dado su irregular interés: por lo general se trata de proyectos (borradores de cuentos y poemas, apuntes para capítulos de *Rayuela* semejantes a los del "Cuaderno de bitácora" que editó Ana María Barrenechea) o anotaciones sueltas que, por carecer de un hilo que los vertebre como en *Diario de Andrés Fava*, deberían de presentarse en edición crítica; proyecto para otra ocasión puesto que el presente volumen ya es muy heterogéneo, muy del género libro-almanaque al que Cortázar era tan aficionado.[1]

En el prólogo a *Imagen de John Keats*, Cortázar decía que ése era

> un libro de sustancias confusas, nunca aliñadas para contento del señor profesor, nunca catalogadas en minuciosos columbarios alfabéticos. Y de pronto sí, de pronto ordenadísimo cuando de eso se trata: también al buen romántico le llevaba un método el hacerse la corbata al modo del día.

Con esa idea en mente, los textos han sido agrupados en tres bloques que siguen una cronología interna aproximada: poemas, prosas y autoentrevistas, género que acaso inventó Truman Capote. Dada su cantidad y variedad, las prosas han sido reagrupadas a su vez por afinidades; así, "Historias", "Historias de cronopios" y "De un tal Lucas" congregan la narrativa breve, complementada con un capítulo que fue desgajado de *Libro de Manuel*. En "Momentos" y "Circunstancias", por su parte, se recogen textos "de emergencia", a la vez que en "De los amigos" y en "Otros territorios" se concentran los textos-palmada-en-la-espalda. Por último, "Fondos de cajón" presenta las páginas tal vez más inclasificables, incomparables ni tan sólo entre ellas mismas.

Al pie de cada texto se indica la primera edición de que tenemos noticia; asimismo, al final de algunos textos cuya publicación no nos consta, se señala como guía la fecha de redacción,

---

[1] El interés de las anotaciones fragmentarias es irregular, pero hay algunas de una gracia indudable como las recogidas en "Lucas, sus papelitos sueltos", presente en esta edición. Sirva el camuflaje de la nota a pie para ofrecer un solo ejemplo más, al que no sé resistirme: "Un buen soneto es una máquina, y esto no tiene nada de peyorativo porque hasta ahora no he visto ninguna buena máquina que fuera un soneto".

cierta o aproximada, y el año de escritura cuando no coincide con el de su publicación. Las fechas que aparecen sin paréntesis al final de los textos las puso Cortázar. Queda así abierto un nuevo campo de trabajo para coleccionistas y quisquillosos, semejantes a nosotros, nuestros hermanos. A ellos dedicamos las curiosidades siguientes:

Aurora Bernárdez fecha el relato "Manuscrito hallado junto a una mano" hacia 1955 porque ese año conocieron a la esposa de Ruggiero Ricci, el violinista con que se inicia la historia a modo de *private joke*.

La versión que ofrecemos de "Relato con un fondo de agua", de 1941, procede del original de *La otra orilla*, colección editada póstumamente sin referencia alguna al cuento. Las variantes que presenta la reescritura aparecida en la primera edición en libro (*Final del juego*, Sudamericana, 1964) respecto a esta versión primitiva revelan a las claras la constitución del llamado "estilo cortazariano".

"*Ciao*, Verona" complementa y propone una versión alternativa al relato "Las caras de la medalla" publicado en *Alguien que anda por ahí* en 1977. Según escribió Cortázar en una carta a Jaime Alazraki en febrero de 1978, "fue tan duro de escribir como el otro".

En carta a Paco Porrúa de 22 de abril de 1961, Cortázar aceptaba suprimir cinco historias de cronopios y de famas. El estudio de uno de los conjuntos originales ha permitido recobrar dos de esos títulos: "Vialidad", incrustada también en una carta inédita a Eduardo Jonquières de 30 de julio de 1952, y "*Never stop the press*". En una hoja suelta hemos dado con "Almuerzos", historia de la que no teníamos ni siquiera noticia.

Algunos de los episodios protagonizados por Lucas que aquí recuperamos iban a ser publicados por José Miguel Ullán, en 1977, en un proyecto que no se llevó a cabo. Hemos encontrado anotaciones con prometedores títulos para otras historias del mismo protagonista que suponemos que no fueron escritas: "Lucas, sus cronometrías", "Lucas célebre", "Lucas solitario (cadena de interrupciones desde que amanece)", "Lucas feo", "Lucas lindo", "Lucas ingeniero", "Lucas pintor", "Lucas, su sombra", "Lucas, su espejo", "Lucas, su empleo del tiempo", "Lucas, sus vuelos", "Lucas, sus aeromozas", "Lucas, sus monólogos de amor I. A Isabel", "Lucas, sus monólogos de amor II. A un niño pequeño (la inocencia, el no-saber-todavía-el-teorema de Pitágoras)".

"Un capítulo suprimido de *Rayuela*" fue publicado como nota introductoria al recuperado capítulo 126 que editó la *Revista Iberoamericana* en el número que dedicó al autor en 1973. El texto fue reproducido por Jaime Alazraki en su edición de *Rayuela* en la Biblioteca Ayacucho en 1980, y el capítulo en cuestión ha sido reproducido en otras ocasiones (en la edición de la novela en la Colección Archivos y en el volumen III de *Obras Completas*) sin esa nota.

A petición de Italo Calvino, Cortázar publica en la editorial Einaudi en 1965 y con el título *Bestiario* un volumen en que incluye casi todos sus cuentos, agrupados en las secciones *Riti, Giochi* y *Passaggi*. En 1970 Sudamericana publica en un solo volumen (*Relatos*) todos los que habían aparecido en libro hasta la fecha, y en 1976 Alianza Editorial los presenta en tres volúmenes llamados asimismo *Ritos, Juegos* y *Pasajes*. En la segunda ordenación, hacia 1983 y a petición de Mario Muchnik —a la sazón director de Seix Barral—, Cortázar añade una cuarta parte (*Ahí y ahora*), redistribuye los relatos aparecidos en el ínterin en los libros *Alguien que anda por ahí, Queremos tanto a Glenda* y *Deshoras* y escribe un texto presentación. Esa edición de lujo de los relatos completos en un volumen único no pudo llevarse a cabo. La reordenación apareció póstumamente también en Alianza, en cuatro tomos y sin el prólogo que aquí presentamos por vez primera como "A la hora de reunir la totalidad de mis relatos para esta edición…".

El sábado 5 de noviembre de 1938 el doctor Luis Gagliardi ofreció en la Intendencia Municipal de Bolívar un recital Schumann-Chopin a beneficio del comedor escolar, con "comentarios preliminares a cargo del Profesor J. Florencio Cortázar". Reproducimos aquí el comentario de la primera parte, "Para las *Kinderszenen* de Roberto Schumann"; el comentario de la segunda, "Para obras de Frédéric Chopin", fue incluido en el volumen VI de las Obras Completas (*Obra crítica*).

"Tres notas complementarias" es un texto que encontramos entre los originales inéditos. Es una continuación del artículo "Los lobos de los hombres" aparecido en *Nueva Política*, México, n.º 1, enero-marzo de 1976.

A propósito de "Nuevo itinerario cubano" conviene recordar este fragmento de una carta de Cortázar a Roberto Fernández Retamar de 29 de octubre de 1976: "Tal vez ya hayas leído en *El Sol* de México los dos textos que le di después de mi maravilloso mes en Cuba. Creo que puse en ellos mucho amor y mucha objetividad al mismo tiempo; aunque como es natural ya he oído los rumores consabidos: Cortázar vendido a Cuba, le hace una propaganda desaforada. Como buen argentino mal hablado, mi respuesta es cortés pero inequívoca: la puta que los parió".

"Acerca de las colaboraciones especiales" fue distribuido por la agencia de noticias EFE en abril de 1979. Contra el pronóstico del autor que acusaba a *El Mercurio* de pretender falsas exclusivas, el texto sí fue publicado en el periódico chileno, con una nota de la Dirección que aclaraba que la exclusiva era sólo para su país y terminaba así: "No debería, este afortunado escritor del freudo-marxismo, seguir ordeñando a cuatro manos al mundo capitalista que declara despreciar. A menos que, de verdad, como tantos lo sospechan, sea un cronopio".

"El extraño caso criminal de la calle Ocampo" es el texto que Cortázar leyó en una reunión de amigos celebrada en Buenos Aires en 1957 como culminación de una broma con que los había embaucado. Los protagonistas del relato son, por orden de aparición, Damián Bayón, Julio Cortázar, Aurora Bernárdez, David e Isabel Davidov, Guida Kágel, Eduardo Jonquières y María Rocchi de Jonquières, Dora y Celestino Berdichevski.

Encontramos el texto "Hace rato que lo venía sintiendo…" fotocopiado en una hoja suelta. Nos parece indudable que se trata de la primera página, a modo de ejercicio de calentamiento, del borrador del relato intitulado e inconcluso que fue editado como "Bix Beiderbecke" en el primer volumen de Obras Completas (*Cuentos*) en 2003. El original está en la colección de la Universidad de Princeton, en New Jersey.

Cortázar contó en *Salvo el crepúsculo* que hacia 1956 había comprado un mimeógrafo en un remate de la Unesco y que con esa copiadora manual hizo pequeñas ediciones privadas, "copias muy bonitas que yo abrochaba pulcramente y guardaba en un armario, razón por la cual casi nadie se enteró de su existencia aparte de una que otra laucha". De ejemplares de esas ediciones rescatamos algunos de los poemas que permanecían inéditos.

"Los días van" atestigua el primer viaje transatlántico del Cortázar adulto en 1950, cuando visitó Italia y Francia. En el viaje de ida, a bordo del *Conte Biancamano*, dedicó el poema a Jorge y Dorita Vila Ortiz, compañeros de travesía.

Para terminar, queremos agradecer a Margo Gutiérrez, bibliotecaria en jefe de las bibliotecas de la Universidad de Texas en Austin, la copia de las historias "La daga y el lis", "Los gatos" y "Manuscrito hallado junto a una mano", conservadas en la Nettie Lee Benson Latin American Collection. Queremos agradecer también a Carmen Pérez de Arenaza y a Celia Martínez, de la biblioteca Julio Cortázar de la Fundación Juan March, en Madrid, y a Lola Álvarez, directora general de la Agencia EFE, el envío de algunos textos que no conocíamos. De un modo muy especial va nuestro mayor agradecimiento a Carmen Balcells, patrona incomparable de esta empresa, siempre entre el entusiasmo y el alarido.

Cyril Connolly contó que el alivio de la ansiedad que siente el bibliófilo cuando da con su presa lo satisface más que cualquier otra cosa: sólo al tachar un título de la lista de búsquedas consigue olvidarse de él. No seamos tan optimistas ni demos este volumen por cerrado; sin duda seguirán apareciendo textos inesperados porque, como escribió Borges a propósito de las versiones homéricas, "edición definitiva" es un concepto que no corresponde sino a la teología o al cansancio.

CARLES ÁLVAREZ GARRIGA

PROSAS

Historias

La daga y el lis. Notas para un memorial

El correo salido ayer de tarde con la venia del duque habrá presentado al Ejecutor una somera relación de los hechos acontecidos en la noche del viernes veintiuno del mes que corre. Dicha relación, dictada por mí al secretario Dellablanca, atendía a someter a la atención del Ejecutor los hechos inmediatos y las providencias de primera hora. A tres días del suceso, vueltos los espíritus a una más ponderada vigilancia de sus ánimos y humores, fuerza es rendir debida cuenta de las muchas reflexiones, enredadas conjeturas y ansias de verdad que por todo ello corre. El Ejecutor ha de encontrar en lo que sigue debida memoria de hechos y legítimo ejercicio del razonar sobre la sustancia de los mismos, que traen alterada la corte del duque y abren los oídos de la plebe a los más sediciosos rumores.

El Ejecutor no ignora en su saber que el difunto agente Felipe Romero, natural de Cuna de Metán, de diecinueve años, soltero, de estatura mediana, nariz recta, boca de labios finos, barbilla regular, cejas negras, ojos azules, cabello rubio rizado, barba afeitada, me asistía en la delicada tarea para la cual el Ejecutor tuvo a bien designarme. La discreción de la camarera Carolina allanó las dificultades para que el agente Romero fuese admitido en calidad de paje en la cámara de mi señora la duquesa; tres meses y una semana precedió en este oficio a la muerte, habiendo ganado confianza y estima de sus señores, y aprovechado de ella sin mengua para adentrar en los engañosos silencios de palacio donde la historia crece envuelta en terciopelo. Así, el informe elevado al Ejecutor en quince de mayo, conteniendo el pliego de consignas de los que conspiran contra Palacio, procedía tanto de la diligencia y afán del agente Romero, sagazmente ayudado por la camarera Carolina, como de mis propios barruntos que el Ejecutor ha tenido la bondad de alabar en otras oportunidades. De los agentes asignados a la misión a mi cargo, el difunto Romero sobresalía por méritos propios, que su extremada juventud recataba a ojos que miden saber por arrugas o truecan respeto por historiales. Su donaire le valía volteo de llaves y abandono de recelos; así mi señora la duquesa hubo de agraciarlo gentilmente con encargos y diligencias, cediendo en él labores que atañían a otros criados de su cámara, más remisos o desabridos. De cada una de aquellas mercedes (que tales son las órdenes en labios de mi señora la duquesa) hubo el agente Romero de extraer provecho para la investigación, allegándome noticias y presunciones que el Ejecutor recibió en su día, oportunamente cernidas y glosadas.

Los hechos de la noche del viernes los conoce el Ejecutor en sustancia. Hallóse el cuerpo de Felipe Romero en la galería cubierta que conduce, viniendo de la poterna norte, a las salas de armas y cámaras del duque. Cupo a la camarera Carolina el descubrirlo, con lo que perdió los sentidos y desplomóse sobre la sangre brotada de la garganta del finado. Digo finado, aunque ciertas revelaciones que el Ejecutor considerará más luego, permiten suponer una agonía prolongada, una muerte llena de delicadeza como cuadraba al ser en la que se ejercía.

Recobrada la camarera, alzó voces y vinieron con luces y visto fue el hecho. Yo llegué poco más tarde y era Felipe Romero el muerto. Vestía la víctima su jubón verde de pajé, sus cintas bicolores, su gorro de pluma sola. Por abajo del mentón le entraba una daga fina como un áspid, de cabo con rubíes, subiendo su hilo templado a perforar la lengua y los paladares, pasándole a la caja del cerebro para acabar su carrera en el recinto mismo del pensar y el acordarse. Yacía el muerto de espaldas, encogidas de lado las piernas y en cruz los brazos, crispados los dedos hacia abajo como probando de aferrarse al suelo. Cuando le quité la daga mientras hombres le sostenían la cabeza, volcóse el resto de la sangre sobre el arma y el pecho, sin faltar quien dijera que las manos se habían movido una vez.

Yo reparé en lo que había que ver e hice lo que cuadraba, y ya entonces acudía el duque con la gente de dentro. Díjele que era un paje, por no nombrarle y adentrar en su inteligencia la sospecha de que me era adicto, y él ordenó que acercaran las luces y se estuvo mirando al muerto, que también lo miraba sin verlo, y me miraba. Un arquero le bajó los párpados, y el duque pidió la daga para imaginar la herida. Le respondí que arma era ya de la justicia, y dijo: "Justicia es extraña palabra, mas acaso doblemente la merezca esa hoja". Y como yo esperara, pues del esperar tengo mucho aprendido, fijóse en la herida y musitó: "Empalado lo han". "Señor, que por abajo se empala", dije. Y él: "No olvide el Investigador cómo los sesos y la lengua saco son a veces de inmundicia, y una daga en ellos más justa que los palos del turco". Entonces agregó que era broma, como que lo maravillaba herida tan peregrina siendo que en muchas batallas jamás viera soldado apuñalado por la barba. Discutieron los otros, y yo aduje sin insistir que daga italiana es arma sutil, y que se va de la mano al enemigo y entra por doquiera como lluvia fina.

Cuando ordenaba a un alabardero quedarse cabe el cadáver, y volvíamos a la cámara mayor del duque, oyéronse clamores en los aposentos del ala menor de palacio, se alzaron luces, y por averiguación de criados supimos que la duquesa era enterada del suceso y condolida harto. "Favor tenía el paje", prorrumpió el duque torciendo el gesto. "Cuide el Investigador de que sea removido el muerto y ahorrada a mi mujer verle entre tanta sangre." Prometí que lo haría apenas acabadas mis providencias, y aguardé otras palabras. Volvióse el duque a sus dados, que los alternaba con el capellán, y ensimismóse sin esfuerzo. Yo pedí dos luces y retorné junto a Felipe.

Repare el Ejecutor en que la noche era sin luna y agobiada de tinieblas la galería. Pudieron matar a Felipe sin darle tiempo a ver venir el golpe, y él mismo andando por el sitio no ofrecía más blanco que una sombra entre otras. Asómbrame lo certero del golpe, allí donde un error de nada hubiera envainado la daga en el aire, alertando al atacado. El Ejecutor sabrá cuán azaroso es golpear en el magro espacio que dejan los maxilares y el nacimiento del cuello, y que apenas el asentir de la cabeza oculta. De mozo entendíame con mis hermanos en arte de montería, siendo frecuente que probáramos la vista y la suerte en herir al jabalí dándole en convenido lugar. Y porque llegué a hacerlo como me venía en gana, sé del repetido trabajo que requiere.

Despedidos el alabardero y los criados, fijos los hachones a las anillas de la pared, bajéme a ver con los ojos lo que antes viera con los pulsos. Sepa el Ejecutor que esta memoria nace de la reflexión y el debate en horas sustraídas al mundo de palacio, fijo el entendimiento en la suerte del agente Romero, en los azares o conjunciones que hicieron de él un cadáver que para mí guardaba una última palabra. Sepa el Ejecutor que la palabra era un lis, trazado por su mano derecha en el mármol donde la sangre una vez más hizo de tinta para la historia.

Junté la flor del duque y el lugar, los medí sin parcialidad ni favor, y vi lo que estoy diciendo. Bien que el agente Romero no fuera extraño a las cámaras del duque, su lugar estaba allende, cabe su señora y ama, y aún más de noche antes del retiro de los séquitos y los asistentes, por ser hora de últimas órdenes y disposiciones. Supo la víctima que moría, anegóse en su sangre, alcanzó a trazar el lis en la tiniebla, con el último calor de su mano derecha. Y yo lo vi el primero, como él debió esperarlo, y lo borré al bajarme para desgajar el puñal, antes que asomara el duque.

Digo que muerto fue el agente Romero en cuarteles que señalan al ejecutor; atraído por aviesa orden o convite gentil, vino a los aposentos del duque y no alcanzó a llegar; supo de su matador por lumbre de estrellas o bisbiseo de venganza, y lo nombró por su nombre figurado. Dos razones tuvo el asesino para matar o hacer matar a Felipe: el favor de la duquesa, manifiesto en cacerías y juegos corteses, y la sospecha de que estaba a mi servicio reuniendo voces y señales de la conjura contra Palacio. De la primera razón dan fe los clamores de su ama y el escarnio del duque al cadáver; de la segunda cábeme el medir la fuerza por mi propia labor amenazada, mi hora que quizá por otra galería viene. A ambas junto para señalar la culpa del duque y encarecer las prontas decisiones de Palacio, al que esta sangre lejana mostrará la inminencia de un golpe más universal, la rebelión latente que este crimen emboza y fortifica.

Separéme de Felipe para visitar las cámaras de la duquesa, donde las luces no cejaban; hallé a las camareras desaladas, descoloridos los pajecillos del aguamanil, caídas las piezas del juego que había jugado mi señora mientras tañían las vihuelas de la recreación. Allegóse la camarera Carolina, fingiendo mayor desánimo que las otras. Díjome que la duquesa guardaba el lecho, con luces vecinas y el cuidado de la nodriza; recordó que había jugado hasta el toque de relevo, y pedido luego licencia a su contendiente, que lo era el confiscador Ignacio, para contemplar la carta del cielo en procura de conjuraciones vaticinadas por su astrólogo. A su retorno, que lo fue sin luces por mejor ver las estrellas, quejóse de una interpuesta nube y del relente. Por no descuidar nada, mandé a la camarera fuese a reparar en su ama sin ser vista, y trájome cuenta de su olvidado semblante, su reposo en brazos de la nodriza, que con los arrullos de niñez había rescatado la sonrisa en el rostro de mi señora. Despedí a Carolina por mejor pensar, y me estuve moviendo las piezas del juego, encontrando más simple sus muchos azares que el ya acabado con su alfil caído al borde del damero. Y por alfil saqué señor, y también la fatiga y la tristeza trajéronme la imagen de los dos platicando en el patio de armas, la diestra del duque apoyada en el hombro de Felipe, condescendencia del grande que alza así al pequeño para salvarse de ocio un breve rato. También me vino al recuerdo la vuelta de las justas el día de San José, en que hirióse el duque en el brazo por desafortunado lance, y Felipe teniéndole las bridas del caballo por no dejarle sufrir. Así dado a fantasmas, alcé la daga para interrogar su forma, admirándome de pronto el escarnio del duque parado ante el muerto, debatiendo si no protegería un nombre que en su mente se alzaba, o si entendía acallar con su ceñudo continente los recuerdos ajenos donde su mano volvía a posarse en el jubón del paje o se quedaban sus ojos puestos en el cabello que de rubio devoraba el sol de las terrazas. Ardua tarea la de matar rumores; cobíjanse en las colgaduras y doseles, remontando sus figuras por detrás de los párpados; y los grandes saben de su acoso sin lástima.

Así vime llevado a pasar de una reflexión a la sombra que la daga declinaba en el damero; y de mirar el juego de mi señora la duquesa, truncado por las noticias de fuera, me nació el meditar en la infrecuente herida del agente Romero, delatora acaso de una mano aplicada a labores menos graves. Y más luego, luchando en mi interior con este inmóvil alterarse de las piezas en el damero, dime a mí mismo el ejemplo de Judith y de tanta vengadora que en los pasillos del tiempo repite una y mil veces su hecho para maravilla de hombres y libros. Vi verterse una sangre en el damero, la forma de un lis bajo unos dedos arañando el mármol, y el lis es flor ducal y muestra lo que el Ejecutor ha de estar viendo conmigo. Fingió el duque, supo verdad; si cubría con su burla el brillo de pasadas justas, también protegía dolorosamente a quien de él en Felipe se vengaba; salvábase a sí mismo salvando a la homicida. Y vea el Ejecutor esto que solo se agrega: nadie muriendo de herida tal, espumando sangre con la partida lengua, podría en la tiniebla hallar consejo de sí mismo y delatar a su asesino por dibujo de lis. Bajándose a beber de esa enconada agonía, la matadora urdió los pétalos que la mirada de los otros llamaría duque. Inocente es éste, bien que encubridor involuntario. Y la duquesa debe ser prontamente arrancada de esa sonrisa que desde el sueño le alcanza la venganza cumplida.

Porque tenga el Ejecutor la entera máquina de tan confuso acontecer, estuve luego en la cámara del médico donde yacía el despojo del agente Romero. A la luz de los hachones víle desnudo por primera y última vez en la alta mesa del cirujano; marchóse el médico y quedamos solos. ¿Por qué habría de negarme al testimonio de quien, al menos en apariencia, supo escribir después de muerto? Junto mi rostro al rostro de Felipe, busqué en sus ojos otra vez misteriosamente abiertos la imagen de la verdad, un zodíaco de nombres en su mortecino cielo azul velado. Vi sus labios donde secábase la sangre como un sello de clausura, vanamente pregunté al mármol de su oreja donde el sonido se estrellaba y caía. Mas de tanta negación hube de atisbar en Felipe una respuesta, un afirmarse a sí mismo como respuesta, un contestar su propio cuerpo por nombre, un horrible nombre invasor y tiránico. Como si de pronto, por el puente de los rostros contiguos, pudiera él pensar con mi pensamiento, ser yo mismo en la revelación instantánea. Y oí su nombre dicho tantas veces, su nombre repetido, solamente su nombre. Apelé a la reflexión, tapándome los ojos, pero después miré la herida del mentón y me acordé del grande Áyax, de los que se matan por filo, se tiran sobre un arma. Teniéndola con ambas manos, evitado de verla por la sombra y la postura, le bastó empujar una sola vez mientras sumía la cabeza en el pecho, y el resto fue dolor y confusión agónica. Con las mismas manos que habían tenido la brida del caballo del duque a la vuelta de las justas se mató Felipe, lo sé de pronto como se sabe que el día ha llegado o que el vino del alba olía a violetas. Y digo al Ejecutor que sabiendo excuso, aunque el excusar me arrastre mañana en la caída del agente Romero. Excuso una muerte a ciegas, un darse el silencio a través de la lengua; mido, como medí junto al frío cadáver desnudo de Felipe, su abominable valor a la hora de la decisión. Creo que llevaba en la inteligencia las claves y las pruebas de la conjura del duque contra Palacio, y que no fue capaz de traicionarlo después del brillo de las justas y el prestigio de favores que imagino. Fiel hasta esa noche al Ejecutor y a mí, acosado por una división que la dura mirada de sus ojos resumía, se refugió en la muerte como el niño que era. Inocentes resultan los duques, discretos esperan de mi discreción el final de una confusa tarea que para mí dura todavía, después que cerré finalmente los ojos de Felipe, lo vestí con mi ropa de Palacio, lo puse en un féretro de ébano sin herrajes ni figuras, y al alba del domingo dejé entrar la luz y los criados que se lo llevaron a una fosa abierta en secreto. Si el Ejecutor lo manda, sabrá donde está enterrado sin nombre ni sentencia: era una criatura maligna y hermosa, es bueno quizá que haya desaparecido cuando dejaba de serme adicto.

Aparte de lo informado, agrego que en la tarde del domingo me hizo llamar el duque para pedirme la daga. Esto ocurrió después que yo le había avisado que la investigación iba a cerrarse sin más por falta de pruebas materiales, y que mi informe a Palacio sostendría que el agente Romero se había suicidado. El duque volvió a pedirme la daga, que yo llevaba limpia y envainada para no dejársela a nadie. Me negué atentamente, y hasta le dije: "Cómo le voy a prestar un arma que es de la justicia". Se puso pálido de coraje, y dijo algo como que las cosas estaban muy turbias y que él se iba a ocupar personalmente de averiguar la procedencia del arma. Cuando yo me iba, agregó: "Nunca le vi esa daga a Felipe Romero". No sé por qué, tanta seguridad en el inventario me enfureció. Cualquiera puede saber que la daga no era de Felipe, y hasta averiguar de qué vaina salió para matarlo. No solamente el duque sabe eso; pero tampoco es obligación que un hombre se mate con su propia daga. A la daga y al lis pueden pensárseles muchos dueños. Todos sabemos herir, y todos podemos dibujar tres pétalos con sangre. Lo que creo es que el duque está empezando a mostrar lo que en la noche del viernes tapaba con su burla. Le duele Felipe, le duelo yo, nos dolemos los dos si nos miramos. Pero yo digo: ¿Por qué un duque, ese hombre de reyes, se impacienta por una muerte sin importancia? Se impacienta porque esa muerte está llena de importancia, porque detrás viene la duquesa y vengo yo, sobre todo vengo yo. A mí me parece que detrás de eso vengo yo para el duque. Entonces fuerza la situación, habla de encontrar al dueño del arma para echar sospechas sobre ese pobre hombre a quien a lo mejor Felipe se la quitó en secreto para matarse.

Y si el duque fuerza la situación y busca un supuesto culpable, es que quiere protegerse o proteger a la duquesa; es que ese perro está tratando de echarle el fardo a otro, y lo hace por la ramera de su mujer o por él mismo. Está claro que es culpable, que mató a Felipe, y que Felipe dibujó el lis mientras se moría, con la última fuerza de su pobre mano dibujó el lis para que yo lo viera y reclamara el castigo del duque, o de la duquesa, o de los dos, del ama de Felipe y del amo de Felipe: el castigo y la muerte de los dos inmediatamente.

Relato con un fondo de agua

A Tony, que también se llamó Lucien

No, basta ya de nombrar a Lucien; basta ya de repetir su nombre hasta la náusea. Tú no pareces darte cuenta de que hay frases, de que hay recuerdos para mí insoportables; de que todas las fibras se rebelan si esas cosas son dichas. Deja de nombrar a Lucien. Pon un disco o cámbiale el agua a los peces. Dentro de un rato vendrá Lola y podrás bailar con ella; ya sé que eres mundano, que me desprecias un poco por mi aislamiento y mi misoginia. ¿Pero por qué nombraste a Lucien? ¿Era necesario que dijeses: Lucien?

Ya ni siquiera sé si hablo contigo; me parece que estoy solo en la biblioteca, sobre el río, sin nadie cerca. ¿Permaneces ahí, Mauricio? ¿Fuiste tú quien mencionó a Lucien? No me contestes, ahora; ¡qué ganaríamos con eso! Lo dijiste o no lo dijiste, lo mismo da. Yo soy un profesor de vacaciones que pasa sus vacaciones en su casa lacustre, mirando el río y recibiendo amigos, a veces, o perdiéndose en un tiempo sin fronteras, sin calendarios ni mujeres ni perros. Un tiempo mío, no compartido ya con nadie desde que terminaron esas clases… ¿cuándo, tú recuerdas?

Dame un cigarrillo. ¿Estás ahí? ¡Mauricio! Dame un cigarrillo.

Pronto vendrá Lola; le dije que te encontraría aquí. Busca los discos si te aburres; ah, estás leyendo. ¿Qué lees? No, no lo digas; me es igual. Si tienes sueño, ya te dije que la mecedora quedó en la veranda; llama, el negrito te la traerá. Prescinde de mí, yo estoy dormido y ausente; ya me conoces. ¿Para qué darte explicaciones? Los médicos, y la escuela, y el reposo… cosas sin consistencia. Pero tú eres Mauricio, al menos; tienes un nombre, se te puede ver, oír. ¿Por qué me miras así? No, viejo, Gabriel no está loco, Gabriel divaga; lo aprendí en los sueños y en la infancia; claro que falta el intérprete que teja los hilos de esta carrera incoherente… Tú no eres ese intérprete; apenas un músico. Un músico cuya última balada me ha parecido deplorable. Ya sé, ya sé, no expliques nada; en música nada tiene explicación. No me gusta, y puede ser que la próxima me encante… ¡No me mires así! ¡Es tuya la culpa de que esté hablando en esta forma! ¡Quiero olvidar, confundirme…! ¿Por qué hiciste eso, por qué trajiste de su fondo de tiempo el nombre de Lucien? ¿No ves que lo olvido una o dos horas al día? Es el antídoto, lo que me permite resistir. No te asombres, Mauricio; es claro, tú qué sabes de aquello, estabas lejos… ¿Dónde? Ah, en Jujuy, en las quebradas… por allá. Estabas lejos, lejos. Estabas más allá y esto es un círculo; no puedes entrar. No, Mauricio, no puedes entrar si yo no pronuncio el conjuro…

¡Pero por qué hiciste eso, imbécil…! Ven, siéntate aquí; tira ese libro por la ventana… No, por la ventana no; caería al río. Nada debe caer al río, ahora, y menos un libro. Déjalo allí… sí, te lo voy a contar todo y después harás lo que te parezca. Yo estoy harto, harto; estoy muerto, ¿entiendes? No, no entiendes, pero escucha, ahora, escucha todo esto y no me interrumpas como no sea para pegarme un tiro o ahogarme…

Ese vaso de agua… Así empezó el sueño. ¿No sueñas, tú? Se dicen tantas tonterías sobre los sueños… Yo no creo más que en las inferencias sexuales, y aun así… Mauricio, Mauricio, cuando éramos niños nos hablaban de los sueños proféticos… Y después, aquella tarde a la salida del Normal, cuando tú y yo estuvimos leyendo el libro de Dunne y nos acordábamos del tonto de Maeterlinck con su relato de la alfombra quemada, y la profecía, y qué sé yo qué carajo más… Bah, humo y pavadas… No me mires; Lucien me miraba del mismo modo cuando yo decía una palabra gruesa; siempre creyeron que me quedaba mal, puede que sea cierto. El sueño era idiota pero muy claro, Mauricio, muy claro hasta cierto pasaje. Ahí se terminaba la secuencia y seguía… nada, niebla. Lo llamé a Lucien y le dije: "Anoche tuve un sueño". Siempre nos contábamos los sueños, ¿sabías eso? Es que tú no tienes sueños, me lo has dicho una vez; entonces no vas a entender lo que pasó, te va a parecer sin sentido o que estoy loco o que me río de ti... Yo estaba muy cansado y me dormí allá afuera en la veranda, mirando hacia el río; había luna, no te lo digo para impresionarte; ya sé que la luna es macabra cuando uno piensa un rato en ella; pero esta luna del delta tiene color tierra a veces, y esa noche, como se lo dije después a Lucien, la tierra venía mezclada con arena y con cristales rojos. Me quedé dormido, muy cansado, y entonces empezó el sueño sin que nada cambiara... porque seguí viendo el mismo panorama que puedes ir a descubrir en la veranda, desde la mecedora. El río, y los sauces a la izquierda como una decoración de Derain, y una música de perros y duraznos que caen y grillos idiotas y qué sé yo qué chapoteo raro, como manos que quisieran prenderse al barro de la orilla y se van resbalando, resbalando, y golpean con las palmas enloquecidas, y el río las chupa hacia atrás como una ventosa horrible, y uno adivina las caras de los ahogados... Pero ¿por qué, por qué dijiste el nombre de Lucien...?

No te vayas... no pienso hacerte mal; ¿crees que no te conozco? Vamos, músico amigo, quédate acá y calla; no, no quiero agua ni bromuro ni morfina... ¿Oyes afuera?... Ya llega la noche y empieza el chapoteo... primero despacio, muy despacio... tentativas de las manos que llegan hasta la orilla y clavan las uñas en el barro... Pero después se hará más fuerte, más fuerte, más fuerte; es lo que le digo todas las noches al médico pero hay que ser médico para no entender las cosas más simples. Ah, Mauricio, en verdad era el mismo paisaje; ¿cómo saber que estaba soñando? Entonces me levanté y anduve por el río, flotando sobre él pero no en el agua, entiendes; como en los sueños: flotando con las piernas un poco encogidas, en una tensión maravillosa... por sobre las aguas, hasta cruzar estas primeras islas, seguir, seguir... más allá del muelle podrido, más allá de los naranjales, más, más... Y entonces yo estaba en la orilla, caminando normalmente; y no se oía nada; era un silencio como de armario por dentro, un silencio aplastado y sucio. Y yo seguía caminando, Mauricio, y yo seguía caminando hasta llegar a un punto y quedarme muy quieto a la orilla del agua, mirando...

Así le conté mi sueño a Lucien, sabes; se lo conté con todos los detalles hasta ahí, porque desde ahí empieza a oscurecerse; viene la niebla, la angustia de no comprender... ¡Y tú que no sueñas! ¿Cómo explicarte las cosas?... Con un piano, quizá; así imaginaba un amigo mío que se podían explicar las cosas a los ciegos. Escribió un cuento y en ese cuento había un ciego y el ciego tenía un amigo y el ciego era yo y pasaban cosas... Aquí no hay piano; tienes que escucharme y comprender aunque nunca hayas soñado. Tienes que comprender. Lucien lo entendió muy bien cuando le narré el sueño; y eso que en aquellos días estábamos muy distanciados, andando caminos distintos, y él creía que pensaba de una manera y yo creía que él debía pensar de otra, y él afirmaba que yo me equivocaba en todas mis acciones, que insistía en perpetuar estados caducos y que de nada servía oponerse al tiempo, en lo que tenía mucha razón lógicamente hablando. Pero tú sabes, Mauricio, tú sabes que la lógica...

Entonces yo estaba parado junto al río, mirando las aguas. Después de todo mi vuelo y mi caminar estaba ahora inmóvil como esperando algo. Y el silencio seguía y no se escuchaba el chapoteo; no, no se lo escuchaba. Las cosas eran visibles en todos sus detalles y por eso pude después describirle a Lucien cada árbol, cada recodo del río, cada entrecruzamiento de troncos. Yo estaba en una pequeña lengua pantanosa que entraba en el río; detrás había árboles, árboles y noche. Tú sabes que mi sueño era de noche; pero ahí no había luna y sin embargo se destacaba el paisaje con una nitidez petrificada, como un paisaje dentro de una bola de vidrio, entiendes; como una vitrina de museo, nítida, precisa, rotulada. Árboles que se perdían en una curva del agua; cielo negro pero de un negro distinto al de los árboles; y el agua, el agua con su discurso silencioso, y yo en la lengua de tierra mirando el centro del río y esperando algo...

"Recuerdas el escenario con mucha claridad", me dijo Lucien cuando le describí el lugar. Mas a partir de ese punto empezaba la niebla en el sueño y la cosas se tornaban esquivas, sinuosas como en las pesadillas; el agua era la misma, pero de

40

pronto resonó y fue el chapoteo, el constante chapoteo de las manos buscando tomarse inútilmente de los juncos, rechazadas hacia el lecho del río por la succión de la inmunda boca golosa... Siempre igual, clap, clap, clap, y yo ahí esperando, clap, clap, hasta el horror de que no ocurriera nada y que sin embargo hubiese que seguir así esperando... Porque yo tenía miedo, comprendes Mauricio, dormido como estaba yo tenía miedo a lo que iba a ocurrir... Y cuando vi llegar traído por las aguas el cuerpo del ahogado, fue como un contento de que al fin sucediera algo; una justificación de ese siglo de inmóvil misterio. No sé si te cuento bien las cosas; Lucien estaba un poco pálido cuando yo le dije lo del ahogado; es que nunca controló sus nervios como tú. Tú no deberías ser músico, Mauricio; en ti se ha perdido un gran ingeniero, o un asesino... Bah, para qué vas a contestarme si desvarío... ¿Estás pálido tú también? No, es el anochecer, es la luna que crece y se desprende de los sauces y te golpea la cara; tú no estás pálido, ¿verdad? Lucien sí, cuando le dije lo del ahogado; pero ya no pude contarle mucho más porque ahí se acaba el sueño; no sé si te desilusiona pero en ese punto se termina todo... Yo lo veía pasar, flotando dulcemente boca arriba... y no podía verle la cara. Estaba seguro de conocerlo pero no podía verle la cara. La angustia nacía allí: de saber que ese ahogado me pertenecía en cierto modo, que lazos misteriosamente sensibles se tendían de mí hacia él, y no poder verle la cara... Pero eso no es nada, Mauricio; hay una cosa mucho más horrible... No, no te levantes; quédate aquí, tienes que oír todo. ¿Por qué dijiste el nombre de Lucien? Ahora tienes que oír todo. Hasta esto, que es lo más desesperante; en un cierto momento, cuando el ahogado pasó junto a mí, tan cerca que si él hubiera podido estirar un brazo me habría aferrado por el tobillo... entonces, en ese momento *le vi la cara*; la luz de mi sueño le daba de lleno y yo le vi la cara y conocí quién era. ¿Entiendes esto? Supe de quién era esa cara y jamás hubiera imaginado que la olvidaría al despertar... Porque cuando me desperté el sueño se interrumpía en ese instante y no fui capaz ya de recordar quién era el muerto. Mauricio, yo sabía quién era pero no lo recordaba; toda mi clarividencia se tornaba ignorancia en la vigilia. Se lo dije a Lucien, estremecido de cólera y de angustia: "No sé quién era y lo más horrible es que le vi la cara, le detallé las facciones y recuerdo, eso sí lo recuerdo, que tuve como un gran grito en las manos, en el pelo, como una revelación espantosa que me galvanizaba…".

¿Oyes el chapoteo? Así era la tarde en que le conté mi sueño a Lucien y él se marchó muy pálido, porque se impresionaba fácilmente con mis cuentos. Tú no vibras como él; me acuerdo de una noche, en un banco de madera allá por el oeste de la ciudad, cuando le conté a Lucien un relato atroz que acababa de leer; quizá tú lo conozcas, aquel de la mano del mono… Me dio pena ver que entraba demasiado en el cuento, en el clima de opresión y pesadilla… Pero tenía que contarle mi sueño, Mauricio; lo estaba viviendo demasiado como para que él fuese ajeno a ese suceder. Cuando se fue me sentí más aliviado; pero la revelación no vino y seguí todo ese verano, justamente cuando tú salías para el norte, sin lograr el instante de conocimiento, el recuerdo que me permitiera extraer, de lo más hondo, el final de aquella pesadilla.

No enciendas la luz, me es más fácil hablar así sin que me vean la boca. Ya sabes que no resisto mucho tiempo una mirada, ni siquiera la tuya; así es mejor. Dame un cigarrillo, Mauricio: fuma tú también pero quédate; tienes que oír esto hasta el final. Después harás lo que quieras; hay un revólver en mi escritorio y teléfono en el living. Pero ahora, *quédate*. Estuviste lejos de nosotros todo ese verano; yo pensé muchas veces en ti cada vez que evocaba nuestros años de estudiantes; su fin, esta vida de hoy, esta independencia tanto tiempo deseada y que se traduce en amargo sabor de soledad… Sí, pensé en ti pero más pensaba en el sueño; y nunca, entiendes, nunca en todas esas noches de insomnio pude llegar más allá… Arribaba con nitidez al momento en que aquello aparecía flotando y se escuchaba nuevamente el chapoteo como manos de ahogados que quisieran salir del río… Allí cesaba todo; todo. ¡Si por lo menos hubiera recordado que *sabía*! Debe haber sueños piadosos, amigo; sueños que afortunadamente se olvidan al despertar; pero aquello era una obsesión torturante, como el cangrejo vivo en el estómago del pez, vengándose de dentro afuera… Y yo no estaba loco, Mauricio, como no lo estoy ahora; déjate de pensar eso porque te equivocas. Ocurre que aquel sueño se me antojaba real, distinto a los sueños de siempre; había profecía, anuncio… algo así, Mauricio; había amenaza y prevención… Y horror, un horror blanco, viscoso, un horror sagrado… Lucien debía comprenderlo muy bien ya que no volvió a mencionar mi sueño y yo prefería callar, porque en aquellos días en que tú te fuiste estábamos los dos al borde de una separación definitiva. Cansados mutuamente de inútiles concesiones, de perpetuar afectos que en él habían muerto y que yo debía matar a mi vez… ¿No sospechabas tú una cosa así? Ah, es que Lucien no te lo hubiera dicho; tampoco yo. Nuestro mundo era otra cosa. Nuestro, sabes; imposible cederlo a otros aunque sólo fuese para explicar. Y llegábamos al fin de ese mundo y era necesario abolir sus puertas, seguir caminos divergentes… Yo no creía que existiera odio entre nosotros; oh, no, Mauricio, tú sabes que yo jamás habría podido creer eso, y cuando Lucien venía a casa íbamos a pasear como antes, corteses y amables, cuidando de no herir pero sin ahondar en lo que estaba muerto… Caminábamos sobre hojas secas; pesados colchones de hojas secas a la orilla del río… Y el silencio era càsi dulce; y parecía de improviso como si todavía se pudiera pensar en quererse de nuevo, en retornar a la amistad de otros días… Pero todo nos apartaba ahora; el vernos, el hablar, rutinas que nos enervaban vanamente.

Entonces, él me dijo: "Es una bella noche; caminemos". Y, como podríamos hacerlo nosotros ahora, Mauricio, salimos del bungalow y bordeamos la caleta hasta encontrar la orilla preferida. No decíamos nada, comprendes, porque nada teníamos ya que decirnos, pero toda vez que yo miraba a Lucien me parecía que estaba pálido y como preparándose a definir una situación imprecisa que lo atormentaba. Andábamos, andábamos, y no sé cuánto tiempo seguimos así entrando en zonas que yo no conocía, lejos de esta casa, más allá del radio habitado, en la parte donde el río empieza a quejarse y a flexionar su cintura como una víbora quemándose; andábamos, andábamos. Sólo se oían nuestros pasos, blandos en las hojas secas, y el chapoteo en la orilla. Nunca podré olvidar esas horas, Mauricio, porque era como ir hacia un sitio indeterminado pero sabiendo que es necesario llegar... ¿para qué? Lo ignoraba, y cada vez que volvía la cara hacia Lucien encendía en sus ojos un brillo frío, ausente, como de luna. No hablábamos; pero todo hablaba desde fuera, todo parecía impulsarnos a avanzar, avanzar; y yo no podía olvidarme del sueño, ahora que esa ruta en la noche empezaba a parecerse tanto a aquel sueño de tiempos pasados... Cierto que no volaba sobre el río con las piernas encogidas; cierto que ahora Lucien estaba conmigo; pero de una manera inexplicable esa noche era la noche del sueño y por eso, cuando después de un recodo de la orilla me encontré súbitamente en el mismo escenario donde había soñado la horrible escena, apenas me sorprendí. Fue más bien como un reconocimiento, entiendes; como llegar a un sitio donde jamás se ha estado pero que se conoce por fotografías o por conversaciones. Me acerqué al borde del agua y vi la lengua de tierra pantanosa que permitía entrar ligeramente en el río. Vi la luz nocturna, marcando tímidamente el decorado de los árboles, oí con más fuerza el chapoteo en la orilla. Y Lucien estaba a mi lado, Mauricio, y él también, como si se hubiera acordado de pronto de mi descripción, parecía recordar...

Espera, espera... No quiero quo te vayas, tengo que decirte todo. ¿No oyes los ruidos, afuera? Es que algo busca entrar en el bungalow desde que cae la noche; y esta noche no podría resistirlo, Mauricio, no podría. Quédate ahí; ya vendrá Lola y entonces decidirás lo que quieras. Deja que te diga el resto, el momento en que me incliné sobre el río y después miré a Lucien como diciéndole: "Ahora va a llegar". Y cuando miré a Lucien, pensando en el sueño, tuve la impresión... ¿cómo explicártelo?... tuve la sensación de que él también estaba dentro del sueño, dentro de mi pensamiento, formando parte de una atroz realidad fuera de los cuadros normales de la vida; me pareció que el sueño iba a recomenzar allí... No, no era eso; me pareció como si el sueño hubiera sido la profecía, la presciencia de algo que iba a ocurrir allí, justamente en ese sitio donde yo no había estado jamás en la vigilia; en ese sitio que encontrábamos después de una marcha sin sentido pero oscuramente necesaria.

Le dije a Lucien: "¿Te acuerdas de mi sueño?". Y él me contestó: "Sí, y éste es el lugar, ¿no es cierto?". Yo noté que sonaba ronca su voz; dije: "¿Cómo sabes que éste es el sitio?". Él vaciló, estuvo un momento callado y después confesó lentamente: "Porque yo he pensado en un sitio así; yo he necesitado un sitio así. *Tú has soñado un sueño ajeno…*". Y cuando me dijo eso, Mauricio, cuando me dijo eso yo tuve como una gran luz en el cerebro, como un estallido deslumbrador y me pareció que iba a recordar el final del sueño. Cerré los ojos y dije para mí: "Voy a recordar… voy a recordar…". Y todo fue un instante, y recordé. Vi al ahogado, delante mío, casi tocándome los tobillos, a la deriva, y le vi la cara. Y la cara del ahogado era la mía, Mauricio, la cara del ahogado era la mía…

Quédate, por Dios… ya termino. Recuerdo que abrí los ojos y miré a Lucien. Estaba ahí a dos pasos, con los ojos hundidos en los míos. Repitió lentamente: "Yo he necesitado un sitio así. Tú has soñado un sueño ajeno, Gabriel… Tú has soñado mi propio pensamiento". Y no dijo nada más, Mauricio, pero ya no hacía falta, tú comprendes; ya no hacía falta que él dijese una sola palabra más.

¿Oyes el chapoteo afuera…? Son las manos que quieren aferrarse a los juncos, toda la noche, toda la noche… Empieza al caer la tarde y sigue toda la noche… Oye, allí… ¿oyes un chapoteo más fuerte, más imperioso? Yo sé que entre todas las manos de ahogados que quieren salvarse del río hay unas manos, Mauricio… unas manos que a veces logran aferrarse al barro… alcanzar las maderas de la caleta… y entonces el ahogado sale del agua… ¿No lo oyes? Sale del agua; te digo, y viene… viene aquí, pisoteando los frascos de bromuro, el veronal, la morfina… Viene aquí, Mauricio, y yo tengo que correr hacia él y destruir otra vez el sueño, entiendes… Destruir el sueño, arrojándolo otra vez al río para verlo flotar, para verlo pasar junto a mí con una cara que ya no es la mía, que ya no es la del sueño… Yo he vencido al sueño, Mauricio, yo he roto la profecía;

45

pero él vuelve todas las noches y alguna vez me llevará con él…
No te vayas, Mauricio… Me llevará con él, te digo, y seremos
dos, y el sueño habrá cumplido sus imágenes… Allá afuera,
Mauricio, oye el chapoteo, oye… Vete ahora, si quieres; déjalo
que salga del agua, déjalo entrar. Puedes hacer lo que quieras, es
lo mismo. Yo vencí al sueño, yo di vuelta el destino, comprendes; pero de nada vale todo eso porque el río me espera y dentro del río están esas manos y esa cara, injustamente rendidas a
su boca sedienta. Y yo tendré que ir, Mauricio, y la lengua de
tierra me verá pasar alguna noche, boca arriba, magnífico de luna,
y el sueño estará completo, completo… El sueño estará completo, Mauricio, el sueño estará al fin completo.

1941

Los gatos

Cuando acerco a mis labios
esa música incierta.
VICENTE ALEIXANDRE

A los ocho años, Carlos María estudiaba en su prima las posibilidades de un juego violento y eficaz, que alcanzara para toda la siesta. Marta vacilaba antes de aceptar la parte de jefe sioux, previendo el rollo de soga como un manotazo al pasar bajo el sauce, las ligaduras en los tobillos, el mirar justiciero de Buffalo Bill antes de arrastrarla al tribunal de los hombres blancos. Prefería la mancha, donde batía a su primo menos ágil, o irse a los baldíos a juntar langostas. Carlos María argumentaba hasta convencerla; a veces Marta se oponía de plano, y entonces él la agarraba del pelo y la mechoneaba, mientras Marta se defendía a patadas y alaridos. Mamá Hilaire les cobraba su siesta rota con privación de postres, con un mirar fosco que duraba días enteros.

A los diez años, cuando Marta se espigó de golpe y él tuvo la apendicitis supurada, los juegos asumieron estilo, elegancia. Ya no iban improvisadamente al jardín, apenas doblada la servilleta; usaban la sobremesa para madurar el empleo de la tarde; ingresaban en las diversiones intelectuales, los blocks recortados para hacer papel moneda, secantes y sellos de goma, un escritorio a veces banco de préstamos, a veces oficina pública. Sólo la hora alta del calor, con el jardín llamándolos, imponía los prestigios de la siesta; si reincidían en los juegos de guerra, ya entre carreras y prisiones insertaban planos de tesoros, partes sonoros, discursos y sentencias de muerte; con rescates o ejecuciones a fusil, en las que Carlos María se desplomaba lleno de gracia y heroísmo.

El sauce era alto pero lo escalaban en dos saltos. Tirado en el pasto caliente, veía él oscilar las piernas de Marta, a caballo sobre la primera bifurcación. Estaba muy quemada hasta el tobillo, después venía una zona color trigo donde a veces había medias y a veces no; desde la rodilla hacia arriba era blanquísima, en la penumbra de campana que le hacía la pollera adivinaba el color aún más blanco de los calzones cortándole los muslos. Carlos María no era curioso, pero un día le pidió que se sacara los calzones para ver. Después de hacerse rogar un rato (estaban entre las cañas que sumían una vieja fuente sin agua), Marta lo dejó que mirara, sin permitirle acercarse. Carlos María no se impresionó, había esperado algo más escandaloso, más prohibido.

—Tanto trapo para eso —fue su sentencia—. Una rayita y se acabó. Nosotros es otra cosa.

Esperaba de Marta que le pidiera lo mismo, pero ella se vestía sin mirarlo. Ya no hablaron, tampoco hicieron guerras esa tarde. A Carlos María le pareció que ella se había puesto más vergonzosa desde entonces; pensó que era idiota, justamente después de haberse desvestido tan mansita. Coincidía con los compañeros de grado en que las chicas eran estúpidas. Les contó a los íntimos que su prima le había mostrado. Todos se rieron menos uno, que tenía trece años y pelo colorado. Miraba a Carlos María sin decirle nada, pero a él le pareció que el colorado estaba pensando algo. No se animó a preguntarle, siempre le había tenido respeto porque el padre era de la policía montada.

Cuando terminaron el quinto grado (ella en la escuela nueve, él en la seis), don Elías Hilaire empezó a interesarse en sus juegos, y a veces se reunía con ellos cuando aflojaba el calor. Carlos María estaba muy alto y quemado, ahora pasaba a Marta por más de una cabeza y se lo hacía sentir. Ella cultivaba otras cualidades, rulos en el pelo, polleritas plisadas, pero a la siesta se ponía un mono azul que le quedaba ceñido y le daba aire de muchachito. Carlos María se mostraba más confiado cuando ella andaba mal vestida, de tarde se iba con los chicos amigos dejándola en la puerta peripuesta y altiva entre las otras niñas. Pocas veces se juntaban los grupos para jugar, preferían decirse cosas desde lejos, y tratarse de idiotas. Marta fingía despreciar a su primo ante las demás chicas, pero guardaba secretos gestos de ternura que él acataba receloso; como la noche que se abrió la rodilla en un alambrado de púa, y ella lo ayudó a llegar a la casa y esconderse de mamá Hilaire, exponiéndose valerosamente hasta violar el botiquín prohibido (cianuro, bicloruro, jeringas, cánulas) y volver con tintura de yodo y gasas. Apretando los dientes para no llorar delante de ella ("no te quejés, marica", decía Marta mientras le desinfectaba la herida con salvaje minucia), Carlos María tuvo esa noche una repentina impresión de distancia, de lejanía que aumentaba vertiginosa entre ambos. Le gustaban los ojos de Marta, le seguían gustando sus piernas flacas de muchachito, llenas de lastimaduras disimuladas con polvo; pero en su placer al mirarla había ahora una sensación de extrañamiento, de que miraba algo ajeno, ya enteramente ajeno. Por primera vez midió una distancia que jamás le había parecido insuperable, que no tenía siquiera el sentimiento de ser distancia; ahora Marta estaba frente a él (despatarrada, soplándole la lastimadura, haciéndose la importante) como otra persona, alguien que está con uno pero no es uno; como don Elías, como la sirvienta o los otros chicos de la escuela. Se oyó llorar duramente, en una repetida convulsión.

—Qué marica sos —decía Marta—. Por una pavada como ésta... Si no te vas morir, idiota.

Hubiera querido contestarle, decir que no era por eso. Antes bastaba querer algo de ella para tomarlo; golpes, apretones, abrazos, palabras. De pronto sentía que ya nada era suyo, que podría seguir obteniéndolo pero que debería pedirlo a la otra, a Marta que no era una parte de él; pedir cada cosa, y aun cuando las tomara, golpes o abrazos, pedirlos primero.

Los catorce años terminaron con el sexto grado, un amago de difteria que aterró a los Hilaire, y el vestido rosa que Marta estrenó en su fiesta de fin de curso. Para Carlos María el año fue dos cosas: la victoria de River Plate y el acceso a la camaradería aún algo recelosa de su padre. Don Elías Hilaire aceptaba al fin su función mentora, pero la ejercía sin empaque y dándole tiempo a Carlos María para que asimilara consejos y prohibiciones.

Hacia octubre tuvo lugar la primera gran conferencia a puertas cerradas; una palabra de mamá Hilaire, una referencia al piyama verde, y la lección de don Elías fue cuidada, cordial, sin forzar la máquina, fingiendo no advertir el rubor de Carlos María y su deseo de llorar, de irse y estar solo. Después él le pasó la mano por el cuello y le apretó fuertemente la nuca, como siempre lo hacía para cerrar un capítulo. Le sugirió leer las aventuras de Tom Sawyer y le regaló dos pesos para que fuera al cine; Carlos María salió satisfecho, su padre lo consideraba un hombre, le hablaba de igual a igual, estupendo.

Con Marta no había problema. Mamá Hilaire la llevaba como de la mano, Marta se plegaba a los deseos y las necesidades de su edad con una blandura engañosa tras la cual Carlos María había conocido más de una vez una violencia de resorte. Se veían menos, mamá Hilaire los separaba en las horas de estudio y paseo, los mandaba siempre a distintas partes. Sólo una vez fueron juntos al cine. Marta dijo que cualquiera los tomaría por novios; a él lo fastidió su vanidad de mujer crecida y la trató de chiquilina; pero estaba orgulloso, y le vino bien para ganarse su complicidad en un asunto de cigarrillos robados.

Carlos María se acercaba al hito que separa a un buen chico de un hombre al gusto argentino. Empezaba a manifestar opiniones, recogidas sin darse cuenta en las sobremesas de don Elías y sus amigos. Era partidario de la neutralidad en la guerra, contagio de su padre de quien tenía además el hábito de caminar sacando los pies. Lo incitaban a lecturas sanas y pareceres discretos; pretendían que se tragara los cuatro tomos de José Pacífico Otero, él que hubiera amado en San Martín la brevedad, lo inédito en las actitudes y los sueños. Oscuramente comprendía que esa lectura era el amansadero de donde se sale sin espina dorsal, dócil para siempre y con la documentación en orden.

Don Elías le sospechaba actitudes que lo sobresaltaban. Advertía que era de esos que cuando el médico ordena decir 33, bisbisan rabiosamente 44. Buscando una higiene aplicable a su carácter a la vez débil y violento, optó por llevárselo al campo a pasar el verano. Marta hablaba de pintar, le compraban alegremente caballete y óleos, postales para que tomara motivos, y en las telas empezaban a asomar cisnes entre lotos, jóvenes de sueltas cabelleras, paisajes aptos a todas las formas de la felicidad. Carlos María se despidió sin tristeza; pero Marta parecía lamentar que se fuera, y él tuvo el orgullo de saberse extrañado. Prometió escribirle, cargó con una caja de pañuelos y una acuarela en la que diversos pájaros sobrevolaban las colinas en procura de regiones más cálidas.

Metido en un largo silencio, después de la siesta campera y el mate en la veranda, Carlos María se encontró pensando en Marta. Había oído decir tantas veces que era hija de una hermana menor de mamá Hilaire, muerta el año de la gripe. Del padre no sabía más que el apellido que había legado a Marta: Rosales. Preguntó a don Elías, le pareció entrever una voluntad de seguir chupando el amargo.

—Era un hombre de negocios, murió seis años después que tu tía.

—¿Por qué está Marta en casa? ¿No había otros parientes del lado del padre?

—No. Tu madre quiso tenerla, y la sola hermana de Rosales estuvo de acuerdo. La trajimos de un año, vos no podés acordarte, apenas caminabas.

Hacia la noche, mientras volvía por los potreros llenos de ovejas sucias, Carlos María renovó su recuerdo. No le extrañaba que en su casa faltaran retratos de Rosales, que nada dijesen de él a Marta. También se hablaba poco del difunto hermano de don Elías, una imagen de largas piernas y cara pálida, caricias distraídas en su mejilla o la de Marta, regalos de cumpleaños, después el silencio, saber que había muerto en Santa Fe, solo como siempre. Y no hablar ya de él más que en los aniversarios, apenas. Pero de Rosales ni eso. Sintió como otras veces una furtiva sensación de diferencia, de advertir cómo cierta realidad no encajaba en las explicaciones. La costumbre de vivir con Marta le hacía sentir a su prima como una pertenencia directa de su sangre. De noche miraba la acuarela, le espantaba las moscas. Cumplió quince años en la estancia y Marta le mandó otra acuarela, un autorretrato que Carlos María encontró horrendo y puso en el fondo del cajón de las medias, para que estuviera bien pisoteado noche y día.

Volvió para ingresar enseguida al Nacional. El primer día, en la mesa conmovida de los Hilaire que lo miraban felices porque ya era estudiante secundario y usaba los primeros pantalones largos, notó en Marta una secreta complacencia, un mirarlo de lado y como admirativa. Pensó en alguna sórdida broma y se mantuvo a la defensiva, aunque después supo que ella lo admiraba verdaderamente, su rostro tostado, la estrecha franja rosa que la protección de la boina le había dejado entre la frente y el nacer del pelo, su cuerpo crecido y afirmándose. Ella tenía peinado pluma y parecía una ovejita. Solamente sus ojos Hilaire seguían fieles y suyos. De Rosales tendría mucho, pero Carlos María la encontraba de veras en los ojos, allí era Marta y era Hilaire.

—A tu prima la han admitido en la academia de bellas artes. Estudió tanto en el verano...

—Ah, qué bien.

—Esperemos que la imites y no tengas que dar exámenes a fin de año.

Ella parecía pedir perdón por estar allí como un paradigma. Por primera vez se miraron de frente, sonriéndose. Descubrían la vieja complicidad de la siesta, la vida secreta al margen de la vida Hilaire. Carlos María estuvo a punto de hacerle la seña de antes, buscarle la pierna con el zapato. Entonces, mientras no se decidía, sintió su pie que le daba con fuerza en el tobillo.

Cuando hablaban del hermano de don Elías, los chicos reparaban en una leve caída de los labios de mamá Hilaire. Luis Miguel había muerto antes de que pudieran tener algún recuerdo consistente, les importaba muy poco de ese pasado puesto como por fuera de un marco de fotografía. Tampoco se hablaba del padre de Marta, muy pocas veces de su madre. Mamá Hilaire guardaba un recuerdo dolido de su hermana, pero a Carlos María lo inquietó a veces el egoísmo de su madre al

52

guardarse la imagen de la muerta sin rehacerla filialmente en Marta. Llegó a imaginarse algo turbio circundando el nacimiento de Marta. Ese Rosales sin figura, casi sin nombre. Don Elías hablaba más seguido de su cuñada, aludía a episodios, gustos, cintas. Carlos María notó una vez que Marta jamás preguntaba sobre sus padres. Quería tanto a los Hilaire que tal vez tuviera celos de los otros, de un recuerdo inútil enturbiando su realidad viva; los chicos resisten hasta el fin la necesidad y el aprendizaje de la hipocresía. Él estudiaba matemáticas con inmenso asco, rehacía el trabajo práctico sobre la cucaracha; Marta le pintaba los mapas, las secciones de la piel, la partenogénesis. El año pasó ocupado y dividido; la atención de mamá Hilaire creaba compartimentos estancos en la casa, vedaba a Carlos María el acceso continuo a Marta, la necesidad casi física que sentía a veces de acercársele y ponerle las manos en el pelo, el liviano peinado pluma tembloroso como un pájaro, y rascarle el cuero cabelludo con las uñas para que ella chillara y lo tratara de bruto, de aprovechador.

Cuando Marta cumplió los dieciséis en octubre, mamá Hilaire hizo venir a las chicas de la academia y les sirvió un hermoso té. Había torta con velitas, helados de tres clases, una rubia que se llamaba Estela Repetto y que dejó frío a Carlos María. Él estaba a contrapelo, molesto en el traje gris que le andaba mal de talle y de mangas; se apoyaba en la presencia más canchera del Bebe Matti y de Juan José Díaz Alcorta, sus mejores amigos del Nacional. Bailó un tango con Estela que lo trató afablemente y estuvo muy bien, hablándole de sus preferencias y la última cinta de Greer Garson. Marta vino después a llevárselo a un lado para pedirle que el Bebe bailara con Agustina, espanto de inmensos anteojos sentado en un rincón tragando torta. El Bebe fue muy hombre, apenas Carlos María le dijo dos palabras sacó a bailar a Agustina y todos vieron cómo a la pobre le brillaban los ojos, los cristales se le llenaban como de agua; fue algo grande. Estela seguía pegada a Carlos María, que pasó sin saber por qué del entusiasmo al desgano. Le molestaba verla siguiéndolo; aprovechó de Marta para hacer valer sus derechos de primo, y bailó con ella piezas y piezas.

—Dónde te habrán enseñado esas convulsiones —decía Marta llena de romanticismo y mirando hacia Juan José Díaz Alcorta.

—Tu imitación de una gallina es casi perfecta —contestaba él vedándose las ganas de un pellizco. La cintura de Marta se le escapaba de la mano, tenía una manera de salir de las vueltas que se hacía difícil y linda; Carlos María se aplicó a bailar mejor, hasta que les gustó darse cuenta de que se entendían, ahora bailaban por placer y él apretaba un poco la mano en la cintura de Marta, los ojos tan cerca de su cara caliente y dichosa.

Pero los exámenes fueron cosa brava, Marta repartía colores y carbonilla en su taller, Carlos María se desesperaba entre números y afluentes del Yang-Tsé-Kiang. Ahora se veían poco, desconfiaban a veces cuando tras la repentina tibieza familiar descubrían experiencias no compartidas, horas de una soledad propia que se bifurcaba como las ramas del antiguo sauce. Una tarde Carlos María atisbó el diálogo de Marta con Rolando Yepes que venía a estudiar con ella historia del arte. El vocabulario y la actitud sabihonda de Marta, la desenvoltura de Rolando al aludir a desnudos y escorzos, su manera de interrumpirla dándole con la mano abierta en el hombro, lo ofendieron de manera durable y dolorosa. Comprendía la perspectiva de su vida presente, la sustitución del plano donde Marta y él constituían imágenes conjuntas por esta brusca fisura que los apartaba sin distanciarlos, los oponía sin choque, acercándolos a sus bordes hasta apenas alcanzarse con la punta de los dedos sobre el pozo insondable. Y Rolando estaba del otro lado, con Botticelli, el Partenón y Marta; con tanta cosa que él no sabía, no era capaz de querer o alcanzar.

Por eso —de una manera sutil y corrosiva— agradeció el viaje de don Elías a la estancia y su condescendencia a llevarlo. Aprobó los exámenes de diciembre, condición previa a todo, y se fue de la casa el mismo día en que Marta volvía con menciones especiales y un montón de chicos y chicas que aprobaban el curso con ella. Invadieron la sala, para hacer música y bailar, pero Marta subió a buscarlo al dormitorio donde cerraban las maletas. Se abrazaron como siempre, ella le buscó la mejilla con un beso húmedo y le dijo que estaba empezando a pinchar. Le traía un señalador de seda, con un largo pájaro pintado que iba de un extremo al otro. Tuvo que jurarle que lo usaría. Marta giraba por la pieza, con las vacaciones y la libertad por delante, contestando apenas a mamá Hilaire que le reprochaba dejar solos a sus invitados. Carlos María buscaba el saco, ceñía su cinturón. El auto ya esperaba abajo, se oyó llamar a don Elías.

—Hacés mal en irte —le dijo bruscamente Marta—. Justamente ahora.

—Para lo que te importa —repuso burlón y esquivo.

—No me importa nada. Por mí te podés tirar por la ventana.

—Chicos, papá está esperando. —La agitación de mamá Hilaire se mezclaba a un reproche temeroso—. Vamos, despídanse aquí, Marta tiene que volver con sus amigas.

Carlos María la abrazó duramente, buscando hacerle daño. Pero ella lo conocía, dobló los brazos contra el cuerpo, protegiéndose los flancos. Él soltó primero.

—Volveré en marzo —dijo inútilmente.

Cuando vino, contento de sus dieciséis años, los brazos morrudos y su amistad con todos los peoncitos de la estancia, mamá Hilaire no perdió un día en buscarle una conversación seria y prevenirlo sobre Marta. Había perdido peso y alegría durante el verano, estaba pálida y como lejana; el doctor Roderich apuntalaba el calcio con abiertas incitaciones al campo y la tranquilidad.

—¿Pero por qué no la mandaste?

—Porque no podía ir con ella, ya sabés que la Obra no me deja un día libre, y más ahora con la ayuda de guerra.

—Era ella la que tenía que ir —insistió hosco Carlos María.

—La llevo la semana que viene. He conseguido que me releven, tu padre se hará cargo de la casa.

"Qué idiotas", pensó Carlos María yéndose. Recelaba una sospecha en su madre, miedo de Marta sola con él sin vigilancia. Pero después le gustó la idea, la prueba indirecta de su hombría. Y apenas le gustó vino otra vez la molestia, la desazón que a veces lo apresaba sin saber cómo, cuando el Bebe Matti hablaba de sus aventuras con una cabaretera, de que sería bueno conseguir unos pesos y largarse un sábado hasta el bajo.

—Realmente estás hecha una porquería —dijo a Marta cuando acabaron de abrazarse—. Pero allá te arreglás enseguida. Lástima no ir con vos, te habría enseñado a andar a caballo.

—No pienso andar a caballo —dijo Marta que pasaba por la etapa de la languidez y la indiferencia—. Me basta caminar por los campos, al atardecer.

—Te vas a llenar de bichos colorados.

Empezaban a mirarse, reconocerse. Cambiaban tímidas referencias al pasado, la fiesta de cumpleaños de Marta, el regalo que había mandado a Carlos María para el suyo. Él le veía los brazos bonitos, alargados y muy blancos, el cuello casi transparente, y los ojos Hilaire quemándose hacia dentro. Marta empezó a hablar de Rolando Yepes, de cómo dibujaba Rolando Yepes.

—Maldita estancia. Voy a entrar en el curso con cuatro meses de atraso, y perderé todo lo que sabía. Dice Rolando que es una lástima, que este año no se puede malgastar tiempo.

Hablaba de los profesores, las esperanzas. Él le seguía mirando los brazos, apenas el pecho donde la blusa se le alzaba liviana; pero le miraba los brazos y también la estrecha cintura todavía un poco de chiquilina.

—Tu Rolando debe ser una bestia —le dijo antes de irse.

El año pasó mal porque Marta no se repuso en la estancia y cuando la trajeron se empeñó en ir a la academia y hubo que darle permiso. Tuvo una bronquitis a la semana, el doctor Roderich hizo venir a una enfermera y Marta quedó confinada en la oscuridad; Carlos María la escuchaba desde lejos quejarse blandamente, con algo de gorrión o de gatito. Fueron cinco días horribles hasta saber que se salvaría. Cuando él dejaba el estudio para acercarse al comedor, puesto avanzado donde se adivinaba el movimiento en la habitación de Marta, Rolando

Yepes venía a sentarse a su lado, buscando alguna palabra de esas que uno inspira a otro para escucharlas después y consolarse. Iba diariamente a la casa, se quedaba horas en el comedor y mamá Hilaire lo dejaba estar, le servía café y pastelitos, una noche lo quiso hacer quedar pero él rehusó, para volver el día siguiente desde el mediodía.

Miraban (sentados en el sofá verde, donde había números de *Life* y cigarrillos sueltos) entrar y salir del cuarto de Marta, leían las noticias según la cara de la enfermera o de mamá Hilaire. Carlos María hubiese querido estar solo, pero Rolando era discreto y tímido, se estaba horas callado fumando su pipa, a veces adquiría un aire de astuta espera, como si de pronto la habitación al fondo del pasillo fuera a abrirse y ocurrir un gran milagro. En aquellos momentos a Carlos María lo contagiaba la tensión de Rolando, lo observaba admirado para retroceder luego a su desazonado rencor, a la presencia del intruso en la familia. A ratos se acercaba don Elías y se sentaba entre los dos, murmurando su esperanza en frases espesas y baratas; Carlos María lo escuchaba como se huelen las colonias ordinarias.

Un día que Rolando no pudo volver por unos trabajos prácticos, Carlos María fue dueño del sofá y se tendió con holgura, relajado y victorioso. Tenía los pies en el lugar donde se sentaba Rolando, la cabeza en el brazo de felpa, y hacía anillos de humo con una blanda destreza. Se dejó estar así una hora, tal vez dos. La enfermera entraba y salía de la habitación de Marta, haciéndole al pasar un gesto complacido, y él gozaba la certeza de su mejoría, de poder estar pronto a su lado. En un momento —corrían las cortinas del comedor, el aire se llenaba de jarabes opalinos— se preguntó lejanamente por qué su alegría no era más grande y más entera. Dueño del sitio, otra vez él y Marta. Golpeó con los tacos el asiento del sofá, vio la fina columna de polvo que ascendía como los genios en *Las mil y una noches*. Le pareció que estaba solo y que le faltaba algo, hasta que vino don Elías y hablaron de la guerra, de la privilegiada posición de nuestra patria en medio del caos. "Ser neutral es ser superior a todos", proclamaba a veces don Elías. También lo dijo ahora, también Carlos María contestó con respetuoso asentimiento, con una vaga felicidad ahora que se lo llevaban a pensar en otra cosa, lo extraían de ese sentimiento de indefinida privación en que había pasado la tarde.

La luz de la convalecencia era ya suya; abría las manos, palmas arriba sobre las sábanas, y la apresaba golosa, jugando con la luz como madejas de lana. Dejaban a Carlos María que la mirara un momento desde la puerta, con prohibición de decirle una palabra; pero ahora pudo entrar, sentarse en un escabel al lado del lecho, acariciar el brazo enflaquecido de la niña. Las primeras palabras de Marta fueron para preguntarle por Rolando. A él le dolió contestar la verdad, relatarle la fiel presencia de Rolando en la casa. No tardaría en venir, pero entre tanto estaba el tiempo de antes, con Marta y él en el jardín. Cuando Rolando volvía a la voz de Marta, a mitad de un recuerdo o un proyecto para ellos dos solos, en Carlos María pasaba como un caerse de golpe, un girar apenas el tapón facetado de las botellas, y ver un juego de imágenes sustituido instantáneamente por otro, sin relación con el anterior, atrozmente distinto.

—Perdoname —dijo de pronto Marta, que tenía el rostro devastado y un romanticismo mantenido por la dieta y la mañanita de lana rosa—. Hago mal en hablarte de él. Ya sé…

—No sabés nada de nada. Por mí podés seguir nombrándolo, sos libre.

—Vos has sido tan bueno, todo este tiempo.

—Él también —dijo con heroísmo Carlos María. Le costó menos de lo que hubiera supuesto. Un heroísmo como el de antes, cuando se tiraba fusilado, pronunciando las últimas memorables palabras.

Anunciaron a Rolando, precedido de flores y un paquete con aire de confitería de barrio. Carlos María se levantó para dejarlos solos.

—Mirá que sos tontito —dijo Marta con una voz tan para él, tan del lado de antes, que Carlos María pasó delante de Rolando como un dios.

Después el año se fue rápido. Llevaron a Marta a Córdoba, la casa estuvo vacía de mujeres hasta el final de los cursos. Fue un gran tiempo para Carlos María. Los muchachos se juntaban con él todas las tardes a estudiar en la sala grande, hacían pausas en la botánica y el reinado de Pepino el Breve para ensayar *boogies* o discutir con elegancia marcas de cigarrillos y automóviles. A veces don Elías llegaba del estudio y se quedaba un rato, tratándolos de igual a igual con tanta cordialidad que los muchachos se le entregaban enseguida. Era la hora en que don Elías mandaba traer el frasco de caña seca, y bebían sus copitas con aire de entendidos y fumando. Cosa rara, el Bebe Matti no había vuelto a hablar de mujeres a Carlos María. Una noche se fueron al bajo con Díaz Alcorta, se le animaron al *Avión* y bebieron tres cervezas cada uno. La mujer de Carlos María era flaca y comprensiva, le dio consejos y prometió vagamente encontrarse con él alguna tarde para concretar una encamada. Salieron mareados y orgullosos, disimulando las dos cosas y sobre todo el orgullo. Carlos María pensó muchas veces en Yaya, pero no en telefonearle y llevársela a una posada. Pensándolo, no lo pensaba. Cierta expresión del portero del cabaret, sumada a la de Yaya cuando le decía: "Qué bien bailás la milonga, m'hijo", lo detenían al borde del ridículo. Imaginaba problemas, ceremonias; que le pedían la libreta en el hotel, o lo mandaban de vuelta con un vigilante. Todo eso delante de Yaya, o para que lo supiera don Elías. Cuando se decidió a renunciar, a esperar, tuvo una alegría casi indigna. Como de chico, cuando había encontrado el perfecto pretexto para no hacer algo que le repugnaba o le dolía.

Marta volvió en noviembre y Carlos María fue a la estación con don Elías; Rolando Yepes estaba también ahí. Se habían visto muchas veces porque el muchacho iba a pedir noticias de Marta a don Elías, y Carlos María lo invitaba al comedor y le ofrecía una copa y el sofá. En esas ocasiones hablaban como amigos, nombrando poco a Marta, prefiriendo el fútbol y la guerra. Rolando era anglófilo y de San Lorenzo, así que había pie para discusiones largas y argumentos. Se habían hecho buenos camaradas, Carlos María sospechaba la influencia de Rolando sobre su manera de pensar, la gran ventaja de los dos años que le llevaba. Pero Rolando no aprovechaba de ella, admitía las peores opiniones de su amigo, a veces el diálogo terminaba en un golpearse los hombros y una risa llena de confianza, casi de alegría.

Le molestó verlo en la estación, prueba palpable de que Marta le escribía. Su vuelta era casi inesperada, mamá Hilaire la decidió en un par de días. Y Rolando estaba allí, dándole fuertemente la mano a don Elías que era su confesado protector, acercándose a Carlos María para palmearle la espalda. Hubiera querido plantarlos, meterse en la confitería y olvidar. De una manera vaga recordaba que en las novelas se olvida yéndose a las confiterías y bebiendo. No veía claro lo que le tocaba olvidar; como si ahora le molestara la vuelta de Marta, no tanto ver ahí a Rolando sino la llegada de ella. Si Marta hubiera venido y solamente él estuviera en la estación esperándola... Pero ni siquiera eso. Y Rolando le hablaba del triunfo de San Lorenzo en Lima, cuatro a uno y qué paseo, viejo, qué paseo padre.

A la edad de Carlos María los recuerdos se ponen ya a manchar el presente y malograrlo. El ritual de fin de año fue idéntico al anterior, de manera que él anduvo por los exámenes, los panes dulces y las corbatas nuevas como por habitaciones de toda la vida, encontrando a ciegas las llaves, evitando con un fino esguince la punta de la mesa y el borde de las sillas. Todo se repetía como en una copia de papel carbónico, primero aprobar los exámenes, después Nochebuena, después ir a sacar los pasajes, después Año Nuevo —y don Elías baleando la noche con su pistola Mannlicher—, después la estancia por todo el verano. En ese esquema riguroso y eficaz, Marta era un poco el fino pliegue que altera la copia. Estaba distinta, con una belleza intocable que encendía en Carlos María una necesidad de pura contemplación secreta. A veces se sorprendía pensando: "Ya tiene diecisiete años", la miraba girar sobre sí misma con un rápido gesto de fuga o alegría. Multitud de gestos nuevos se inventaban diariamente en ella, maneras de inclinar la cabeza,

mohínes o sonrisas. Su cuerpo se llenaba de significaciones ajenas a la Marta de entonces, pero que luego adherían a ella y
eran ella, para siempre. Como su voz, ahora más grave y contenida, y su vocabulario, donde las malas palabras se reducían a
escasos instantes de abandono y recaída.

Mamá Hilaire no necesitaba montar la guardia, porque
Marta rehuía en su primo todo lo que no fuese —aun en remo-
tas implicaciones— fraternal. Apenas vuelta de Córdoba, se
había negado a besarlo por las noches, antes de ir a dormir. Le
cambió el beso por un apretón de manos, a lo camarada, y a él
no le molestó. Besarla era ahora una tarea difícil, que se guardaba para los cumpleaños, la Nochebuena, los triunfos académi-
cos. Cuando a él lo ganaba una sorda oposición a la cercanía de
Marta y Rolando Yepes, hubiera querido tener la osadía de aco-
rralar a Marta en un momento de soledad, besarla dura y largamente para imprimir en ella una constancia de dominio. Lo
pensaba tan morosa y satisfactoriamente que se eximía de reali-
zarlo, pero le quedaba una necesidad de pelearse, de discutirle
cualquier cosa. Las rabias estallaban en la mesa, en la sala de estudio, por pavadas. Marta contestaba con sorprendida dignidad, después se dejaba ir y volvían al cambio de insultos, a la rápida esgrima lacerante. "Son como gatos", decía mamá Hilaire
desconsolada, "gatos peleándose". Carlos María pensaba en los
horrendos alaridos nocturnos en los techos. Pero también sabía
que esos gatos no se peleaban bajo la luna llena, que gritaban y
gemían pero que eso no era una pelea.

Volvió hecho un hombre de la estancia. "Diecisiete años,
y le darían veinte", afirmó don Elías ante mamá Hilaire un
poco miedosa. "Hasta domó potros, y casi se rompe el alma en
un día de carreras." Mamá Hilaire resumía su alelamiento en la
palabra de los grandes momentos: "¡Jesús!". Rolando lo saludó
con un abrazo y un: "¡Qué alegría, hermanito!". Pero Marta estuvo recelosa y distante, aun mientras lo besaba riendo y en
puntas de pie, quejándose de que la lastimaba al abrazarla.

Le quedaban dos semanas antes de empezar tercer año.
Los primeros días fueron las anécdotas, los rollos de Kodak,

telefonear a los muchachos y salir con ellos a interminables caminatas llenas de compulsas, silencios, esbozos de confesiones. Después sintió la necesidad de quedarse en casa, atento a los ruidos y los olores de casa, donde Marta y Rolando eran los amos y él se sentía indeciblemente desplazado, perdedor en Marta y en mamá Hilaire, y hasta en Rolando. Tuvo que reconocerlo: hasta en Rolando. La camaradería de antes, cuando la enfermedad y la ausencia de Marta, se sustituía ahora por rápidos diálogos de pasaje; Rolando se iba enseguida tras de Marta, a discutir cuadros y libros, tirándose teorías y largas profesiones de fe por la cabeza.

A su edad nadie se observa con demasiado rigor, y Carlos María sólo estaba seguro de un cosquilleo incómodo cada vez que encontraba a Marta con Rolando. Sin darse clara cuenta se admitía pequeñas deslealtades, tirarse a leer en el salón donde los camaradas estudiaban, interrumpirlos con preguntas a cada rato, juegos con el perro o intercambio de cigarrillos. Le molestaba en Rolando ese tono apagado que le advertía en la voz cuando se quedaba cerca de Marta hablándole confidencialmente. Ella lo escuchaba atenta, a veces admirativa, pero no era su actitud sumisa la que alertaba a Carlos María, más bien la entrega progresiva de Rolando, la pérdida de su ágil dominio del comienzo, su actitud mano a mano e independiente; su belleza segura de muchacho. En esa transformación adivinó Carlos María el acercamiento de Rolando a Marta, y ya no pudo negarse los celos, negarse a los celos que lo incitaban desde proyectos sin mañana, desde ansiosas compensaciones solitarias que lo extenuaban sin contentarlo.

Cuando en ausencia de Rolando buscaba la compañía de Marta, prometiéndose vagamente combatir los prestigios del condiscípulo, una distancia insalvable lo limitaba al diálogo de antes, a las brusquedades que a su vez Marta parecía provocar. Alguna vez se preguntó si a su prima la inquietaba su cercanía, y tuvo una dura alegría vencedora; después se dijo que tal vez Marta tuviera fastidio, hasta repugnancia. Una tarde se animó a hacerle una broma directa, mezclada con una mano que le rozó los senos; ella se le tiró encima dándole bofetones y puntapiés, en medio de un gran silencio. Estaba tan roja que él la creyó furiosa, y ya en el error confundió los livianos zarpazos y se apartó riendo, sin deseos de recomenzar, mientras Marta le daba la espalda, temblando un poco, maldiciendo en voz baja con lo mejor del lenguaje de antes. Esa tarde estuvo tiernísima con Rolando, le dio bombones en la boca, hizo de él tales elogios que mamá Hilaire terminó reprendiéndola. Los celos estallaron en Carlos María con una fuerza que primero lo arrojó a su cuarto, en una crisis de patadas a las geografías y los taburetes, y luego lo hizo ambular taciturno por los rincones oscuros de la casa. Aquello duró dos días, y en la tarde del tercero acabó metiéndose en el vacío estudio de su padre, ya harto de no hacer nada, errando de sillón en sillón, de cosa en cosa, hasta abrir sin pensarlo el viejo escritorio de cortina que ya nadie usaba.

La carta estaba en uno de los cajones chicos, mezclada con recibos del campo, olor a palo santo, un discurso de José Manuel Estrada y un número de *Caras y Caretas* donde había un poema de Fernández Moreno dedicado al aviador Saint-Romain. Al principio fue fácil leer, una letra clara como en los tiempos de la caligrafía, pero a la vuelta se mezclaba con parches amarillos, hongos incorpóreos que tapaban palabras enteras. La letra era de don Elías, el destinatario (¿la habría recibido, devuelto luego, o era un borrador, un arrepentimiento?) no alcanzaba a mostrarse con claridad.

Estimada señorita:

No me molesta el tono de su carta; lo encuentro muy propio de quien se cree en el deber de velar por la moralidad pública y privada. Ahora bien, sepa usted que en mi casa se   sin limitación a los parientes y amigos, en cuanto no pretendan convertirse en censores como acaba usted de hacerlo en una forma que yo ni mi esposa estamos dispuestos a permitir. Lamento que haya llegado al extremo de hacer   a mi esposa, quien sabe mejor deberes de mujer y de cristiana. Si esa criatura está   mi hogar, es porque tanto   como yo hemos procedido de acuerdo con nuestra conciencia. Bien sé que para mi esposa ha sido mucho más penoso que para mí (aunque nadie más que yo conoce mis sufrimientos y mi mortificación en este asunto; hasta diría mi arrepentimiento). Por eso me ofende su repentina   en algo que es del exclusivo resorte nuestro, y lamento profundamente que una infundada confianza en usted me haya llevado a confiarle una cuestión   …creto de familia. He dado a leer su carta a mi esposa, quien está de acuerdo   esto que le escribo. Si Marta es Hilaire, a nadie más que a mí incumbe cumplir con los deberes que de ahí derivan; mi esposa sabe y sabrá ayudarme, porque en ella, como en las santas, la caridad se ha sobrepuesto a los prejuicios. Aplíquese de esto lo que crea conveniente, y proce…   mande su religión y su inteligencia,

Elías Hilaire

La primera noche no fue nada, durmió duramente hasta muy tarde y sin sueños. Ya al despertar, cuando vacilaba entre levantarse a hacer gimnasia o seguir remoloneando un rato, una angustia incontenible le puso las patas sobre el estómago, una sed y un ahogo lo hicieron saltar de la cama. En otro tiempo había sentido lo mismo cuando reflexionaba —siempre así, un segundo antes de levantarse— que no le alcanzaría el promedio para eximirse de alguna materia, o que mamá Hilaire podía morir. Se dejó estar en la ducha fría, negándose al momento en que enfrentaría a Marta y los tazones de café con leche. Pero después estuvo sereno, le hizo bromas sobre su cara de dormida, el batón azul y el pelo revuelto. Ganaba tiempo para mirarla, encontrar los ojos de Marta que ahora, irrevocablemente, eran los ojos Hilaire de la infancia. No le dolía que fuese su hermana, ni que el secreto explicara mejor las separaciones atentas, los incesantes alertas de mamá Hilaire. Era otra cosa, un sordo sentimiento sin palabras donde don Elías y mamá Hilaire pasaban como enormes arañas obstinadas en un deber monstruoso y mantenido, capaz de cegar el porvenir para que el pasado se conservara respetable e intocado. Mamá Hilaire había sido la peor, la encarnación de la santidad más abominable; protegiendo la falta de don Elías, cubriendo con un ala de gallina perdonadora a la criatura confesada por ese hombre sin fuerzas para evitar su venida, débil para mantenerla lejos e ignorada. Marta Hilaire, su hermana. Con una ya innegable fraternidad en la manera de mirar, el corte del mentón. Su hermana, y él estaba enamorado de ella, ardido de celos por ella, ciego frente a Rolando que repentinamente y como un semidiós —los que se aprendían en primer año, que se transformaban y eran de todo, siempre más fuertes y más hermosos—, repentinamente como un semidiós se ponía a la cabeza de la carrera, alcanzaba a Marta porque tenía derecho, podía ganarla, no era su hermano aunque la quisiera y la mereciera menos.

La tarde anterior, antes de encontrar la carta —ahora la llevaba en la billetera como un segundo corazón seco y convulso—, su cólera hacia Marta y Rolando había virado a una necesidad de lucha. No podía expulsar a Rolando, tampoco quería expulsarlo. Imposible pegarle, su culpa no era de ese orden, todo lo punitivo debía ceder a una máquina de victoria que no le diera color de venganza. Nada le habían hecho, hubiera podido tener en Rolando a su mejor amigo, sólo que—. Y menos aún Marta, ella todavía menos. Entonces había planeado aprovechar su prestigio de retorno, su herencia de pasado; crear en Marta la vuelta al jardín, al sauce, a Buffalo Bill; sin eso precisamente, pero de alguna manera otra vez eso, el jardín y el sauce. Para dejar fuera a Rolando, imponerle su condición insuperable de intruso y extranjero.

Entonces había visto lúcidamente —aunque sin proponérselo, como un conocimiento inexpresable pero evidente— que sólo podría ganar a Marta desde lo personal, con el mismo juego que veía urdir a Rolando. No que le molestara, no exactamente que le molestara; guardaba desde mucho antes una ansiedad de apretarla contra sí y sentir su pelo y su nuca; aunque quién sabe si eso era el amor, se negaba a definir una atracción donde no había propósitos definidos —como tal vez con Yaya, tanto tiempo antes, o en algunos sueños que lo desazonaban por inciertos. Y todo se volvía ahora retroceso y renuncia, ceñirse a estar cerca de Marta y continuar en amigo, en compañero de tanto vivir y pelearse y ser felices. Ya no el amor, ya no apretarla contra sí y sentir su pelo y su protesta. Dejarla ir con Rolando y su camino. Volver al orgullo de los catorce años, antes que Rolando viniera a la casa, cuando Marta era una molestia en su orgullo masculino, incomodidad en cada cena, cada viaje, cada cine. Darse a la vez cuenta —al rato, cuando el soliloquio parecía haberse agotado, satisfactorio— que no podía ser, que la idea de Rolando con Marta era como nunca esa avispa rabiosa en su puño; y él una necesidad de espada fría metiéndose entre ambos como en las leyendas de la Tabla Redonda; guardián de su hermana, entonces, aun si no era precisamente eso, si algo como una mentira lo arrastraba quemándole las siestas y las noches, denunciando esa tutoría resignada; algo como un impulso hacia otra cosa, un correr de caballo incendiado.

Organizó su renunciamiento con minucia de relojero. Ahora creía curarse aislándose poco a poco, cediendo en el recuerdo de su hermana a la presencia, siempre más constante y visible de Rolando. Se prometía hacerlos felices, develar el secreto un día en que mamá Hilaire y don Elías hubieran muerto, extraer la carta amarilla de su billetera en alguna noche de aniversario, mostrarla a los esposos a la hora de los brindis, con la palidez adecuada y más tarde las lágrimas, los brindis, la emoción de Marta ante la revelación de la fraternidad, el abrazo de Rolando definitivamente camarada. Construía sus sueños con prolongado detalle, dejando irse las horas de la siesta boca arriba. Un rato después hervía de rabia, exasperado por haberse dejado arrastrar a una filantropía repugnante. La inconsistencia de tanto fantaseo lo volvió tornadizo y malhumorado, ya mamá Hilaire se quejaba en alta voz y atribuía a las vacaciones en la estancia esa brusca hosquedad de Carlos María. Él le replicó ásperamente una o dos veces, hasta que don Elías lo trató de mocoso delante de Rolando. Se levantó pálido, a punto de gritar la verdad como tirándole una escupida. Rolando lo miraba apenado, invitándolo a callar, entonces todo se resumió dulcemente en una necesidad inevitable de llanto, en un irse a su cuarto sin mirar a nadie y ceder horas enteras a una amargura deliciosa llena de mimos y frases superiores.

Después de eso se puso sigiloso y astuto. Entraba sin negárselo en un retorno a los celos, y advertía complacido que para apartar a Rolando de Marta no le quedaba más que mostrarse inteligente, acumular pretextos, interrupciones, amabilidades llenas de encanto, introducirse en el diálogo, ser tres con ellos, salir a su lado, leerles los libros y compartir los bombones. Consiguió convencer a Rolando para ir un domingo a la cancha de Racing, otro día telefoneó a Marta desde el centro proponiéndole una comedia en sección vermouth; como ella hablaba de que Rolando iría a estudiar, le previno que la obra saldría de cartel al otro día; Marta se dejó llevar.

Cuando salían los tres, ella se sentaba entre ambos en los cines y los bares, el hábito los llenaba de sobreentendidos e intimidades. En la casa, Rolando era ya el festejante que va a cenar dos veces por semana y adquiere crecientes privilegios. Le llevaba cigarros a don Elías y la revista *Home and Garden* a mamá Hilaire. Aparte de Picasso, coincidían con él en todo, y hasta el padre de Rolando se había dado una vuelta exploratoria y cambiado saludos con los Hilaire en ocasión del primero de año.

Alguna vez, cuando se quedaban solos y Marta mordía el lápiz antes de empezar un croquis, Carlos María recelaba que ella estuviera sobre aviso, que sospechara. Llegó a tener miedo de esos momentos, tal vez porque Marta no se recataba ante él, se tendía de pronto en un canapé con las piernas demasiado descubiertas, la cabeza echada atrás hasta dejar ver los senos naciendo desde el escote como helados con su fruta de adorno. Entonces él sentía el horror del ridículo, quedándose ahí sin hacer nada cuando Marta parecía esperar por lo menos una palabra, aunque fuera como otras veces para replicar y enderezarse llena de extraña cólera turbia. A toda sospecha de deseo, Carlos María replicaba con el imperativo del deber. La fraternidad era el cristal de acuario que separa la sirena del contemplador, le da un sentimiento de seguridad previo y como fundamental, que ahoga en su nacimiento toda concupiscencia. Pero Marta estaba ahí, tocándolo, y él pensó alguna vez si no lo ponía a prueba, urdiendo a su turno una telaraña invisible donde acabaría por pegarse, muñeco desesperado. Recordaba los juegos de infancia, la separación al borde del cañaveral de la fuente, sancionadas ya las reglas de la guerra; la doble organización de las emboscadas, las traiciones, los lazos. En la tranquilidad del taller de Marta, tirados en los sillones y hablando de una exposición de Antonio Berni, eran quizá de nuevo los chicos salvajes y semidesnudos que se hostigaban callados entre las cañas, sudorosos bajo el sol de las tres, los grillos, las langostas. De nuevo los gatos, y un poco como si el ovillo para los zarpazos se llamara más y más Rolando Yepes.

A esa altura de las cosas, Carlos María estaba seguro de que si Marta no hubiera sido su hermana, él la habría disputado abiertamente a Rolando, hasta tirarlo de la casa como a una cáscara de naranja. No se le ocurrió pensar que pudo haberlo hecho antes de conocer la carta, que entonces se retenía en un sordo sentimiento de animosidad donde Rolando no parecía tener más relieve que Marta. Iba poco lejos en sus análisis, el alma ejercita esos botiquines llenos de colodio y gasas antes de que la sangre salga de las heridas como quejas entrecortadas, pedazos de verdad y mentira revueltas y bullentes. Y otra vez organizaba su situación moral (porque la llamaba así: situación moral) en base a las interdicciones de su secreto conocimiento. Imposible combatir ahora con las armas que Rolando estaba usando. Imposible quitarle a Marta con un beso más duro y una caricia más apoyada. Entonces quedaba la alternativa del renunciamiento total (al que volvía para alejarse enseguida, apenas escuchaba el diálogo naciendo en el taller o en el jardín), o el combate disimulado por la reconquista fraternal de una Marta silenciosa, distante, distinta.

Entraba en la sala del piano cuando vio a Rolando separarse de Marta con un gesto de serpiente que echa atrás el cuerpo. Las huellas del beso eran el aire sorprendido e incierto de

Marta —de rodillas en el diván azul, de manera que Rolando había tenido que inclinarse apoyándole las manos en los hombros y besarla sin un abrazo, sin esa continuación, ese árbol del beso en los dedos y los brazos. No sería la primera vez, Carlos María lo pensó mientras entraba mirándolos oscuramente, pero la certidumbre del beso alteraba de pronto los valores como un puñetazo destruye las sensaciones habituales y ya inadvertidas, crea en su horrible instante un tumulto insoportable de dolores, olores, gustos, estrellas y náusea, una marea que irrumpe como un enjambre furioso contra un parabrisas. Miraba a Rolando sin intención de decir nada, ni siquiera de mirarlo, y Rolando se apartó hasta la mesa donde estaba su pipa exhalando un humo débil, lo miró a su vez con una ansiedad de recobrarse y no dar a la cosa una importancia inútil.

—De manera que no pierden el tiempo —dijo Carlos María—. No me parece bien que vos hagás esto. Si venís a casa, portate como un caballero.

—Lee demasiado a Duras —dijo Marta, tendida ahora en el diván y mirándolo burlona—. Eso de caballero es de una idiotez que sólo a vos...

—Se lo dije a él, callate la boca.

—¿Por qué te enojás, pibe? —intervino Rolando con toda calma—. No sos ciego, me parece, para ver que esto iba en serio desde hace mucho.

Y sin darle tiempo a la réplica, a una de las muchas que se confundían y pugnaban:

—Además no es cosa tuya, si vamos al caso. Ya voy a hablar con tu padre.

Carlos María estaba entre tirársele a pegarle o irse de la casa, vertiginosamente consultaba la doble salida, y los ojos de Rolando seguían amigables pero definidos en los suyos, como fuera del tiempo, en una detención instantánea donde nada se resolvía, donde la voluntad era inane y blanda, trapo mojado resbalándole por las piernas. Entonces sintió la mano de Marta en su brazo, la caricia menuda. Los dos lo miraban como a un chico, condescendientes y dándole su oportunidad de borrar el mal momento. Los ojos de Carlos María bajaron antes que los de Rolando; su mirada recorrió el cuerpo de Rolando, de arriba abajo como el chorro de la manguera contra la hiedra del paredón, resonando sordamente. No miraba a Marta, sentía su mano caliente sobre la camisa. Se dio vuelta y corrió.

Había dudado a último momento, pero llegó ante don Elías y le puso por delante la carta mientras se preguntaba qué relación podía haber entre su gesto y lo que acababa de pasar. Pero lo hizo como si algo le dijera que estaba bien, que convenía liquidar todo asunto pendiente antes de que empezara una nueva etapa; la destrucción de papeles y fotografías la víspera de una operación. Sufría poco, la angustia era más intensa que cualquier dolor, sentía necesidad de emprenderla contra algo; si ese algo hubiera sido Rolando, se habría tirado contra él. Pero no era, y tampoco Marta, tal vez ambos juntos, la entidad que abominaba en ellos desde el momento de su beso.

Don Elías miró la carta con minucia, chasqueó la lengua y dijo algo sobre la curiosidad mal encaminada.

—Nadie te dio permiso para que andés revolviendo mis papeles. ¿Dónde encontraste esto?

Al contestarle, pálido de rabia, Carlos María guardaba la actitud siempre teatral del que pide explicaciones un escalón más arriba del abrumado interlocutor, envuelto en la grandeza del acusador público. Pero don Elías lo empujó hasta un sillón cercano al suyo.

—¡Qué pavadas se te habrán metido en la cabeza!

—Marta es tu hija —acusó él, jadeando un poco, muerto de miedo y lástima.

—No seas papanatas, parece mentira que tengas la edad que tenés para venirme con esas comedias. ¿Cómo pensás que te hubiera dejado crecer en semejante error? Para qué, decime.

—La carta es de tu puño y letra.

—La carta dice que Marta es Hilaire, y eso sí que va a ser la única novedad para vos. Te lo hubiera hecho saber cuando cumplieras los dieciocho, pero ya que estás así… Es tu prima, zonzo, solamente que es hija de Luis Miguel.

70

—No es cierto —murmuró Carlos María, empezando a entender que era cierto—. Me estás engañando de nuevo.

—Te debería cruzar la cara de un revés —cortó don Elías sin demasiado enojo—. Ahí está tu madre cosiendo en el dormitorio; andá a decirle de mi parte que te abra los ojos. Te lo va a contar mejor que yo, andá y dejame trabajar en paz. No volvás hasta que te haya bajado la cresta.

Un botón aquí, los pespuntes… Sí, era la hija de Luis Miguel Hilaire y una muchacha muerta en el parto. La carta de don Elías ("alcanzame la caja de las agujas, no te quedés como alelado") se dirigía a una parienta que dio en el clavo y se alzaba en nombre de los mandatos de la Iglesia. Fue fácil arreglar la cuestión del apellido, don Elías era influyente por entonces y había necesidad de cubrir a Luis Miguel, candidato a senador por Buenos Aires.

—Mi pobre hermana, Dios la tenga en su gloria, aceptó pasar por madre de Marta delante de la gente, y cuando se la llevó la gripe nosotros seguimos con la mentira piadosa, máxime que Rosales había aceptado que le pusieran el apellido, y el pobre se murió al poco tiempo… Te diré que todos los parientes cercanos conocen la verdad y han estado siempre de acuerdo; ya ves que al final Elías ni siquiera mandó esa carta. Y uno de estos días lo hubieran sabido ustedes… Íbamos dejando pasar, esas cosas son tan penosas.

Se enredaba en las explicaciones, mezclándolas con los hilos y los dobladillos, pero ya Carlos María no la escuchaba. Marta es Hilaire… Y de nuevo su prima; Hilaire, pero su prima. Con todos los derechos recobrados, su largo sacrificio inútil, otra vez solo y desnudo a la par de Rolando. Ahora (y fue saliendo del dormitorio con sigilosa lentitud) podía ganarle a Marta, besarla después de su beso. Decir que todas esas semanas había estado sacrificándose, repetía lo del sacrificio para convencerse. Porque Marta era Hilaire. La libertad lo anegaba al fin como un extravío, la pérdida de todo asidero; se aferró al pasamanos para asegurarse que estaba bajando. Oyó reír en la sala del piano, después un acorde, Rolando picando el principio de una rumba.

71

La puerta estaba entornada, y él tenía derecho a abrirla de par en par, ir al encuentro de Rolando y Marta, decir simplemente: "Soy yo, vengo a quedarme".

Recordó que no había pedido disculpas a don Elías; pero ya estaba echándose atrás cuando lo recordó.

Esto pasaba un lunes, y el martes por la tarde Marta vio entrar a Carlos María con un atado de cigarrillos de la marca que a ella le gustaban. No era todavía la hora de Rolando, de manera que él fue a tenderse en el sofá con las piernas estiradas, dueño del taller en donde Marta retocaba una naturaleza muerta con azules y amarillos. La noche anterior, cuando se reunieron a cenar (sin Rolando), Carlos María esperó que sus padres continuaran las revelaciones de la tarde para dejar aclarado el asunto ante Marta. Tal vez ellos aguardaban lo mismo de él, y la cena pasó sin que casi se hablara.

—Ese zapallo parece una pelota de rugby.

—Antes de dibujarlo pensé un rato en vos. Siempre fuiste mi musa, y no es necesario que me quemes la funda del sofá.

—Dejá de trabajar un rato —dijo Carlos María—. Me gustaría hablar con vos, te veo tan poco ahora.

—Porque no te hacés ver.

—A veces llego cuando no debo, ya sé.

Los dos habían esperado ese punto para acercarse a la discusión necesaria. Marta le aceptó un cigarrillo y se vino junto a él, se sentó en el borde del sofá. Oyeron a mamá Hilaire preguntando si no habían visto sus ovillos de lana. El taller estaba claro, con una claridad sin límites ni matices, una luz ubicua que Marta obtenía a esa hora en torno a su caballete.

Fumaba meditativa, sin mirarlo. Carlos María alzó la mano ociosa con el ademán antiguo, que amenazaba siempre despeinarla, y la vio responder exactamente con un gesto de portadora de ánfora, o del persa en los subterráneos de la Ópera. Se rieron.

—Ayer estuviste odioso, no te lo perdonaré nunca.

—Lo que hice fue perder el tiempo, tampoco me lo voy a perdonar nunca.

—Yo te creía mi amigo —dijo ella innecesariamente, como para llenar un blanco con una pincelada cualquiera. Pensaba en lo que había sentido al verlo entrar con el rostro contraído, Rolando echándose atrás como un látigo, el diálogo instantáneo sin satisfacción, y después Carlos María dándose la vuelta y corriendo hacia fuera, trepando la escalera sin mirarlos, tal vez mordiéndose una mano como cuando chico, los dientes y las lágrimas mezclados en la piel de la mano. De todo lo ocurrido recordaba más la fuga de Carlos María que la delicia apagada del beso; se preguntó si él creería que era el primer beso de Rolando, y que no la había hecho feliz. Lo oyó murmurar confusamente algo, la cara nublada por el humo y el gesto amargo. Hizo a su vez el ademán de peinarle el mechón que le caía sobre un ojo, y él la dejó sin moverse, entregado al roce liviano de los dedos.

—No sé, me pareció horrible ver que estabas enamorada de él.

—¿Por qué horrible, idiota? ¿Y qué comprobación es ésa... besarse?

—No sé, nunca lo había visto besándote. No porque vos estuvieras ahí, besándolo, sabés. Fue al ver que él te besaba, lo vi tan claro inclinándose sobre vos para besarte.

—Rolando me quiere, ya oíste que te lo decía y bien claro. Si uno quiere a alguien, alguna vez tiene que besarlo. Yo le contesté el beso porque un beso no debe malgastarse, sabés, y porque si se cierra los ojos...

Las manos duras de Carlos María se le clavaron en los hombros. Lo sintió temblar, un final del temblor agolpándose en sus dedos, vibrándole en la carne bajo la blusa. Se preguntó si él la inclinaría contra sí, oponiendo al gesto sometido de Rolando el tirón imperioso del que atrae y doblega; sintió aflojársele la cintura con una blanda aquiescencia, quedó apoyada apenas en los tendidos brazos de Carlos María, esperando que la doblara hacia él. Y cerró los ojos para verlo mejor, ahora que una mano se apoyaba en sus senos, estuvo ahí un instante y volvió al hombro, atrayéndola al fin violentamente. Le sintió el aliento, la humedad de los labios, la fuerza tremenda del beso.

Trastornada, dándose todavía al abrazo, esperó sin respuesta la delicia del abandono, y ya algo en ella denunciaba el contacto queriendo hacerlo más insistente, arrastrar a Carlos María en la entrega; pero lo sentía distante, luchando tal vez por cercarla, incidir en la zona donde ella era por fin la cesión, luchando desesperado y vencido por un despojo que se quedaba en las manos, en los labios, en el calor horrible de dos caras que se han buscado y saben que eso de alguna manera no es el encuentro.

—Por qué… por qué… —El balbuceo de Marta llegó a Carlos María cuando lentamente se desgajaba del beso, ayudándola a incorporarse otra vez. Una sed fría y húmeda se le pegaba a las fauces, miraba a Marta de arriba abajo como previendo una explicación imposible, adelantándose a encontrar coartadas y disculpas. En aquel instante la había tenido por fin contra él, maravillado al darse cuenta de que era el vencedor, que Rolando estaba fuera y lejano y sin sentido, para inmediatamente ceder al asco de un beso sin delicia, de un beso más caliente y duro que los de antes pero otra vez y para siempre un beso de hermana, porque Marta era Hilaire, quería desmentir la revelación de don Elías y se empecinaba de golpe en creer que lo habían engañado, que ese contacto miserable le probaba la fraternidad más que cualquier carta o cualquier desmentido. Y algo espantoso —con la belleza detrás, llorando—, medir de golpe la dirección de sus celos, la larga falsedad de su renunciamiento, la inconsistencia de Marta antes y ahora, Marta Rosales, Marta Hilaire, nada más que Marta y él desesperadamente libre contra ella, más lejos y alto, trapo agitándose en un viento negro por encima de Marta que ahora se había puesto a llorar, oculto el rostro, dejando salirse unas lágrimas y un hipo entre los dedos apretados.

Tuvo coraje, antes de irse dejó unas líneas a don Elías:

No te echo la culpa de nada, alcanzo a darme cuenta de que hay tanta mentira en mí que me llevaría años desenredar la madeja en que estoy convertido por dentro. Creo que me hiciste un daño al criarme al lado de ella, después me parece que no, que eso ocurre en todas las

familias y que no tienes la culpa de que yo esté loco.
Todo el día he estado pensando que mamá y tú me en-
gañaron de nuevo, que Marta es tu hija. Pero mira,
papá, también esta acusación te la tiro para que no me
dé en la cara, porque así me salvo a ratos de sospechar
que es una defensa, una excusa, una conformidad moral.
Vaya uno a saber la verdad, a lo mejor no era a ella a
quien quería, mejor dejar todo como está y cortar de
una vez las explicaciones. Acabo de vender mi máquina
de escribir, casi todos los trajes y los libros. Al principio
pensé en matarme (tú dirás por qué, me doy cuenta de que
no te explico nada, pero es eso, yo mismo no entiendo,
y esto también es mentira). Pensé en matarme, pero uno
al final nunca se mata, todavía no sé qué voy a hacer.
Junté quinientos pesos, me alcanza para irme; por favor
no vayas a hacer averiguaciones. Te juro que me mato si
tratan de ponerme la mano encima. Díselo a mamá, que
será la más deseosa de encontrarme. Prométele de mi
parte que seré feliz, que ya tendrán noticias mías. No les
muestres esta carta ni a ella ni a Rolando. A Rolando
dile que le dejo dos cajas de cigarrillos rubios de su marca y unos libros que le gustaban.

Más tarde tuvieron noticias indirectas. Alguien creyó haber visto a Carlos María en el puerto, andando con marineros.
Don Elías fue con un comisario amigo y averiguaron en todas
partes. Esa noche había salido un carguero noruego; el capitán
contrató a un marinero y dos grumetes argentinos, uno de los
grumetes se parecía a Carlos María Hilaire. Un estanciero de
Córdoba les escribió al poco tiempo que había visto pasar un
camión con chapa de Santiago del Estero manejado por un muchacho que le recordó a Carlos María. La primera postal tenía
sello de Tarija y llegó tres meses después; la segunda era de
Nueva Orleans, para fin de año. Siempre estaba bien. Siempre
muy contento. Siempre muchos cariños.

Enero de 1948

Manuscrito hallado junto a una mano

A mi tocayo De Caro

Llegaré a Estambul a las ocho y media de la noche. El concierto de Nathan Milstein comienza a las nueve, pero no será necesario que asista a la primera parte; entraré al final del intervalo, después de darme un baño y comer un bocado en el Hilton. Para ir matando el tiempo me divierte recordar todo lo que hay detrás de este viaje, detrás de todos los viajes de los dos últimos años. No es la primera vez que pongo por escrito estos recuerdos, pero siempre tengo buen cuidado de romper los papeles al llegar a destino. Me complace releer una y otra vez mi maravillosa historia, aunque luego prefiera borrar sus huellas. Hoy el viaje me parece interminable, las revistas son aburridas, la hostess tiene cara de tonta, no se puede siquiera invitar a otro pasajero a jugar a las cartas. Escribamos, entonces, para aislarnos del rugido de las turbinas. Ahora que lo pienso, también me aburría mucho la noche en que se me ocurrió entrar al concierto de Ruggiero Ricci. Yo, que no puedo aguantar a Paganini. Pero me aburría tanto que entré y me senté en una localidad barata que sobraba por milagro, ya que la gente adora a Paganini y además *hay* que escuchar a Ricci cuando toca los *Caprichos*. Era un concierto excelente y me asombró la técnica de Ricci, su manera inconcebible de transformar el violín en una especie de pájaro de fuego, de cohete sideral, de kermesse enloquecida. Me acuerdo muy bien del momento: la gente se había quedado como paralizada con el remate esplendoroso de uno de los caprichos, y Ricci, casi sin solución de continuidad, atacaba el siguiente. Entonces yo pensé en mi tía, por una de esas absurdas distracciones que nos atacan en lo más hondo de la atención, y en ese mismo instante saltó la segunda cuerda del violín. Cosa muy desagradable, porque Ricci tuvo que saludar, salir del escenario y regresar con cara de pocos amigos, mientras en el público se perdía esa tensión que todo intérprete conjura y aprovecha. El pianista atacó su parte, y Ricci volvió a tocar el capricho. Pero a mí me había quedado una sensación confusa y obstinada a la vez, una especie de problema no resuelto, de elementos disociados que buscaban concatenarse. Distraído, incapaz de volver a entrar en la música, analicé lo sucedido hasta el momento en que había empezado a desasosegarme, y concluí que la culpa parecía ser de mi tía, de que yo hubiera pensado en mi tía en mitad de un capricho de Paganini. En ese mismo instante se cayó la tapa del piano, con un estruendo que provocó el horror de la sala y la total dislocación del concierto. Salí a la calle muy perturbado y me fui a tomar un café, pensando que no tenía suerte cuando se me ocurría divertirme un poco.

Debo ser muy ingenuo, pero ahora sé que hasta la ingenuidad puede tener su recompensa. Consultando las carteleras averigüé que Ruggiero Ricci continuaba su tournée en Lyon. Haciendo un sacrificio me instalé en la segunda clase de un tren que olía a moho, no sin dar parte de enfermo en el instituto médico-legal donde trabajaba. En Lyon compré la localidad más barata del teatro, después de comer un mal bocado en la estación, y por las dudas, por Ricci sobre todo, no entré hasta último momento, es decir hasta Paganini. Mis intenciones eran puramente científicas (¿pero es la verdad, no estaba ya trazado el plan en alguna parte?) y como no quería perjudicar al artista, esperé una breve pausa entre dos caprichos pera pensar en mi tía. Casi sin creerlo vi que Ricci examinaba atentamente el arco del violín, se inclinaba con un ademán de excusa, y salía del escenario. Abandoné inmediatamente la sala, temeroso de que me resultara imposible dejar de acordarme otra vez de mi tía. Desde el hotel, esa misma noche, escribí el primero de los mensajes anónimos que algunos concertistas famosos dieron en llamar las cartas negras. Por supuesto Ricci no me contestó, pero mi carta preveía no sólo la carcajada burlona del destinatario sino su propio final en el cesto de los papeles. En el concierto siguiente —era en Grenoble— calculé exactamente el momento de entrar en la sala, y a mitad del segundo movimiento de una sonata de Schumann pensé en mi tía. Las luces de la sala se apagaron, hubo una confusión considerable y Ricci, un poco pálido, debió acordarse de cierto pasaje de mi carta antes de volver a tocar; no sé si la sonata valía la pena, porque yo iba ya camino del hotel.

Su secretario me recibió dos días después, y como no desprecio a nadie acepté una pequeña demostración en privado, no sin dejar en claro que las condiciones especiales de la prueba podían influir en el resultado. Como Ricci se negaba a verme, cosa que no dejé de agradecerle, se convino en que permanecería en su habitación del hotel, y que yo me instalaría en la antecámara, junto al secretario. Disimulando la ansiedad de todo novicio, me senté en un sofá y escuché un rato. Después toqué el hombro del secretario y pensé en mi tía. En la estancia contigua se oyó una maldición en excelente norteamericano, y tuve el tiempo preciso de salir por una puerta antes de que una tromba humana entrara por la otra armada de un Stradivarius del que colgaba una cuerda.

Quedamos en que serían mil dólares mensuales, que se depositarían en una discreta cuenta de banco que tenía la intención de abrir con el producto de la primera entrega. El secretario, que me llevó el dinero al hotel, no disimuló que haría todo lo posible por contrarrestar lo que calificó de odiosa maquinación. Opté por el silencio y por guardarme el dinero, y esperé la segunda entrega. Cuando pasaron dos meses sin que el banco me notificara del depósito, tomé el avión para Casablanca a pesar de que el viaje me costaba gran parte de la primera entrega. Creo que esa noche mi triunfo quedó definitivamente certificado, porque mi carta al secretario contenía las precisiones suficientes y nadie es tan tonto en este mundo. Pude volver a París y dedicarme concienzudamente a Isaac Stern, que iniciaba su tournée francesa. Al mes siguiente fui a Londres y tuve una entrevista con el empresario de Nathan Milstein y otra con el secretario de Arthur Grumiaux. El dinero me permitía perfeccionar mi técnica, y los aviones, esos violines del espacio, me hacían ahorrar mucho tiempo; en menos de seis meses se sumaron a mi lista Zino Francescatti, Yehudi Menuhin, Ricardo Odnoposoff, Christian Ferras, Ivry Gitlis y Jascha Heifetz.

Fracasé parcialmente con Leonid Kogan y con los dos Oistrakh, pues me demostraron que sólo estaban en condiciones de pagar en rublos, pero por la dudas quedamos en que me depositarían las cuotas en Moscú y me enviarían los debidos comprobantes. No pierdo la esperanza, si los negocios me lo permiten, de afincarme por un tiempo en la Unión Soviética y apreciar las bellezas de su música.

Como es natural, teniendo en cuenta que el número de violinistas famosos es muy limitado, hice algunos experimentos colaterales. El violoncelo respondió de inmediato al recuerdo de mi tía, pero el piano, el arpa y la guitarra se mostraron indiferentes. Tuve que dedicarme exclusivamente a los arcos, y empecé mi nuevo sector de clientes con Gregor Piatigorsky, Gaspar Cassadó y Pierre Michelin. Después de ajustar mi trato con Pierre Fournier, hice un viaje de descanso al festival de Prades donde tuve una conversación muy poco agradable con Pablo Casals. Siempre he respetado la vejez, pero me pareció penoso que el venerable maestro catalán insistiera en una rebaja del veinte por ciento o, en el peor de los casos, del quince. Le acordé un diez por ciento a cambio de su palabra de honor de que no mencionaría la rebaja a ningún colega, pero fui mal recompensado porque el maestro empezó por no dar conciertos durante seis meses, y como era previsible no pagó ni un centavo. Tuve que tomar otro avión, ir a otro festival. El maestro pagó. Esas cosas me disgustaban mucho.

En realidad yo debería consagrarme ya al descanso puesto que mi cuenta de banco crece a razón de 17.900 dólares mensuales, pero la mala fe de mis clientes es infinita. Tan pronto se han alejado a más de dos mil kilómetros de París, donde saben que tengo mi centro de operaciones, dejan de enviarme la suma convenida. Para gentes que ganan tanto dinero hay que convenir en que es vergonzoso, pero nunca he perdido tiempo en recriminaciones de orden moral. Los Boeing se han hecho para otra cosa, y tengo buen cuidado de refrescar personalmente la memoria de los refractarios. Estoy seguro de que Heifetz, por ejemplo, ha de tener muy presente cierta noche en el teatro de Tel Aviv, y que Francescatti no se consuela del final de su último concierto en Buenos Aires. Por su parte, sé que hacen todo lo posible por liberarse de sus obligaciones, y nunca me he reído tanto como al enterarme del consejo de guerra que celebraron el año pasado en Los Ángeles, so pretexto de la descabellada invitación de una heredera californiana atacada de melomanía megalómana. Los resultados fueron irrisorios pero inmediatos: la policía me interrogó en París sin mayor convicción. Reconocí mi calidad de aficionado, mi predilección por los instrumentos de arco, y la admiración hacia los grandes virtuosos que me mueve a recorrer el mundo para asistir a sus conciertos. Acabaron por dejarme tranquilo, aconsejándome en bien de mi salud que cambiara de diversiones; prometí hacerlo, y días después envié una nueva carta a mis clientes felicitándolos por su astucia y aconsejándoles el pago puntual de sus obligaciones. Ya por ese entonces había comprado una casa de campo en Andorra, y cuando un agente desconocido hizo volar mi departamento de París con una carga de plástico, lo celebré asistiendo a un brillante concierto de Isaac Stern en Bruselas —malogrado ligeramente hacia el final— y enviándole unas pocas líneas a la mañana siguiente. Como era previsible, Stern hizo circular mi carta entre el resto de la clientela, y me es grato reconocer que en el curso del último año casi todos ellos han cumplido como caballeros, incluso en lo que se refiere a la indemnización que exigí por daños de guerra.

A pesar de las molestias que me ocasionan los recalcitrantes, debo admitir que soy feliz; incluso su rebeldía ocasional me permite ir conociendo el mundo, y siempre le estaré agradecido a Menuhin por un atardecer maravilloso en la bahía de Sydney. Creo que hasta mis fracasos me han ayudado a ser dichoso, pues si hubiera podido sumar entre mis clientes a los pianistas, que son legión, ya no habría tenido un minuto de descanso. Pero he dicho que fracasé con ellos y también con los directores de orquesta. Hace unas semanas, en mi finca de Andorra, me entretuve en hacer una serie de experimentos con el recuerdo de mi tía, y confirmé que su poder sólo se ejerce en aquellas cosas que guardan alguna analogía —por absurda que parezca— con los violines. Si pienso en mi tía mientras estoy mirando volar a una golondrina, es fatal que ésta gire en redondo, pierda por un instante el rumbo, y lo recobre después de un esfuerzo. También pensé en mi tía mientras un artista trazaba rápidamente un croquis en la plaza del pueblo, con líricos vaivenes de la mano. La carbonilla se le hizo polvo entre los dedos, y me costó disimular la risa ante su cara estupefacta. Pero más allá de esas secretas afinidades... En fin, es así. Y nada que hacer con los pianos.

Ventajas del narcisismo: acaban de anunciar que llegaremos dentro de un cuarto de hora, y al final resulta que lo he pasado muy bien escribiendo estas páginas que destruiré como siempre antes del aterrizaje. Lamento tener que mostrarme tan severo con Milstein, que es un artista admirable, pero esta vez se requiere un escarmiento que siembre el espanto entre la clientela. Siempre sospeché que Milstein me creía un estafador, y que mi poder no era para él otra cosa que el efímero resultado de la sugestión. Me consta que ha tratado de convencer a Grumiaux y a otros de que se rebelen abiertamente. En el fondo proceden como niños, y hay que tratarlos de la misma manera, pero esta vez la corrección será ejemplar. Estoy dispuesto a estropearle el concierto a Milstein desde el comienzo; los otros se enterarán con la mezcla de alegría y de horror propia de su gremio, y pondrán el violín en remojo por así decirlo.

Ya estamos llegando, el avión inicia su descenso. Desde la cabina de comando debe ser impresionante ver cómo la tierra parece enderezarse amenazadoramente Me imagino que a pesar de su experiencia, el piloto debe estar un poco crispado, con las manos aferradas al timón. Sí, era un sombrero rosa con volados, a mi tía le quedaba tan

(c 1955)

Teoría del cangrejo[*]

Habían levantado la casa en el límite de la selva, orientada al sur para evitar que la humedad de los vientos de marzo se sumara al calor que apenas mitigaba la sombra de los árboles.

Cuando Winnie llegaba

Dejó el párrafo en suspenso, apartó la máquina de escribir y encendió la pipa. Winnie. El problema, como siempre, era Winnie. Apenas se ocupaba de ella la fluidez se coagulaba en una especie de

Suspirando, borró *en una especie de*, porque detestaba las facilidades del idioma, y pensó que ya no podría seguir trabajando hasta después de cenar; pronto llegarían los niños de la escuela y habría que ocuparse de los baños, de prepararles la comida y ayudarlos en sus

¿Por qué en mitad de una enumeración tan sencilla había como un agujero, una imposibilidad de seguir? Le resultaba incomprensible, puesto que había escrito pasajes mucho más arduos que se armaban sin ningún esfuerzo, como si de alguna manera estuvieran ya preparados para incidir en el lenguaje. Por supuesto, en esos casos lo mejor era

Tirando el lápiz, se dijo todo se volvía demasiado abstracto; los *por supuesto* los *en esos casos*, la vieja tendencia a huir de situaciones definidas. Tenía la impresión de alejarse cada vez más de las fuentes, de organizar puzzles de palabras que a su vez

Cerró bruscamente el cuaderno y salió a la veranda.

Imposible dejar esa palabra, *veranda*.

* *Triunfo*, Madrid, n.º 418, 6 de junio de 1970.

Ciao, Verona*

> —*Tu n'a pas su me conquérir* —*prononça*
> *Vally, lentement*—. *Tu n'a eu ni la force,*
> *ni la patience, ni le courage de vaincre mon*
> *repliement hostile vis-à-vis de*
> *l'être qui veut me dominer.*
> —*Je ne l'ignore point, Vally. Je ne formule*
> *pas le plus légère reproche, la plus légère*
> *plainte. Je te garde l'inexprimable*
> *reconnaissance de m'avoir inspiré cet amour*
> *que je n'ai point su te faire partager.*
> RENEE VIVIEN,
> Une femme m'apparut…

Fue en Boston y en un hotel, con pastillas. Lamia Maraini, treinta y cuatro años. A nadie le sorprendió demasiado, algunas mujeres lloraron en ciudades lejanas, la que vivía en Boston se fue esa noche a un nightclub y lo pasó padre (así se lo dijo a una amiga mexicana). Entre los pocos papeles de la valija había tarjetas postales con solamente nombres de pila, y una larga carta romántica fechada meses antes pero apenas leída, casi intocada en el ancho sobre azul. No sé, Lamia —una escritura redonda y aplicada, un poco lenta pero viniendo evidentemente de alguien que no hacía borradores—, no sé si voy a enviarte esta carta, hace ya tanto que tu silencio me prueba que no las lees y yo nunca aprendí a enviarte notas breves que acaso hubieran despertado un deseo de respuesta, dos líneas o uno de esos dibujos con flechas y ranitas que alguna vez me enviaste desde Ischia, desde Managua, descansos de viaje o maneras de llenar una hora de hastío con una mínima gentileza un poco irónica.

Ves, apenas empiezo a hablarte se siente —tú lo sentirás más que yo y rechazarás esta carta con un malhumor de gata

---

* *El País* (*Babelia*), Madrid, 3 de noviembre de 2007.

mal despierta— que no podré ser breve, que cuando empiezo a hablarte hay como un tiempo abolido, es otra vez la oficina del CERN y las lentas charlas que nos salvaban de la bruma burocrática, de los papeles como polvorientos sobre nuestros escritorios, *urgente, traducción inmediata*, el placer de ignorar un mundo al que nunca pertenecimos de veras, la esperanza de inventarnos otro sin prisa pero tenso y crispado y lleno de torbellinos e inesperadas fiestas. Hablo por mí, claro, tú no lo viste nunca así pero cómo podía yo saberlo entonces, Lamia, cómo podía adivinar que al hablarme te estabas como peinando o maquillando, siempre sola, siempre vuelta hacia ti, yo tu espejo Mireille, tu eco Mireille, hasta el día en que abrieras la puerta del fin de tu contrato y saltaras a la vida calle afuera, aplastaras el pie en el acelerador de tu Porsche que te lanzaría a otras cosas, a lo que ahora estarás viviendo sin imaginarme aquí escribiéndote.

Digamos que te hablo para que mi carta llene una hora hueca, un intervalo de café, que alzarás la vista entre frase y frase para mirar cómo pasa la gente, para apreciar esas pantorrillas que una falda roja y unas botas de blando cuero delimitan impecablemente. ¿Dónde estás, Lamia, en qué playa, en qué cama, en qué lobby de hotel te alcanzará esta carta que entregaré a un empleado indiferente para que le ponga los sellos y me indique el precio del franqueo sin mirarme, sin más que repetir los gestos de la rutina? Todo es impreciso, posible e improbable: que la leas, que no te llegue, que te llegue y no la leas, entregada a juegos más ceñidos; o que la leas entre dos tragos de vino, entre dos respuestas a esas preguntas que siempre te harán las que viven la indecible fortuna de compartirte en una mesa o una reunión de amigos; sí, un azar de instantes o de humores, el sobre que asoma en tu bolso y que decides abrir porque te aburres, o que hundes entre un peine y una lima de uñas, entre monedas sueltas y pedazos de papel con direcciones o mensajes. Y si la lees, porque no puedo tolerar que no la leas aunque sólo sea para interrumpirla con un gesto de hastío, si la lees hasta aquí, hasta esta palabra aquí que se aferra a tus ojos, que busca guardar tu mirada en lo que sigue, si la lees, Lamia, qué puede importarte lo que quiero decirte, no ya que te amo porque eso lo sabes desde siempre y te da igual y no es noticia, realmente no es noticia para ti allá donde estés amando a otra o solamente mirando el río de mujeres que el viento de la calle acerca a tu mesa y se lleva en lentas bordadas, cediéndote por un instante sus singladuras y sus máscaras de proa, las regatas multicolores que alguna ganará sin saberlo cuando te levantes y la sigas, la vuelvas única en la muchedumbre del atardecer, la abordes en el instante preciso, en el portal exacto donde tu sonrisa, tu pregunta, tu manera de ofrecer la llave de la noche sean exactamente halcón, festín, hartazgo.

Digamos entonces que te voy a hablar de Javier para divertirte un rato. A mí no me divierte, te lo ofrezco como una libación más a las tantas que he volcado a tus pies (¿compraste al fin esos zapatos de Gregsson que habías visto en *Vogue* y que burlonamente decías desear más que los labios de Anouk Aimée?). No, no me divierte pero a la vez necesito hablar de él como quien vuelve y vuelve con la lengua sobre un trocito de carne trabado entre los dientes; me hace falta hablar de él porque desde Verona hay en él algo de súcubo (¿de íncubo? Siempre me corregiste y ya ves, sigo en la duda) y entonces el exorcismo, echarlo de mí como también él buscó echarme de él en ese texto que tanta gracia te hizo en México cuando leíste su último libro, tu tarjeta postal que tardé en comprender porque jugabas con cada palabra, enredabas las sílabas y escribías en semicírculos que se seccionaban mezclando pedazos de sentido, descarrilando la mirada. Es curioso, Lamia, pero de alguna manera ese texto de Javier es real, él pudo convertirlo en un relato literario y darle un título un poco numismático y publicarlo como pura ficción, pero las cosas pasaron así, por lo menos las cosas exteriores que para Javier fueron las más importantes, y a veces para mí. Su estúpido error —entre tantísimos otros— estuvo en creer que su texto nos abarcaba y de alguna manera nos resumía; creyó por escritor y por vanidoso, que tal vez son las misma cosa, que las frases donde hablaba de él y de mí usando el plural completaban una visión de conjunto y me concedían la parte que me tocaba, el ángulo visual que yo hubiera tenido el derecho de reclamar en ese texto. La ventaja de no ser escritora es que ahora te voy a hablar de él honesta y simple y epistolarmente en primera persona; y no guardaré copia, Lamia, y nadie podrá enviarle una postal a Javier con una broma irónica sobre esto. Porque es tiempo de ver las cosas como son, para él su texto contenía la verdad y era así, pero sólo para él. Demasiado fácil hablar de las caras de la medalla y creerse capaz de ir de una a otra, pasar del yo a un plural literario que pretendía incluirme. A veces sí, no lo niego, no estoy diciendo resentidamente todo esto, Javier, créeme que no (Lamia me perdonará esta brusca sustitución de corresponsal, en la mañana de los hechos y sus razones y sus no explicaciones vaya a saber si no te estoy escribiendo a ti, pobre amigo mojado de imposible), pero era necesario que la otra cara de la medalla tuviera su verdadera voz, te mostrara tal como es un hombre cuando lo sacan de su cómoda rutina, lo desnudan de sus trapos y sus mitos y sus máscaras.

Por lo demás te debo una aclaración, Lamia, aunque no dejarás de observar que no es a ti sino a Javier a quien se la debo, y desde luego tienes razón. Si leíste bien su texto (a veces una crueldad instantánea te lleva a superponer la irrisión al juicio, y nada ni nadie te haría cambiar esa visión demoníaca que es entonces la tuya), habrás visto que a su manera le da vergüenza haberlo escrito, son cosas que no puede dejar de decir pero que en el fondo hubiera preferido callarse. Desde luego para él también era un exorcismo, necesitó sufrir como imagino que sufrió al escribirlo, confiando en una liberación, en un efecto de sangría. Y por eso cuando se decidió a hacerme llegar el texto, mucho antes de publicarlo junto con otros relatos imaginarios, agregó una carta donde confesaba precisamente eso que tú habías encontrado intolerable. También él, Lamia, también él. Te copio sus palabras: "Ya sé, Mireille, es obsceno escribir estas cosas, darlas a los mirones. Qué quieres, están los que van a confesarse a las iglesias, están los que escriben interminables cartas y también los que fingen urdir una novela o un cuento con sus aconteceres personales. Qué quieres, el amor pide calle, pide viento, no sabe morir en la soledad. Detrás de este triste espectáculo de palabras tiembla indeciblemente la esperanza de que me leas, de que no me haya muerto del todo en tu memoria". Ya vez el tipo de hombre, Lamia; no te enseño nada nuevo porque para ti todos son iguales, en lo que te equivocas, pero por desgracia él entra exactamente en el molde de desprecio que les has definido para siempre.

No me olvido de tu mueca el día en que te dije que Javier me daba lástima; era exactamente mediodía, bebíamos martinis en el bar de la estación, te ibas a Marsella y acababas de darme una lista de cosas olvidadas, un trámite bancario, llamadas telefónicas, tu recurrente herencia de esas pequeñas servidumbres que acaso inventabas en parte para dejarme por lo menos una limosna. Te dije que Javier me daba lástima, que había contestado con dos líneas amables su carta casi histérica de Londres, que lo vería tres semanas después en un plan de turismo amistoso. No te burlaste directamente, pero la elección de Verona te llenó de chispas los ojos, reíste entre dos tragos, evitaste las citas clásicas, por supuesto, te fuiste sin dejarme saber lo que pensabas; tu beso fue quizás más largo que otras veces, tu mano se cerró un momento en mi brazo. No alcancé siquiera a decirte que nada podía ocurrir que me cambiara, me hubiera gustado decírtelo sólo por mí, puesto que tú te alejabas otra vez hacia una de tus presas, se lo sentía en tu manera de mirar el reloj, de contar desde ese instante el tiempo que te separaba del encuentro. No lo creerás pero en los días que siguieron pensé poco en ti, tu ausencia se volvía cada vez más tangible y casi no era necesario verte, la oficina sin ti era tu territorio terminante, tu lápiz imperioso a un lado de tu mesa, la funda de la máquina cubriendo el teclado que tanto me gustaba ver cuando tus dedos bailaban envueltos en el humo de tu Chesterfield; no necesitaba pensar en ti, las cosas eran tú, no te habías ido. Poco a poco la sombra de Javier volvía a entrar como tantas veces había entrado él a la oficina, pretextando una consulta para demorarse de pie junto a mi mesa y al final proponiéndome un concierto o un paseo de fin de semana. Enemiga de la improvisación y del desorden como me conoces, le había escrito que me ocuparía de reservar hotel, de fijar los horarios; él me lo agradeció desde Londres, llegó a Verona media hora antes que yo una mañana de mayo, bebió esperándome en el bar del hotel, me apretó apenas en sus brazos antes de quitarme la maleta, decirme que no lo creía, reírse como un chico, acompañarme a mi habitación y descubrir que estaba enfrente de la suya, apenas algo más al fondo del corredor amortiguado de estucos y cortinados marrones, el mismo hotel Accademia de otro viaje mío, la seguridad de la calma y del buen trato. No dijo nada, claro, miró las dos puertas y no dijo nada. Otro me hubiera reprochado la crueldad de esa cercanía, o preguntado si era una simple casualidad en el mecanismo del hotel. Lo era, sin duda, pero también era verdad que yo no había pedido expresamente que nos alojaran en pisos diferentes, difícil decirle eso a un gerente italiano y además parecía una manera de que las cosas fueran limpias y claras, un encuentro de amigos que se quieren bien.

Me doy cuenta de que todo esto se esfuma en una linealidad perfectamente falsa como todas las linealidades, y que sólo puede tener sentido si entre tus ojos (¿siguen siendo azules, siguen reflejando otros colores y llenándose de brillos dorados, de bruscas y terribles fugas verdes para volver con un simple aletazo de los párpados al aguamarina desde donde me enfrenta para siempre tu negativa, tu rechazo?), entre tus ojos y esta página se interpone una lupa capaz de mostrarte algunos de los infinitos puntos que componen la decisión de citarse en Verona y vivir una semana en dos piezas separadas apenas por un pasillo y por dos imposibilidades. Te digo entonces que si respondí a la carta de Javier, si lo cité en Verona, esos actos se dieron dentro de una admisión tácita del pasado, de todo lo que conociste hasta el punto final del texto de Javier. No te rías pero ese encuentro se basaba en algo así como un orden del día, mi voluntad de hablar, de decirle la verdad, de acaso encontrar un terreno común donde el contento fuera posible, una manera de seguir marchando juntos como alguna vez en Ginebra. No te rías pero en mi aceptación había cariño y respeto, había el Javier de las tardes en mi cabaña, de las noches de concierto, el hombre que había podido ser mi amigo de vagabundeos, de

Schumann y de Marguerite Yourcenar (no te rías, Lamia, eran playas de encuentro y de delicia, allí sí había sido posible esa cercanía que él acabó haciendo pedazos con su torpe conducta de oso en celo); y cuando le expuse el orden del día, cuando acepté un reencuentro en Verona para decirle lo que él hubiera debido adivinar desde tanto antes, su alegría me hizo bien, me pareció que acaso para nosotros se abría un terreno común donde los juegos fueran otra vez posibles, y mientras bajaba para encontrarme con él en el bar y salir a la calle bajo la llovizna de mediodía me sentí la misma de antes, libre de los recuerdos que nos manchaban, de la infinita torpeza de las dos noches de Ginebra, y él también parecía estar como recién lavado de su propia miseria, esperándome con proyectos de paseos, la esperanza de encontrar en Verona los mejores spaghettis de Italia, las capillas y los puentes y las charlas que ahuyentaran los fantasmas.

Veo, cómo podría no verla, tu sonrisa entre maligna y compasiva, te imagino encogiéndote de hombros y acaso dando a leer mi carta a la que bebe o fuma a tu lado, tregua amable en una siesta de almohadas y murmullos. Me expongo a tu desprecio o a tu lástima, pero a esa hora él era como un puerto después de ti en Ginebra. Su mano en mi brazo ("¿estás bastante abrigada, no te molesta la lluvia?") me guiaba al azar por una ciudad que yo conocía mejor que él hasta que en algún momento le mostré el camino, bajamos a la Piazza delle Erbe y fueron el rojo y el ocre, la discusión sobre el gótico, el dejarse llevar por la ciudad y sus vitrinas, disentir sobre las tumbas de los Escalígeros, él sí y yo no, la deriva deliciosa por callejas sin destino preciso, el primer almuerzo allí donde yo había comido mariscos alguna vez y no los encontraría ahora pero qué importaba si el vino era bueno y la penumbra nos dejaba hablar, nos dejaba mirarnos sin la doble humillación de las últimas miradas en Ginebra. Lo encontré el de siempre, dulce y un poco brusco al mismo tiempo, la barba más corta y los ojos más cansados, las manos huesudas triturando un cigarrillo antes de encenderlo, su voz en la que había también una manera de mirarme, una caricia que sus dedos no podían ya tender hasta mi cara. Había como una espera tácita y necesaria, un lento interregno que llenábamos de anécdotas, trabajos y viajes, recuento de vidas separadas corriendo por países distantes, Eileen evocada pasajeramente porque él siempre había sido leal conmigo y tampoco ahora callaba su pequeña historia sin salida. Nos sentimos bien mientras bebíamos el café y la grappa (sabes que soy experta en grappa y él aceptó mi elección y la aprobó con un gesto infantil, tímidamente pasando un dedo por mi nariz y recogiendo la mano como si yo fuera a reprochárselo); ya entonces habíamos comparado planos y preferencias, yo habría de guiarlo por palacios e iglesias y además él necesitaba un paraguas y pañuelos y también quería mi consejo para comprar calcetines porque ya se sabe que en Italia. Amigos, sí, derivando otra vez, buscando San Zeno y cruzando nuestro primer puente con un sol inesperado que temblaba frío y dudoso en las colinas.

Cuando volvimos al hotel con proyectos de paseo nocturno y cena suntuosa, jugando a ser turistas y a tener por fin un largo tiempo sin oficinas ni obligaciones, Javier me invitó a beber un trago en su habitación y yo convertí su cama en un diván mientras él abría una botella de coñac y se sentaba en el único sillón para mostrarme libros ingleses. Sentíamos pasar la tarde sin premura, hablábamos de Verona, los silencios se abrían necesarios y bellos como esas pausas en una música que también son música; estábamos bien, podíamos mirarnos. En algún momento yo debería hablar, por eso sobre todo habíamos venido a Verona pero él no hacía preguntas, puerilmente asombrado de verme ahí, sintiéndome otra vez tan cerca, sentada a lo yoga en su cama. Se lo dije, esperaríamos a mañana, hablaríamos; él bajó la cabeza y dijo sí, dijo no te preocupes, hay tiempo, déjame estar tan bien así. Por todo eso fue bueno volver a mi cuarto al anochecer, perderme largo rato en una ducha y mirar los tejados y las colinas. No me creas más ingenua de lo que soy, esa tarde había sido lo que Javier, inexplicablemente entusiasta del boxeo, hubiera llamado el primer round de estudio, la cortesía sigilosa de quienes buscan o temen los flancos peligrosos, el brusco ataque frontal, pero detrás de la cordura se agazapaba tanto sucio pasado; ahora solamente esperábamos, cada cual de su lado, cada cual en su rincón.

El otro día llegó después de caminar con frío y jugando, chianti y mariscos, el Adige crecido y gentes cantando en las plazas. Ah Lamia, es difícil escribir frases legibles cuando lo que quiero reconstruir para ti —para qué para ti, ajena y sarcástica— contiene ya el final y el final no es más que palabras mezcladas y confusas, *ciao* por ejemplo, esa manera de saludar o despedirse indistintamente, o botón, pipa, rechazo, cine soviético, última copa de whisky, insomnio, palabras que me lo dicen todo pero que es preciso alisar, conectar con otras para que comprendas, para que el discurso se tienda en la página como las cosas se tendieron en el tiempo de esos días. Botón por ejemplo, llevé una camisa de Javier a mi cuarto para coserle un botón, o pipa, ves, al otro día después de vagar por el mercado de la Piazza delle Erbe pasó que él me miró con esa cara lisa y nueva con que me miraba como deben mirar los boxeadores en el primer round, convencido acaso de que todo estaba bien así y que todo seguiría sin cambios en esa nueva manera de mirarnos y de andar juntos, y después tuvo una gran sonrisa misteriosa y me dijo que ya estaba enterado, que me había visto buscar en mi bolso cuando charlábamos en su cuarto, mi gesto un poco desolado al descubrir que me había dejado la pipa en Ginebra, mi placer de las tardes junto al fuego en la cabaña cuando escuchábamos Brahms, mi cómica enternecedora hermosa semejanza con George Sand, mi gusto por el tabaco holandés que él detestaba, fumador de mezclas escocesas, y no podía ser, era absolutamente necesario que esa tarde encendiéramos al mismo tiempo nuestras pipas en su cuarto o en el mío, y ya había mirado las vitrinas mientras paseábamos y sabía adónde debíamos ir para que yo eligiera la pipa que iba a regalarme, el paquete de horrible tabaco que no era más que una de mis aberraciones, sentir que era tan feliz diciéndomelo, jugando conmigo a que yo me conmoviera y aceptara su regalo y entre los dos sopesáramos largamente las pipas hasta encontrar la justa medida y el justo color. Volvimos a instalarnos en su cuarto, los pequeños rituales se repitieron acompasadamente, fumamos mirándonos con aire apreciativo, cada cual su tabaco pero un mismo humo llenando poco a poco el aire mientras él callaba y su mano venía un segundo hasta mi rodilla y entonces sí, entonces era la hora de decirle lo que él ya sabía, torpemente pero al fin decírselo, poner en palabras y pausas eso que él tenía que saber de alguna manera aunque creyera no haberlo sabido nunca. Cállate, Lamia, cállate esa palabra de burla que siento venir a tu boca como una burbuja ácida, no me dejes estar tan sola en esa hora en que bajé la cabeza y él comprendió y puso en el suelo la pequeña lámpara para que sólo el fuego de nuestras pipas ardiera alternativamente mientras yo no te nombraba pero todo estaba nombrándote, mi pipa, mi voz como quemada por la pena, la simple horrible definición de lo que soy frente a quien me escuchaba con los ojos cerrados, acaso un poco pálido aunque siempre la palidez me pareciera un simple recurso de escritores románticos.

De él no esperaba más que una admisión y acaso, después, que me dijera que estaba bien, que no había nada que decir y nada que hacer frente a eso. Ríete triunfalmente, dale a tu perversa sapiencia el cauce que te pide ahora. Porque no fue así, por supuesto, solamente su mano otra vez apretando mi rodilla como una aceptación dolorosa, pero después empezaron las palabras mientras yo me dejaba resbalar en la cama y me aferraba al último resto de silencio que él destruía con su apagado soliloquio. Ya en Ginebra, en el otro contexto, lo había oído abogar por una causa perdida, pedirme que fuera suya porque después, porque nada podía estar dicho ni ser cierto antes, porque la verdad empezaría del otro lado, al término del viaje de los cuerpos, de su lenguaje diferente. Ahora era otra cosa, ahora él sabía (pero lo había sabido antes sin de veras saberlo, su cuerpo lo había sabido contra el mío y ésa era mi falta, mi mentira por omisión, mi dejarlo llegar dos veces desnudo a mi desnuda entrega para que todo se resolviera en frío y vergüenza de amanecer entre sábanas inútiles), ahora él lo sabía por mí y no lo aceptaba, bruscamente se erguía y se apretaba a mí para besarme en el cuello y en el pelo, no importa que sea así Mireille, no sé si es verdad hasta ese punto o solamente un filo de navaja, un caminar por un techo a dos aguas, quizá quieres librarme de mi propia culpa, de haberte tenido entre los brazos y solamente la nada, el imposible encuentro. Cómo decirle que no, que acaso sí, cómo explicarle y explicarme mi rechazo más profundo fingiéndose tan sólo timidez y espera, algo como un cuerpo de virgen contraído por los pavores de tanto atavismo (no te rías, pantera de musgo, qué otra cosa puedo hacer que alinear estas palabras), y decirle a la vez que mi rechazo no tenía remedio, que jamás su deseo se abriría paso en algo que le era ajeno, que solamente pudo haber sido tuyo o de otra, tuyo o de cualquiera que hubiese venido a mí con un abrazo de perfecta simetría, de senos contra senos, de hundido sexo contra hundido sexo, de dedos buscando en un espejo, de bocas repitiendo una doble alternada succión interminable.

Pero son tan estúpidos, Lamia, ahora sí puedes estallar en la carcajada que te quema la garganta, qué se puede esperar o hacer frente a alguien que retrocede sin retroceder, que acata la imposibilidad a la vez que se rebela inútilmente. Ya sé, a eso le estás llamando esperanza, si estuvieras conmigo me mirarías irónica, preguntarías entre dos bocanadas de Chesterfield si a pesar de todo yo esperaba de mí algo como una mutación, lo que él había llamado caminar sobre un techo a dos aguas y entonces resbalar por un momento a su lado; si a pesar de tantos años de solitaria confirmación todavía esperaba un margen suficiente como para darme y dar una breve felicidad de llamarada. ¿Qué te puedo decir? Que sí, acaso, que acaso en ese momento lo esperé, que él estaba allí para eso, para que yo lo esperara, pero que para esperarlo tenía que pasar otra cosa, un rechazo total de la amistad y la cortesía y Verona by night y el puente Risorgimento, que su mano saltara de mi rodilla a mis senos, se hundiera entre mis muslos, me arrancara a tirones la ropa, y en cambio él era el perfecto emblema del respeto, su deseo se mecía en humo y palabras, en esa mirada de perro bueno, de mansa desesperada esperanza, y solamente pedirme que fuera más allá, pedírmelo como el caballero que era, rogarme que diera el salto tras del cual podía nacer al fin la alegría, que en ese mismo instante me desnudara y me diera, ahí en esa cama y en ese instante, que fuera suya porque solamente así sabríamos lo que iba a venir, la orilla opuesta del verdadero encuentro. Y no, Lamia, entonces no, si en ese segundo yo no era capaz de saber lo que sucedería si sus manos y su boca cayeran sobre mí como el violador sobre su presa, en cambio yo misma no haría el primer gesto de la entrega, mi mano no bajaría al cierre de mis pantalones, al broche del corpiño. Mi negativa fue escuchada desde un silencio donde todo parecía hundirse, la luz y las caras y el tiempo, me acarició apenas la mejilla y bajó la cabeza, dijo que comprendía, que una vez más era su culpa, su inevitable manera de echarlo todo a perder, otro coñac, acaso, irse a la calle como una manera de olvido o de recomienzo Verona, de recomienzo pacto. Le tuve tanta lástima, Lamia, nunca lo había deseado menos y por eso podía tenerle lástima y estar de su lado y mirarme desde sus ojos y odiarme y compadecerlo, vámonos a la calle, Javier, aprovechemos la última luz, admiremos el improbable balcón de Julieta, hablemos de Shakespeare, tenemos tantas cosas para hablar a falta de música, cambiemos Brahms por un Campari en los cafecitos del centro o vayamos a comprar tu paraguas, tus calcetines, es tan divertido comprar calcetines en Verona.

Ya ves, ya ves, son tan estúpidos, Lamia, pasan como topos al lado de la luz. Ahora que recuerdo, que reconstruyo nuestro diálogo con esa precisión que me ha dado el infierno bajo forma de memoria, sé que él dejó pasar todo lo importante, que el pobre estaba tan desarmado tan deshecho tan desolado que no se le ocurrió lo único que le quedaba por hacer, ponerme cara a cara contra mí misma, obligarme a ese escrutinio que en otros planos hacemos diariamente ante nuestro espejo, arrancarme las máscaras de lo convencional (eso que siempre me reprochaste, Lamia), del miedo a mí misma y a lo que puede venir, la aceptación de los valores de mamá y papá ("ah, por lo menos sabes que ellos y el catecismo te dictan las conductas", otra vez tú, por supuesto), y así sin lástima como la forma más extrema y más hermosa de la lástima irme llevando al grito y al llanto, desnudarme de otra manera que quitándome la ropa, invitándome al salto, a la implosión y al vértigo, quitándome la máscara Mireille mujer para que él y yo viéramos al fin la verdadera cara de la mujer Mireille, y decidir entonces pero no ya desde las reglas del juego, decirle vete de aquí ahora mismo o sentir que teníamos tantos días por delante para hundirnos el uno en el otro, bebernos y acariciarnos, los sexos y las bocas y cada poro y cada juego y cada espasmo y cada sueño ovillado y murmurante, ese otro lado al que él no era capaz de lanzarme. ¿Qué hubiéramos perdido, qué hubiéramos ganado? La ruleta de la cama, ahí donde yo seguía sentada todavía, el rojo o el negro, el amor de frente y de espaldas, la ruta de los dedos y las lenguas, los olores de mareas y de pelo sudado, los interminables lenguajes de la piel. Todo lo que enumero sin verdaderamente conocerlo, Lamia, todo lo que tú no quisiste nunca darme y que yo no supe buscar en otras, barrida y destrozada por las lejanas inepcias de la juventud, la estúpida iniciación forzada en un verano provincial, la reiterada decepción frente a esa llaga incurable en la memoria, el temor de ceder al deseo descubierto una tarde en una galería de Lausanne, la parálisis de toda voluntad cuando sólo se podía hacer una cosa, asentir a la pulsión que me golpeaba con su ola verde frente a esa chica que bebía su té en la terraza, ir a ella y mirarla, ir a ella y ponerle la mano en el hombro y decirle como tú lo haces, Lamia, decirle simplemente: te deseo, ven.

Pero no, son estúpidos, Lamia, en esa hora en que pudo abrirme como una caja donde esperan flores, como la botella donde duerme el vino, una vez más se retrajo sumiso y cortés, comprendiendo (comprendiendo lo que no bastaba comprender, Lamia, lo que había que forzar con una espléndida marea de injurias y de besos, no hablo de seducción sexual, no hablo de caricias eróticas, lo sabes de sobra), comprendiendo y quedándose en la comprensión, perro mojado, topo inane que sólo sería capaz de escribir de nuevo alguna vez lo que no había sabido vivir, como ya lo había hecho después de Ginebra para tu especial delectación de hembra de hembras, tú la plenamente señora de ti misma mirándonos y riéndote, imposible amor mío triunfando una vez más sin saberlo en una pieza de un hotel de Verona, ciudad de Italia.

Así escrito parece difícil, improbable, pero después lo pasamos bien aquella tarde, éramos eso, ves, y por la noche hubo el descubrimiento de una trattoria en una calleja, la gente amable y riente a la hora de la difícil elección entre lasagne y tortellini; puedo decirte que también hubo un concierto de arias de ópera donde discutimos voces y estilos, un autobús que nos llevó a un pueblo cercano donde nos perdimos. Era ya el cuarto día, después de un viaje hasta Vicenza para visitar el teatro olímpico del Palladio, allí busqué un bolso de mano y Javier me ayudó y finalmente lo eligió por mí tratándome de Hamlet de barraca de feria, y yo le dije que nunca había podido decidirme enseguida y él me miró apenas, hablábamos de compras pero él me miró y no dijo nada, eligió por mí, prácticamente ordenando a la vendedora que empaquetara el bolso sin darme más tiempo a dudar, y yo le dije que me estaba violando, se lo dije así, Lamia, sin pensarlo se lo dije y él volvió a mirarme y comprendí y hubiera querido que olvidara, era tan inútil y tan de tu lado decirle una cosa así, le di las gracias por haberme sacado de esa tienda donde olía podridamente a cuero, al otro día fuimos a Mantua para ver los Giulio Romano del Palacio del Té, un almuerzo y otros Campari, las cenas de vuelta en Verona, las buenas noches cansadas y soñolientas en el pasillo donde él me acompañaba hasta la puerta de mi cuarto y allí me besaba livianamente y me daba las gracias, se volvía a su cuarto casi pared por medio, insomnio por medio, vaya a saber qué consuelos bastardos entre dos cigarrillos y la resaca del coñac.

Nada había sucedido que me diera el derecho de volverme antes a Ginebra, aunque nada tenía ya sentido puesto que el pacto era como un barco haciendo agua, una doble comedia lastimosamente amable en la que de veras nos reíamos, estábamos contentos por momentos y por momentos lejanamente juntos, tomados del brazo en las callejas y los puentes. También él debía desear el regreso a Londres porque el balance estaba hecho y no nos dejaba el menor pretexto para un encuentro en otra Verona del futuro, aunque tal vez hablaríamos de eso ahora que éramos buenos amigos como ves, Lamia, tal vez fuera Amsterdam dentro de cinco meses o Barcelona en primavera con todos los Gaudí y los Joan Miró para ir a ver juntos. No lo

96

hicimos, ninguno de los dos adelantó la menor alusión al futuro, nos manteníamos cortésmente en ese presente de pizza y vinos y palacios, llegó el último día después de pipas y paseos y esa tarde en que nos perdimos en un pueblo cercano y hubo que andar dos horas por senderos entre bosques buscando un restaurante y una parada de ómnibus. Los calcetines eran esplendidos, elegidos por mí para que Javier no reincidiera en sus tendencias abigarradas que le quedaban tan mal, y el paraguas sirvió para protegernos de la llovizna rural y anduvimos bajo el frío del atardecer oliendo a gamuza mojada y a cigarrillos, amigos en Verona hasta esa noche en que él tomaría su tren a las once y yo me quedaría en el hotel hasta la mañana siguiente. La víspera Javier había soñado conmigo pero no me había dicho nada, sólo supe de su sueño dos meses después cuando me escribió a Ginebra y me lo dijo, cuando me envió esa última carta que no le contesté como tampoco tú me contestarás ésta, dentro de la justa necesaria simetría que parece ser el código del infierno. Gentil como siempre, quiero decir estúpido como siempre, no me habló del sueño del último día aunque debía carcomerle el estómago, un sordo cangrejo mordiéndolo mientras comíamos las delicias del último almuerzo en la trattoria preferida. Creo que nada hubiera cambiado si ese día Javier me hubiese hablado del sueño, aunque acaso sí, acaso yo habría terminado por darle mi cuerpo reseco como una limosna o un rescate, solamente para que no se fuera con la boca amarga de pesadilla, con la sonrisa fija del que tiene que mostrarse cortés hasta la última hora y no manchar el pacto de Verona con otra inútil tentativa. Ah Lamia, anoche releí estas páginas porque te escribo fragmentariamente, pasan días y nubes en la cabaña mientras te voy escribiendo este diario de improbable lectura, y entonces soy yo quien las relee y eso significa verme de otra manera, enfrentar un espejo que me muestra fría y decidida frente a una torpe esperanza imposible. Nunca lo traicioné, Lamia, nunca le di una máscara a besar, pero ahora sé que su sueño de alguna manera contenía Ginebra, el no haber sido capaz de decirle la verdad cuando su deseo era más fuerte que su instinto (words, words, words?), cuando le cedí dos veces mi cuerpo para nada, para oírlo llorar con la cara hundida en mi pelo. No era traición, te digo, simplemente imposibilidad de hablarle en ese terreno y también la vaga esperanza de que acaso encontraríamos un contento, una armonía, que tal vez más tarde empezaría otra manera de vivir, sin mutaciones espectaculares, sin conversión aconsejable, simplemente yo podría decirle entonces la verdad y confiar en que comprendiera, que me quisiera así, que me aceptara en un futuro donde quizá habría Brahms y viajes y hasta placer, por qué no también placer. Ves, su impotente desconcierto, su doble fiasco habría de asomar en el sueño de Verona ahora que sabía mi interminable inútil esperanza de ti, de mi antagonista semejante, de mi doble cara a cara y boca a boca, del amor que acaso estás dándole a tu presa del momento allí donde te hayan llegado estos papeles.

¿Quieres oír el sueño? Te lo diré con sus palabras, no las copio de su carta sino de mi memoria donde giran como una mosca insoportable y vuelven y vuelven. Es él quien lo cuenta: Estábamos en una cama, tendidos sobre un cobertor y vestidos, era evidente que no habíamos hecho el amor, pero a mí me desconcertaba el tono trivial de Mireille, sus casi frívolas referencias al largo silencio que había habido entre nosotros durante meses. En algún momento le pregunté si no había leído mi carta enviada desde Londres mucho después del último encuentro, del último desencuentro en Ginebra. Su respuesta era ya la pesadilla: no, no la había leído (y no le importaba, evidentemente); desde luego la carta había llegado porque en la oficina le habían dicho que pasara a recogerla, una carta certificada en un sobre alargado, pero ella no había bajado a buscarla, probablemente estaba todavía allí. Y mientras me lo decía con una tranquila indiferencia, la delicia de haberme encontrado otra vez con ella, de estar tendido a su lado sobre ese cobertor morado o rojo empezaba a mezclarse con el desconcierto frente a su manera de hablarme, su displicente reconocimiento de una carta no buscada, no leída.

Un sueño al fin, los cortes arbitrarios de esos montajes en que todo bascula sin razón aparente, tijeras manejadas por monos mentales y de golpe estábamos en Verona, en el presente y en San Zeno pero era una iglesia a la española, un vasto pastiche con enormes esculturas grotescas en los portales que franqueábamos para recorrer las naves, y sin transición estábamos otra vez en una cama pero ahora en la misma iglesia, detrás de un gigantesco altar o acaso en una sacristía. Tendidos en diagonal, sin zapatos, Mireille con un abandono satisfecho que nada tenía que ver conmigo. Y entonces mujeres embozadas se asomaban por una puerta estrecha y nos miraban sin hablar, se miraban entre ellas como si no lo creyeran, y en ese segundo yo comprendía el sacrilegio de estar allí en una cama, hubiera querido decírselo a Mireille y cuando iba a hacerlo le veía de lleno la cara, me daba cuenta de que no solamente lo sabía sino que era ella quien había orquestado el sacrilegio, su manera de mirarme y de sonreír eran la prueba de que lo había hecho deliberadamente, que asistía con un gozo innominable al descubrimiento de las mujeres, a la alarma que ya debían haber dado. Sólo quedaba el frío horror de la pesadilla, tocar fondo y medir la traición, la trampa última. Casi innecesario que las mujeres hicieran señas de complicidad a Mireille, que ella riera y se levantara de la cama, caminara sin zapatos hasta reunirse con ellas y perderse tras la puerta. El resto como siempre era torpeza y ridículo, yo tratando de encontrar y ponerme los zapatos, creo que también el saco, un energúmeno vociferando (el intendente o algo así), gritándome que yo había sido invitado a la ciudad pero que después de eso era mejor que no fuera a la fiesta del club porque sería mal recibido. En el instante de despertarme se daban al mismo tiempo la necesidad rabiosa de defenderme y lo otro, lo único importante, el indecible sentimiento de la traición tras de lo cual no quedaba más que ese grito de bestia herida que me sacó del sueño.

Tal vez hago mal en contarte esto que conocí mucho después, Lamia, pero tal vez era necesario, otra carta de la baraja, no sé. El último día de Verona empezó apaciblemente con un largo paseo y un almuerzo lleno de caprichos y de bromas, vino la tarde y nos instalamos en el cuarto de Javier para las últimas pipas y una renovada discusión sobre Marguerite Yourcenar, créeme que yo estaba contenta, finalmente éramos amigos y el pacto se cumplía, hablamos de Ingmar Bergman y ahí sí, creo, me dejé llevar por lo que tú hubieras apreciado infinitamente y en algún momento (es curioso cómo se me ha quedado en la memoria aunque Javier disimuló limpiamente algo que debía llegarle como una bofetada en plena cara) dije lo que pensaba de un actor norteamericano con el que habría de acostarse Liv Ullmann en no sé cuál de las películas de Bergman, y se me escapó y lo dije, sé que hice un gesto de asco y lo traté de bestia velluda, dije las palabras que describían al macho frente a la rubia transparencia de Liv Ullmann y cómo, cómo, dime cómo, Lamia, cómo podía ella dejarse montar por ese fauno untado de pelos, dime cómo era posible soportarlo, y Javier escuchó y un cigarrillo, sí, el recuento de otras películas de Bergman, *La vergüenza*, claro, y sobre todo *El séptimo sello*, la vuelta al diálogo ya sin pelos, el escollo mal salvado, yo iría a descansar un rato a mi pieza y nos encontraríamos para la última cena (ya está escrito, ya te habrás sonreído, dejémoslo así) antes de que él se fuera a la estación para su tren de las once.

Aquí hay un hueco, Lamia, no sé exactamente de qué hablábamos, había anochecido y las lámparas jugaban con los halos del humo. Sólo recuerdo gestos y movimientos, sé que estábamos un poco distantes como siempre antes de una despedida, sé también que no habíamos hablado de un nuevo encuentro, que eso esperaba el último momento si es que realmente esperaba. Entonces Javier me vio levantarme para volver a mi cuarto y vino hacia mí, me abrazó mientras hundía la cara en mi hombro y me besaba en el pelo, en el cuello, me apretaba duramente y era un murmullo de súplica, las palabras y los besos una sola súplica, no podía evitarlo, no podía no amarme, no podía dejarme ir de nuevo así. Era más fuerte que él, por segunda vez rompía el pacto y lo destruía todo si ese todo significaba todavía algo, no podía aceptar que lo rechazara como lo estaba rechazando, sin decirle nada pero helándome bajo sus manos, helándome Liv Ullmann, sintiéndolo temblar como tiemblan los perros mojados, los hombres cuando sus caricias se pudren sobre una piel que los ignora. No le tuve lástima como se la tengo ahora mientras te escribo, pobre Javier, pobre perro

100

mojado, pudimos haber sido amigos, pudimos Amsterdam o Barcelona o una vez más los quintetos de Brahms en la cabaña, y tenías que estropearlo de nuevo entre balbuceos de una ya innoble esperanza, dejándome tu saliva en el pelo, la marca de tus dedos en la espalda.

Me olvido casi de que te estoy escribiendo a ti, Lamia, sigo viendo su cara aunque no quería mirarlo, pero cuando abrí mi puerta vi que no me había seguido esos pocos pasos, que estaba inmóvil en el marco de su puerta, pobre estatua de sí mismo, espectador del castillo de naipes cayendo en una lluvia de polillas.

Ya sé lo que quisieras preguntarme, qué hice cuando me quedé sola. Me fui al cine, querida, después de una muy necesaria ducha me fui al cine a falta de mejor cosa y pasé delante de la puerta de Javier y bajé las escaleras y me fui al cine para ver una película soviética, ése fue mi último paseo dentro del pacto de Verona, una película con cazadores en la zona boreal, heroísmo y abnegación y por suerte nada pero absolutamente nada de amor, Lamia, dos horas de paisajes hermosos y tundras heladas y gente llena de excelentes sentimientos. Volví al hotel a las ocho de la noche, no tenía hambre, no tenía nada, encontré bajo mi puerta una nota de Javier, imposible irse así, estaba en el bar esperando la hora del tren, te juro que no te diré una sola palabra que pueda molestarte pero ven, Mireille, no puedo irme así. Y bajé, claro, y no era un bello espectáculo con su valija al lado de la mesa y un segundo o tercer whisky en la mano, me acercó un sillón y estaba muy sereno y me sonreía y quiso saber qué había hecho y yo le conté de la película soviética, él la había visto en Londres, buen tema para un cuarto de hora de cultura estética y política, de un par de cigarrillos y otro trago. Le concedí todo el tiempo necesario pero aún le quedaba más de una hora antes de irse a la estación, le dije que estaba cansada y que me iba a dormir. No hablamos de otro encuentro, no hablamos de nada que hoy pueda recordar, se levantó para abrazarme y nos besamos en la mejilla, me dejó ir sola hacia la escalera pero escuché todavía su voz, solamente mi nombre como quien echa una botella al mar. Me volví y le dije *ciao*.

Dos meses después llegó su carta que no contesté, curioso pensar ahora que en su sueño de Verona había una carta que yo ni siquiera había leído. Da lo mismo al fin y al cabo, claro que la leí y que me dolió, era otra vez la tentativa inútil, el largo aullido del perro contra la luna, contestarla hubiera abierto otro interregno, otra Verona y otro *ciao*. Sabes, una noche sonó el teléfono en la cabaña, a la hora en que él en otro tiempo me llamaba desde Londres. Por el sonido supe que era una llamada de larga distancia, dije el "hola" ritual, lo repetí, tú sabes lo que se siente cuando alguien escucha y calla del otro lado, es como una respiración presente, un contacto físico, pero no sé, acaso una se oye respirar a sí misma, del otro lado cortaron, nadie volvió a llamar. Nadie ha vuelto a llamar, tampoco tú, solamente me llaman para nada, hay tantos amigos en Ginebra, tantas razones idiotas para llamar por teléfono.

¿Y si en definitiva fuera Javier quien escribe esta carta, Lamia? Por juego, por rescate, por un último mísero patetismo, previendo que no la leerás, que nada tienes que ver con ella, que la medalla te es ajena, apenas una razón de irónica sonrisa. ¿Quién podrá decirlo, Lamia? Ni tú ni yo, y él tampoco lo dirá, tampoco él. Hay como un triple *ciao* en todo esto, cada cual volverá a sus juegos privados, él con Eileen en la fría costumbre londinense, tú con tu presa del día y yo que escucho a Brahms cerca de un fuego que no reemplaza nada, que es solamente un fuego, la ceniza que avanza, que veo ya como nieve entre las brasas, en el anochecer de mi cabaña sola.

París, 1977

Potasio en disminución*

Está claro que nadie le da importancia salvo la señora Fulvia, sobre todo porque los sábados hay una enormidad de trabajo y medio barrio pretende que le preparen las recetas, le vendan dentífrico y callicida, sin hablar de los nenes lastimados y los que vienen a pedir que les saquen la arenita del ojo o les pongan la inyección de antibiótico, por lo cual si verdaderamente hay una disminución del potasio en la farmacia de don Jaime no es cosa que éste o su empleada principal perciban con suficiente perspicuidad. A pesar de eso la señora Fulvia dale con lo del potasio, justo cuando entran dos monjas en busca de algodón y bicarbonato de soda mientras una señora más bien peluda insiste en recorrer el entero espigón de las cremas de belleza, como se ve don Jaime no está para perder tiempo y la señora Fulvia considerablemente afligida se retira a la trastienda y se pregunta si en todas las farmacias pasa lo mismo, si los farmacéuticos y sus empleadas principales son igualmente insensibles a la disminución del potasio.

El problema es que el potasio sigue disminuyendo en la farmacia y ya han dado las once y media, con lo cual el cierre del comercio a partir de mediodía hará imposible toda tentativa para restablecer el equilibrio. La señora Fulvia se anima a volver a la carga y decírselo a don Jaime, que la mira como si fuera una iguana y no solamente le ordena que se calle sino que se suba a los estantes de los colagogos para bajar el tubo de Chofitol que una señora de aire cadavérico reclama con pasión y receta médica. Parece mentira, piensa la señora Fulvia encaramada en una escalera más bien procelosa, o no se dan cuenta de la situación o les importa un real carajo, la santa Virgen me perdone.

* *Unomásuno*, México, 8 de diciembre de 1980.

Así llega el mediodía y en todas partes se oye el ruido de las cortinas metálicas guillotinando la semana, o sea que el cuerpo de los días hábiles queda tendido en plena calle y la cabeza del sábado y el domingo rueda hacia el interior de los comercios y las casas, de donde se sigue que la señora Fulvia debe encaminarse a la cocina para prepararle el almuerzo a don Jaime que no por nada es su marido, todo eso previo barrido de la farmacia según órdenes municipales, pero esta vez la disminución del potasio la perturba de tal manera que solamente atina a decirle a la empleada principal algo como "no se aflija demasiado, a lo mejor todo se arregla", frase que la empleada registra con una no disimulada tendencia a reírsele en la cara antes de sacarse el delantal y despedirse hasta el lunes.

Se diría que todo está en contra, piensa la señora Fulvia, no quieren entender, yo para qué me obstino, decime un poco. Pero nadie le dice nada porque don Jaime ya está delante de un Cinzano con fernet y no hay más que mirarlo para saber que se nefrega en el potasio cuando los sábados hay polenta con pajaritos y una botella de nebiolo.

"Habría que consultar la lista de las farmacias de turno", piensa la señora Fulvia revolviendo la polenta que ya está en la etapa tumultuosa del plop plop y no hay que descuidarse porque eso acaba siempre en el cielorraso, "a lo mejor encontramos alguna con sobreabundancia de potasio y entonces sería cuestión de entenderse entre colegas". Se dispone a decírselo a don Jaime pero antes de que pueda proferir la primera palabra le cae encima un "traéte el salame para ir haciendo boca", vocablos que la arrollan y la empujan cuchillo y plato playo y rodajitas porque a don Jaime le gusta cortado muy fino. Desalentada la señora Fulvia se sienta a la mesa y pela una rodaja de salame, la pasea por encima de la lengua antes de morderla y al final la propulsa hacia el proceso masticatorio con ayuda de pan y manteca. "Fue una buena mañana", dice don Jaime metido en la sección fútbol del diario. "Sí pero", interjecta la señora Fulvia sin pasar de ahí porque la polenta exige ingreso inmediato en la fuente y todos los cuidados conexos, pese a que cada vez le parece más imprescindible decírselo a don Jaime pero qué, imprescindible sí pero qué, a don Jaime pero sí, querido, aquí viene la ensalada. Me van a matar de angustia, piensa la señora Fulvia, el lunes a las nueve yo no sé lo que va a pasar cuando abramos, cada vez hay menos potasio, eso es seguro, habría que hacer algo antes. Lo malo es que todo se queda ahí como los platos vacíos o el primer bostezo de don Jaime, la vida en el fondo es eso, piensa la señora Fulvia, se llega hasta un borde y entonces nada, claro que lo más posible es eso, que no pase nada, pero está lo del potasio, hay disminución y ellos dale con las pastillas de goma y el laxante para la nena, no se puede seguir aceptando que no acepten, que se suban a los estantes y lean las recetas como si el potasio no hubiera disminuido, charlando con los clientes siempre locuaces en las farmacias porque se sienten un poco en lo del médico, el olor del eucaliptus da confianza y los delantales blancos, los frascos de colores. Hay duraznos, dice la señora Fulvia, si querés te pelo uno pero antes tendríamos que. Mandate un buen café a la italiana, corta don Jaime que ya está delante de la TV porque el partido empieza a las y veinte intactas.

Así llegará el lunes a las nueve, se dice la señora Fulvia moliendo el café, yo misma subiré la cortina metálica y seré la primera en ver la calle desde adentro, estaré ahí para recibir la semana en plena cara, ahí en la puerta viendo venir a la hija de los Romani o al gordo de la carnicería que los lunes amanece indigestado y necesita algo que le asiente los ravioles del domingo, la empleada principal empezará a explicarle a la señorita Grossi o a cualquier otra señorita que la píldora no es cosa de macana, don Jaime aparecerá con un guardapolvo almidonado y dirá como siempre otra semanita por delante y cincuenta y dos que hacen el año, frase que siempre regocija a la empleada principal, repetición exacta de cualquier lunes a las nueve salvo el potasio porque seguro que este lunes no será como los otros pero a ellos no les importa y entonces, entonces todo puede ser tan diferente, piensa la señora Fulvia secándose una lágrima y colando el café, yo creo que al final voy a conseguir decírselo pero qué, la cosa es que no entiendo lo que tengo que decirle, no entiendo la disminución del potasio, directamente no entiendo el potasio, no entiendo por qué no entiendo que a lo mejor no es importante, no entiendo que todo eso solamente me caiga a mí, me haga tanto mal a mí aquí sola, aquí con el café que se va a enfriar si no me apuro. Cabrera metió un gol de sobrepique, dice don Jaime, qué tipo fenómeno, che.

Peripecias del agua*

Basta conocerla un poco para comprender que el agua está cansada de ser un líquido. La prueba es que apenas se le presenta la oportunidad se convierte en hielo o en vapor, pero tampoco eso la satisface; el vapor se pierde en absurdas divagaciones y el hielo es torpe y tosco, se planta donde puede y en general sólo sirve para dar vivacidad a los pingüinos y a los gin and tonic. Por eso el agua elige delicadamente la nieve, que la alienta en su más secreta esperanza, la de fijar para sí misma las formas de todo lo que no es agua, las casas, los prados, las montañas, los árboles.

Pienso que deberíamos ayudar a la nieve en su reiterada pero efímera batalla, y que para eso habría que escoger un árbol nevado, un negro esqueleto sobre cuyos brazos incontables baja a establecerse la blanca réplica perfecta. No es fácil, pero si en previsión de la nevada aserráramos el tronco de manera que el árbol se mantuviera de pie sin saber que ya está muerto, como el mandarín memorablemente decapitado por un verdugo sutil, bastaría esperar que la nieve repitiera el árbol en todos sus detalles y entonces retirarlo a un lado sin la menor sacudida, en un leve y perfecto desplazamiento.

No creo que la gravedad deshiciera el albo castillo de naipes, todo ocurriría como en una suspensión de lo vulgar y lo rutinario; en un tiempo indefinible, un árbol de nieve sostendría el realizado sueño del agua. Quizá le tocara a un pájaro destruirlo, o el primer sol de la mañana lo empujara hacia la nada con un dedo tibio. Son experiencias que habría que intentar para que el agua esté contenta y vuelva a llenarnos jarras y vasos con esa resoplante alegría que por ahora sólo guarda para los niños y los gorriones.

* *Unomásuno*, México, 11 de abril de 1981.

En Matilde

A veces la gente no entiende la forma en que habla Matilde, pero a mí me parece muy clara.

—La oficina viene a las nueve —me dice— y por eso a las ocho y media mi departamento se me sale y la escalera me resbala rápido porque con los problemas del transporte no es fácil que la oficina llegue a tiempo. El ómnibus, por ejemplo, casi siempre el aire está vacío en la esquina, la calle pasa pronto porque yo la ayudo echándola atrás con los zapatos; por eso el tiempo no tiene que esperarme, siempre llego primero. Al final el desayuno se pone en fila para que el ómnibus abra la boca, se ve que le gusta saborearnos hasta el último. Igual que la oficina, con esa lengua cuadrada que va subiendo los bocados hasta el segundo y el tercer piso.

—Ah —digo yo, que soy tan elocuente.

—Por supuesto —dice Matilde—, los libros de contabilidad son lo peor, apenas me doy cuenta y ya salieron del cajón, la lapicera me salta a la mano y los números se apuran a ponérsele debajo, por más despacio que escriba siempre están ahí y la lapicera no se les escapa nunca. Le diré que todo eso me cansa bastante, de manera que siempre termino dejando que el ascensor me agarre (y le juro que no soy la única, muy al contrario), y me apuro a ir hacia la noche que a veces está muy lejos y no quiere venir. Menos mal que en el café de la esquina hay siempre algún sándwich que quiere metérseme en la mano, eso me da fuerzas para no pensar que después yo voy a ser el sándwich del ómnibus. Cuando el living de mi casa termina de empaquetarme y la ropa se va a las perchas y los cajones para dejarle el sitio a la bata de terciopelo que tanto me habrá estado esperando, la pobre, descubro que la cena le está diciendo algo a mi marido que se ha dejado atrapar por el sofá y las noticias que salen como bandadas de buitres del diario. En todo caso el arroz o la carne han tomado la delantera y no hay más que dejarlos entrar en las cacerolas, hasta que los platos deciden apoderarse de todo aunque poco les dura porque la comida termina siempre por subirse a nuestras bocas que entre tanto se han vaciado de las palabras atraídas por los oídos.

—Es toda una jornada —digo.

Matilde asiente; es tan buena que el asentimiento no tiene ninguna dificultad en habitarla, de ser feliz mientras está en Matilde.

La fe en el Tercer Mundo

A las ocho de la mañana el padre Duncan, el padre Heriberto y el padre Luis empiezan a inflar el templo, es decir que están a la orilla de un río o en un claro de selva o en cualquier aldea cuanto más tropical mejor, y con ayuda de la bomba instalada en el camión empiezan a inflar el templo mientras los indios de los alrededores los contemplan desde lejos y más bien estupefactos porque el templo que al principio era como una vejiga aplastada se empieza a enderezar, se redondea, se esponja, en lo alto aparecen tres ventanitas de plástico coloreado que vienen a ser los vitrales del templo, y al final salta una cruz en lo más alto y ya está, plop, hosanna, suena la bocina del camión a falta de campana, los indios se acercan asombrados y respetuosos y el padre Duncan los incita a entrar mientras el padre Luis y el padre Heriberto los empujan para que no cambien de idea, de manera que el servicio empieza apenas el padre Heriberto instala la mesita del altar y dos o tres adornos con muchos colores que por lo tanto tienen que ser extremadamente santos, y el padre Duncan canta un cántico que los indios encuentran sumamente parecido a los balidos de sus cabras cuando un puma anda cerca, y todo esto ocurre dentro de una atmósfera sumamente mística y una nube de mosquitos atraídos por la novedad del templo, y dura hasta que un indiecito que se aburre empieza a jugar con la pared del templo, es decir que le clava un fierro nomás que para ver cómo es eso que se infla y obtiene exactamente lo contrario, el templo se desinfla precipitadamente y en la confusión todo el mundo se agolpa buscando la salida y el templo los envuelve, los aplasta, los cobija sin hacerles daño alguno por supuesto pero creando una confusión nada propicia a la doctrina, máxime cuando los indios tienen amplia

ocasión de escuchar la lluvia de coños y carajos que distribu-
yen los padres Heriberto y Luis mientras se debaten debajo
del templo buscando la salida.

Secuencias*

Dejó de leer el relato en el punto donde un personaje dejaba de leer el relato en el lugar donde un personaje dejaba de leer y se encaminaba a la casa donde alguien que lo esperaba se había puesto a leer un relato para matar el tiempo y llegaba al lugar donde un personaje dejaba de leer y se encaminaba a la casa donde alguien que lo esperaba se había puesto a leer un relato para matar el tiempo.

* Traducido del francés por Aurora Bernárdez.

112

Historias de cronopios

Vialidad

Un pobre cronopio va en su automóvil y al llegar a una esquina le fallan los frenos y choca contra otro auto. Un vigilante se acerca terriblemente y saca una libreta con tapas azules.

—¿No sabe manejar, usted? —grita el vigilante.

El cronopio lo mira un momento, y luego pregunta:

—¿Usted quién es?

El vigilante se queda duro, echa una ojeada a su uniforme como para convencerse de que no hay error.

—¿Cómo que quién soy? ¿No ve quién soy?

—Yo veo un uniforme de vigilante —explica el cronopio muy afligido—. Usted está dentro del uniforme pero el uniforme no me dice quién es usted.

El vigilante levanta la mano para pegarle, pero en la mano tiene la libreta y en la otra mano el lápiz, de manera que no le pega y se va adelante a copiar el número de la chapa. El cronopio está muy afligido y quisiera no haber chocado, porque ahora le seguirán haciendo preguntas y él no podrá contestarlas ya que no sabe quién se las hace y entre desconocidos uno no puede entenderse.

(1952)

Almuerzos

En el restaurante de los cronopios pasan estas cosas, a saber que un fama pide con gran concentración un bife con papas fritas, y se queda deunapieza cuando el cronopio camarero le pregunta cuántas papas fritas quiere.

—¿Cómo cuántas? —vocifera el fama—. ¡Usted me trae papas fritas y se acabó, qué joder!

—Es que aquí las servimos de a siete, treinta y dos, o noventa y ocho —explica el cronopio.

El fama medita un momento, y el resultado de su meditación consiste en decirle al cronopio:

—Vea, mi amigo, váyase al carajo.

Para inmensa sorpresa del fama, el cronopio obedece instantáneamente, es decir que desaparece como si se lo hubiera bebido el viento. Por supuesto el fama no llegará a saber jamás dónde queda el tal carajo, y el cronopio probablemente tampoco, pero en todo caso el almuerzo dista de ser un éxito.

(1952-1956)

Never stop the press

Un fama trabajaba tanto en el ramo de la yerba mate que-no-le-quedaba-tiempo-para-nada. Así este fama languidecía por momentos, y alzando-los-ojos-al-cielo exclamaba con frecuencia: "¡Cuán sufro! ¡Soy la víctima del trabajo, y aunque ejemplo de laboriosidad, mi-vida-es-un-martirio!".

Enterado de su congoja, una esperanza que trabajaba de mecanógrafo en el despacho del fama se permitió dirigirse al fama, diciéndole así:

—Buenas salenas fama fama. Si usted incomunicado causa trabajo, yo solución bolsillo izquierdo saco ahora mismo.

El fama, con la amabilidad característica de su raza, frunció las cejas y estiró la mano. ¡Oh milagro! Entre sus dedos quedó enredado el mundo y el fama ya no tuvo motivos para quejarse de su suerte. Todas las mañanas venía la esperanza con una nueva ración de milagro y el fama, instalado en su sillón, recibía una declaración de guerra, y/o una declaración de paz, un buen crimen, una vista escogida del Tirol y/o de Bariloche y/o de Porto Alegre, una novedad en motores, un discurso, una foto de una actriz y/o de un actor, etc. Todo lo cual le costaba diez guitas, que no es mucha plata para comprarse el mundo.

De *Libro de Manuel*

En algún momento nos acordamos de los dibujos de Bellmer y los anagramas de Unica Zürn, debió ser al alba porque Francine había mirado la hora como siempre y sistemáticamente al despertar, después había llorado de espaldas a mí que fumaba entre dos olvidos, las cuatro y veinte, secarle las lágrimas con los dedos y un Kleenex, darle de beber, besarla para que se callara, para que se durmiera, borrachos lúcidos y hartos de inútil diálogo entrecortado por tragos y tabaco y pedazos de noche, el silencio diferente de Montmartre, los pájaros entre las tumbas, la fauna del cementerio ahí abajo, pájaros refugiados en los pinos, en el último bastión de la isla de los muertos en plena ciudad, la espalda de Francine, su encrespado rojo pelo entre mis dedos sucios de tabaco, la humedad de su cuerpo, pausas del placer en la penumbra caliente del acuario cúbico, impersonal y perfecto para el juego que jugábamos entre murmullos y reproches y encuentros que nos devolvían al sueño, anagramas de Unica Zürn, dibujos de Bellmer en algún momento (debió ser al alba, Francine había mirado una vez más la hora sin hablar, tácitamente aceptando despertar, incorporarse, el gesto de ponerle una almohada, de ofrecerle otro Gitane, las repeticiones cadenciosas, la sonrisa deshecha por la fatiga y el coñac, un doble temor inconfesado de ver asomar los primeros grises dibujando el límite de las cortinas), hablar de los textos, de los dibujos de Bellmer, cada uno de su lado, Francia y la Argentina (falso, falso, maniqueísmo barato como en toda cosa, como en lo que ocurría a esa misma hora en amigos y enemigos, revolución y contrarrevolución, falso y cierto y en todo caso inevitable como sin duda la Joda de Marcos y Ludmilla era inevitable, falsa y necesaria al mismo tiempo, olvidada de las zonas intermedias, de los grises entre el blanco y el negro, como Francine hablando de Bellmer desde Francia, razón y sensibilidad y pará de contar mientras yo hablando de Bellmer desde un oscuro desorden sudamericano para decirle que ahí y en tantas cosas al alcance de la mano estaban las respuestas que nadie, que pocos, que andá a saber si). Escuchame, chiquita, escuchame con algo más que esas orejas bonitas, también vos sos las muñecas de Bellmer, tentación y posibilidad de la metamorfosis por el amor, de la verdad por un placer capaz de violar reductos, de negarle límites a la ciudad del hombre occidental, un camino, chiquita, la ruta de tus pechos rosados, la sombra de tus pestañas, el calor de esa boca que me chupa la pija y muerde dulcemente, la sal entre los dedos de tus pies, el olor de tu pelo, nada es estereotipo si hay viajero de veras, nada es repetición si hay amante como hay Joda para otros, y vaya a saber si a esa hora era Andrés el que murmuraba pegando los labios al vientre de Francine arqueada y temblando o si eso venía del que te dije, sus simbiosis insensatas, sus sincretismos que todo lo mezclaban buscando a puro tanteo la ruta diferente que por fin se abriera a una ciudad más pura y más digna de la sangre de Lamarca, del desprecio del Che paralizado mirando en los ojos al infeliz robot que se le acercaba pistola en mano, ah mierda, pensé sintiendo venir el amanecer y lo que fatalmente iba a seguir, la mezcla Fritz Lang y la Joda y Bellmer que también de alguna manera eran Francine, sus muslos apretándome el cuello, el olor de su sexo que vanamente había lavado cada vez que nos desabrazábamos, francesita obediente al bidé en la sombra del baño, volviendo limpia y callada a buscar más sueño junto a Andrés perdido en humo y coñac y acordándose de los anagramas de Unica Zürn, *roses au coeur violet* que podía dar *ô rire sous le couteau*, exactamente como una muñeca dibujada por Bellmer, la realidad del alba, otro anagrama posible como el sueño de Fritz Lang, la pieza en la penumbra, el encargo instantáneamente olvidado pero siempre presente aunque sólo fuera porque no podía olvidar ese olvido en la noche del hotel Terrass, en lo que tendría que venir después del alba cuando cesáramos de amarnos, cuando saliéramos de veras al balcón para que Francine viera las tumbas y llorara otra vez, desconsoladamente como una niña que de golpe siente por primera vez la muerte que será su madre y su padre un día cualquiera, que será su gato y su perro y los peces de colores, la muerte manchando las muñecas, convirtiéndolas a partir de ella en muñecas de Bellmer, sexo y nalgas y muslos, máquinas eróticas que Francine no podía comprender, que vería siempre como imágenes de horror y de muerte y de pecado (porque Francine, sí, el pecado siempre presente, pobre chiquita, pobrecita pelirroja, esclava de todas las faltas impresas por Gutenberg en Maguncia, hemisferio occidental, pobrecita imbécil llorando en un balcón sobre las tumbas), y de qué serviría decirle si yo mismo apenas lo comprendía (pensar que eso hubiera debido ser también la Joda, que sin eso la Joda no sería nada, sangre y policía y muerte y vuelta a empezar), decirle con Bellmer que todo era invitación al salto y que esa noche su cuerpo como el cuerpo de las muñecas de Bellmer era anagrama, frase de carne y piel y perfume que había que desarticular y recomponer como la Joda quería desarticular y recomponer la historia cotidiana, que en todo había anagrama como en el sueño de Fritz Lang aunque nada pudiera yo extraer del nombre de Fritz Lang o de la penumbra de esa pieza del sueño donde me había estado esperando un cubano, anagramas a descubrir como Bellmer había descubierto las metamorfosis del cuerpo de la muñeca, y llamarla otra vez a los juegos, a la complicidad de las últimas transgresiones, esperando interminablemente a fuerza de desesperar.

De un tal Lucas

Hospital Blues

La visita de los tártaros

Son como cuervos, uno no consigue ingresar tranquilo a un hospital porque tres horas después ahí están preguntando si se puede, si no molestan, en una palabra instalándose para un buen rato. Vienen juntos, por supuesto, porque Calac sin Polanco es como Polanco sin Calac, y me traen el diario de la tarde con el aire de quienes han hecho un gran sacrificio.

—Desde luego no será contagioso —dice Polanco, que da la impresión de presumir exactamente lo contrario—. Mejor no te damos la mano, porque uno viene del ámbito ecológico con toda clase de gérmenes nocivos, y hay que pensar en tu situación.

—En cambio conviene fumar —dice Calac sentándose en la mejor silla—, eso desalienta al microbio.

Les estoy agradecido, claro, pero tengo fiebre (de Malta, parece) y cruzo los dedos para que se vayan lo antes posible.

—¿Tenés calambres en las manos? —dice Calac—. Podría ser un síntoma útil para el galeno.

Descruzo los dedos mientras veo cómo mi atado de cigarrillos entra en un ciclo de disminución acelerada.

—El hospital tiene sus ventajas —sostiene Polanco—, vos te relajás de las crispaciones de la vida, y esas ricuchas que circulan por el pasillo se ocupan de vos y te dicen que todo va bien, cosa que otros no se animarían porque en una de ésas andá a saber.

—En su caso no hay problema —dice Calac mirando duro a Polanco—. ¿Ya te hicieron el diagnóstico?

—A medias —digo—. Parece que tengo un virus que se pasea por todos lados, razón por la cual —subrayado—

127

mucha tranquilidad, silencio —subrayadísimo—, reposo, sueño y aire puro.

—Para todo eso no hay como los amigos —dice Polanco—, te levantan el ánimo y te refrescan el alma, a mí una vez me mordió un perro y por las dudas estuve diez días en el Instituto Pasteur, fijate como sería de favorable el ambiente que la barra del café Toscano venía a verme y un día trajeron la guitarra y todo.

—¿Y les permitían? —murmuro aterrado.

—Al principio sí, pero después vino el jefe de la sala y dijo que en su opinión también a ellos había que hacerles el tratamiento antirrábico, con lo cual la concurrencia se desmedró bastante. La gente no comprende la *joie de vivre*, vos te das cuenta.

—Aquí se ve que es otra cosa —concede Calac—, hay más cultura, fijate ese lavatorio y la repisita debajo del espejo. Son detalles, pero expresan una cosmovisión.

"Debe ser la fiebre", pienso yo.

—¿Y cómo te va con las enfermeras, o sea las nurses? —dice Polanco.

—Como salva sea la parte —contesto—, ya que justamente es la única que me han colonizado hasta ahora para acribillarme a antibióticos.

—Madre querida —dice Polanco—. ¿Pero vos no sabías que los antibióticos son el peor espejismo de este tiempo? Te vas a quedar sin flora intestinal y sin glóbulos rojos, te vas a deshidratar, corrés peligro de descalcificación molar, el oído se resiente, hay trastornos vegetativos, falla el metabolismo, y al final...

—¿Qué te pareció la goleada de Racing? —dice rápido Calac, mientras Polanco se frota el tobillo donde evidentemente le acaban de pegar una patada como proemio al cambio de tema.

—No pude ver el partido —digo—, aquí te prohíben la TV y la radio.

—Si es así —dice Calac mirándome inquieto—, supongo que te pasas el tiempo escribiendo.

—Sí.

—Ah. Entonces va a ser mejor que nos vayamos.

—No sea cosa —apoya Polanco, ya en la puerta.

—Quédense un poco más —miento como un vendedor de alfombras.

—Mejor que descanses —dicen los tártaros a un tiempo, y hasta cierran la puerta al desaparecer. Me lleva un rato sobreponerme a la estupefacción después de semejante mutis, hasta que comprendo. La idea de saberme escribiendo algo los pone fuera de sí, los obliga a tomar distancia hasta que poco a poco pierden el miedo y recuperan esa soltura que entre otras cosas los ha ayudado a irse con mis únicos cigarrillos. Me quedo triste en el crepúsculo del hospital. Después de todo, ¿por qué se inquietan tanto? Nunca los he tratado mal, que yo sepa. Al contrario, hay mucha gente que los estima y se divierte con ellos a través de mí. Ahora mismo, ¿los he mostrado acaso bajo una luz desfavorable? Vuelvan, che, tráiganme el diario y tabaco. Vuelvan uno de estos días, yo estaré mejor y charlaremos largo y tupido hasta que la enfermera los eche. Vuelvan, muchachos.

Largas horas diferentes

Si se está obligado a no moverse de la cama, una pieza de hospital se vuelve cabina estratosférica: todo en ella responde a un ritmo que poco tiene que ver con el ritmo cotidiano de la ciudad ahí afuera, ahí al lado. Se está en otro orden, se entra en otros ciclos, como un astronauta que sin embargo siguiera viendo los árboles más allá de la ventana, el paso de las nubes, la grúa anaranjada que va y viene transportando cemento y ladrillos.

El tiempo se contrae y se dilata aquí de una manera que nada tiene que ver con ese otro tiempo por el que oigo correr los autos en la calle del hospital. A la hora en que mis amigos duermen profundamente, la luz se enciende en mi pieza y la primera enfermera del día viene a tomarme el pulso y la temperatura. Jamás, del otro lado, tomé el desayuno tan temprano, y al principio me quedaba dormido sobre mi modesta ración de pan sin sal y mi tazón de té; el hombre de fuera lucha con el de dentro, su cuerpo no comprende esta mutación.

Por eso después del desayuno me duermo de nuevo, mientras del otro lado la gente se levanta, toma su café y se va al trabajo; estamos ya en plena diferencia, que se acentuará a medida que avance el día. Aquí, por ejemplo, hay una saturación máxima de actividades entre las diez y las doce, que comparativamente supera la del otro lado; las enfermeras preparan al paciente para la visita de los médicos, hay que levantarse para que nos tiendan la cama, el agua y el jabón invaden el suelo, llega el médico jefe con su séquito de internos y estudiantes, se discute y se diagnostica, se saca la lengua y se muestra la barriga, se dice treintatrés y se hacen preguntas ansiosas a las que responden sonrisas diplomadas. Apenas ha terminado esta convulsiva acumulación de actividades cuando llega el almuerzo, exactamente a la hora en que mis amigos estiran las piernas y toman un cafecito hablando de cosas livianas. Y cuando ellos salgan a almorzar y los restaurantes se llenen de voces, servilletas y pucheros a la española, aquí se ha pasado ya al gran silencio, al silencio un poco pavoroso de la larga tarde que empieza.

De la una a las seis no ocurre nada, el tiempo para los insomnes o los que no aman la lectura se vuelve como un disco de cuarenta y cinco revoluciones pasado a dieciséis, una lenta goma resbalosa. Incluso las visitas, reglamentariamente muy cortas, no alcanzan a anular ese desierto de tiempo, que sentiremos todavía más cuando se hayan ido. Entre tanto el mundo de afuera alcanza en esas horas su paroxismo de trabajo, de tráfico, los ministros celebran entrevistas trascendentales, el dólar sube o baja, las grandes tiendas no dan abasto, el cielo concentra la máxima cantidad de aviones, mientras aquí en el hospital llenamos lentamente un vaso de agua, lo bebemos haciéndolo durar, encendemos un cigarrillo como un ritual que inscriba un contenido mínimo y precioso en ese silencio de los pasillos, en esa duración interminable. Entonces llegará la cena entre cinco y media y seis, y cuando a su vez la gente de fuera se disponga a cenar nosotros estaremos ya durmiendo, irremediablemente desplazados de lo que era nuestra lejanísima vida de una semana atrás.

Imagino que las cárceles y los cuarteles responderán también a ritmos diferentes del gran ritmo. A las nueve de la noche el prisionero y el soldado pensarán como nosotros que en ese instante se levantan los telones de los teatros, que la gente entra en los cines y los restaurantes. Por razones diferentes pero análogas la ciudad nos margina, y eso, de alguna manera más o menos clara, duele. Acaso ese dolor hace que algunos tardemos en mejorar, que otros vuelvan a la delincuencia, y que otros descubran poco a poco un placer en la idea de matar.

Observaciones inquietantes

La ciencia médica hace prodigios en los hospitales, y se acerca el día en que habrá barrido definitivamente con los variados gérmenes, microbios y virus que nos obligan a asilarnos en sus blancas salas protectoras. Lo único que la ciencia no conseguirá vencer jamás es las miguitas de pan.

Las llamo miguitas porque me gusta la palabra, pero en realidad las peligrosas son las costritas o cascaritas, eso que todo pan bien nacido disemina en torno suyo apenas le metemos mano con fines de deglución. Sin que nos demos cuenta hay como silenciosas explosiones en la superficie del pan, y cuando creemos haberlo comido ocurre que las miguitas han saltado a los lugares menos esperables y están ahí, invencibles y sigilosas, prontas a lo peor.

Uno agota su imaginación tratando de averiguar lo que pasa. Después de haber almorzado en su cama, bien sentado, con las colchas y las sábanas perfectamente tendidas, la bandeja sobre las rodillas como una protección suplementaria, ¿cómo es posible que en ese instante en que suspiramos satisfechos y nos disponemos a encender un cigarrillo, una miguita se nos incruste dolorosamente allí donde la espalda cambia de nombre? Incrédulos, pensamos que es una reacción alérgica, un insecto capaz de burlar la higiene del hospital, cualquier cosa menos una miguita; pero cuando levantamos las sábanas y la región martirizada, toda duda se desvanece: la miguita está ahí, convicta y confesa, a menos que se haya adherido con todos sus dientes a nuestra más sensible piel y tengamos que arrancarla con las uñas.

He hecho la prueba: después de levantarme indignado, he abierto la cama en toda su longitud y procedido a una minuciosa sucesión de sacudidas y soplidos hasta tener la seguridad de que la sábana se presenta tan impoluta como una banquisa polar. Nuevamente acostado, llega el agradable momento de abrir la novela que estoy leyendo y encender el cigarrillo que tan bien se alía con el crepúsculo. Pasa un rato de perfecta paz, el hospital empieza a dormirse como un gran dragón bondadoso; entonces, en plena pantorrilla, una punzada pequeñita pero no menos devastadora. Enfurecido me tiro de la cama y miro; miro sin necesidad puesto que ya sé que está ahí, microscópica y perversa. Siempre estarán ahí, a pesar de Pasteur, del doctor Fleming y de las potentes aspiradoras que todo lo tragan; todo, sí, menos a ella. Ah, si pudiéramos decir: ¡El pan nuestro de cada día dánoslo hoy, pero quédate con las miguitas!

Los diálogos imposibles

El profesor llega a las once con su séquito de internos, enfermeras, estudiantes y gente del laboratorio. Entra amable y distante, pregunta cómo me siento, y en vez de escuchar mi respuesta (la escucha, claro, pero sin acuse de recibo) me toma el pulso y me mira la lengua. Armado de un profuso expediente, el interno le expone el resultado de los interrogatorios y los exámenes previos, y el profesor hasta echa una mirada de soslayo a mi diagrama de temperatura, que a mí me parece ominosamente parecido a uno de esos rayos que después de fulminar en zigzag dieciocho eucaliptus terminan debajo de las faldas de una inocente pastora y liquidan de paso todo el rebaño de ovejas.

En general pasa que el profesor me hace una pregunta, y en mitad de mi respuesta intercambia miradas codificadas con el interno y ambos murmuran cosas tales como brucelosis, coagulación acelerada, dosaje de colesterol y otros términos pocas veces insertados en una frase que resulte comprensible para un lego. Es el momento en que yo tendría muchas cosas que decirle al profesor, cosas que siento, cosas que me pasan, por ejemplo la diferencia entre mi mundo onírico en tiempos de salud y la espantosa descarga de pesadillas que se abaten sobre mí desde hace un mes. Alcanzo a decirle uno que otro síntoma que me parece significativo; lo escucha amablemente pero en vez de tomar por ese camino bifurca de pronto en cosas como: "¿Así que usted empezó a sentirse mal en Turquía?". Todo el mundo lo sabe menos él en el hospital, aunque en realidad él también lo sabe pero de golpe lo único que parece interesarle es averiguar si Bodrum es un bello puerto, y hasta dónde viajé con mis amigos antes de volver a Francia. Me confía que conoce solamente las islas griegas, y entra en detalles sobre Delos y Mitilene, mientras el séquito guarda un silencio respetuoso y el enfermo se pregunta si la medicina no estará volviendo poco a poco a la magia de la cual salió. Tal vez sea simplemente eso: contestar acertadamente una cierta pregunta por absurda que parezca, o, inversamente, acertar con una pregunta que instantáneamente fulmine todos los microbios en varios metros a la redonda.

Ay, ojalá fuera así; la realidad es más prosaica y más triste: simplemente no hay contacto entre dos realidades que apenas se rozan tangencialmente unos pocos minutos por día, la realidad de un médico y la de un enfermo en un hospital. Si el enfermo es ingenuo e inocente, verá en el médico al taumaturgo y probablemente se curará por la suma de la fe y de los antibióticos. Pero si el diálogo se entabla entre el médico y un enfermo de su mismo calibre intelectual, este último sentirá casi enseguida la imposibilidad de decirle al médico lo que era necesario decir, lo que explicaba las razones de tantas cosas que dichas sin esas razones se vuelven absurdas o anodinas. La medicina psicosomática de nuestros días se toma su tiempo y permite ahondar en el pasado de una patología; pero ese tiempo no existe en torno de una cama de hospital, en el ritmo de trabajo de un profesor que va de enfermo en enfermo como el presidente de la nación cuando felicita a

133

los vencedores del campeonato de fútbol y se detiene un segundo frente a cada uno para hacerle una pregunta y estrecharle la mano. Entonces lo único que queda es ser razonable y contestar en la misma línea: "Sí, doctor, las playas turcas son muy bonitas. Sí, excelencia, fue un partido duro, pero ya ve que al final les metimos la goleada padre".

Epílogo a cargo de mi amigo Lucas y una clínica de lujo*

Como la clínica donde se ha internado mi amigo Lucas es una clínica de cinco estrellas, los-enfermos-tienen-siempre-razón, y decirles que no cuando piden cosas absurdas es un problema serio para las enfermeras, todas ellas a cuál más ricucha y casi siempre diciendo que sí por las razones que preceden.

Desde luego no es posible acceder al pedido del gordo de la habitación 12, que en plena cirrosis hepática reclama cada tres horas una botella de ginebra, pero en cambio con qué placer, con qué gusto las chicas dicen que sí, que cómo no, que claro, cuando Lucas que ha salido al pasillo mientras le ventilan la habitación y ha descubierto un ramo de margaritas en la sala de espera, pide casi tímidamente que le permitan llevar una margarita a su pieza para alegrar el ambiente.

Después de acostar la flor en la mesa de luz, Lucas toca el timbre y solicita un vaso con agua para darle a la margarita una postura más adecuada. Apenas le traen el vaso y le instalan la flor, Lucas hace notar que la mesa de luz esta abarrotada de frascos, revistas, cigarrillos y tarjetas postales, de manera que tal vez se podría instalar una mesita a los pies de la cama, ubicación que le permitiría gozar de la presencia de la margarita sin tener que dislocarse el pescuezo para distinguirla entre los diferentes objetos que proliferan en la mesa de luz.

La enfermera trae enseguida lo solicitado y pone el vaso con la margarita en el ángulo visual más favorable, cosa que Lucas le agradece haciéndole notar de paso que como muchos

* Publicado como "Lucas, sus hospitales I" en *Un tal Lucas*.

134

amigos vienen a visitarlo y las sillas son tan escasas, nada mejor que aprovechar la presencia de la mesa para agregar dos o tres silloncitos confortables y crear un ambiente apto para la conversación.

Tan pronto las enfermeras aparecen con los sillones, Lucas les dice que se siente sumamente obligado hacia sus amigos que tanto lo acompañan en el mal trago, razón por la cual la mesa se prestaría perfectamente, previa colocación de un mantelito, para soportar dos o tres botellas de whisky y media docena de vasos, de ser posible esos que tienen el cristal facetado, sin hablar de un termo con hielo y botellas de soda.

Las chicas se desparraman en busca de estos implementos y los disponen artísticamente sobre la mesa, ocasión en la que Lucas se permite señalar que la presencia de vasos y botellas desvirtúa considerablemente la eficacia estética de la margarita, bastante perdida en el conjunto, aunque la solución es muy simple porque lo que falta de verdad en esa pieza es un armario para guardar la ropa y los zapatos, toscamente amontonados en un placard del pasillo, por lo cual bastará colocar el vaso con la margarita en lo alto del armario para que la flor domine el ambiente y le dé ese encanto un poco secreto que es la clave de toda buena convalecencia.

Sobrepasadas por los acontecimientos pero fieles a las normas de la clínica, las chicas acarrean trabajosamente un vasto armario sobre el cual termina por posarse la margarita como un ojo ligeramente estupefacto pero lleno de dorada benevolencia. Las enfermeras se trepan al armario para agregar un poco de agua fresca al vaso, y entonces Lucas cierra los ojos y dice que ahora todo está perfecto y que va a tratar de dormir un rato. Tan pronto le cierran la puerta se levanta, saca la margarita del vaso y la tira por la ventana porque no es una flor que le guste particularmente.

Lucas, las cartas que recibe

Rufino Bustos
Escribano público

De mi distinguida consideración:

Tengo a honor comunicarle que habiéndose vencido el plazo para el pago del alquiler del departamento ocupado por usted, y no obstante los siete avisos sucesivos que han quedado sin respuesta de su parte, cúmpleme la obligación de intimar el abono del susodicho alquiler más la multa del 5 % fijada por la ley, siendo el último plazo el día jueves 16 de marzo de 1977. En caso de no comparecencia o comunicación epistolar, seráme preciso apelar al procedimiento de desalojo judicial, con las costas a su cargo.

Quedo de usted muy atentamente

Rufino Bustos

P. D. Anoche me creció otro dedo en cada pie.

Lucas, sus descubrimientos azarosos*

Hélène Cixous me enseña que *azar* viene de *az-zahr*, dado o juego de dados en árabe (siglo XII). Así, un *coup de dés jamais ne abolira le hasard* regresa a sí mismo, los dados no abolirán los dados, el azar no puede nada contra el azar

el azar es más fuerte que sí mismo,

hasarder, es decir osar (por qué no, entonces, *hazar*): el azar se vuelve activo, se mueve a sí mismo desde su propia terrible fuerza,

no puede impedirse, se propulsa, hazar es osar por sí mismo y desde sí mismo, sin poder abolirse, y como *toute pensée emet un coup de dés*, todo pensar haza, propulsa lo pensado inaboliblemente, fénix.

Resumen provisional de la dinámica humana: soy, ergo hazo,

y hazo porque soy,

y sólo soy hazando.

* Publicado como "Descubrimientos azarosos" en *Unomásuno*, México, 11 de abril de 1981.

Lucas, sus erratas*

Los textos escritos por Lucas han sido siempre espléndidos, es obvio, y por eso desde el principio lo aterraron las erratas que se sigilosaban en ellos para no solamente enchastrar una transparente efusión sino para cambiarle las más de las veces el sentido, con lo cual los motetes de Palestrina se metamorfoseaban en matetes de Palestina y así vamos.

El horror de Lucas ha sido tema de insomnio para más de cuatro correctores de pruebas, sin hablar de las puteadas de tanto abnegado linotipista a quien le llegaron originales llenos de *guarda con esto, ojo, attenti al piatto, aquí donde dice coño léase coño, carajo*, observaciones neuróticas que a veces son como un libro paralelo y en general más interesante que el contratado por un editor al borde de la hidrofobia.

Todo es inútil (pensamiento que Lucas pensó seriamente convertir en el título de un libro) porque las erratas como es sabido viven una vida propia y es precisamente esa idiosincrasia que llevó a Lucas a estudiarlas lupa en mano y preguntarse una noche de iluminación si el misterio de su sigilosancia no estaría en eso, en que no son palabras como las otras sino algo que invade ciertas palabras, un virus de la lengua, la CIA del idioma, la transnacional de la semántica. De ahí a la verdad sólo había un sapo (un paso) y Lucas tachó sapo porque no era en absoluto un sapo sino algo todavía más siniestro. En primer lugar el error estaba en agarrárselas contra las pobres palabras atacadas por el virus, y de paso contra el noble tipógrafo que se rendía a la contaminación. ¿Cómo nadie se había dado cuenta de que el enemigo cual caballo de Troya moraba en la mismísima ciudadela del idioma, y que su guarida era la palabra que, con brillante aplicación de

* *Point of Contact*, Nueva York, vol. IV, n.º 1, otoño-invierno de 1994.

las teorías del *chevalier* Dupin, se paseaba a vista y paciencia de sus victimas contextuales? A Lucas se le encendió la lamparita al mirar una vez más (porque acababa de escribirla con una bronca indecible) la palabra *errata*. De golpe vio por lo menos dos cosas, y eso que estaba ciegoderabia. Vio que en la palabra había una rata, que la errata era la rata de la lengua, y que su maniobra más genial consistía precisamente en ser la primera errata a partir de la cual podía salir en plan de abierta depredación sin que nadie se avivara. La segunda cosa era la prueba de un doble mecanismo de defensa, y a la vez de una necesidad de confesión disimulada (otra vez Poe); lo que hubiera podido leerse allí era *ergo rata*, conclusión cartesiana + estructuralista de una profunda intuición: *Escribo, ergo rata*. Diez puntos.

—Turras —dijo Lucas en brillante síntesis. De ahí a la acción no había más que un sapo. Si las erratas eran palabras invadidas por las ratas, gruyeres deformes donde el roedor se pasea impune, sólo cabía el ataque como la mejor defensa, y eso antes que nada, en el manuscrito original ahí donde el enemigo encontraba sus primeras vitaminas, los aminoácidos, el magnesio y el feldespato necesarios para su metabolismo. Provisto de una alcuza de DDT, nuestro Lucas espolvoreó las páginas apenas sacadas de la Smith-Corona eléctrica, colocando montoncitos de polvo letal sobre cada metida de pata (de rata, ahora se descubría que el viejo lugar común era otra prueba de la presencia omnímoda del adversario).

Como Lucas para equivocarse en la máquina es un as, no (la coma puede ser otra errata) le sobró gran cosa de polvo pero en cambio pudo gozar del vistoso espectáculo de una mesa recubierta de páginas y sobre ellas cantidad de volcancitos amarillos que dejó toda una noche para estar más seguro. Estos volcancitos estaban idénticos por la mañana, y su único resultado parecía ser una pobre polilla muerta encima de la palabra *elegía* que se situaba entre tres volcancitos de lo más copetones. En cuanto a las erratas, ni modo: cada una en su lugar, y un lagar para cada una.

Estornudando de rabia y de DDT, nuestro Lucas se fue a casa del ñato Pedotti que era una luz para el artesanado, y le encargó cincuenta tramperas miniaturas, que el ñato fabricó con ayuda de un joyero japonés y que costaron un hueco. Apenas las tuvo, más o menos ocho meses más tarde, Lucas puso sus últimas páginas en la mesa y con ayuda de una lupa y una pinza para cejas cortó microtajadas de queso tandil y montó las tramperas al lado de cada errata. Puede decirse que esa noche no durmió, en parte por los nervios y también porque se la pasó bailando con una nena martiniquesa en una milonga de barrio, cosa de despejar el ambiente hogareño para que el silencio y las tinieblas coadyuvaran con la tarea lustral. A las nueve, después de arropar bien a la nena porque tendía a la coriza, volvió a su casa y encontró las cincuenta tramperas tan abiertas como al principio salvo una que se había cerrado al cuete.

Desde ese día Lucas progresa en una teoría con arreglo a la cual las ratas no viven ni comen en las erratas sino que se alojan del lado del que escribe o compone, a partir del cual operan salidas y retiradas fulminantes que les permiten elegir los mejores bocados, hacer polvo a las pobres palabras preferidas y volverse en un siesnoés a su lugar de origen. En ese caso cabe preguntarse si moran en los diez dedos, en los ojos o todavía peor en la materia gris del escriba. Claro que esta teoría, por alucinante que parezca, deja perfectamente frío a Lucas porque le da la impresión de que ya otros la enunciaron cambiando solamente el vocabulario, complejos, Edipo, castración, Jung, acto falluto, etc. Andá ponele DDT a cosas así, después me contás.

Lucas, sus experiencias cabalísticas*

Todo le viene de un amigo que cada diez palabras se para en seco y estudia lo que ha dicho Lucas y empieza a darle vuelta las palabras y las frases como si fueran guantes, ocupación repugnante para Lucas pero qué le va a hacer si el otro por ahí le saca cosas como conejos de la galera. Cuando no es anagrama es palindroma o rima interna o doble sentido, al final apenas Lucas dice buenos días el otro se lo explaya y cuando te das cuenta es lo que el viento se llevó en tres tomos, mejor callarse y aceptar, otro cafecito y esas cosas.

El tipo no se pierde una, y le cuenta a Lucas que para él las palabras no son más que un comienzo, una faceta de un poliedro vertiginoso, y si Lucas trata de pararlo con una de sus sonrisas sardónicas que siempre le valieron el horror de los contertulios del café Rubí su amigo se revira y le dice mirá, yo qué puedo hacer contra esos biombos que parecen tan chicos ahí en la sala, vos estás mirando el biombo con su dibujo de arrozales y un paisano montado en un búfalo, pensás que los biombos son como los párpados de las casas, esas imágenes vistosas, y en eso la señora de Cinamomo se le acerca y lo despliega una vez y dos veces y después tres veces, el biombo se agranda y los arrozales se achican porque ahora hay un río, vos qué te ibas a imaginar que en ese biombo había un río y de golpe una ciudad con gentes que van y vienen, casitas con gente que toma el té y geishas como mariposas a menos que sean mariposas con kimono. A mí eso me pasó siempre con las palabras desde que era un pibe guagua gurí escuincle criança (acabala, interfiere Lucas, ya entendí que te referís a la infancia), pero eso no es nada, viejo, las letras me sacaban ya de las casillas, las

* *Point of Contact*, Nueva York, vol. IV, n.º 1, otoño-invierno de 1994.

siglas o las iniciales, las miraba y bóing, del otro lado, supersónicamente, cosas y cosas y cosas mientras mi tía me pellizcaba y puta si me acuerdo cómo decía: Este chico debe ser idiota, a la mitad de una palabra se queda como un opa mirando pa'el lao de los tomates. Mis iniciales, fíjate, un día las escribo en el cuaderno de aritmética porque la maestra quería orden y progreso en los deberes, y cuando veo J. C. paf, el satori, veo Jesús Cristo y encima (o detrás, por respeto) Jean Cocteau. Parece nada, pero son cosas que marcan, para peor cuarenta años más tarde estoy en San Francisco charlando con una amiga entre dos viajes de esos que la moral repudia, y le cuento y ella se tapa con la sábana porque le viene como un repeluzno y me pregunta si además de las dos iniciales no tengo otro nombre de pila y yo le digo que sí, que me da vergüenza porque es horrible pero que además de Julio me llamo Florencio, y entonces ella suelta una de esas carcajadas que acaban con todos los objetos de la mesita de luz, y me dice:

—*Jesus Fucking Christ!*

Se comprende que después de eso, Lucas aluda a la Cábala con un pavoroso respeto.

Lucas, sus hipnofobias*

En todo lo que toca al sueño Lucas se muestra muy prudente. Cuando el doctor Feta proclama que para él no hay nada mejor que el apoliyo, Lucas aprueba educadamente, y cuando la nena de su corazón se enrolla como una oruguita y le dice que no sea malo y la deje dormir otro poco en vez de empezar de nuevo la clase de geografía íntima, él suspira resignado y la tapa después de darle un chirlito ahí donde a la nena más bien le gusta.

Pasa que en el fondo Lucas desconfía del sueño llamado reparador porque a él no le repara gran cosa. En general antes de irse a la cama está en forma, no le duele nada, respira como un puma, y si no fuera que tiene sueño (ésa es la contra) se quedaría toda la noche escuchando discos o leyendo poesía, que son dos grandes cosas para la noche. Al final se mete en el sobre, qué va a hacer si se le cierran los ojos con saña tenaz, y duerme de una sentada hasta las ocho y media, hora en que misteriosamente tiende siempre a despertarse.

Cuando rejunta las primeras ideas que difícilmente se abren paso entre bostezos y gruñidos, Lucas suele descubrir que algo ha empezado a dolerle o a picarle, a veces es un diluvio de estornudos, un hipo de pótamo o una tos de granada lacrimógena. En el mejor de los casos está cansadísimo y la idea de cepillarse los dientes le parece más agobiante que una tesis sobre Amado Nervo. Poco a poco se ha ido dando cuenta de que el sueño es algo que fatiga horriblemente, y el día en que un hombre sabio le dijo que el organismo pierde muchas de sus defensas en aras de Morfeo, nuestro Lucas bramó de entusiasmo porque la biología le estaba refrendando la cenestesia, si cabe la perífrasis.

* *Cuadernos Hispanoamericanos*, Madrid, n.º 364-366, octubre-diciembre de 1980.

En esto por lo menos Lucas es serio. Tiene miedo de dormir porque tiene miedo de lo que va a encontrar al despertarse, y cada vez que se acuesta es como si estuviera en un andén despidiéndose a sí mismo. El nuevo encuentro matinal tiene la ominosa calidad de casi todos los reencuentros: Lucas 1 descubre que Lucas 2 respira mal, al sonarse siente un dolor terrible en la nariz y el espejo le revela la irrupción nocturna de un tremendo grano. Hay que convencerse: estaba tan bien la noche antes y ahora, aprovechando esa especie de renuncia de ocho horas, su toma de aire aparece coronada por este glorufo que le hace ver el sol *e l'altre stelle* porque como tiene que sonarse a cada momento *because* el resfrío matinal, qué te cuento lo que duele.

Las anginas, la gripe, las maléficas jaquecas, el estreñimiento, la diarrea, los eczemas, se anuncian con el canto del gallo, animal de mierda, y ya es tarde para pararles el carro, el sueño ha sido una vez más su fábrica y su cómplice, ahora empieza el día, o sea las aspirinas y el bismuto y los antihistamínicos. Casi dan ganas de irse a dormir de nuevo puesto que ya muchos poetas decretaron que en el sueño espera el olvido, pero Lucas sabe que Hipnos es el hermano de Tánatos y entonces se prepara un café renegrido y un buen par de huevos fritos rociados con estornudos y puteadas, pensando que otro poeta dijo que la vida es una cebolla y que hay que pelarla llorando.

Lucas, sus huracanes*

> *Para Carol, que en el malecón de*
> *La Habana sospechaba que el viento*
> *del norte no era del todo inocente.*

El otro día instalé una fábrica de huracanes en la costa de la Florida, que se presta por tantas razones, y ahí nomás hice entrar en acción los helicoides turbinantes, los proyectarráfagas a neutrones comprimidos y los atorbellinadores de suspensión coloidal, todo al mismo tiempo para hacerme una idea de conjunto sobre la performance.

Por la radio y la televisión fue fácil seguir el derrotero de mi huracán (lo reivindico expresamente porque nunca faltan otros que se pueden calificar de espontáneos), y ahí te quiero ver porque mi huracán se metió en el Caribe a doscientos por hora, hizo polvo una docena de cayos, todas las palmeras de Jamaica, torció inexplicablemente hacia el este y se perdió por el lado de Trinidad arrebatando los instrumentos a numerosas *steel bands* que participaban en un festival adventista, todo esto entre otros daños que me impresiona un poco detallar porque lo que me gusta a mí es el huracán en sí mismo, pero no el precio que cobra para ser verdaderamente un huracán y colocarse alto en el ranking homologado por el British Weather Board.

A todo esto vino la señora de Cinamomo a increparme, porque había estado escuchando las noticias y allí se hablaba con términos sacados del más bajo sentimentalismo radial tales como destrucción, devastación, gente sin abrigo, vacas propulsadas a lo alto de cocoteros y otros epifenómenos sin ninguna gravitación científica. Le hice notar a la señora de Cinamomo que, relativamente hablando, ella era mucho más nociva y devastadora para con su marido y sus hijas que yo con mi hermoso huracán impersonal y objetivo, a lo cual me contestó tratándome

* *Cuadernos Hispanoamericanos*, Madrid, n.º 364-366, octubre-diciembre de 1980.

de Atila, patronímico que no me gustó nada, vaya a saber por qué, puesto que en realidad suena bastante bien. Atila, Atilita, Atilucho, Atilísimo, Atilón, Atilango, fíjese todas las variantes tan bonitas.

Desde luego no soy vengativo, pero la próxima vez voy a orientar los helicoides turbinantes para que le peguen un susto a la señora de Cinamomo. No le va a gustar nada que su dentadura postiza aparezca en un maizal de Guatemala, o que su peluca pelirroja vaya a parar al Capitolio de Washington; desde luego este acto de justicia no se podrá cumplir sin otros desplazamientos quizá enojosos, pero siempre hay que pagar algún precio por las cosas, qué joder.

Lucas, sus palabras moribundas*

Toda repatriación es agradable en principio, pues patria y repatriado congenian naturalmente. Sin embargo, si a usted lo repatrian o repatrían sin consulta previa, ¿estará satisfecho? Se abre aquí una duda, pues no siempre repatriante y repatriado están de acuerdo, y una repatriación forzada podría, al producirse un brusco contacto con la patria, crear un sentimiento antipatriótico e incluso apátrida en el repatriado, pues repatriar de oficio a quien estaba lejos de la patria suscita en ocasiones una reacción que bajo otras circunstancias no se hubiese traducido en un antipatriotismo que parece estar en las antípodas de esa relación entre la patria y el repatriado y que debería unirlos para siempre bajo la forma de patriotismo.

Será por eso, piensa Lucas, que en algunos sujetos termina por manifestarse un patriotismo que asume para sorpresa general la forma de un sentimiento de antirrepatriación, cosa que perturba a esos patriotas que jamás imaginaron ser expatriados y todavía menos repatriados. Cuando la antirrepatriación alcanza el nivel ofensivo de la contrarrepatriación, cosa que se ha dado algunas veces, la patria no sabe qué hacer por intermedio de sus patrióticos gestores, y hay palidez y congoja en más de cuatro consulados y un triste agitar de pasaportes vencidos y otras boletas de compra y venta. En esas ocasiones los expatriados quisieran explicar lo que estiman un punto de vista genuinamente patriótico, pero los cónsules de la patria, ellos mismos sumamente patriotas como se les exige con razón y abundantes decretos, terminan por suspirar apesadumbrados. El expatriado que tiene conflictos con la repatriación hace lo mismo, y las oficinas consulares parecen una playa llena de focas resoplantes.

* *Point of Contact*, Nueva York, vol. IV, n.º 1, otoño-invierno de 1994.

Todo eso no importa, hay quienes piensan que algún día iremos y vendremos como se nos dé la gana, y que la palabra repatriación (es decir la palabra expatriación y su contraparte forzosa) se marchitará en el diccionario cerca de palabras tales como paracresis, perucho y ectima.

Lucas, sus poemas escritos en la Unesco

Calculadora electrónica

Pusieron las tarjetas perforadas
para que dedujera coeficientes.
Apretaron botones y bajaron palancas,
ella hizo pfúm y enseguida pss pss,
ronroneó murmuró xeroxeó tres minutos
veinticinco segundos
y después
fue sacando una cosa muy pequeña un bracito
con una mano pendulante y rosa
en la que dulcemente se hamacaba y rodaba
una gota salada

Historia del pequeño analfabeto

Cuando le enseñaron la A
lloró
En la B
se puso el dedo en la nariz
En la C dijo mierda
En la D pensó un rato

En la R
le robó el sueldo al padre

En la T
se acostó con su hermana

En la Z
consiguió su diploma.

Lucas, sus roces sociales

A Lucas no hay que invitarlo a nada, pero la señora de Cinamomo ignora el detalle y gran ambigú con asistencia selecta el viernes a partir de las dieciocho. Cuando Calac ve llegar a Lucas, no hace más que agarrarse de las solapas de Polanco y madre querida vos te das cuenta, diversas señoras se preguntan por qué esos dos se ríen en esa forma, el diputado Poliyatti sospecha un buen cuento verde y se constituye, hay ese momento idiota pero jamás superado en que oh señor Lucas cuánto gusto, el gusto es mío señora, la sobrina que cumple años apio verde tuyú, todo eso en el salón de prosapia con whisky y bocaditos preparados especialmente en la confitería *La nueva Mao Tsé Tung*.

Lleva tiempo contarlo pero en realidad sucede rápido, los huéspedes se han sentado para escuchar a la nena que va a tocar el piano, pero Lucas. Póngase cómodo, por favor. No, dice Lucas, yo no me siento nunca en una silla Luis XV. Qué curioso, dice la señora de Cinamomo que ha gastado ríos de guita en esas cosas con cuatro patas, y por qué señor Lucas. Porque soy argentino y de este siglo, y no veo la razón de sentarme en una silla francesa y de época obsoleta, si me hace traer el banco de la cocina o un cajón de kerosene voy a estar muy bien. Para un cumpleaños con ambigú y piano resulta un tanto descolocante, pero ya se sabe que hay artistas que, y esas cosas, de manera que rictus apropiado y no faltaba más, le pondremos este taburete que fue del coronel Olazábal. Tiene solamente tres patas pero es la mar de cómodo, me crea.

A todo esto la nena en el claro de luna y Beethoven como la mona.

Lucas, sus papelitos sueltos

El atado de cigarrillos sobre el escritorio, la vasta nube potencial del humo concentrada en sí misma, obligada a esperar en ese paralelepípedo cuyas aristas y ángulos constriñen una voluntad esférica, un interminable helecho de volutas.

O lo contrario, la niebla matinal desflecándose contra los techos de la ciudad, buscando torpemente concretarse en un ideal de rigor inmóvil, en el paquete que dura, que permanece sobre el escritorio.

*

Entonces miró largamente su mano, y cuando verdaderamente la vio, la aplastó contra sus ojos, allí donde la proximidad era la única posibilidad de un negro olvido.

Momentos

Discurso del Día de la Independencia

Señor rector, señores profesores, alumnos:

Una vez más me ha correspondido el deber —que es también un honor— de dirigiros la palabra. Circunstancias especiales motivan que haya aceptado con alegría y reconocimiento esta oportunidad. Para vosotros, pues, estas simples cosas que mi corazón habrá de deciros hoy, en esta mañana en que vivimos juntos uno de los más grandes días de la patria.

No he querido traer aquí la evocación de los hechos históricos que conmemoramos. Pienso que sería repetir lo que está tan vivo en vuestra memoria de argentinos, y mis palabras no tendrían otro valor que el de hacer desfilar, una vez más, hechos que conocéis como se conoce todo lo grande: emocionadamente. Y porque sé que la trascendencia del 9 de julio de 1816 no os es desconocida, prefiero callar; de lo contrario, no os haría justicia. Pero hay en cambio otras cosas que debo deciros; cosas que no son ajenas al día que celebramos; cosas que entroncan con las gestas más puras de nuestra historia; cosas que vosotros estáis viviendo, que forman parte de vuestra sangre y de vuestro espíritu. En esto sí os haré justicia, porque sé que es propio del hombre conocer más del pasado que del presente, y tener la mirada dirigida hacia lo que fue, en vez de volverla hacia lo que es, y lo que debe ser. Yo quiero hablaros de los actuales tiempos, y de vosotros mismos. Hoy, cuando en vuestra memoria vuelve a representarse la epopeya civil de los días de julio, yo os pido que agreguéis a ese recuerdo la visión clara y precisa de vuestro propio destino. Hoy, que es día de evocación, yo os pido que incorporéis a ella la meditación sobre vuestra propia vida. Solamente así haréis fecundas estas horas tan grandes; solamente así podréis volver a pensar en nuestros próceres sin sentiros demasiado pequeños a su lado.

Los hechos de nuestra independencia y de nuestra libertad alcanzan un nivel tan extraordinario, llegan de tal manera a lo heroico y a lo sublime, que a vosotros os sucede rodearlos de una aureola que yo no vacilaría en llamar sobrenatural; esas figuras cuyos nombres repetís tantas veces, se os aparecen como superhombres, como seres casi irreales, desasidos de los caracteres comunes a los hombres. Hacéis muy bien en pensar así nuestra historia, porque ella lo merece; hacéis muy bien en imaginar a nuestros próceres revestidos con la luz de lo heroico, porque ellos fueron héroes. Pero hay algo de que debéis cuidaros, y quiero advertiros cuál puede ser vuestro engaño. Llevados de vuestro amor hacia lo argentino, termináis por establecer una barrera falsa entre lo que fue y lo que es; separáis con un abismo inexistente el pasado y el presente. Colocáis a los próceres de un lado, y vosotros os alineáis del otro. Aquello es lo grande, esto lo cotidiano; aquello lo heroico, esto lo común. Y es entonces que yo os digo: ¡No!

No, alumnos de esta casa, si así pensáis estáis equivocados. La historia argentina no se ha detenido al borde del pasado, la historia argentina está allá pero también está aquí. La independencia se conquistó en algunos años, pero habrá que defenderla durante todos los siglos; la argentinidad se logró en poco tiempo, pero será necesario mantenerla siempre. Aquellos a quienes recordáis han muerto; para cumplir la historia, sólo quedáis vosotros.

Ahora comprenderéis lo que quería deciros. Bueno es elevar el corazón hacia nuestros padres civiles; pero la tarea continúa después. Haced desaparecer desde hoy ese abismo inexistente que os engaña tantas veces. Aprended a sentiros a vosotros mismos dentro de esta joven nación, dentro de una historia que es como el volar de sus cóndores. Quebrad el cristal que aparta de vuestra realidad la realidad del pasado, y unid todo en una misma ambición y en un mismo deber. Pensad que nuestros grandes hombres tuvieron también vuestra juventud; ellos supieron vivirla, madurarla, y con el apoyo de esa juventud se lanzaron en un solo ímpetu hacia la gloria. Pensad en eso, y sentíos como debieron sentirse ellos cuando eran jóvenes y asistían, ávidos de justicia, a los problemas que desfiguraban la joven fisonomía de la patria. No penséis que todo ha sido hecho. Sólo ha pasado el tiempo; los problemas de la humanidad siguen siendo graves, y a todos nos toca enfrentarlos. No hay abismo entre el pasado y estos días que estáis viviendo. Nosotros no tendremos otro 9 de julio; pero cada día de nuestra existencia puede ser un día de sol para la patria; esos días, hay que hacerlos.

Entonces sí será fecundo el recuerdo de la historia; cuando nos sintamos incorporados a ella, cuando sepamos que nuestra sangre no es en esencia distinta a la sangre de los héroes, y que sólo de nosotros depende continuar su obra. No se injuria a un San Martín o a un Sarmiento, cuando se contempla su imagen y se dice: "¡Yo quiero ser como tú!". Pero sí se le injuria, porque se injuria a la patria, cuando ante su imagen sólo se atina a decir: "¡Yo no podré ser jamás como tú!". Nadie sabe si alguno de vosotros llegará a ser lo que fueron ellos; pero el haber querido serlo, es acercarse a su grandeza, entrar en la historia que es producto de esfuerzos y decisiones. Compartir un heroísmo, desde un aula o un campo, desde un libro o un taller.

Pensad estas palabras. Aprender a pensar es difícil, cuando se es niño; pero vosotros habéis dejado atrás la infancia, y tenéis el deber de pensar vuestro destino. La palabra patria, tantas veces escuchada, no puede ser ya una mera palabra. Debéis descubrir a la patria en vosotros mismos, comprender que vosotros sois la patria. Ese día —que ojalá sea ya el día de hoy para todos y cada uno— las cosas dejarán de ofreceros dudas y dificultades. Cuando se decide la propia conducta, parece como si un gran camino se abriera ante la mirada, invitando a la marcha. Ése, que es el gran camino de la Argentina llevando a un progreso cada vez mayor, tenéis que encontrarlo vosotros. Nadie anduvo por él sin descubrirlo primero en su propio corazón. Y la patria se alegra cada vez que uno de sus hijos jóvenes abre los ojos a ese sendero. Encontradlo y caminad por él, que ya es la hora. Caminad por el sendero del esfuerzo. Entonces, esas figuras inmensas del pasado, esas imágenes augustas que hasta ahora contemplabais en vuestros recuerdos con temor y timidez, se acercarán a vosotros. Las tendréis a vuestro lado, guiando vuestra marcha. Y sentiréis como si sus manos se apoyaran en vuestros hombros.

(1938)

Para las *Kinderszenen* de Roberto Schumann

Asomarse a la música de Roberto Schumann es como asomarse a su alma. Esto, que resulta válido para con la mayoría de los románticos, adquiere en el caso del músico alemán una dolorosa profundidad. Dolorosa, sí, pero cuán dulce y bella. Música escrita en momentos inefables, esos momentos que sólo los santos y los artistas viven. Esos momentos de total comprensión del universo cuando, ante la majestad de todo lo creado se descubre, asimismo, la lastimosa pequeñez de la vida humana. Schumann, obsesionado por la angustia de una existencia falta de equilibrio, presintiendo acaso la locura que habría de asirlo, como a Nietzsche, en sus últimos años, se vuelca hacia el mundo interior, un mundo que su espíritu y su arte crean, un mundo distinto del triste mundo que le revelan sus sentidos. Porque la música es como un cosmos apartado del cosmos que nos abarca a todos; esfera dentro de otra, contenida, sí, pero no confundida. Esfera que, por obra de genios como Schumann, nos llega ahora, brotando de un teclado, para acercarnos a su drama, a su belleza. Si existe un don divino en el artista, ese don no es su arte, conquista humana; ese don es la entrega generosa que el artista hace de su cosmos, para que el resto de los hombres pueda inclinarse sobre él, y maravillarse, y sentirse un poco por encima del panorama cotidiano. Schumann confía a la música todos sus tesoros interiores. La música nos lo trae ahora, como un hondo legado de belleza.

Estas *Escenas infantiles* que vais a escuchar dentro de un momento, son quizá la obra más pura de Schumann. "Escenas infantiles." Su nombre es ya un enunciado cristalino. Resulta casi increíble saber que fueron compuestas en momentos de intensa depresión sentimental, cuando Schumann se sentía al borde de la angustia, y se aferraba a su piano y a las ideas que cantaban en su corazón para no dejarse arrastrar por un torbellino, uno de esos torbellinos que, en una sensibilidad hipertrofiada como la suya, lo conducían hacia el espejismo engañoso del suicidio. Para huir de eso, para rechazar los primeros aletazos de la locura, Schumann escribe la música, y brotan los Conciertos, el *Carnaval, Manfredo, Las mariposas*, y estas infinitamente claras *Escenas infantiles* que son un rayo de sol en la atormentada atmósfera de su arte.

Habéis leído los nombres de esos trozos —cuya pequeñez tiene la perfección de las piedras talladas, y que nada ganarían con mayor longitud. Nombres que hablan claro en el espíritu del oyente; asomos de la intención que guiaba a Schumann al crearlas. Porque estas *Escenas infantiles* significan un inclinarse sobre ese mundo tan particular y tan delicado que es el mundo de los niños. Mundo donde las proporciones no son las que nosotros aceptamos; donde el miedo al cuco representa mucho más que la filosofía de Kant, y donde un juguete es mucho más codiciable que un alto puesto o una mina de carbón. Mundo al que sólo podemos entrar llevando el amor por llave; el amor hacia el niño, hacia sus dimensiones tan suyas. Mundo que Schumann, con esa magia tan propia del músico, nos revela y nos aclara. Ved esos nombres: "De países y hombres extraños", que encierra quizá ese sentido de lo remoto, de lo desconocido, tan penetrante en los niños, y que explica su gusto por los relatos fantásticos; "Curiosa historia", "Jugando al gallo ciego" —juegos, relatos, eso es la esencia infantil, ése es su pequeño paraíso de breves años, que pierde luego por otros menos dulces—, "Niño implorando", "Alegría perfecta", "Un gran acontecimiento", menciones que iluminan momentos de toda vida infantil; el deseo de ir al circo, la dicha de un postre ambicionado, el nacimiento de un hermanito… Todo esto late, todo esto se agita en las escenas que intento definir; ved estos otros títulos: "Ensueño", "Junto al fuego", "Cabalgando el caballito de palo"… Y, como interrumpiendo la juguetona serie de esbozos, una evocación recogida: "Casi demasiado serio"… Ah, pero no es más que el título; los niños están siempre allí,

160

fingiendo una gravedad que pronto se romperá con un regreso a su ingenua condición.

¿Por qué? Pues vedlo: "Viene el cuco". Asistimos al diálogo delicioso entre la ternura y el miedo, entre una madre que debe corregir y un niño que, a pesar de su miedo momentáneo, reincide en la travesura…

El paseo está concluyendo. Cansado de jugar, "El niño se duerme". Tal es el nombre del último trozo dedicado a ese universo de juguetes y risas de poesía. El músico —el poeta— cierra las puertas del mundo de los niños. Lo hace dulcemente, con palabras que os llegarán al corazón porque han nacido de un corazón que amó mucho, y sufrió mucho, y tuvo el destino desgraciado de aquellos que son demasiado grandes para vivir nuestra pequeña vida humana. Pero que no se van sin dejarnos, a manera de un mensaje lleno de belleza, obras como la que vais a escuchar, interpretada por un artista que ama a Schumann, lo comprende, y quisiera que todos lo amarais y comprendierais como él.

(1938)

Esencia y misión del maestro[*]

Escribo para quienes van a ser maestros en un futuro que es ya casi presente. Para quienes van a encontrarse repentinamente aislados de una vida que no tenía otros problemas que los inherentes a la condición de estudiante; y que, por lo tanto, era esencialmente distinta de la vida propia del hombre maduro. Se me ocurre que resulta necesario, en la Argentina, enfrentar al maestro con algunos aspectos de la realidad que sus cuatro años de escuela normal no siempre le han permitido conocer, por razones que acaso se desprendan de lo que sigue, y que la lectura de estas líneas —que no tienen la menor intención de consejo— podrá tal vez mostrarles uno o varios ángulos insospechados de su misión a cumplir y de su conducta a mantener.

Ser maestro significa estar en posesión de los medios conducentes a la transmisión de una civilización y una cultura; significa construir, en el espíritu y la inteligencia del niño, el panorama cultural necesario para capacitar su ser en el nivel social contemporáneo y, a la vez, estimular todo lo que en el alma infantil haya de bello, de bueno, de aspiración a la total realización. Doble tarea, pues: la de instruir, educar, y la de dar alas a los anhelos que existen, embrionarios, en toda conciencia naciente. El maestro se tiende hacia la inteligencia, hacia el espíritu y, finalmente, hacia la esencia moral que reposa en el ser humano. Enseña aquello que es exterior al niño; pero debe cumplir asimismo el hondo viaje hacia el interior de ese espíritu, y regresar de él trayendo, para maravilla de los ojos de su educando, la noción de bondad y la noción de belleza: ética y estética, elementos esenciales de la condición humana.

[*] *Revista Argentina. Publicación mensual de los alumnos de la Escuela Normal de Chivilcoy*, Chivilcoy, n.º 31, 20 de diciembre de 1939.

Nada de esto es fácil. Lo hipócrita debe ser desterrado, y he aquí el primer duro combate; porque los elementos negativos forman también parte de nuestro ser. Enseñar el bien, supone la previa noción del mal; permitir que el niño intuya la belleza no excluye la necesidad de hacerle saber lo *no bello*. Es entonces que la capacidad del que enseña —yo diría mejor: del que *construye descubriendo*— se pone a prueba. Es entonces que un número desoladoramente grande de maestros fracasa. Fracasa calladamente, sin que el mecanismo de nuestra enseñanza primaria se entere de su derrota; fracasa sin saberlo él mismo, porque no había tenido jamás el concepto de su misión. Fracasa tornándose rutinario, abandonándose a lo cotidiano, enseñando lo que los programas exigen y nada más, rindiendo rigurosa cuenta de la conducta y la disciplina de sus alumnos. Fracasa convirtiéndose en lo que se suele denominar "un maestro correcto". Un mecanismo de relojería, limpio y brillante, pero sometido a la servil condición de toda máquina.

Algún maestro así habremos tenido todos nosotros. Pero ojalá que quienes leen estas líneas hayan encontrado también, alguna vez, un verdadero maestro. Un maestro *que sentía su misión; que la vivía*. Un maestro como deberían ser todos los maestros en la Argentina.

Lo pasado es pasado. Yo escribo para quienes van a ser educadores, y la pregunta surge, entonces, imperativa: *¿Por qué fracasa un número tan elevado de maestros?* De la respuesta, aquilatada en su justo valor por la nueva generación, puede depender el destino de las infancias futuras, que es como decir el destino del ser humano en cuanto sociedad y en cuanto tendencia al progreso.

¿Puede contestarse la pregunta? ¿Es que acaso tiene respuesta?

Yo poseo *mi* respuesta, relativa y acaso errada. Que juzgue quien me lee. Yo encuentro que el fracaso de tantos maestros argentinos obedece a la *carencia de una verdadera cultura*, de una cultura que no se apoye en el mero acopio de elementos intelectuales, sino que afiance sus raíces *en el recto conocimiento de la esencia humana*, de aquellos valores del espíritu que nos elevan por sobre lo animal. El vocablo "cultura" ha sufrido, como tantos otros, un largo malentendido. Culto era quien había cumplido una carrera, el que había leído mucho; culto era el hombre que sabía idiomas y citaba a Tácito; culto era el profesor que desarrollaba el programa con abundante bibliografía auxiliar. Ser culto era —y es, para muchos— llevar en suma un prolijo archivo y recordar muchos nombres...

Pero la cultura es eso y mucho más. El hombre —tendencias filosóficas actuales, novísimas, lo afirman a través del genio de Martin Heidegger— *no es solamente un intelecto*. El hombre es inteligencia, pero también sentimiento, y anhelo metafísico, y sentido religioso. El hombre es un compuesto; de la armonía de sus posibilidades surge la perfección. Por eso, ser culto significa atender al mismo tiempo a todos los valores y no meramente a los intelectuales. Ser culto es saber el sánscrito, si se quiere, pero también maravillarse ante un crepúsculo; ser culto es llenar fichas acerca de una disciplina que se cultiva con preferencia, pero también emocionarse con una música o un cuadro, o descubrir el íntimo secreto de un verso o de un niño. Y aún no he logrado precisar qué debe entenderse por cultura; los ejemplos resultan inútiles. Quizá se comprendiera mejor mi pensamiento decantado en este concepto de la cultura: *la actitud integralmente humana, sin mutilaciones, que resulta de un largo estudio y de una amplia visión de la realidad*.

Así tiene que ser el maestro.

Y ahora, esta pregunta dirigida a la conciencia moral de los que se hallan comprendidos en ella: ¿bastaron cuatro años de escuela normal para hacer del maestro un hombre culto?

No; ello es evidente. Esos cuatro años han servido para integrar parte de lo que yo denominé más arriba "largo estudio"; han servido para enfrentar la inteligencia con los grandes problemas que la humanidad se ha planteado y ha buscado solucionar con su esfuerzo: el problema histórico, el científico, el literario, el pedagógico. *Nada más*, a pesar de la buena voluntad que hayan podido demostrar profesores y alumnos; a pesar del doble esfuerzo en procura de un debido nivel cultural.

La escuela normal no basta para *hacer al maestro*. Y quien, luego de plegar con gesto orgulloso su diploma, se disponga a cumplir su tarea sin otro esfuerzo, *ése es desde ya un maestro condenado al fracaso*. Parecerá cruel y acaso falso; pero un hondo buceo en la conciencia de cada uno probará que es harto cierto. La escuela normal da elementos, variados y generosos; crea la noción del deber, de la misión; descubre los horizontes. Pero con los horizontes hay que hacer algo más que mirarlos desde lejos; hay que caminar hacia ellos y conquistarlos.

El maestro debe llegar a la cultura mediante un largo estudio. Estudio de lo exterior, y estudio de sí mismo. Aristóteles y Sócrates, de ahí las dos actitudes. Uno, la visión de la realidad a través de sus múltiples ángulos; el otro, la visión de sí mismo a través del cultivo de la propia personalidad. Y, esto hay que creerlo, *ambas cosas no se logran por separado*. Nadie se conoce a sí propio sin haber bebido la ciencia ajena en inacabables horas de lectura y de estudio; y nadie conoce el alma de los semejantes sin asistir primero al deslumbramiento de descubrirse a sí mismo. La cultura resulta así una actitud que nace imperceptiblemente; nadie puede despertarse una mañana y decir: "Soy culto". Puede, sí, decir: "Sé muchas cosas", y nada más. La mejor prueba de cultura suele darla aquel que habla muy poco de sí mismo: porque la cultura no es una *cosa*, sino que es una *visión*; se es culto cuando el mundo se nos ofrece con la máxima amplitud; cuando los problemas menudos dejan de tener consistencia; cuando se descubre que lo cotidiano es lo falso, y que sólo en lo más puro, lo más bello, lo más bueno, reside la esencia que el hombre busca. Cuando se comprende lo que verdaderamente quiere decir Dios.

Al salir de la escuela normal, puede afirmarse que el estudio recién comienza. Queda lo más difícil, porque entonces se está solo, librado a la propia conducta. En el debilitamiento de los resortes morales, en el olvido de lo que de sagrado tiene el ser maestro, hay que buscar la razón de tantos fracasos. Pero en la voluntad que no reconoce términos, que no sabe de plazos fijos para el estudio, está la razón de muchos triunfos. En la Argentina ha habido y hay *maestros*; debería preguntárseles a ellos si les bastaron los cuatro años oficiales para adquirir la cultura que poseen. "El genio —dijo Buffon— es una larga paciencia." Nosotros no requerimos maestros geniales: sería absurdo. *Pero todo saber supone una larga paciencia*. Alguien afirmó, sencillamente, que nada se conquista sin sacrificio. Y una misión como la del educador exige el mayor sacrificio que pueda hacerse por ella. De lo contrario, se permanece en el nivel del "maestro correcto". Aquellos que hayan estudiado el magisterio y se hayan recibido sin meditar a ciencia cierta qué pretendían o qué esperaban más allá del puesto y la retribución monetaria, ésos son ya fracasados y nada podrá salvarlos sino un gran arrepentimiento. Pero yo he escrito estas líneas para los que han descubierto su tarea y su deber. Para los que abandonan la escuela normal con la determinación de cumplir su misión. A ellos he querido mostrarles todo lo que les espera, y se me ocurre que tanto sacrificio ha de alegrarlos. Porque en el fondo de todo verdadero maestro existe un santo, y los santos son aquellos hombres que van dejando todo lo perecedero a lo largo del camino, y mantienen la mirada fija en un horizonte que conquistar con el trabajo, con el sacrificio o con la muerte.

So shine, shine, shoe-shine boy*

Un catalán amigo mío que esperaba el tren en la estación de Delhi para viajar a Agra, sintió que de repente le sujetaban un pie como al perverso capitán Clubin de *Los trabajadores del mar*. Aunque parecía poco probable que el andén cobijara a un cefalópodo de tan nefastas tendencias, mi amigo miró inquieto hacia abajo, y se encontró con un pequeño lustrabotas que ya le había untado el zapato con betún y se preparaba a sacarle brillo. ¿Cómo negarse a que terminara su trabajo? Un niño lustrabotas en la India es una sonrisa traviesa, una voz que suplica riendo toda la miseria del mundo en unos huesos como palitos y unos ojos de inevitable mansedumbre. También yo puedo contar cómo me limpiaron unos zapatos de gamuza un mediodía en Connaught Place, lugar que será un ejemplo de urbanismo británico, pero que siempre me ha parecido un maldito laberinto disimulado. En todo caso sus minotauros son pequeños y amables, embisten con el sempiterno *bakshish, sa'hb, bakshish, sa'hb*, o más funcionalmente con sus cajas de lustrar y un empecinamiento que demuele cualquier resistencia. He de confesar que medí mal sus recursos; mis zapatos eran de gamuza marrón, y aunque estaban muy sucios no me atrevía a confiarlos a los lustrabotas indios porque en la India no se ven zapatos de gamuza y en realidad casi no se ven zapatos como no sea en las vitrinas, y hay pocas, por lo cual me temía una aplicación tan tumultuosa como fatal de betún colorado o amarillo. Qué imbécil, qué manera de estar condicionado por la civilización tecnológica, por la demasiado fácil y demasiado falsa asimilación del Occidente a la eficacia en cualquier terreno. El lustrabotas era minúsculo, harapiento, lleno de ojos y de dientes, y golpeaba

* *Índice*, Madrid, n.º 272-273, 1 de julio de 1970.

con una mano su caja de latitas y clavos dorados, yo vencido de antemano por esa ansiosa extorsión y por el masoquismo del prever el empaste, las chorraduras, las inútiles maniobras posteriores para reparar los efectos del betún en la preciosa gamuza vienesa de mis zapatos. *"All right boy, go ahead"*, le dije resignado, adelantando un pie para ponerlo sobre la caja. Entonces la primera gran sorpresa, el niño hizo un sonriente gesto negativo y empezó a desatarme los cordones del zapato derecho. Coño, pensé yo, que en estos tiempos a fuerza de trabajar en las Naciones Unidas tengo el vocabulario muy castizo, este jodido me quiere sacar los zapatos en plena calle. Y por supuesto era así, pero antes el chico produjo del interior de su caja un pedazo de cartón visiblemente destinado a la finalidad a que lo sometió enseguida, es decir, a servirme de plataforma para apoyar mi pie descalzo. El cartón estaba mucho más sucio que las baldosas de la galería de Connaught Place donde tenía lugar la ceremonia, pero no era posible rechazar la buena intención de mi lustrabotas y me resigné mientras me preguntaba por qué demonios había que descalzarse para una lustrada. Ya a esta altura un segundo niño se había sumado a la liturgia, y luego de uno de esos intercambios semánticos que se llaman urdu o hindi, el titular enarboló un segundo cartón y me hizo señas de que me dejara sacar el otro zapato. Así me encontré un mediodía de marzo, vestido de pies a cabeza, pero descalzo, en una plaza india que como todas ellas estaba repleta de gente sumamente interesada en escrutar al *sa'hb* instalado sobre dos cartones con un aire entre estupefacto e idiota mientras los niños se organizaban para limpiar los zapatos. La cosa tenía algo de broma, pero también de pesadilla; todos nos hemos visto desnudos o en calzoncillos andando por la estación del Once o al borde de la fuente de Trafalgar Square, y aquello se le parecía en más estúpido, sobre todo porque tenía aire de prolongarse como las peores pesadillas, y en efecto, lo primero que vi fue cómo los dos niños retiraban ominosa y delicadamente los cordones de mis zapatos y los ponían de lado. Uno de ellos manifestó unas hilas vagamente blancas, con las que se puso a limpiar la gamuza mientras el otro revolvía en su caja ("ahora saca el betún y yo suelto

168

el primer alarido", pensé favoreciendo la pesadilla) hasta alinear en el cordón de la acera una inesperada, múltiple, policroma, interminable, maravillosa serie de frasquitos llenos de polvos de colores. Una lata vacía se convirtió en la primera fase de la gran obra; mirando atentamente el zapato que el otro chico tenía ya casi limpio de manchas, el titular comenzó a echar polvos de los frasquitos de la lata: marrón, sepia, amarillo, blanco, negro, otra vez amarillo. Con un palito revolvía hasta conseguir un matiz, y sus ojos iban y venían de mi zapato al polvo, del polvo a los frasquitos, mientras sus manos cumplían la menuda, increíble alquimia que yo, parado, descalzo en dos cartones, contemplaba con una especie de arrepentimiento, una ansiedad de agacharme y acariciar esas cabezas de brillante pelo negro, de pedirles perdón, el bárbaro imbécil extranjero pide perdón, el que pensaba betún, el que desconfiaba betún, el pobre infeliz que se hace lustrar los zapatos en la calle Florida o en los Champs Elysées o en el Ring o en la Kalverstrasse, perdón, pequeños, perdón ardillas pequeñas, perdón herederos de una sutileza infinita, pobrecitos miserables legatarios de un refinamiento que alguna vez fueron las cortes de los Pallavas, los fastos de Fatehpur-Sikri, los perfumes del anochecer en los jardines mongoles.

Vi sacar de la caja una gasa, resto de algún saree; el alquimista envolvía los polvos en la gasa hasta hacer un saquito y empezó a impregnar la gamuza con una técnica de pájaro carpintero. No estaba satisfecho, volcó nuevamente los polvos en la lata, agregó una pizca de rojo, otra de negro, mezcló con el palito; a la tercera vez, con un poco más de tierra parda, consiguió exactamente el color de la gamuza. Despacio, frotando y golpeteando poco a poco cada zona, completó la obra. Hubo todavía otras manipulaciones finales, azotes con un bastoncillo para hacer salir el exceso de polvo, una segunda aplicación destinada a impregnar mejor la gamuza, retoques de artista. Y entre tanto, el otro chico teñía los cordones para que no se diferenciaran en nada del color de los zapatos, y los ponía nuevamente después de azotar el aire hasta dejarlos libres de polvo inútil. Entré en mis zapatos como Ricardo Corazón de León en alguna camisa que le hubiera regalado Saladino, sintiéndome el beocio universal, el condenado a no ser más que el rubio turista torpe que saca dinero para pagar, única comunicación posible con esos niños que guardaban los frasquitos con gesto de ardillas, se reían entre ellos, ya olvidados de mí, ya buscando a otro *sa'hb* con zapatos sucios, otro altísimo exponente del mundo desarrollado en el subdesarrollo de un mediodía indio.

Un capítulo suprimido de *Rayuela**

Conozco de sobra las trampas de la memoria, pero creo que la historia de este "capítulo suprimido" (el 126) es aproximadamente la que sigue.

Rayuela partió de estas páginas; partió como novela, como voluntad de novela, puesto que existían ya diversos textos breves (como los que dieron luego los capítulos 8 y 132) que estaban buscando aglutinarse en torno a un relato. Sé que escribí de un tirón este capítulo, al que siguió inmediatamente y con la misma violencia el que luego se daría en llamar "del tablón" (41 en el libro). Hubo así como un primer núcleo en el que se definían las imágenes de Oliveira, de Talita y de Traveler; bruscamente el envión se cortó, hubo una penosa pausa, hasta que con la misma violencia inicial comprendí que debía dejar todo eso en suspenso, volver atrás en una acción de la que poca idea tenía, y escribir, partiendo de los breves textos mencionados, toda la parte de París.

De ese "lado de allá" salté sin esfuerzo al de "acá", porque Traveler y Talita se habían quedado como esperando y Oliveira se reunió llanamente con ellos, tal como se cuenta en el libro; un día terminé de escribir, releí la montaña de papeles, agregué los múltiples elementos que debían figurar en la segunda manera de lecturas, y empecé a pasar todo en limpio; fue entonces, creo, y no en el momento de la revisión, cuando descubrí que este capítulo inicial, verdadera puesta en marcha de la novela como tal, *sobraba*.

La razón era simple sin dejar de ser misteriosa: yo no me había dado cuenta, a casi dos años de trabajo, que el final del libro, la noche de Horacio en el manicomio, se cumplió dentro

* *Revista Iberoamericana*, Pittsburgh, vol. XXXIX, n.º 84-85, julio-diciembre de 1979.

de un simulacro equivalente al de este primer capítulo; también allí alguien tendía hilos de mueble a mueble, de cosa a cosa, en una ceremonia tan inexplicable como obvia para Oliveira y para mí. De golpe el ya viejo primer capítulo se volvía reiterativo, aunque de hecho fuese lo contrario; comprendí que debía eliminarlo, sobreponiéndome al amargo trago de retirar la base de todo el edificio. Había como un sentimiento de culpa en esa necesidad, algo como una ingratitud; por eso empecé buscando una posible solución, y al pasar en limpio el borrador suprimí los nombres de Talita y de Traveler, que eran los protagonistas del episodio, pensando que el relativo enigma que así lo rodearía iba a amortiguar el flagrante paralelismo con el capítulo del loquero. Me bastó una relectura honesta para comprender que los hilos no se habían movido de su sitio, que la ceremonia era análoga y recurrente; sin pensarlo más saqué la piedra fundamental, y por lo que he sabido después la casita no se vino al suelo.

Hoy que *Rayuela* acaba de cumplir un decenio, y que Alfredo Roggiano y su admirable revista nos hacen a ella y a mí un tan generoso regalo de cumpleaños, me ha parecido justo agradecer con estas páginas, que nada pueden agregar (ni quitar, espero) a un libro que me contiene tal como fui en ese tiempo de ruptura, de búsqueda, de pájaros.

Saignon, 1973

172

Acerca de *Rayuela* *

Entre mi propia visión de *Rayuela* y la de la mayoría de sus lectores (entendiendo por mayoría a los jóvenes, mucho más sensibles a ese libro que la gente de mi edad) hay un curioso cruce de perspectivas. "Triste, solitario y final", como dice Raymond Soriano, escribí *Rayuela* para mí, es decir para un hombre de más de cuarenta años y su circunstancia —otros hombres y mujeres de más de cuarenta años. Muy poco después, ese mismo individuo emergió de un mundo obstinadamente metafísico y estético, y sin renegar de él entró en una ruta de participación histórica, de apoyo a otras fuerzas que buscaban y buscan la liberación de América Latina. A lo largo de un decenio, problemas considerados como capitales en *Rayuela* pasaron a ser para mí algunos de los muchos componentes de la problemática del "hombre nuevo"; la prueba, creo, está en el *Libro de Manuel.* Así, en mi visión personal de la realidad, *Rayuela* sigue siendo una primera parte de algo que traté y trato de completar; una primera parte muy querida, seguramente la más honda de mi ser, pero que ya no acepto con la exclusividad que le conferían los propios protagonistas del libro, hundidos en búsquedas donde el egoísmo de tanta introspección y tanta metafísica era la sola brújula.

Pero entonces, sorpresa: En esos diez años de que hablo, *Rayuela* fue leída por incontables jóvenes del mundo, muchísimos de los cuales eran ya parte en esa lucha que yo sólo vine a encontrar al final. Y mientras los "viejos", los lectores lógicos de ese libro escogían quedarse al margen, los jóvenes y *Rayuela* entraron en una especie de combate amoroso, de amarga pugna

* Alberto Mario Perrone, *La nueva literatura*, Buenos Aires, Centro Editor de América Latina, 1974.

fraterna y rencorosa al mismo tiempo, hicieron otro libro de ese libro que no les había estado conscientemente destinado.

Diez años después, mientras yo me distancio poco a poco de *Rayuela*, infinidad de muchachos aparentemente llamados a estar lejos de ella se acercan a la tiza de sus casillas y lanzan el tejo en dirección al Cielo. A ese cielo, y eso es lo que nos une, ellos y yo le llamamos revolución.

Un cronopio en México*

I.

Cada cual tiene sus encuentros simbólicos a lo largo de la vida. Algunos son ilustres, por ejemplo el que sucedió en el camino de Damasco, o ese otro en que alguien se encontró de golpe con una manzana que caía, e incluso aquél, fortuito, de una máquina de coser con un paraguas encima de una mesa de disecciones. Encuentros así, que proyectan a la inmortalidad a los Newton, los Lautréamont y los San Pablo, no les ocurren a los pobres cronopios que tienden más bien a encontrarse con la sopa fría o con un ciempiés en la cama. A mí me pasa que me encuentro con lustrabotas en casi todos mis viajes, y aunque esos encuentros no son nada históricos, a mí me parecen simbólicos entre otras cosas porque cuando no estoy de viaje jamás me hago lustrar los zapatos y en cambio apenas cambio de país se me ocurre que uno de los mejores puestos de observación son los banquitos de los lustrabotas y los lustrabotas mismos; es así que en el extranjero mis zapatos reflejan los paisajes y las nubes, y yo me los quito y me los pongo con una gran sensación de felicidad porque me parecen la mejor prueba de que estoy de viaje y que aprendo muchísimas cosas nuevas e importantes.

Es por eso que hace algunos años escribí la historia de uno de mis encuentros con un lustrabotas, y creo que ese texto bastante nimio fue muy leído en América Latina aunque su acción se desarrollaba en Nueva Delhi. Ahora que vuelvo de México siento la obligación de contar otro encuentro parecido, que tuvo por estrepitoso escenario el zócalo de Veracruz una mañana muy

* *El Sol de México*, México, 18 de mayo y 8 de junio de 1975.

caliente del mes de marzo. Me doy perfecta cuenta de que los espíritus áticos encontrarán poco elegante iniciar una historia de viaje con un lustrabotas, pero a mí el aticismo ha dejado de quitarme el sueño hace rato y en cambio la silla del artista era perfecta, con ídolos deportivos pegados por todas partes y una tendencia a perder una pata trasera que obligaba a una gran concentración por parte del cliente. Mi lustrabotas debía tener diez u once años, es tan difícil saber la edad de un niño pobre, y a mí me parece ofensivo y estúpido preguntársela porque es exactamente la pregunta que todo el mundo les hace a los niños, incluso a los ricos, desde los tiempos de Pepino el Breve, con lo cual los niños lo saben atávicamente y al contestar miran con ese desprecio que casi siempre merecen los adultos. Por lo demás esa mañana la función de contestar parecía ser la mía, puesto que apenas me instaló el zapato derecho en su cajita multicolor, mi joven amigo quiso saber si yo era gringo (él dijo amablemente "americano"), y mi negativa en correcto español lo dejó dubitativo. Bueno, entonces yo no era gringo pero tampoco era mexicano. Admití el hecho tan importante para muchos de ser argentino, y eso lo satisfizo a lo largo del primer zapato, pero al comienzo del segundo quiso saber si la Argentina estaba donde Guatemala.

Me costó preguntarle a mi vez si nunca había visto un mapa de América del Sud. Dijo que sí, pero era un sí lleno de no, un sí de pudor que me instó, más avergonzado que él, a explicarle con una especie de dibujo en el aire que ahí México, y más abajo Venezuela y todoelbrasil, hasta que al final, ves, el continente termina como un zapato que nunca podrías lustrar tú solo, y eso es la Argentina. (Yo fui profesor de geografía en Chivilcoy, provincia de Buenos Aires, de 1940 a 1945, por si alguien no está enterado de este vistoso aspecto de mi curriculum.)

Volviendo al primer zapato con el perfeccionismo propio de su arte, mi amigo meditó un buen rato antes de hacerme la pregunta final:

—¿Y cuánto le cobró el taxi de la Argentina a Veracruz?

Se comprenderá que el resto carecía de importancia. Expliqué, claro, dije lo que había que decir en materia de aviones y barcos, pero de alguna manera ya sabía que no había puente y

176

que de nada serviría hacerle comprender ese hecho concreto puesto que su pregunta mostraba tan horriblemente lo otro, la ignorancia de todo lo que no fuera su circunstancia inmediata, el miserable círculo de betún en torno a su banquito de lustrar. Sólo me quedaba reír con él, un par de bromas, darle el doble de lo que esperaba como pago para que su última risa fuese aún más bella, y marcharme con mis zapatos relucientes y el corazón lleno de polvo.

(Los cronopios no somos proclives a las moralejas, y esta pequeña historia no la tendrá; prefiero pensar un mundo —y luchar por él— en donde ya no sean posibles encuentros como éste. América Latina paga el precio agobiante de la explotación que hace el imperialismo de sus riquezas propias; lo que no siempre se ve es el precio que paga en inteligencia natural ahogada por la miseria. Mi pequeño lustrabotas tenía esa curiosidad vigilante que alimenta la inteligencia y la vuelve visible y activa; pero ninguna escuela, ninguna pizarra, ningún maestro habían orientado esa fuerza que giraba en el vacío. Una vez más, en Nueva Delhi o en Veracruz, *Shine, shine, shoe-shine boy*. En inglés, claro.)

Pero a todo eso pasaban cosas, y qué cosas pasaban en Veracruz. Llegados de noche al hotel Mocambo, del que se hablará en su momento porque un cronopio podrá olvidarse de cualquier cosa menos del hotel Mocambo, nos fuimos mi mujer y yo al zócalo con loables intenciones gastronómicas. Evitando con la destreza que nos distingue los diversos mariachis que convergían bigotes en ristre hacia nuestra presunta mesa, acabamos por dar la vuelta a la plaza y fue entonces cuando vimos que la cúpula de la catedral estaba brillantemente iluminada. Esto pasa en más de cuatro catedrales, pero la de Veracruz estaba iluminada desde la calle con tremendos proyectores instalados en cualquier parte del zócalo, es decir con grave riesgo de que los peatones se enredaran en los cables eléctricos y agregaran la pirotecnia al espectáculo.

Las sorpresas duran poco, por suerte, pero ésta fue considerable: encaramados en la cúpula, bomberos heroicos y nocturnos estaban lavando la catedral. Cascadas de detergente, escobillones activísimos, y todo eso en plena noche; nos miramos con esa mirada que suscitan los misterios insondables, y en eso estábamos cuando un viejito que vendía chicle se nos apiló con su cajita y antes de que yo pudiera decirle que a mí el chicle me resume el asco en su forma más vehemente, nos anunció con entusiasmo:

—¡Mañana llega la reina!

Y sin la menor intención de vendernos nada se fue a darles la noticia a una pareja de alemanes no menos estupefactos que nosotros frente a ese paroxismo de higiene catedralicia.

Más tarde y a la mañana vimos otros efectos anticipados de la visita de Chabela: señoras barriendo sus aceras como poseídas, empleados municipales lustrando los faroles de las calles, la limpieza cayendo sobre la ciudad como la peste en Tebas. Pensamos varias cosas, no por creer que fueran ciertas sino por el placer de pensarlas. Pensamos que en el fondo los pueblos republicanos son nostálgicamente monárquicos, y yo me acordé de mis años mozos cuando el príncipe de Gales fue a la Argentina y medio mundo se volvió loco de entusiasmo, empezando por mis tías que tapizaron la casa con fotos del visitante y colgaron en la puerta de la calle (por donde él no habría de pasar puesto que vivíamos en un lejano suburbio de Buenos Aires), un cartel que decía WELCOME, cartel que provocó en el vagabundo de la esquina esta reflexión inmortal: "¿Welcome? ¡Quién fuera Wel!".

Pensamos también que la reina de Inglaterra resultaba al fin y al cabo más útil de lo que parecía, puesto que lograba alentar la limpieza municipal hasta extremos orgiásticos; hubiera sido tan elegante como justo que el gobierno mexicano la designara ministro de higiene *honoris causa*. Estoy seguro de que Chabela hubiera tomado muy en serio su función, y que encaramada en la cúpula de la catedral habría pasado el dedito para ver si los muchachos habían hecho bien su trabajo; ya se sabe que después de las suizas, imbatibles, las señoras inglesas forman una sola entidad con sus plumeros y sus aspiradoras.

—¿Usted solamente ve cosas de ésas cuando visita un país?

—No señor, también vi el hotel Mocambo y todavía lo estoy viendo en mis más selectas pesadillas, esas en las que hay que andar interminablemente por galerías que llevan a escaleras que llevan a galerías y dale que va. No voy a calumniar al Mocambo que es un hotel comilfó, pero algo me dice que su arquitecto (no supe quién era) lo soñó antes de hacerlo. Le falta, como a casi todos los sueños, el sentido del humor, y por eso el delirio de escaleras y puentes en que se resume resulta inexplicable puesto que no parece destinado a provocar el regocijo o la ironía; es simplemente un sistema insensato de comunicaciones inútilmente prolongadas para llegar a la piscina o a la playa o al jardín o a los planos inferiores o superiores. Por momentos vale como las "prisiones" de Piranesi vistas a través de la mentalidad de un perro de San Bernardo, o esos grabados de Escher en que gracias a una increíble trampa óptica se violan las leyes de gravedad y luego de ver caer el agua en forma de cascada desde lo alto de un castillo hasta los fosos, se asiste a su decurso por una serie de acueductos que de golpe son otra vez lo alto del castillo y la cascada. En el Mocambo uno no sabe demasiado dónde está apenas se suben o se bajan algunos peldaños, porque además todo es peldaño llevando o trayendo, cualquier cosa ahí nomás se vuelve complicadísima puesto que primero hay un puente, luego una rampa, después una escalera bífida que obliga a una opción casi siempre equivocada, y yo pienso que algunos huéspedes que bajaron a la playa en la temporada anterior todavía están en camino hacia sus habitaciones, húmedos y consternados y con una cuenta terrible por pagar.

Amigos de las escaleras aunque no se sepa por qué, los cronopios tienen que sentirse muy bien en el hotel Mocambo, y una vez instalados podrán divertirse muchísimo dando indicaciones equivocadas a los nuevos huéspedes. El cálculo de cuántos peldaños hay en total puede ser también una manera de pasar las vacaciones; las hay peores.

(Ya está claro que México puede enorgullecerse de este hotel, pero los argentinos tuvimos uno en la provincia de Córdoba que ascendió también a lo sublime por dos razones.

La primera es que el propietario hizo colocar bustos de todos los presidentes de la República, y al final el suyo propio. La segunda es que el jardín se ornaba con un laberinto de verdura, en cuyo centro invisible había una jaula disimulada con enredaderas, y en la jaula un león. No contento con imaginar el espanto de los turistas que después de cretenses peripecias desembocaban en las narices de la fiera, el propietario instaló una terraza desde la cual parientes y amigos podían ver el interior del laberinto —pero no al león— y guiar a los que erraban el rumbo. Dada nuestra monotonía en materia de nombres de pila, indicaciones tales como: "¡María, a la izquierda!", o "¡José, seguí derecho!", eran obedecidas simultáneamente por ocho o diez personas con las consecuencias previsibles, sin hablar de los alaridos en el momento del león.)

En vez de hoteles hay quienes prefieren la sociología y en ese caso yo propongo ir a un lugar cercano a Veracruz y que contesta al inquietante nombre de Mandinga. No sólo hay los mejores camarones de la galaxia, sino que con un poco de oído se harán descubrimientos sorprendentes. En una mesa vecina había un grupo de hombres solos para quienes se puso a cantar uno de los tríos o cuartetos que ominosamente proliferan en la zona. Debían responder a un pedido especial de los de la mesa, pues en vez de desgañitarse como casi siempre en nombre de un amor no correspondido o la traición consumada y artera de una chaparrita, arrancaron con un tema cuyos versos no tardaron en parecerme increíbles, máxime cuando el comedor estaba lleno de señoras, señoritas y párvulos. La acción sucedía en un cuartel en el que la superioridad jerárquica tendía a manifestarse de una manera que jamás he visto en los reglamentos castrenses, en la medida en que el sargento administraba a los reclutas un tratamiento sumamente particular que en el cuplé siguiente le tocaba a él recibir del capitán, a éste del coronel, y así sucesivamente hasta los máximos galones. No vaya a creerse que las palabras de la endecha tenían la elegante esfumadura de las mías; iban directamente al grano, si cabe la expresión, y todo eso sin que las familias vecinas dieran la menor señal de escándalo.

(Detalle final que debería interesar a los erotólogos: mientras las canciones usuales eran sollozadas y poco menos que reptadas por los intérpretes, ésta fue objeto de un tratamiento seco y casi mecánico, como si el significado contara mucho más que el significante; se tenía la sensación de que era cantada por insectos o por autómatas, y su recepción por parte de los oyentes no difería mucho de ese extraño desapego, de ese juego de máscaras encubriendo vaya a saber qué.)

En algún motel soñé brevemente con un marciano. Sumamente convencional —chiquito, verde y con dos antenas— este marciano había visitado México con su plato volador y de vuelta en su planeta informaba a los Grandes Ancianos sobre sus observaciones. Sólo me acuerdo de una cosa: parecía sostener que las divinidades del panteón azteca habían abandonado a los mexicanos como los dioses griegos abandonan a Antonio en el admirable poema de Cavafis (esto no lo decía el marciano sino que lo agrega el culto cronopio soñante). Sólo una divinidad seguía fiel a sus fieles a juzgar por la adoración de que era objeto: la indudablemente poderosa y terrible Coca-Cola. Aquí el marciano se agitaba muchísimo para mostrar carteles y fotos, y antes de despertarme alcancé una parte de su explicación: "Tiene un altar en todas partes, tiene infinitos altares, no se puede mirar a ningún lado sin ver su color sagrado que es el rojo, y su nombre augusto que es doble. Grande ha de ser su fuerza, grande y temible su negra sangre".

Este sueño me divirtió por su transparencia, pero lo que no me esperaba era ver a otro gran dios en pleno día, y no sólo verlo otra vez sino a lo largo de tres mil kilómetros de carreteras. En México uno empieza por ir respetuosamente a los museos para conocer a los dioses muertos, y es así que después de quedarse retrospectivamente helado de espanto frente al horror de Cuatlicue, le sobra miedo histórico como para no gustarle ni medio la cara del poderoso Tláloc. Lo primero que lleva su tiempo es reconocer que *eso* es una cara; cuando por fin se define en toda su abominable fuerza, dan ganas de correr a tomar el primer avión de vuelta. Pero todo dios fascina, uno se queda y vuelve a mirar, además ya se sabe que no eran más que falsos ídolos paganos, etcétera. Con todo lo cual acabé por negociar una especie de coexistencia pacífica con Tláloc, y al salir de los museos me alegraba pensar que no me lo encontraría en la calle. Como Coca-Cola no me asusta en lo más mínimo, podía circular por México sin recelos de orden sobrenatural.

Ingenuo de mí. Apenas mi auto había empezado a extraerme del caos de la capital y yo me distendía feliz en la contemplación de las primeras sierras y los primeros nopales, el horror sagrado desembocó en un viraje y ésta es la hora en que todavía no sé cómo no me encontraron en el fondo de un barranco. Ahí delante, rugiendo en toda su furia, exactamente como lo había visto en el museo, Tláloc. Para otros, acaso, el terrible dios es solamente el radiador de un camión, no sé si Ford o Dodge; para mí ese frente metálico, esos faros, esas barras cromadas, esa rejilla, ese paragolpes, eran absolutamente Tláloc vivo e hirviente de ominosa rabia. A lo largo de todo mi viaje volvió y volvió, creo que buscando mi miedo que le ofrecería un involuntario sacrificio con un simple golpe de volante. Pero los cronopios, aunque considerablemente asustadizos, somos ágiles y astutos y además nos joroba que horribles ídolos paganos pretendan imponernos su ley. Mi volante permaneció firme en cada ocasión, que fueron muchas, y Tláloc pasó babeando gasolina a mi izquierda mientras yo me mantenía en la extrema derecha, cosa que dicho sea de paso no deberá ser entendida en otro terreno que el de la vialidad.

II.

Apenas publicada la primera y ágil crónica que resumía mis excitantes aventuras en México, una señora me escribió para vilipendiar la elección de temas tales como lustrabotas y hoteles. Todavía con su carta en la mano me di cuenta de que en materia de alojamientos me había quedado corto, y le agradecí la filípica en la medida en que me traía el recuerdo de otro hotel injustamente olvidado.

Jamás sabré, por lo demás, quién me metió en el Camino Real, aunque las hipótesis se limitan a Carlos Fuentes y a Gabriel García Márquez, o más probablemente a los dos juntos. En todo caso la maniobra fue impecable, porque el segundo de los nombrados me acompañó en el avión París-México y me puso en manos del primero, que nos esperaba en el aeropuerto; allí descubrí que los tres iríamos a parar al Camino Real, y pocos momentos más tarde trabé conocimiento con la ola.

Esto de la ola es capital, porque parece ser la única razón valedera de que mis amigos me llevaran a un hotel donde los cronopios se sienten perdidos y circulan por los pasillos emitiendo profundos suspiros de desánimo. Si no existiera la ola yo hubiera huido esa misma noche, pero me bastó verla para comprender que todo el resto del hotel era como esas verduritas sin importancia que rodean a un delicioso biftec y que rechazamos con un impaciente golpe de tenedor. No hay cronopio que resista a ese espectáculo y que no grite: "¡Una ola enjaulada, una ola enjaulada!". Está ahí, vaya a verla, es una ola de veras y cristalina y espumosa, se levanta en su prisión circular como una pantera verde y se estrella en sí misma antes de renacer, fénix de agua, microcosmos del mar. ¿Qué me importaba el resto si podía quedarme cerca de la ola? ¿Qué me importaba el artificio hidráulico que la había provocado (por error, dicen algunos) si una vez más del artificio o del error nacía la belleza?

Oh Camino Real, mucho te será perdonado por la intercesión de la ola, los raros cronopios perdidos en tu insensata arquitectura no olvidarán que en sus peores momentos podían acercarse a la alberca y ahí, entre verdes agitaciones de alumbramiento, asistir a algo que les recordaba oscuramente el nacimiento de Afrodita en ese instante infinitamente repetido en que la ola desnuda y virgen surgía de la salada matriz del mito. Ardiendo en sus propias joyas fugitivas, la diosa núbil ofrecía el blanco para negarlo en su propio movimiento y sumergirse otra vez antes de repetir la danza del deseo; así, lo que en los dioses es eternidad, sólo se nos alcanza temporalmente, roto en instantes y en espejos.

¿Cómo no maravillarse, además, de la conjunción mexicana de una poesía escrita hace muchos años con ese otro poema de hirvientes burbujas? Me bastó mirar la ola en su prisión circular para que un lejano y querido recuerdo se estrellara con todas sus sales y su yodo en mi paladar; hablo de un texto de Octavio Paz que se llama *Mi vida con la ola*, tumultuosa y húmeda historia en la que el poeta recorre el mundo con su ola enamorada, empapando almohadas, inundando recámaras, batiéndose contra lo imposible como siempre el poeta, como siempre las olas.

Por cosas así, señora, usted me perdonará esta recurrencia en materia de hoteles; ya ve lo que a veces da.

Pero, claro, además está lo que no da. Cuando un cronopio descubre que desde el lobby hasta su habitación hay que recorrer distancias que dejarían jadeando al vencedor de la maratón, comprende un poco mejor lo de Camino, pero maldito si le ve nada de Real. Lo malo no es eso, sin embargo, sino las hordas con etiquetas, quiero decir esos grupos de turistas yanquis que parecen aterrorizados ante la idea de perderse (casi los comprendo en ese ambiente) y que circulan en gregarios mazacotes, por si fuera poco llevando en las camisas o las blusas unas enormes etiquetas que dicen *John*, *Bill*, *Ann*, *Buster* o *Fred*. Mi estancia en el Camino Real consistió sobre todo en una serie de fracasos para evitar el encuentro con las hordas en los pasillos; inevitablemente me las topé en todas partes, salvo al lado de la ola. Ahí no estaban nunca pero sí los niños, que por suerte no llevaban etiquetas o las habían perdido; entonces ellos y yo mirábamos la ola y nos sentíamos bien.

De Oaxaca me habían dicho muchas cosas, turísticas y etnográficas, climáticas y gastronómicas; lo que no me dijo nadie es que allí, además de un zócalo que sigue siendo mi preferido en México, habría de encontrar la más densa congregación de cronopios jamás reunida en el planeta con excepción de la de Estocolmo.

Comprendo modestamente que la frase anterior necesita ser explicada, y lo haré empezando por su lado sueco. Hace ya quince años que en la capital de ese honrado país existe el Club de los Cronopios, fundado por compañeros españoles en exilio y respaldado por sólidos neófitos nacionales. Este club, que para mi vergüenza no he visitado todavía, hace una vasta cantidad de cosas propias de cronopios, es decir poco comprensibles y aún menos explicables. Como las noticias, boletines y recortes de diarios que a veces me envían tienden a estar escritos en sueco, mi conocimiento del club es cariñoso pero precario. Así, estoy enterado de que tienen incluso un equipo de fútbol que forma parte de la Liga sueca y disputa encarnizadamente diversos campeonatos; de su estilo de juego da idea una foto que me mandaron y en la que se ve al guardavalla cronopio cruzado de brazos a bastante distancia de donde debería estar, y contemplando con aire de gran satisfacción al delantero adversario que le está marcando un gol padre.

Con esto se tendrá una idea general del club, y si ahora se desea volver a tierras calientes habrá que pensar agradecidamente en Rufino Tamayo. Viejo admirador de su pintura, cuando supe que en Oaxaca había un museo que guardaba una colección de piezas precolombinas donadas y presentadas por él, me precipité raudo cual flecha. Esperaba maravillas y las encontré, pero además encontré lo inesperado, el otro club inconcebible en su sede de cristales y colores. Me bastó entrar en la primera sala para reconocerlos: desde las vitrinas, muertos de risa ante mi asombro, los pequeños cronopios me miraban y se divertían.

No es fácil ser cronopio. Lo sé por razones profundas, por haber tratado de serlo a lo largo de mi vida; conozco los fracasos, las renuncias y las traiciones. Ser fama o esperanza es simple, basta con dejarse ir y la vida hace el resto. Ser cronopio es contrapelo, contraluz, contranovela, contradanza, contratodo, contrabajo, contrafagote, contra y recontra cada día contra cada cosa que los demás aceptan y que tiene fuerza de ley. Y si ser cronopio es difícil e intermitente, igualmente difícil es representar a los cronopios, dibujarlos o esculpirlos. Muy pocas veces he visto imágenes ante las cuales se pudiera decir: "Buenas salenas, cronopio cronopio". El club (el de Estocolmo) me envió hace mucho los dibujos de un niño llamado Miguel; ese niño había *visto*, estaba del lado de ellos. Y cuando Pablo Neruda fue a Estocolmo para recibir el premio Nobel, el club le regaló un cronopio de felpa roja que Pablo guardó siempre con amor y celebró en un mensaje que ya he citado en otra parte pero que repetiré aquí: *¡Cronopios de todos los países, uníos! Contra los tontos, los dogmáticos, los siniestros, los amarillos, los acurrucados, los implacables, los microbios. ¡Cronopios! ¡De frente, marchen!*

(Dos años antes del trágico 11 de septiembre, esos calificativos de Pablo parecen aplicarse ya a Pinochet y a sus cómplices; el tiempo de los poetas es diferente del de los calendarios, pero muy pocos lo saben y muy pocos escuchan.)

Ahora bien, los cronopios suelen ser desagradecidos y olvidadizos, pero los del club se acordaron de que yo era el padre de la tribu y me enviaron otro cronopio de felpa, igualito al de Pablo sólo que verde. Este cronopio vive en mi casa y con su sola presencia petulante hace polvo cualquier otra imagen que pueda haber allí, con no poca cólera de dos ídolos africanos, una muñeca japonesa y tres máscaras polinesias (falsas).

De todas maneras, y con estas raras excepciones, las tentativas de representar a los cronopios han sido un fracaso que ellos celebran particularmente regocijados. Ahora pasa que yo llego al museo Tamayo y no solamente encuentro un cronopio sino una legión, insolentemente explayada en las vitrinas de las primeras salas. Sentados, acostados, rojos, negros, de pie, pardos, cabeza abajo, jugando, peleando, durmiendo, rosados, vestidos, sonriendo, desnudos, burlándose, mujeres, verdes, hombres, cantando, niños, azules. (En realidad no sé si vi cronopios azules o cabeza abajo, pero es como si. Hay tantos que los errores de la memoria compensan los olvidos.)

Oh pequeño pueblo maravilloso, cómo te guardaré siempre en mi corazón. El resto del museo —admirable sin duda— se me vuelve humo frente a ese contacto con mi recobrado mundo de cronopios. Yo había esperado durante años al Matta, al Topor, al Oski, al artista que pusiera en el plano o en el espacio lo que yo había puesto en la palabra; y no sabía que *ya estaba hecho* y que era yo, tantos siglos después de esos anónimos artistas mexicanos, el que simplemente agregaría una voz a esas formas mudas. Extrañas, maravillosas recompensas del azar: una vez más me tocaba encontrarme por lo profundo con un México que jamás había visitado antes pero que estaba presente en textos míos, en pesadillas e iluminaciones. Desconfío de las extrapolaciones fáciles que llenan tantos libros de ensayos en nuestros países, pero frente a cosas así siento más que nunca que ser latinoamericano cuenta más que ser mexicano o argentino o panameño, que nuestra sangre circula por el continente como una sola sangre, esa que alguna vez será por fin y de veras solamente nuestra.

—Bah —dice el tercer cronopio del estante superior de la segunda vitrina—, no te pongas ditirámbico y mesiánico.

—Tienes razón —admito—. Por una vez que nos divertimos…

—Y además —dice el cronopio— aprovecha un descuido del guardián y arráncanos las etiquetas.

—No se puede, hijito —murmuro sintiéndome el peor de los famas—. Ustedes forman parte de la cultura, y ya se sabe que sin etiquetas no hay catedrático que aguante.

Su rabia y su desprecio me entristecen, pero al final se olvidan y vuelven a mirarme con afecto; además yo evito cuidadosamente leer las etiquetas para no ofenderlos, y por eso ahora me sería imposible decir si son cocomecas, aztejucos, olmezocos o tlascalzontles. Ese de ahí que parece rascarse la barriga, ¿será anterior o posterior a ese otro que danza para sí mismo con sus grandes ojos llenos de congelado tiempo? Nunca llegué a conocer sus cronologías y sus procedencias; imposible almacenar en la memoria etiquetas tales como: "fase cultural preclásica tardía-Nayarit", mención que encuentro ahora en una tarjeta postal. Me gusta más inventarles orígenes caprichosos, como ya una vez hace muchos años inventé una tribu mexicana, la de los motecas. Claro que eso de inventar se estrella siempre ante los que creen que todo viene de otra cosa o tiene una razón precisa de ser; en el caso citado un escritor francés afirmó que lo de motecas venía del hecho de que el protagonista de mi cuento mexicano andaba en moto. Ante cosas así no hay más que echarse ceniza en la cabeza.

Estoy segurísimo de que cuando se publiquen estas imperecederas impresiones, la señora de que hablé me escribirá otra carta indignada; en efecto, en vez de un sesudo análisis de la realidad nacional, revoloteo frívolamente entre estatuillas, lustrabotas y hoteles. Eso, señor, no se hace. Porque la realidad de nuestro país...

Señora, querida señora, un cronopio no ignora la realidad de su país de usted, de su país de él, y de todos los países que componen la realidad de tantos millones de latinoamericanos. Le voy a decir algo que no es ningún secreto: si algún país se ha inclinado sobre sus propios enigmas, es el suyo. Una buena biblioteca mexicana contiene todas las preguntas sobre esos enigmas —las respuestas, usted sabe, son siempre aleatorias y sujetas a múltiples ópticas, fórmulas, índoles y otras palabras esdrújulas—, y no será un efímero visitante quien pueda responderlas. Prefiero contar cosas que también son la realidad de cada día pero al sesgo, vividas entre dos luces. Cosas como un desayuno a la vera del camino, casi al amanecer, junto a un camionero para quien hablar con un argentino era sobre todo un largo recuento de tangos y de doña Libertad Lamarque. Una plaza de San Cristóbal con su iglesia, ver a una niña de apenas seis o siete años llevando en los brazos a un hermanito dormido, adivinar en su cara una fatiga de adulto, ponerle en la mano un montón de monedas y decirle: "Cómprate caramelos". Y ya lejos, sin querer mirarla demasiado, ver su incredulidad, su recuento maravillado, su sonrisa creciendo como el día. Cosas así, digamos que nada.

Entonces el cronopio se va de México y en el avión pasa agradablemente el tiempo pensando en los regalos que le han hecho sus amigos y que viajan muy bien acondicionados en la maleta. Además de sarapes, guaraches y una fosforescente botella de tequila, lleva consigo un ídolo de obsidiana, un aeroplano de mimbre, una botellita de mercurio (comprada por él, seamos verídicos) y varios números de fotonovelas que le han parecido particularmente promisorios. Con tales regalos y compras podrá sentirse feliz en su casa, porque otros cronopios envidiarán sus tesoros y eso es algo que multiplica la alegría de cualquier viaje.

Lo malo es que apenas desembarca y abre la maleta, el cronopio descubre que la botella de tequila se ha roto y que aparte de un olor vehemente no queda gran cosa de aprovechable en el equipaje. Mientras lentas lágrimas ruedan de sus ojos, porque le duele sobre todo no poder leer las fotonovelas, uno de sus amigos presentes lo consuela diciéndole: "No importa, ahora escribirás todo eso y será todavía mejor, porque un buen recuerdo vale más que la realidad". El cronopio lo mira indignado por tanta cursilería, aparte de que no hay literatura en este mundo que se compare con una buena botella de tequila, sin hablar de las fotonovelas.

París, último primer encuentro*

Hoy, casi veinte años después, la pareja ya no es la misma. Si bien seguimos siempre juntos, París juega desde hace tiempo su partida de drugstores y de torres, trueca el oxígeno y la calma por automóviles; yo envejezco a su lado, olvido lugares privilegiados e itinerarios rituales. Paradoja irrisoria: cuanto más pertenecemos a una ciudad, menos la vivimos.

Pero en la noche, callejeando por el Marais solitario o fumando sentado en un banco del canal Saint-Martin, vuelve la imagen desnuda y temblorosa de un primer encuentro, y sé que nos amamos siempre y que seguimos acudiendo a la cita. Nada habrá cambiado mientras la ciudad y su amante continúen negando la superficie espumosa del tiempo para buscarse en aguas profundas. Así, cosas vividas en los años cincuenta y que llenaron páginas de *Rayuela*, permanecen actuales y presentes, y puedo citarlas sin ningún sentimiento póstumo, sin la melancolía del que evoca solamente el pasado. Ya no es, en ningún plano, la misma pareja; aquel París, aquel yo, no están ya, ni está la Maga que era como su síntesis. Y sin embargo el mismo estremecimiento de maravilla suele esperarme por la noche en las esquinas de ciertas calles, en los barrios del Norte, en el olor de los viejos portales y en el lento deslizarse de las pinazas bajo el Pont-Neuf.

¿Por qué, entonces, escribir de nuevo si todo fue dicho en una primera esperanza de belleza, de verdad? Fragmentos de *Rayuela*, guijarros de una playa de vida conservan esa visión que sigue siendo la mía.

Sé que un día llegué a París, sé que estuve un tiempo viviendo de prestado, haciendo lo que otros hacen y viendo lo que otros ven.

---

* "Lire le pays", *L'Humanité*, París, 22 de agosto de 1977. Traducción de Aurora Bernárdez (salvo las citas de *Rayuela*).

La ciudad, brújula invisible, conduce a Horacio Oliveira al encuentro con la que llamará la Maga.

Aquí había sido primero como una sangría, un vapuleo de uso interno, una necesidad de sentir el estúpido pasaporte de tapas azules en el bolsillo del saco, la llave del hotel bien segura en el clavo del tablero. El miedo, la ignorancia, el deslumbramiento: Esto se llama así, eso se pide así, ahora esa mujer va a sonreír, más allá de esa calle empieza el Jardin des Plantes. París, una tarjeta postal con un dibujo de Klee al lado de un espejo sucio. La Maga había aparecido una tarde en la rue du Cherche-Midi, cuando subía a mi pieza de la rue de la Tombe Issoire traía siempre una flor, una tarjeta Klee o Miró, y si no tenía dinero elegía una hoja de plátano en el parque. Por ese entonces yo juntaba alambres y cajones vacíos en las calles de la madrugada y fabricaba móviles, perfiles que giraban sobre las chimeneas, máquinas inútiles que la Maga me ayudaba a pintar.

Cada encuentro, un acto mágico, un ritual oficiado en la inmensa rayuela de la ciudad.

Los encuentros eran a veces tan increíbles que Oliveira se planteaba una vez más el problema de las probabilidades y le daba vuelta por todos lados, desconfiadamente. No podía ser que la Maga decidiera doblar en esa esquina de la rue de Vaugirard exactamente en el momento en que él, cinco cuadras más abajo, renunciaba a subir por la rue de Buci y se orientaba hacia la rue Monsieur le Prince sin razón alguna, dejándose llevar hasta distinguirla de golpe, parada delante de una vidriera, absorta en la contemplación de un mono embalsamado. Sentados en un café reconstruían minuciosamente los itinerarios, los bruscos cambios, procurando explicarlos telepáticamente, fracasando siempre, y sin embargo se habían encontrado en pleno laberinto de calles, casi siempre acababan por encontrarse y se reían como locos, seguros de un poder que los enriquecía. A Oliveira lo fascinaban las sinrazones de la Maga, su tranquilo desprecio por los cálculos más elementales. Lo que para él había sido análisis de probabilidades, elección o simplemente confianza en la rabdomancia ambulatoria, se volvía para ella simple fatalidad. "¿Y si no me hubieras encontrado?", le preguntaba, "No sé, ya ves que estás aquí...". Inexplicablemente la respuesta invalidaba la pregunta, mostraba sus adocenados resortes lógicos. Después de eso Oliveira se sentía más capaz de luchar contra sus prejuicios bibliotecarios, y paradójicamente la Maga se rebelaba contra su desprecio hacia los conocimientos escolares. Así andaban, Punch and Judy, atrayéndose y rechazándose como hace falta si no se quiere que el amor termine en cromo o en romanza sin palabras. Pero el amor, esa palabra...

Meses y meses flotando en el puro azar:

Así habían empezado a andar por un París fabuloso, deján- dose llevar por los signos de la noche, acatando itinerarios nacidos de una frase de clochard, *de una bohardilla iluminada en el fon- do de una calle negra, deteniéndose en las placitas confidenciales para besarse en los bancos o mirar las rayuelas, los ritos infantiles del guijarro y el salto sobre un pie para entrar en el Cielo.*

Se acostumbraron a comparar los acolchados, las puertas, las lámparas, las cortinas; las piezas de los hoteles del cinquième arrondissement *eran mejores que las del* sixième *para ellos, en el* septième *no tenían suerte, siempre pasaba algo, golpes en la pieza de al lado o los caños hacían un ruido lúgubre, ya por entonces Oli- veira le había contado a la Maga la historia de Troppmann, la Maga escuchaba pegándose contra él, tendría que leer el relato de Turguéniev, era increíble todo lo que tendría que leer en esos dos años (no se sabía por qué eran dos), otro día fue Petiot, otra vez Weidmann, otra vez Christie, el hotel acababa casi siempre por darles ganas de hablar de crímenes...*

El amor por París es siempre, de una manera o de otra, el amor en París.

Y por qué no, por qué no había de buscar a la Maga, tantas veces me había bastado asomarme, viniendo por la rue de Seine, al arco que da al Quai de Conti, y apenas la luz de ceniza y oliva que flota sobre el río me dejaba distinguir las formas, ya su silueta del- gada se inscribía en el Pont des Arts, nos íbamos por ahí a la caza de sombras, a comer papas fritas al Faubourg St. Denis, a besarnos junto a las barcazas del canal Saint-Martin. Con ella yo sentía cre- cer un aire nuevo, los signos fabulosos del atardecer o esa manera como las cosas se dibujaban cuando estábamos juntos y en las rejas de la Cour de Rohan los vagabundos se alzaban al reino medroso y alunado de los testigos y los jueces... Por qué no había de amar a la Maga y poseerla bajo decenas de cielorrasos a seiscientos francos, en camas con cobertores deshilachados y rancios, si en esa vertiginosa rayuela, en esa carrera de embolsados yo me reconocía y me nombraba, por fin y hasta cuándo salido del tiempo y sus jaulas con monos y etiquetas, de sus vitrinas Omega Electron Girard Perregaux Vacheron & Constantin marcando las horas y los minutos de las sacrosantas obligaciones castradoras, en un aire donde las últimas ataduras iban cayendo y el placer era espejo de reconciliación, espejo para alondras pero espejo, algo como un sacramento de ser a ser, danza en torno al arca, avance del sueño boca contra boca, a veces sin desligarnos, los sexos unidos y tibios, los brazos como guías vegetales, las manos acariciando aplicadamente un muslo, un cuello...

Y la noche al acecho esperando su hora:

Sí, pero quién nos curará del fuego sordo, del fuego sin color que corre al anochecer por la rue de la Huchette, saliendo de los portales carcomidos, de los parvos zaguanes, del fuego sin imagen que lame las piedras y acecha en los vanos de las puertas, cómo haremos para lavarnos de su quemadura dulce que prosigue, que se aposenta para durar aliada al tiempo y al recuerdo, a las sustancias pegajosas que nos retienen de este lado, y que nos arderá dulcemente hasta calcinarnos. Entonces es mejor pactar con los gatos y los musgos, trabar amistad inmediata con las porteras de roncas voces, con las criaturas pálidas y sufrientes que acechan en las ventanas jugando con una rama seca. Ardiendo así sin tregua, soportando la quemadura central que avanza como la madurez paulatina en el fruto, ser el pulso de una hoguera en esta maraña de piedra interminable, caminar por las noches de nuestra vida con la obediencia de la sangre en su circuito ciego.

Y una vez más el extranjero se perderá en esa multitud en la que cada uno flota como un corcho en el agua turbia del Barrio Latino:

A todo el mundo le pasa igual, la estatua de Jano es un despilfarro inútil, en realidad *después de los cuarenta años la verdadera cara la tenemos en la nuca, mirando desesperadamente para atrás. Eso es lo que se llama propiamente un* lugar común. *Nada que hacerle, hay que decirlo así, con las palabras que tuercen de aburrimiento los labios de los adolescentes unirrostros. Rodeado de chicos con tricotas y muchachas deliciosamente mugrientas bajo el vapor de los* cafés crème *de Saint-Germain-des-Prés, que leen a Durrell, a Beauvoir, a Duras, a Douassot, a Queneau, a Sarraute, estoy yo un argentino afrancesado (horror horror), ya fuera de la moda adolescente, del cool, con en las manos anacrónicamente* Etes-vous fous? *de René Crevel, con en la memoria todo el surrealismo, con en la pelvis el signo de Antonin Artaud, con en las orejas las* Ionisations *de Edgar Varèse, con en los ojos Picasso (pero parece que yo soy un Mondrian, me lo han dicho).*

—Tu sèmes des syllabes pour récolter des étoiles —me toma el pelo Crevel.

—Se va haciendo lo que se puede —le contesto.

—Y esa fémina, n'arrêtera-t-elle donc pas de secouer l'arbre à sanglots?

—Sos injusto —le digo—. Apenas llora, apenas se queja.

Es triste llegar a un momento de la vida en que es más fácil abrir un libro en la página 96 y dialogar con su autor, de café a tumba, de aburrido a suicida, mientras en las mesas de al lado se habla de Argelia, de Adenauer, de Mijanou Bardot, de Guy Trébert, de Sidney Bechet, de Michel Butor, de Nabokov, de Zao-Wu-Ki, de Louison Bobet, y en mi país los muchachos hablan, ¿de qué hablan los muchachos en mi país?

Hoy, casi treinta años después, hablan de liberación, buscan una identidad propia alejándose cada vez más de los espejismos europeos. Es justamente lo que hacen los personajes del *Libro de Manuel.*

1952-1977

194

La tos de una señora alemana*

La mentalidad científica quiere que todo tenga explicación, incluso lo maravilloso. Qué le vamos a hacer, tal vez sea así; pero entonces, apenas se acepta resignadamente esta supuesta conquista total de la realidad, lo maravilloso vuelve desde pequeñas cosas, lo insólito resbala como una gota de agua a lo largo de una copa de cristal, y quienes merecen el comercio con esas mínimas presencias olvidan la sapiencia y la conciencia para pasarse a otro lado y hacer cosas como por ejemplo escuchar la tos de una señora alemana.

En 1947, poco después del fin de la guerra, Wilhelm Furtwängler dirigió un concierto entre las ruinas de una Alemania derrotada, que la mayoría de sus vencedores empezaba a rehabilitar al Oeste después de haberla repudiado al Este. También Furtwängler había sido repudiado en un principio por su condescendencia frente a la me(ga)lomanía de Adolfo Hitler, tras de lo cual parecía de buen tono rehabilitarlo; así terminan muchas guerras, lo cual explica que un tiempo después vuelvan a desatarse, pero no es de eso que vamos a hablar sino del concierto en el que Yehudi Menuhin, invitado por las fuerzas de ocupación, tocó esa noche el *Concierto en Re* de Beethoven que el ilustre Furtwängler sacaba una vez más de su jaula para mostrar lo que era capaz de hacer con ese imperecedero leopardo de la música. La Rias (sigla de la radio alemana) difundió el concierto y además lo grabó con los medios técnicos disponibles en ese momento, que no eran muchos. La grabación (¿disco, alambre, cinta magnetofónica?) quedó en los archivos hasta que el otro día, más de treinta años después, fue prestada a la radio francesa que la prestó

* *Proa*, Buenos Aires, tercera época, n.º 13, septiembre-octubre de 1994.

a su vez a mi receptor sintonizado en *France-Musique*. Un argentino en París escuchó así a una orquesta alemana y a un violinista judío que tocaban bajo la batuta de un muerto; todo eso, que hubiera sido perfectamente incomprensible hace menos de un siglo, formaba y forma parte de lo ordinario, de lo que la ciencia explica a los niños en las escuelas; todo eso era cotidiano, simplemente apretar unos botones e instalarse en un sillón.

Tal vez Menuhin no tocó jamás el concierto de Beethoven como esa noche; le sobraban razones para hacerlo tan prodigiosamente en el mismo lugar donde habían sido exterminados siete millones de judíos y donde acaso algunos de sus exterminadores se sentaban en las plateas del teatro y lo aplaudían frenéticamente. Del concierto en sí, de su intérprete y de su director sólo puede hablarse con admiración, pero no es de eso que hablamos sino de ese instante, creo que en el segundo movimiento, en que un *pianissimo* de la orquesta dejó pasar una tos, un solo golpe seco y claro de tos que no habría de repetirse, una tos de mujer, la tos de una señora que cualquier cálculo de probabilidades definiría como la tos de una señora alemana.

Durante más de treinta años esa pequeña tos anónima había dormido en los archivos de la radio; ahora reiteraba su diminuto fantasma en millares de oídos que escuchaban un concierto en otro tiempo y otro espacio. Imposible saber quién tosió así esa noche; ninguna ciencia, ningún caballero Dupin podría rastrear su origen. Sin la menor importancia, sin la más pequeña significación, esa tos se repitió multiplicada por infinitos altavoces para recaer instantáneamente en la nada; pero alguien que acaso nació para medir cosas así con más fuerza que las grandes y duraderas cosas, oyó esa tos y algo supo en él que lo maravilloso no había muerto, que bastaba vivir porosamente abierto a todo lo que habita y alienta entre lo concreto y lo definible para resbalar a otro lado donde de pronto, en la enorme masa catedralicia de un concierto beethoveniano, la breve tos de una señora alemana era un puente y un signo y una llamada. ¿Quién fue esa mujer, dónde se sentó esa noche, está aún viva en alguna parte del mundo? ¿Por qué esa tos hace nacer estas líneas en otro tiempo, bajo otro cielo? ¿Hasta cuándo vamos a seguir creyendo que lo maravilloso no es más que uno de los juegos de la ilusión?

(1979)

Un sueño realizado[*]

Si todavía se pudieran escribir poemas narrativos, esto sería un poema. Por mi parte, apenas si alcanzo a recordar nostálgicamente algunos de los que llenaron de sonido, de furia y de lágrimas mi remota niñez. *El vértigo*, por ejemplo, de don Gaspar Núñez de Arce, que usted no conoce, entendiendo por *usted* a ese señor que me habla de literatura en el café de una playa de Mallorca. Era un poema en décimas, forma métrica nada fácil y que don Gaspar esgrimía con soltura digna de una buena prosa (dicho sin la menor ironía). Yo que nunca supe poemar de memoria, ni siquiera los míos que sin embargo me parecen secretamente memorables, recuerdo el comienzo:

> Guarneciendo de una ría
> la entrada incierta y angosta,
> sobre un peñón de la costa
> que bate el mar noche y día,
> se alza gigante y sombría
> ancha torre secular
> que un rey mandó edificar
> a manera de atalaya
> para defender la playa
> contra los riesgos del mar.

En mi vida sería yo capaz de mandarme (así decimos los argentinos) un poema capaz de *narrar* algo de manera tan perfectamente justa, económica y a la vez bella. Porque don Gaspar sigue así durante sesenta o setenta décimas, lo que no es fácil. Mire usted ecológicamente esta *situación* de la ancha torre secular:

---

[*] *El Mercurio*, Santiago de Chile, 11 de mayo de 1980.

Cuando viento borrascoso
sus almenas no conmueve,
no turba el rumor más leve
la majestad del coloso.
Queda en profundo reposo
largas horas sumergido,
y sólo se escucha el ruido
con que los aires azota
alguna blanca gaviota
que tiene en la peña el nido.

Azotar el aire con un ruido de alas... ¿no es admirable? Lo estamos escuchando todavía, y ya don Gaspar nos depara un brusco cambio que preludia el drama que tendrá por escenario la torre:

Mas cuando en recia batalla
el mar rebramando choca
contra la empinada roca
que allí le sirve de valla;
cuando en la enhiesta muralla
ruge el huracán violento,
entonces, firme en su asiento
el castillo desafía
la salvaje sinfonía
de las olas y del viento.

Después de algo así, y como dicen los entendidos en tauromaquia cuando han asistido a una faena memorable, *ya nos podemos ir*. Yo también, pero sin olvidar nada; la prueba es que en vísperas de mis sesenta y cinco me acuerdo todavía de esas décimas leídas en alguno de los tomos de *El tesoro de la juventud*, allá en mi infancia de Banfield, provincia de Buenos Aires. Y si ahora las rememoro en una costa mallorquina digna del castillo de don Gaspar, es porque todo se ha vuelto de nuevo infancia desde ayer por la tarde, a partir del instante en que me fue dado ver, desde el mirador del archiduque Luis Salvador cerca de Deyà, el rayo verde.

Soy incapaz de saber en qué orden leí de niño una cierta novela de Julio Verne y el poema de don Gaspar; ambas cosas coexisten en la memoria y acuden juntas a esta máquina de escribir, hoy en que me hubiera gustado hablar del rayo verde como don Gaspar de su torreón batido por el mar y la desgracia, ver nacer de mis manos tecleadoras un poema narrativo que contuviera toda la maravilla por fin realizada ayer de tarde. Porque *El rayo verde*, novela poco leída de mi maestro y tocayo, me contó a los nueve años que si miramos ponerse el sol en un horizonte marino, si el cielo es diáfano y si a último minuto no se cruza una vela de barco, una bandada de pájaros o una nubecita caprichosa, con el último segmento rojo hundiéndose en la línea del azul veremos surgir un instantáneo y prodigioso rayo verde.

Yo vivía muy lejos del mar, y el sol de mi infancia se ponía entre alambrados, casas de ladrillo y sauces llorones. Subido a la azotea de mi casa esperé ingenuamente el milagro del rayo verde, y sólo vi flacas antenas de radio; cuando veinte años después empecé a cruzar el Atlántico y el Pacífico, muchos atardeceres me vieron acechar algo que nunca se realizó aunque las condiciones parecieran impecables; y como ocurre en la mal llamada madurez, perdí la fe en el rayo verde y en el visionario que me lo había descripto y de alguna manera prometido.

Ayer, desde el mirador del archiduque Luis Salvador, miré una vez más hundirse el sol en el mar. Un amigo mencionó el rayo verde, y me dolió por adelantado que los niños presentes lo esperaran con la misma ansiedad con que yo lo había deseado en mi absurdo horizonte suburbano; ahora sería peor, ahora las condiciones estaban dadas y no habría rayo verde, los padres justificarían de cualquier manera el fiasco para consolar a los pequeños; la vida —así la llaman— marcaría otro punto en su camino hacia el conformismo. Del sol quedaba un último, frágil segmento anaranjado. Lo vimos desaparecer detrás del perfecto borde del mar, envuelto en el halo que aún duraría algunos minutos. Y entonces surgió el rayo verde; no era un rayo sino un fulgor, una chispa instantánea en un punto como de fusión alquímica, de solución heracliteana de elementos. Era una chispa intensamente verde, era un rayo verde aunque no fuera un rayo, era el rayo verde, era Julio Verne murmurándome al oído: "¿Lo viste al fin, gran tonto?".

Un poeta romántico hubiera escrito esto mucho mejor, don Gaspar o Shelley. Ellos vivían en un sueño diurno, y lo realizaban en sus poemas. La flor azul de Novalis, la urna griega de John Keats, el perfil de los dioses de Hölderlin. Mi rayo verde se vuelve a la nada en el mismo instante en que lo digo; pero era él, era tan verde, era por fin mi rayo verde. De alguna manera supe ayer que mucho de lo que defiendo y que otros creen quimérico, está ahí en un horizonte de tiempo futuro, y que otros ojos lo verán también un día.

En favor del bilingüismo*

Esta breve historia es verídica; no lo parece, pero la culpa la tiene la literatura que desde sus orígenes se ha dedicado a darnos gato por liebre y liebre por gato, al punto que a un escritor de ficciones le cuesta un kilo que la gente le crea cuando por una vez cuenta algo que pasó de veras. Un buen ejemplo es el de Gabriel García Márquez; ahora que se dedica casi exclusivamente a indagar y describir procesos históricos y políticos, ocurre que mucha gente piensa que todavía está hablando de Macondo, y le sigue los pasos en Angola o en Vietnam como si el coronel Aureliano Buendía estuviera esperando a la vuelta de cada página. Eso nos enseñará a Gabo y a mí a ser más serios, aunque ya parezca un poco tarde: por mi parte juro que esta historia me llegó como verdadera y por si fuera poco como polaca (esto último, no sé por qué, la vuelve todavía más seria). Cuento inocentemente lo sucedido porque me gusta y porque a pesar de su culminación más bien horrenda tiene un final inesperadamente pedagógico y alentador.

Los personajes (viven en una aldea de nombre impronunciable) soñaban desde sus remotos horizontes agrícolas con el viaje que alguna vez harían a París, donde un tío relojero los esperaba para alojarlos y mostrarles la torre Eiffel y otras prominencias de la ciudad. Josef y Anna trabajaron duro para ahorrar lo necesario, produjeron a Yúrek, un bebé rubio que complicaba los planes pero a la vez los embellecía, compraron a crédito un autito de tercera mano, y un día partieron después de recibir instrucciones precisas del tío de París, que habiendo conocido en su día la imposibilidad de hacerse entender en polaco más allá de las fronteras del país, les indicó

* *La Nación*, Buenos Aires, 7 de febrero de 1980.

la mejor manera de resolver el problema. Se trataba simplemente de llegar a las puertas de la capital francesa, dejar el auto en un parking y tomarse el metro (plano adjunto) hasta su casa, evitando así los inconvenientes del tráfico y el laberinto medieval de las calles.

El viaje de la feliz pareja por las sucesivas autopistas no presentó problemas lingüísticos mayores. Apenas arribados y arrobados, Josef y Anna metieron el auto en un enorme garaje donde cambiaron monosílabos y sonrisas por frases incomprensibles y un ticket verde, tras de lo cual bajaron al metro con lo puesto y con Yúrek, detalle importante este último como se verá luego.

El viejo tío los esperaba en su modesto departamento donde hubo lágrimas y abrazos y brindis y vodka legítima. A la hora de ir a retirar el auto para traer el equipaje y los regalos de la familia, Josef entregó el ticket verde a su tío que después de mirarlo se puso tan verde como el papel en cuestión y se precipitó escaleras abajo seguido de su sobrino. A lo largo del trayecto en el metro Josef trató de comprender lo que pasaba, pero lo único que alcanzó a decirle su tío fue precisamente que no dijera nada y que la Virgen, San Tadeo y la corte celestial, etcétera. A toda carrera se precipitaron en el garaje, y después de un diálogo del que Josef sólo alcanzaba a comprender la desesperación del tío y las gesticulaciones franco-italianas del sereno de turno, los llevaron hasta un patio lleno de tractores y máquinas ominosas. Bajo la luna y algunos vagos tubos de neón vieron multiplicarse decenas y decenas de cubos metálicos de diferentes colores; uno de ellos era el auto de Josef y de Anna, sometido al proceso de compresión que es uno de los orgullos de la tecnología francesa para sacar del camino a los autos ya invendibles, y acaso para favorecer la celebridad del escultor César, que compra y firma y revende esos vistosos cubos donde el ojo avizor del artista descubre la insólita belleza de un caño de escape, un volante o un paragolpes sometidos a la estética del azar y la apisonadora.

Ver el fruto de un largo sueño y de lentas economías convertido en un enorme dado es una horrible experiencia para

cualquiera que no sea César. Y sin embargo, después de las pa-
taletas y los gritos, Josef y Anna tuvieron tiempo para pensar
que no debían lamentarse demasiado del siniestro malentendido, puesto que en el momento de su llegada a París el bebé dor-
mía profundamente en el asiento trasero del coche, y los dos
habían discutido la posibilidad de dejarlo allí bien arropado
mientras iban en busca del tío. Por lo que toca al equipaje, formaba ya parte eterna del cubo junto con los embutidos, botellas y otros regalos; cada vez que en un museo encuentre uno de
los cubos de César, lo estudiaré por todos lados para ver si en el
compacto y multicolor magma metálico no se insinúan las huellas de una ristra de salchichas o de un sombrero de señora.

Todo, así, llega a su agrisado final: después de pasar dos
días perfectamente espantosos en una ciudad que había perdido
toda significación para ellos, Josef y Anna se volvieron en tren a
Varsovia y su historia entró con ellos en el recuerdo, pero un recuerdo tan traumatizante que poco a poco se volvió *vox populi* y
todavía es tema de conversación en Polonia; la prueba es que yo
fui allá por un congreso en favor del pueblo de Chile, y mire lo
que me contaron para alegrar mi estancia. Pero el relato tiene un
bello corolario a pesar de todo, porque las autoridades polacas
aprovecharon la difusión del episodio para emplearlo como un
convincente argumento en favor del aprendizaje de una segunda lengua en todas las escuelas del país. En esta época en que el
automóvil se sitúa en lo más alto de la escala de valores tanto al
Este como al Oeste, no cabe duda de que los dirigentes polacos
dieron psicológicamente en el blanco. Y así, aunque no creo que
Josef y Anna vuelvan jamás a París, otros tendrán acaso más
suerte, por ejemplo el pequeño Yúrek cuando le llegue la hora
de viajar.

Disculpen si leo estas palabras…*

Disculpen si leo estas palabras en lugar de improvisarlas. Me conozco lo suficiente para saber hasta qué punto soy incapaz de decir lo que quisiera cuando siento una emoción tan grande y bella como la que hoy me invade.

Tal vez hubiera sido preferible el silencio que sabe también suprimir la emoción, pero me es imposible callar precisamente el día en que se me otorga la nacionalidad francesa. Hace treinta años que vivo en Francia y mi estatuto de extranjero me ha obligado, como es normal, a quedar al margen de la vida política del país. He podido escribir aquí una gran parte de mi obra y participar de diversas maneras en la lucha que tantos latinoamericanos libramos por la libertad de nuestros países oprimidos por dictaduras; pero al mismo tiempo he debido guardar un silencio total en cuanto a mis opiniones sobre los problemas franceses. Y si esto es posible al principio, cuando uno es realmente un extranjero en el país, ello resulta penoso y humillante cuando se ha vivido tres décadas en Francia y se siente la necesidad y el derecho de manifestar abiertamente las preferencias y los rechazos. Con qué alegría veo que se me atribuye hoy una naturalización que me libera de ese silencio forzado y me permite expresar, como primera opinión pública, mi solidaridad con el gobierno que el pueblo francés acaba de llevar al poder.

Quisiera añadir que este honor tiene para mí un valor simbólico muy especial. Mucho antes de llegar al poder, François Miterrand demostró su interés por América Latina y su voluntad de acrecentar la acción de Francia a favor de las libertades y los derechos humanos tan frecuentemente escarnecidos en mi país y en muchos otros del continente. Creo que si el Gobierno

* Traducción de Aurora Bernárdez.

me otorga hoy la ciudadanía francesa, lo hace en esta perspectiva, quiero decir, con perfecto conocimiento de mi dedicación a la causa de los pueblos latinoamericanos. Ahora, en estas condiciones nuevas, creo que me será posible contribuir con mayor eficacia a los esfuerzos que Francia quiere emprender en favor de América Latina. Saber que en adelante tendré pleno derecho de participar en la vida política nacional, me incita aún más a aportar mi plena colaboración a los proyectos que mi nuevo país quiera emprender en mis países de siempre.

(1981)

A la hora de reunir la totalidad de mis relatos para esta edición...

A la hora de reunir la totalidad de mis relatos para esta edición he tenido que cumplir algunos gestos necesarios con miras a su buena ordenación; que esos gestos hayan despertado un recuerdo de hace más de veinte años —concretamente un viaje en tren de Córdoba a Salamanca— no tendría nada de extraño si no fuera que se trata de un recuerdo de España en el momento en que preparo este libro para un editor de ese país, y decirlo es ya una primera aproximación a los relatos que siguen, puesto que desde hace medio siglo ellos fueron naciendo de supuestas coincidencias, inesperadas asociaciones y puentes poco definibles en el tiempo y el espacio.

Los gestos a que aludo trajeron el recuerdo con una precisión en la que cada detalle se recorta estereoscópicamente: veo cómo mi mujer y yo subimos al tren con un mínimo de equipaje y de dinero después de descubrir que se nos había acabado la lectura en el hotel y correr al quiosco de la estación donde apenas pudimos conseguir una mala novela policial de tapas chillonas y autor merecidamente olvidado. El compartimento estaba lleno, pero teníamos los asientos de ventanilla y durante una hora miramos el paisaje andaluz hasta que el aburrimiento ecológico nos incitó a la lectura. Empecé yo, y apenas terminada la primera página la arranqué y se la pasé a Aurora, que la leyó a su vez y la dejó volarse por la ventanilla mientras yo le pasaba la segunda, y así sucesivamente.

Los restantes pasajeros, que hasta entonces se habían dedicado a comer embutidos y tortillas y hablar animadamente entre ellos, empezaron a mirarnos de una manera inequívocamente escandalizada, y aunque ninguno se animó a decir lo que estaba pensando, la reprobación flotaba en el aire y nuestra lectura se volvió poco menos que pecaminosa. Gente que por su parte no habría de tocar un solo libro en un viaje de horas y horas, encontraba sin embargo que deshojar un volumen y regarlo a lo largo de los campos españoles era una especie de crimen cultural imperdonable. Cuando la última página voló por la ventanilla llevándose de paso la revelación del nombre del asesino, sentimos que los verdaderos criminales éramos nosotros para los demás viajeros, y el resto del viaje lo pasamos sintiéndonos como en capilla y luchando para no reventar de risa, conducta poco apropiada en circunstancias tan ominosas. De golpe descubríamos la fuerza de uno de los tantos tabúes que rigen las conductas usuales (años después una señora me armaría un lío en un restaurante de París porque yo apuntalaba la pata de una mesa chueca con un pedazo de pan, cosa que según me explicó no debe hacerse *jamás* puesto que el pan, etcétera).

Ahora acaba de sucederme que para preparar esta edición he tenido que poner todos mis libros de cuentos sobre la mesa, y desvencijarlos sistemáticamente para poder ordenar a mi gusto la totalidad de los relatos y ofrecerlos de la manera más cómoda y racional a los tipógrafos. No había acabado de arrancarle la cubierta al primero y engrampar un par de cuentos, cuando mis gestos puramente mecánicos me devolvieron al recuerdo de aquella lectura, probándome de paso que no solamente los pasajeros del tren habían condenado mi proceder sino que algo en mí mismo les daba la razón tantos años más tarde. Comprendí que los interdictos más estúpidos tienen una fuerza frente a la que poco puede la inteligencia, y la hora que pasé acabando con más de diez volúmenes para convertirlos en una pila de relatos barajables no tuvo nada de agradable.

Digo interdictos, pero podría decir igualmente supersticiones, transgresiones de leyes o principios, actos excepcionales, infracciones a la normalidad tranquilizadora. El lector irá viendo en este libro que la casi totalidad de su contenido nace de estados o situaciones o climas que favorecen o son el resultado de cosas así, de haber deshojado las páginas de algo que sólo debía asumirse o consumirse respetuosamente como un todo. Casi siempre los personajes de estos cuentos pasan explicablemente o no de la aceptación cotidiana de su entorno a una zona donde las cosas cesan de ser como se las presumía. Algunos de ellos podrían incluso llevar a imaginar a un pastor español que hace muchos años encontró una página impresa al lado de las vías del ferrocarril, donde se le informaba que Lord James trataba de huir por la ventana mientras un asesino lo acorralaba por razones que acaso figuraban en la página siguiente, página que flotaba ya en las aguas de un arroyo tres kilómetros más lejos; el libro de nuestra vida no siempre puede leerse entero y encuadernado.

Nada más diré de estos relatos, sobre cuyas razones de ser y mecanismos no he tenido jamás una idea clara; lo que pude ver en ellos y en mí mismo fue explicado ya en un par de ensayos que no repetiré aquí. Sólo quisiera agregar cuánto me alegra verlos hoy juntos en un hermoso volumen, ordenados por afinidades y por atmósferas. Digo juntos, digo ordenados; pero vaya a saber si algún día, en un compartimento ferroviario, una pareja descubre que sólo tiene ese libro en la maleta, y entonces...

(c 1983)

De una infancia medrosa*

Interrogarme sobre el miedo en mi infancia es abrir un territorio vertiginoso y cruel que vanamente he tratado de olvidar (todo adulto es hipócrita frente a una parte de su niñez) pero que vuelve en las pesadillas de la noche y en esas otras pesadillas que he ido escribiendo bajo la forma de cuentos fantásticos.

La casa de mi infancia estaba llena de sombras, recodos, altillos y sótanos, y a la caída de la noche las distancias se desmesuraban para ese chico que debía ir al baño atravesando dos patios, o traer lo que le pedían desde una despensa remota. Sagas sangrientas de asesinos circulaban en las sobremesas familiares, y el suburbio abundaba en ladrones y vagabundos peligrosos, pero todo eso, que aterraba comprensiblemente a mi madre, sólo incidió marginalmente en mis miedos. A una edad que no alcanzo a fijar, la soledad y la oscuridad desencadenaron en mí otros temores jamás confesados; animalito literario desde el vamos, el terror me llegó por la vía de las lecturas y no de las crónicas vivas, e incluso en esas lecturas el vórtice del pavor fue siempre la manifestación de lo sobrenatural, de lo que no puede tocarse ni oírse ni verse con los sentidos usuales y que se precipita sobre la víctima desde una dimensión fuera de toda lógica.

Así, desarmado, nunca pude refugiarme en la confesión del temor que los mayores comprenden a veces, aunque casi siempre la rechacen en nombre del sentido común, la hombría y otras estupideces; desde muy niño tuve que aceptar mi soledad en ese terreno ambiguo donde el miedo y la atracción morbosa componían mi mundo de la noche. Puedo fijar hoy un hito seguro: la lectura clandestina, a los ocho o nueve años, de los cuentos de Edgar Allan Poe. Allí lo real y lo

* *Proceso*, México, n.º 349, 9 de julio de 1983.

fantástico (digamos la rue Morgue y Berenice, el gato negro y Lady Madeline Usher) se fundieron en un horror unívoco que literalmente me enfermó durante meses y del que no me he curado jamás del todo.

El folklore argentino hacía también lo suyo a través de tíos y primas: el lobizón, por ejemplo, la posibilidad monstruosa del licántropo cada vez que me mandaban a buscar algo al jardín en una noche de luna. Poco me atemorizaba la idea de un criminal que pudiera apuñalarme o estrangularme en la sombra; ese criminal *estaba de mi lado*, e incluso mi ingenuidad me llevaba a creerme capaz de defensa, de directo a la mandíbula o patada letal en salva sea la parte. El miedo era *lo otro*, eso que la literatura anglosajona llama tan admirablemente *the thing*, "la cosa", lo que no tiene imagen ni definición precisa, roce furtivo en el pelo, mano helada en el cuello, risa apenas perceptible al otro lado de una puerta entornada. Contra eso no había respuesta posible salvo correr, cumplir el encargo a toda velocidad y regresar sin aliento para recoger irrisoriamente grandes elogios por mi diligencia.

Mis compañeros de escuela y de fútbol tenían miedo de lo que genéricamente llamaban fantasmas y que extraían de relatos familiares y de novelones malamente góticos. La idea del fantasma típico, con sábana blanca y ruido de cadenas, no me preocupó jamás; podía admitir su existencia, y vaya si la admitía, pero estaba casi seguro de que no se molestarían en manifestarse, los encontraba demasiado estereotipados y repetidos. Mis lecturas poco controladas por los adultos iban casi infaliblemente a formas más sutiles de lo sobrenatural y lo morboso; la literatura de la catalepsia y del sonambulismo, por ejemplo, que abundaba en las bibliotecas de mi infancia, el gólem, que entró temprano en mi vida, los dobles, los autómatas homicidas, y ya en el umbral de la despedida infantil, el monstruo hijo de Mary Shelley y del doctor Frankenstein, y Cesare, la horrenda criatura de *Caligari*.

El niño es el padre del hombre, y quienes lean estas líneas reconocerán algunas de las atmósferas que surgen de mis cuentos y de alguna novela (donde se trata de vampiros que, cosa extraña, no circularon demasiado en las noches de mi infancia, sin duda por fallas bibliotecológicas). Si el miedo me llenó de infelicidad en la niñez, multiplicó en cambio las posibilidades de mi imaginación y me llevó a exorcizarlo a través de la palabra; contra mi propio miedo inventé el miedo para otros, aunque está por verse si los otros me lo han agradecido. En todo caso creo que un mundo sin miedo sería un mundo demasiado seguro de sí mismo, demasiado mecánico. Desconfío de los que afirman no haber tenido nunca miedo; o mienten, o son robots disimulados, y hay que ver el miedo que me dan a mí los robots.

El otro Narciso*

Dejamos el auto al lado del bungalow, da igual dejarlo allí o en otra parte porque es algo que no miramos e incluso que no vemos salvo en el momento de usarlo. Pero el pajarito pardo que viene a posarse sobre el espejo retrovisor transforma bruscamente el auto en un reino propio, nos obliga a considerarlo de otro modo, a verlo de veras por primera vez.

Más pequeño que un gorrión, el pajarito tropical se ha descubierto en el pequeño rectángulo brillante, ha querido entrar en el espejo y reunirse con el otro pajarito, sosteniéndose un segundo en el aire frente al espejo, y ahora la resistencia del cristal azogado lo obliga a ascender buscando siempre la entrada hasta posarse en el borde cromado del retrovisor. Su sorpresa —de algún modo hay que decirlo— debe ser grande cuando deja de ver al otro pajarito y reencuentra la línea de árboles distantes, el horizonte de la playa. No comprende lo que pasa (de algún modo hay que seguir contando esto) y baja de nuevo al borde de la portezuela, enfrentando el espejo y viéndose, reconociendo al otro pájaro idéntico a él, y entonces salta agitado en el aire frente a su imagen, se precipita contra el espejo, y otra vez rechazado tiene que subir hasta posarse perplejo en el borde.

Lo miramos desde la veranda, empecinadamente busca encontrarse con el otro pajarito, sube y baja, revolotea frente al retrovisor. Bruscamente vuela hacia los árboles y se pierde en el follaje; es nuestro turno de comentar enternecidos esa ilusión, ese diminuto teatro del artificio donde hemos visto representarse una vez más el drama de Narciso. Nos decimos, sin hablar, que a diferencia del adolescente enamorado que se buscará hasta

* *Proceso*, México, n.º 356, 27 de agosto de 1983.

la muerte en el cruel espejo engañoso del estanque, el pajarito habrá olvidado ya su ansiedad y su deseo, sin duda porque en él no hay ansiedad ni deseo y mucho menos memoria, y sólo nosotros enternecidos lo investimos con nuestras propias nostalgias donde Narciso y Endimión y Dafne y Procne, donde Hilas y Arión y tantas otras metamorfosis del deseo se buscan en los espejos del sueño y del inconsciente. Y acaso estamos a punto de decirlo y sonreírnos con algo de piedad y de consuelo, cuando vemos volver al pajarito, ir directamente al retrovisor, recomenzar su choque inútil, saltar al borde, descender y volar empecinado, alucinado, enamorado. Sólo entonces sentimos, sólo entonces sabemos que eso no era un simulacro en el que sólo buscábamos una analogía con nuestra condición solitaria de humanos, de Narcisos aislados y excepcionales; ahora comprendemos que eso que estamos viendo puede decirse con las palabras que nos habían parecido solamente las de nuestro lado, y que Narciso puede tener alas o escamas o élitros o ramas y también memoria y deseo y amor. De pronto estamos menos separados del latir del día; nuestros espejos llaman y devuelven otras imágenes, juegan con otros deseos, sostienen otras esperanzas; no somos la excepción, Narciso pajarito repite el mismo juego interminable en su pequeño estanque de azogue, en su engaño de amor que abraza la totalidad del mundo y sus criaturas.

Monólogo del peatón*

A esta altura de mi vida en una gran ciudad, lo mejor que le encuentro a un automóvil es que no sea mío. Desgraciadamente ellos no parecen compartir este rechazo, y me basta salir a la calle para ingresar en un sistema y un código en los que sólo la vigilancia más atenta puede evitar el rápido paso de la integridad a la papilla.

No todos tienen conciencia de la diferencia aterradora entre las aceras y las calzadas, allí donde un simple descuido significa la pérdida de todos los derechos del peatón; nada más ominoso que ese zigzag municipal a que nos obligan para que crucemos la calle en las esquinas, siguiendo como blandas ovejas los bretes dibujados por la doble hilera de clavos metálicos. La ciudad se vuelve así un decurso rectilíneo capaz de enloquecer a todo espíritu amante de las curvas, la inspiración del instante, el atractivo de la vitrina de enfrente, el perfil de la chica que jamás alcanzaremos a ver de cerca a menos de apostarle la vida, lo que acaso es demasiado para un perfil.

Supongo que en la campaña los autos son más neutralizables, pero es un territorio que poco frecuento; urbano, en plena aglomeración de casas y cosas fascinantes, los sufro como un ejército de ocupación, una enfermedad de la tierra, un estrépito y un tufo que me agreden con su amenaza permanente, sus arietes prontos a abrirse paso entre peleles lanzados en todas direcciones. Tal vez por eso no me desagrada recorrer la ciudad en auto, cuando es un taxi o me lleva un amigo; es el único lugar donde me siento a salvo, así como hay edificios tan horribles que lo único posible es entrar en ellos y contemplar desde alguna de sus ventanas la ciudad momentáneamente libre de su

* *Motor 16*, Madrid, n.º 13, 21 de enero de 1984.

silueta. (Tal vez por cosas así nos soportamos a nosotros mismos, puesto que sólo nos vemos desde adentro.)

A alguien podrá sorprenderle que escriba esto después de un libro como *Los autonautas de la cosmopista*, en el que se cuenta la forma en que mi compañera Carol y yo pasamos más de un mes en un auto y rodeados de autos, en una carretera enhebrada por millones de ellos en sus más variadas y vehementes manifestaciones. Pero el lector de ese libro sabe que nuestro viaje era precisamente un desafío a la costumbre, y que entre sus muchos lados patafísicos el más visible era el de buscar las excepciones en las reglas, el silencio en el estrépito, la calma en el fragor. Si una autopista vacía cesa de tener sentido, lo que contaba para nosotros era mostrar cómo el vacío sigue presente en lo lleno si se lo busca con las armas de la poesía, el azar y por qué no la locura. Si los autos hubieran sido para nosotros lo que son para el que se suma a esa horda desatada de la que hay que cuidarse a cada segundo sin por eso dejar de ser parte de ella, el viaje hubiera perdido no sólo su razón de ser sino el ser de su razón, y esa razón era precisamente el reto supremo, afirmar frente a los autos que podíamos verlos sin verlos, que podíamos aparearnos a ellos desde otra dimensión, que los neutralizábamos con las armas del juego, y que ese juego era uno de los rumbos de una vida más bella, menos atada a las rutinas y a los códigos. Y eso sin ninguna jactancia ni sentimiento de superioridad, simplemente porque éramos un lobo y una osita y ya se sabe que eso cambia las perspectivas, las ópticas y no solamente el pelaje.

Desde luego que ese viaje lo hicimos en un auto, pero nuestro rojo dragón Fafner se hubiera ofendido al escuchar semejante calificación. Mi larga intimidad con él no provino de la relación usual auto-conductor, sino que sólo me decidí a ir a buscarlo a su caverna (un garage de Bourg-la-Reine) cuando estuve seguro de que Fafner era por encima de todo una casa que, como la alfombra mágica, podía llevarme a cualquier lado sin privarme de su techo, su cocina, su cama y su salón de estar. A partir de eso, el motor y las cuatro ruedas perdían esa insolente primacía que distingue a los autos comunes; tan es así que los fabricantes mismos, sin duda poco dados a la poesía, no se decidieron nunca a llamarlo auto o camión o camioneta, aunque de todo tenía un poco, y optaron por denominarlo "combi" que hasta hoy no he buscado entender demasiado.

Por cosas así no sentimos jamás que ese viaje lo hacíamos en un auto, primero porque gran parte del tiempo lo pasamos fuera de él explorando los paraderos, y después porque apenas nos metíamos dentro nos ganaba un sentimiento doméstico, la alegría de volver a casa y encontrar todo lo que necesitábamos, desde el trago reparador hasta la música y los libros, sin hablar de la nevera debidamente surtida de buenas cosas. Cuando los autos se detenían cerca de nosotros en los altos del atardecer o a lo largo de la noche, no nos sentíamos ligados a ellos por ese sentimiento ambivalente que mueve a los automovilistas a intercambiar impresiones sobre sus respectivos vehículos apenas llevan un rato de conversación. Todo nuestro interés estaba concentrado en los viajeros, en esa gente que subía y bajaba de sus vehículos en etapas casi siempre fugaces (claro que no tenían como nosotros más de un mes para hacer un viaje de diez horas), y los niños o los perros nos atraían mucho más que los Mercedes o los Renault. Pienso ahora que en un viejo cuento, *La autopista del sur*, mi punto de vista fue exactamente el mismo aunque las condiciones variaran en todo sentido; también allí los autos sólo sirvieron como telón de fondo, limitándose a transmitir sus nombres a sus ocupantes, a la vez que la inmovilidad forzosa les quitaba eso que podríamos llamar la "autidad" y que es lo único capaz de darles un sentido; poco a poco se fueron convirtiendo en malos hoteles para una interminable pesadilla, cosa que por lo demás también puede suceder cuando corren a toda máquina por las autopistas.

¿Me reconciliaré alguna vez con los autos? Tal vez, pero para ello tendrían que ser muy diferentes de lo que son, y cuando hablo de autos hablo sobre todo de sus dueños y conductores. Los aceptaría si la ciudad estuviera llena de formas insólitas y coloreadas, de pinturas y dibujos en movimiento, de burbujas o de paralelepípedos que prismaran las luces al moverse, de una individualidad que cada vez falta más en nuestra civilización; los aceptaría si sus conductores, tantas veces solos en el volante mientras la gente sale de sus trabajos y busca ansiosamente un autobús ya lleno o ausente, invitaran a aquellos que coincidieran con su itinerario, los acercaran a sus casas y charlaran un poco con ellos. Ya sé que es mucho pedir, y que casi siempre el que se compra un auto no lo hace para acercarse sino para separarse, para reinar como un pequeño déspota dentro de su triste escarabajo reluciente. De manera que hasta nueva orden sigo andando a pie o tomando el metro; siento la brisa en la cara y el suelo bajo mis zapatos, me rozo con la gente y cuando puedo hablo con ella. Retrógrado, sin duda, pero mucho más feliz.

Monkey Business

Ahora ocurre en Suecia, la consabida broma de las pinturas de un artista desconocido que los críticos alaban y los coleccionistas compran. Se alza el telón: un chimpancé. Escándalo, frases del tipo "qué se puede esperar de un arte degenerado", "antes había que saber dibujar", "siempre habrá un idiota para creer en un pillo", etcétera.

Fotos de los cuadros de Chimp en *Paris-Match*: son excelentes pinturas, los coleccionistas y los críticos tenían razón. Cualquiera de esas pinturas vale más que tanto Dupont o Fernández que andan por ahí. A los que se indignan de la "farsa" no se les ocurre pensar que Chimp ha embadurnado docenas de telas (como cualquier pintor) pero que un entendido ha seleccionado tres o cuatro para la exposición, exactamente como César elige un viejo motor de auto aplastado entre cien o doscientos y lo presenta como una escultura propia.

Cuando descubro (como hace poco, en la rue Jacob) un admirable *agarrache* nacido de la superposición de diez afiches trabajados por la lluvia, los niños, los perros, el sol y los vientos, sé que tengo el derecho de desprenderlo del muro, firmarlo y exponerlo. Mi visión y mi placer, últimos eslabones de una incalculable secuencia del azar, completan lo que se ha venido urdiendo, el juego de relaciones y tensiones, la estructura que la sensibilidad encuentra bella. Cómete tu banana, Chimp, tú y cualquiera pueden embadurnar telas, pero hace falta *el otro que las mira* y de la entera baraja saca la carta cargada de poder, el blasón de una poesía tramada entre muchos, desde tantas casualidades, a través de infinitas pérdidas, para dar de cuando en cuando una obra perfecta en la que algo han tenido que ver un chimpancé o un día de lluvia.

Circunstancias

Respuesta a un cuestionario*

Junto con una serie de preguntas, *Imagen del País* me hizo llegar los números de la revista donde ya se habían publicado opiniones acerca de si existe una nueva literatura argentina; me parece significativo, y el lector deberá tenerlo presente mientras lea lo que sigue, que sólo me haya enterado de la existencia de la revista y de esas opiniones con motivo de las preguntas que ahora se me formulan. Es evidente que por razones de tiempo (quince años) y de espacio (un océano entre dos tierras firmes) estoy personalmente *fuera* de la cuestión; pero también es evidente que cada tanto alguna publicación argentina opta por prescindir de ese doble alejamiento y me hace en París las mismas preguntas que a los escritores que trabajan en la patria. Que mis libros se editen y se lean en la Argentina justifica este generoso interés por conocer mis puntos de vista; pero a mí me toca hacer notar que la presencia o la continuidad de mi obra en el país no puede alterar el hecho de que no estoy física o socialmente en él. Sé de sobra que esta paradoja irritante de una presencia que es al mismo tiempo un hueco en la literatura argentina se presta a todos los malentendidos; bastaría como prueba uno de los instructivos números que me ha enviado *Imagen del País* y en el que los escritores H. Constantini, G. Rozenmacher y R. Halac juegan un rápido ping-pong con mi nombre; por lo menos a uno de ellos se le agujerea la paleta porque en realidad le está pegando a una pelota abstracta, ausente, y quizás es por eso mismo que quiere pegarle. Así, deseoso de evitar toda degradación deportiva, hace mucho que he comprendido que mi único diálogo con los argentinos es el que puede resultar de mis libros

* VV. AA., *Yo*, Buenos Aires, Tiempo Contemporáneo, 1968. (Selección de Ricardo Piglia.)

frente a sus lectores: si mi hueco *personal* le duele a algún parti-
cipante de mesas redondas, a mí me tiene perfectamente sin cuidado, porque no es un hecho hueco que se aplique a la Argentina,
sino que es mi manera propia de vivir solitariamente donde sea.
Pero como aún los más abiertos en materia de nacionalismo suelen patinar en el terreno del "compromiso nacional" diré de
nuevo algo que ya debería saberse con sólo leerme bien: soy argentino y creo escribir como argentino pero de ninguna manera
he escrito ni escribiré *para* argentinos, como tampoco escribiré
para franceses o *para* cubanos. Creo que en casi todo lo que
hago estoy siempre del lado de allá, pero también he mostrado
que estoy del lado de acá y en tantos otros lados; vaya a saber si
no es precisamente por eso que muchos argentinos me sienten
próximos y yo a ellos.

Tal vez así se comprenda mejor que si bien estoy dispuesto a contestar preguntas inteligentes, no puedo hacerlo cuando
se refieren a la mayoría de las cuestiones que interesan a la inda-
gación iniciada por *Imagen del País* y que giran en torno a problemas "generacionales", "conciencia de la realidad argentina
actual" y otros problemas muy concretos y localizados en el
presente. Es un poco como si se pidiera hoy cosas así a Roberto
Arlt; sus respuestas abarcarían la visión de su tiempo, suspendi-
da en 1942. Yo llegué un poco más allá, pero también estoy
muerto para ese orden de cosas, dejé de verlas y vivirlas en
1951. Leo libros argentinos entre tantos otros, me gustan o me
disgustan, y hasta he escrito alguna cosa sobre la alarmante sor-
dera que advierto en muchos jóvenes prosistas y que ya se ha
vuelto incurable en otros menos jóvenes; pero todo esto lo
pienso y lo planteo como podría pensar y plantear problemas
análogos de la literatura francesa o mexicana, de cualquier literatura cuyos libros y circunstancias voy conociendo. Esto molestará a los que a pesar de sus tremendismos literarios y socio-
lógicos siguen teniendo una idea de lo nacional que no anda
tan lejos de la de nuestras maestritas primarias y la de más de
cuatro comodoros.

Unos jóvenes progresistas que pasaron por París y me buscaron con una falta de éxito ya notoria en esos casos, me dejaron

un mensaje admirativo junto con un áspero reproche: el de que yo no volviera al país. Lamento decirlo, pero el que se hace una idea semejante del compromiso de un escritor revela que duerme con la escarapela prendida al piyama de la literatura, y aunque a veces las escarapelas sean de otro color que el blanco y el celeste, me da lo mismo. Desde luego esta gente entenderá que mi ausencia personal frente a lo que pasa hoy en la literatura argentina entendida como "toma de conciencia", etc., responde a escapismo o indiferencia, puesto que mi deber de argentino (de escritor argentino pero con el acento en *argentino* más que en *escritor*) me obligaría inalienablemente a, etc. Pero para cumplir ese "deber" yo tendría que vivir en el país; y ocurre que no me da la gana, entre otras cosas porque mi idea del deber es muy diferente, mi idea del escritor es muy diferente, mi idea de la argentinidad es también muy diferente. ¿No está allí *Rayuela* para mostrarlo sin tener que venir a buscarme tan lejos?

(1966)

Lo que sigue se basa en una serie de preguntas que Rita Guibert me formuló por escrito...[*]

Lo que sigue se basa en una serie de preguntas que Rita Guibert me formuló por escrito en nombre de *Life*, pero antes de contestarlas me parece indispensable dejar en claro algunas circunstancias vinculadas con estas páginas. La moral y la práctica quieren que un escritor exprese habitualmente sus ideas en publicaciones que pertenecen a su propio campo ideológico e incluso intelectual; no es esto lo que ocurre aquí, y tanto *Life* como yo lo sabemos y lo aceptamos. Desde nuestro primer contacto quedó entendido que mi consentimiento no solamente no significaba una "colaboración" para *Life*, sino que para mí representaba precisamente lo contrario: una incursión en territorio adversario. *Life* aceptó este punto de vista y me dio las garantías necesarias de que mis palabras serían reproducidas textualmente. Soy, pues, único responsable de ellas; nadie las ha adaptado a exigencias periodísticas, y es justicia decirlo desde ahora.

Mi desconfianza inicial, mi demanda de garantías, sorprendieron a los responsables de *Life* como sorprenderían a muchos de sus lectores; empezaré por referirme a esto, pues es una manera de responder prácticamente a algunas de las preguntas de carácter ideológico y político que se me formulan. No solamente desconfío de las publicaciones norteamericanas del tipo de *Life*, en cualquier idioma en que aparezcan y muy especialmente en español, sino que tengo el convencimiento de que todas ellas, por más democráticas y avanzadas que pretendan ser, han servido, sirven y servirán la causa del imperialismo norteamericano, que a su vez sirve por todos los medios la causa del capitalismo. No dudo de que una revista como *Life* se esfuerza en su estructura interna por lograr una gran objetividad,

[*] *Life en español*, Chicago, vol. XXXIII, n.º 7, 7 de abril de 1969.

y que abre sus páginas a las tendencias más diversas; no dudo de que muchos de sus responsables y redactores creen facilitar así eso que se ha dado en llamar "diálogo" con los adversarios ideológicos, y favorecer por esa vía un mejor entendimiento y quizás una conciliación. Amargas experiencias me han mostrado de sobra que por debajo y por encima de esas ilusiones (que muchas veces son hipocresías disfrazadas de ilusiones), la realidad sigue siendo otra. Hace dos años, las revelaciones acerca de las actividades de la CIA en el terreno de los supuestos "diálogos" pulverizaron todas las ilusiones posibles en ese campo, y no será la liberalidad de criterio de *Life* la que pueda alimentar nuevas esperanzas en ese terreno. El capitalismo norteamericano ha comprendido que su colonización cultural en América Latina —punta de lanza por excelencia para la colonización económica y política— exigía procedimientos más sutiles e inteligentes que los utilizados en otros tiempos; ahora sabe servirse incluso de instituciones y personas que, en su propio país y en el exterior, creen combatirlo y neutralizarlo en el terreno intelectual. Hay algo de diabólico en este aprovechamiento de las buenas voluntades, de las complicidades inconscientes en las que caen tantos hombres a quienes la difusión de la cultura les sigue pareciendo ingenuamente el mejor camino hacia la paz y el progreso. La buena voluntad de *Life* puede ser en ese sentido tan diabólica como la más agresiva de las actitudes del Departamento de Estado, e incluso más en la medida en que muchos de sus redactores y la gran mayoría de sus lectores creen sin duda en la utilidad democrática y cultural de sus páginas. A mí me basta una ojeada a cualquiera de sus números para adivinar el verdadero rostro que se oculta tras la máscara; consulten los lectores, por ejemplo, el número del 11 de marzo de 1968: en la cubierta, soldados norvietnamitas ilustran una loable voluntad de información objetiva; en el interior, Jorge Luis Borges habla larga y bellamente de su vida y de su obra; en la contratapa, por fin, asoma la verdadera cara: un anuncio de la Coca-Cola. Variante divertida en el número del 17 de junio del mismo año: Ho Chi Minh en la tapa, y los cigarrillos Chesterfield en la contratapa. Simbólicamente, psicoanalíticamente, capitalísticamente,

Life entrega las claves: la tapa es la máscara, la contratapa el verdadero rostro mirando hacia América Latina.

Algún lector sobresaltado se estará preguntando cómo es posible que semejantes juicios se publiquen precisamente en la revista enjuiciada. Ignora, sin duda, que la dialéctica del diablo consiste justamente en pagar un alto precio para conseguir, en otro tablero, ganancias mucho más altas. Christopher Marlowe y Goethe lo explicaron en su día. Si *Life* es fiel a sus fines aparentes, está obligada a publicar este texto, y yo a mi vez me creo obligado a aprovechar de esa obligación. *Life* me ha propuesto esta entrevista insistiendo en que su criterio es liberal y democrático; yo sostengo por mi parte que el capitalismo yanqui se vale de *Life* como de tantas otras cosas para sus fines últimos, que requieren la colonización cultural que facilite la colonización económica de América Latina; hoy sabemos que la CIA ha pagado revistas que hablaban muy mal de la CIA, un poco como la Iglesia Católica tiene siempre un sector "avanzado" que arremete contra encíclicas y concilios. La tradición del bufón del rey no se ha perdido, porque es útil y necesaria para los reyes de todos los tiempos, aunque los de ahora huelan a petróleo y hablen con acento tejano.

Algún otro lector igualmente sobresaltado se estará encogiendo de hombros al darse-cuenta-de-la-verdad: Julio Cortázar es *comunista*, y por consiguiente ve enemigos escondidos en cada botella de la pausa que refresca. Como ya es hora de entrar en la entrevista propiamente dicha, será bueno aclarar que mi ideal del socialismo no pasa por Moscú sino que nace con Marx para proyectarse hacia la realidad revolucionaria latinoamericana que es una realidad con características propias, con ideologías y realizaciones condicionadas por nuestras idiosincrasias y nuestras necesidades, y que hoy se expresa históricamente en hechos tales como la Revolución Cubana, la guerra de guerrillas en diversos países del continente, y las figuras de hombres como Fidel Castro y Che Guevara. A partir de esa concepción revolucionaria, mi idea del socialismo latinoamericano es profundamente crítica, como lo saben de sobra mis amigos cubanos, en la medida en que rechazo toda postergación de la plenitud humana en aras de una hipotética consolidación a largo plazo de las estructuras revolucionarias. Mi humanismo es socialista, lo que para mí significa que es el grado más alto, por universal, del humanismo; si no acepto la alienación que necesita mantener el capitalismo para alcanzar sus fines, mucho menos acepto la alienación que se deriva de la obediencia a los aparatos burocráticos de cualquier sistema por revolucionario que pretenda ser. Creo, con Roger Garaudy y Eduardo Goldstücker, que el fin supremo del marxismo no puede ser otro que el de proporcionar a la raza humana los instrumentos para alcanzar la libertad y la dignidad que le son consustanciales; esto entraña una visión optimista de la historia, como se ve, contrariamente al pesimismo egoísta que justifica y defiende el capitalismo, triste paraíso de unos pocos a costa de un purgatorio cuando no de un infierno de millones y millones de desposeídos.

De todas maneras, mi idea del socialismo no se diluye en un tibio humanismo teñido de tolerancia; si los hombres valen para mí más que los sistemas, entiendo que el sistema socialista es el único que puede llegar alguna vez a proyectar al hombre hacia su auténtico destino; parafraseando el famoso verso de Mallarmé sobre Poe (me regocija el horror de los literatos puros que lean esto) creo que el socialismo, y no la vaga eternidad anunciada por el poeta y las iglesias, transformará al hombre en el hombre mismo. Por eso rechazo toda solución basada en el sistema capitalista o el llamado neocapitalismo, y a la vez rechazo la solución de todo comunismo esclerosado y dogmático; creo que el auténtico socialismo está amenazado por las dos, que no solamente no representan soluciones sino que postergan cada una a su manera, y con fines diferentes, el acceso del hombre auténtico a la libertad y a la vida.

Así, mi solidaridad con la Revolución Cubana se basó desde un comienzo en la evidencia de que tanto sus dirigentes como la inmensa mayoría del pueblo aspiraban a sentar las bases de un marxismo centrado en lo que por falta de mejor nombre seguiré llamando humanismo. No sé de otra revolución que haya contado con un apoyo más entusiasta de intelectuales y artistas, naturalmente sensibles a esa tentativa de afirmación y defensa de valores humanos a partir de una justicia económica y social. Para un intelectual que poco sabe de economía y de política esa coincidencia entre hombres como Fidel, el Che, y la enorme mayoría de los escritores cubanos (para no hablar de los intelectuales extranjeros) era el signo más seguro de la buena vía; por eso siempre me inquietaron —y me siguen inquietando— los conflictos que pueden darse en Cuba o en cualquier otra revolución socialista entre la plena manifestación del espíritu crítico revolucionario y otras tendencias más "duras" (quizás inevitables, pero también superables, pues eso y no otra cosa es una dialéctica bien entendida) que busquen en el intelectual una adhesión a ras de trabajo cotidiano, un mero magisterio más que una libre y alta creación de valores. Subrayo esta cuestión porque es la mejor manera de contestar a varias preguntas de *Life* y porque entiendo que un revolucionario (intelectual o guerrillero, pensador o ejecutor o ambas cosas, poco importa en este caso) está obligado a luchar en dos frentes, el exterior y el interior, es decir, contra el capitalismo que es el enemigo total, y también contra las corrientes regresivas o esclerosantes dentro de la revolución misma, los aparatos burocráticos tantas veces denunciados por Fidel Castro, esa barrera de la que creo ya hablaba Marx y que paulatinamente va aislando a los dirigentes de su pueblo, condenándolos a mirarse desde lejos como quien contempla un acuario o forma parte de éste. Y puesto que he citado a Cuba, quisiera que se entienda (contestando de paso a una pregunta concreta de *Life*), que mi adhesión a su lucha revolucionaria nace de que la creo la primera gran tentativa *en profundidad* para rescatar a América Latina del colonialismo y del subdesarrollo. Cuando se me reprocha mi falta de militancia política con respecto a la Argentina, por ejemplo, lo único que podría contestar es, primero, que no soy un militante político y, segundo, que mi compromiso personal e intelectual rebasa nacionalidades y patriotismos para servir a la causa latinoamericana allí donde pueda ser más útil. Desde Europa, donde vivo, sé de sobra que es preferible trabajar en pro de la Revolución Cubana que dedicarme a criticar el régimen de Onganía o de sus equivalentes en el Cono Sur, y que mi mejor contribución al futuro de la Argentina está en hacer todo lo que pueda para ampliar el ámbito continental de la Revolución Cubana. Lo he dicho muchas veces, pero habría que repetirlo: el patriotismo (¿por qué no el nacionalismo, en el que tan fácilmente desemboca?) me causa horror en la medida en que pretende someter a los individuos a una fatalidad casi astrológica de ascendencia y de nacimiento. Yo les pregunto a esos patriotas: ¿Por qué no se quedó en la Argentina el Che Guevara? ¿Por qué no se quedó Régis Debray en Francia? ¿Qué diablos tenían que hacer *fuera de su país*? Pienso con algo que se parece al asco en los que le reprochan a Mario Vargas Llosa que viva en Europa o que se indignan porque yo asisto a un congreso cultural en La Habana en vez de ir a dar conferencias en Buenos Aires. Si en la Argentina las querellas políticas e intelectuales llevaran de una buena vez a un movimiento de fondo que se enfrentara revolucionariamente con las oligarquías y el gorilato, nada justificaría mi ausencia; pero tal como veo las cosas hoy en día, lo poco que puedo hacer en favor de ese movimiento de fondo lo estoy haciendo a mi manera desde Francia, como también desde Francia trabajo en pro de la Revolución Cubana. Y cuando voy a Cuba lo hago con fines concretos que no tendrían equivalentes válidos en la Argentina actual: formo parte de un jurado que escoge libros destinados a una población de la que un alto porcentaje ha salido del analfabetismo gracias a la obra revolucionaria, y cuya nueva generación está ansiosa de educación y cultura; trabajo en el comité de colaboración de la revista de la Casa de las Américas, asisto a un congreso donde se discute el deber de los intelectuales del Tercer Mundo frente al colonialismo económico y cultural, temas que no creo frecuentes en los congresos de escritores de nuestros países. Todo eso, como se ve, tiene un objetivo capital: la lucha contra el imperialismo en todos los planos materiales y mentales, lucha que desde Cuba y por Cuba sigue proyectándose sobre todo el continente, no sólo a nivel de la acción, que llega al martirio en las selvas de Bolivia, en Colombia y Venezuela, sino en las ideas, los diálogos entre intelectuales y artistas de todos nuestros países, la infraestructura moral y mental que acabará un día con el gorilato latinoamericano y con el subdesarrollo que todavía lo explica y hace su triste fuerza.

Me resulta difícil hablar en pocas páginas de cuestiones frente a las cuales la terminología de la pasión es más fuerte que la teoría, porque no solamente no soy un teórico sino que jamás he escrito sobre estos temas como no sea incidentalmente, prefiriendo siempre que mi obra de ficción y mi conducta personal mostraran a su manera y respectivamente una concepción del hombre y la praxis tendiente a facilitar su advenimiento. En una carta abierta a Roberto Fernández Retamar, que ha sido tema de no pocas polémicas, dije claramente que jamás renunciaría a ser ante todo y sobre todo un escritor y que ésa y no otra era mi manera de hacer la revolución; pero este aserto no es una especie de escapismo por la vía de lo sublime, y por eso cuando *Life* me pregunta concretamente qué diferencia encuentro entre la intervención de los soviéticos en Checoslovaquia y la de los norteamericanos en la República Dominicana y en Vietnam, yo le pregunto a mi vez si alguno de los reporteros de *Life* vio niños quemados con napalm en las calles de Praga. Y cuando me pregunta en base a qué he desarrollado mi sentimiento antiyanqui, le contesto que si cualquier sistema imperialista me es odioso, el neocolonialismo norteamericano disfrazado de ayuda al Tercer Mundo, alianza para el progreso, decenio para el desarrollo y otras boinas verdes de esa calaña me es todavía más odioso porque miente en cada etapa, finge la democracia que niega cotidianamente a sus ciudadanos negros, gasta millones en una política cultural y artística destinada a fabricar una imagen paternal y generosa en la imaginación de las masas desposeídas e ingenuas. Aquí en París tengo sobrada ocasión de medir la fuerza con que se implantan los espejismos de la "civilización" norteamericana; en Moscú también saben de eso, según parece, y acaso en Checoslovaquia lo supieron demasiado. Si esto ocurre en países tan altamente desarrollados, ¿qué esperar de nuestras poblaciones analfabetas, de nuestras economías dependientes, de nuestras culturas embrionarias? ¿Cómo aceptar, incluso en sus formas más generosas —las hay, sin duda—, los dones de nuestro peor enemigo? Cuando se me dice que la ayuda de los Estados Unidos a Latinoamérica es menos egoísta de lo que parece, entonces me veo precisado a recordar cifras. En la última conferencia de la UNCTAD, celebrada en Nueva Delhi a comienzos de 1968, un informe *oficial* (no hablo de comunicados de delegaciones adversarias) indicó lo siguiente, textualmente: "En el año 1959, los Estados Unidos obtuvieron en América Latina 775 millones de dólares de beneficios por concepto de inversiones privadas, de los cuales reinvirtieron 200 *y guardaron 575*". Éstas son las cosas que prefieren ignorar tantos intelectuales latinoamericanos que se pasean por los Estados Unidos en plan de confraternidad cultural y otras comedias. Yo me niego a ignorarlo, y eso define mi actitud como escritor latinoamericano. Pero también —*listen, American*— me enorgullece que mis libros y los de mis colegas se traduzcan en los Estados Unidos, donde sé que tenemos lectores y amigos, y jamás me negaré a un contacto con los auténticos valores del país de Lincoln, de Poe y de Whitman; amo en los Estados Unidos todo aquello que un día será la fuerza de su revolución, porque también habrá una revolución en los Estados Unidos cuando suene la hora del hombre y acabe la del robot de carne y hueso, cuando la voz de los Estados Unidos dentro y fuera de sus fronteras sea, simbólicamente, la voz de Bob Dylan y no la de Robert MacNamara.

Aunque tendría muchas otras cosas que decir sobre estos temas, tal vez sea hora de hablar de literatura puesto que *Life* me hace múltiples preguntas que van desde los comienzos de mi carrera literaria hasta el supuesto problema de los "exilados". En el capítulo que Luis Harss me dedicó en *Los nuestros*, contesté ya muchas preguntas análogas, y pienso que como es un libro fácilmente accesible, lo mejor será hablar aquí de temas diferentes o complementarios. Lo primero que me sorprende siempre es que se me hable de mi carrera literaria, porque para mí no existe; quiero decir que no existe como carrera, cosa extraña en un argentino puesto que mi país se apasiona por las carreras diversas, como lo prueba entre otras cosas la figura inmortal de Juan Manuel Fangio. En Europa, donde el escritor es frecuentemente un profesional para quien la periodicidad de las publicaciones y los eventuales premios literarios cuentan considerablemente, mi actitud de aficionado suele dejar perplejos a editores y a amigos. La verdad es que la literatura con mayúscula me importa un bledo, lo único interesante es buscarse y a veces encontrarse en ese combate con la palabra que después dará el objeto llamado libro. Una "carrera" supone preocupación por la suerte de los libros; en mi caso, me fui de la Argentina el mismo mes en que apareció *Bestiario*, dejándolo abandonado sin el menor remordimiento. Pasaron siete años hasta que un segundo libro, *Las armas secretas*, despeinó bruscamente a sus lectores con un relato llamado "El perseguidor"; el resto ocurrió como en esas noticias policiales en las que un señor que vuelve a su casa se la encuentra patas arriba, la mesa de luz en el lugar de la bañadera y todas las camisas tiradas entre los malvones del patio. Yo no sé lo que buscaban los lectores en mi casa de papel y tinta, pero entre 1958 y 1960 hubo un asalto a las librerías, fue necesario reimprimir mis libros para amueblar un poco la casa vacía, y eso desde París era irreal y divertido, y además conmovedor cuando empezaron a llegar tantas cartas de jóvenes buscando el diálogo, planteando problemas, cartas mufadas, cartas de amor, cartas de gentes que ya tenían tema de tesis, esas cosas. El otro día me enteré de que *Rayuela* estaba en la octava edición; una semana antes le había asegurado a un crítico francés que sólo había cinco ediciones del libro; aquí me creen ligeramente tonto por cosas así. Desde luego no pretendo defender mi actitud prescindente, quizá demasiado solitaria y en último término vanidosa y un poco luciferina; creo que soy un típico producto de nuestro Tercer Mundo, en el que la profesión de escritor merece casi siempre una mirada de reojo y una sonrisa de colmillo; supongo que fui condicionado por mi tiempo, por el hecho de que escribir era un "surplus", un lujo de nene de papá o directamente de loco lindo; en todo caso pienso que la distancia y los años acendraron una tendencia natural a la soledad, que sólo los deberes de que se habla al comienzo de estas notas logran quebrar de a ratos. Me dicen que hoy la literatura es una carrera muy importante en la Argentina, y que en las rectas finales hay una de látigo que ni en el *Marat-Sade*; desde luego eso será bueno en la medida en que la emulación mejora los productos turfísticos y, bromas aparte, un escritor vocacional se debe a sí mismo el ser eso en vez de trabajar a ratos perdidos, como yo y otros que escribimos por una especie de lujo bastante burgués en el fondo.

En otras ocasiones he hablado de los autores que influyeron en mí, de Julio Verne a Alfred Jarry, pasando por Macedonio, Borges, Homero, Arlt, Garcilaso, Damon Runyon, Cocteau (que me hizo entrar de cabeza en la literatura contemporánea), Virginia Woolf, Keats (pero éste es terreno sagrado, numinoso, y ruego al linotipista que no escriba luminoso), Lautréamont, S. S. Van Dine, Pedro Salinas, Rimbaud, Ricardo E. Molinari, Edgar A. Poe, Lucio V. Mansilla, Mallarmé, Raymond Roussel, el Hugo Wast de *Alegre* y *Desierto de piedra*, y el Charles Dickens del *Pickwick Club*. Esta lista, como se comprenderá, no es exhaustiva y más bien responde a lo que la Unesco llama el método de muestreo; en todo caso se advertirá que no nombro a prosistas españoles, sólo utilizados por mí en casos de insomnio con la excepción de *La Celestina* y *La Dorotea*, y tampoco italianos, aunque las novelas de D'Annunzio siguen viajando por mi memoria. Se me ha preguntado por una posible influencia de Onetti, Felisberto Hernández y Marechal. Los dos primeros me agarraron ya grandecito, y en vez de influencia hubo más bien rejunta tácita, ninguna necesidad de conocerse demasiado para saber cuáles eran los cafés y los tangos preferidos; de Marechal algunos críticos han visto el reflejo en *Rayuela*, lo que no me parece mal ni para don Leopoldo ni para mí. A todo esto fui escribiendo mis libros, que siguieron como en tantos escritores el proceso característico de la historia de la literatura universal, es decir, que empezaron por la poesía en verso para desembocar en algo instrumentalmente más arduo y azaroso, la prosa narrativa (oigo crujidos de dientes y veo mesaduras de pelo, qué le vamos a hacer), hasta que en ese terreno me nació un estilo lo más propio posible y que según opiniones que respeto, empezando por la mía, se apoya en el humor para ir en busca del amor, entendiendo por este último la más extrema sed antropológica.

Las dos últimas palabras me llevan a otra pregunta de *Life*, que quisiera conocer el papel que desempeña la especulación metafísica en mi obra. Sólo puedo contestar que esa especulación es mi obra; si la realidad me parece fantástica al punto de que mis cuentos son para mí literalmente realistas, es obvio que lo físico tiene que parecerme metafísico, siempre que entre la visión y lo visto, entre el sujeto y el objeto, haya ese puente privilegiado que en su traslación verbal llamamos, según los casos, poesía o locura o mística. La verdad es que estos términos son sospechosos; cada día lo metafísico me parece más cercano a cosas como el gesto de acariciar un seno, jugar con un niño, luchar por un ideal; pero cuando cito estas tres instancias lo hago dando por supuesta una máxima concentración intencional, porque entre acariciar un seno y acariciar un seno puede haber una distancia vertiginosa e incluso una oposición total. Siempre me ha parecido —y lo explicité en *Rayuela*— que lo metafísico está al alcance de toda mano capaz de entrar en la dimensión necesaria un poco como Alicia entra en el espejo; y si esa mano logra en una hora excepcional acariciar por fin el seno que aguardaba tan próximo y tan secreto a la vez, ¿podemos seguir hablando de metafísica? ¿No habremos inventado la metafísica por mera pobreza, porque como en la fábula decretábamos que las uvas estaban verdes? No lo estaban para Platón, y ésa es una metafísica de la nostalgia que pocos entendieron más allá de lo teórico; tampoco lo estaban para Rimbaud, y ésa es ya la ardiente metafísica del verbo en plena tierra, y tampoco para el Che Guevara, y ésa es la metafísica en el preciso instante en que Aquiles sabe que jamás alcanzará a la tortuga si se queda en la nostalgia o en el verbo, pero que sí la alcanzará corriendo tras ella y demostrándole que el hombre vive aquí abajo y que ésa es su verdadera metafísica si es capaz de adueñarse de la realidad y aniquilar los fantasmas inventados por una historia alienante.

Creo que Marx acabó con las metafísicas compensatorias en el plano mental, y que mostró el camino para liquidarlas en el plano de la praxis; personalmente no necesito ya de esas metafísicas, creo con Sartre que la existencia precede a la esencia en la medida en que la existencia es como Aquiles y la esencia como la tortuga, es decir, que la auténtica existencia es correr para alcanzar la meta y que esa meta está aquí, no en el mundo de las ideas platónicas o en los diversos y vistosos paraísos de las iglesias.

Hablando de paraísos, no sé por qué me acuerdo intensamente de Vanessa Redgrave y de que *Life* me pide una opinión sobre los cambios que introdujo Michelangelo Antonioni en "Las babas del diablo" para llegar a *Blow up*. Este tema no tiene la menor importancia en sí, pero vale como una oportunidad para defender a Antonioni de algunas acusaciones injustas, aunque el tiempo transcurrido le dé a la defensa ese aire más bien lúgubre de las rehabilitaciones que suelen practicarse en la URSS. Cualquiera que nos conozca un poco sabe que tanto Antonioni como yo tendemos resueltamente a la mufa, razón por la cual nuestras relaciones amistosas consistieron en vernos lo menos posible para no hacernos perder recíprocamente el tiempo, delicadeza que ni él ni yo solemos encontrar en quienes nos rodean. Antonioni empezó por escribirme una carta que yo tomé por una broma de algún amigo chistoso, hasta advertir que estaba redactada en un idioma que aspiraba a pasar por francés, prueba irrebatible de autenticidad. Me enteré así de que acababa de comprar por casualidad mis cuentos traducidos al italiano, y que en "Las babas del diablo" había encontrado una idea que andaba persiguiendo desde hacía años; seguía una invitación para conocernos en Roma. Allí hablamos francamente; a Antonioni le interesaba la idea central del cuento, pero sus derivaciones fantásticas le eran indiferentes (incluso no había entendido muy bien el final) y quería hacer su propio cine, internarse una vez más en el mundo que le es natural. Comprendí que el resultado sería la obra de un gran cineasta, pero que poco tenía yo que hacer en la adaptación y los diálogos, aunque la cortesía llevara a Antonioni a proponerme una colaboración a nivel de rodaje; le cedí el cuento sabiendo que en sus manos le acontecería lo que dice Ariel del ahogado en *La tempestad*:

*Nothing of him that doth fade
but doth suffer a sea-change
into something rich and strange.*

Así fue, y es justo dejar en claro que Antonioni tuvo la más amplia libertad para apartarse de mi relato y buscar sus propios fantasmas; buscándolos se encontró con algunos míos, porque mis cuentos son más pegajosos de lo que parecen, y el primero que lo sintió y lo dijo fue Vargas Llosa y creo que tenía razón. Vi la película mucho después de su estreno en Europa, una tarde de lluvia en Amsterdam pagué mi entrada como cualquiera de los holandeses allí congregados y en algún momento, en el rumor del follaje cuando la cámara sube hacia el cielo del parque y se ve temblar las hojas, sentí que Antonioni me guiñaba un ojo y que nos encontrábamos por encima o por debajo de las diferencias; cosas así son la alegría de los cronopios, y el resto no tiene la menor importancia.

A *Life* le interesa saber si *Rayuela* ha influido en la novelística de los escritores latinoamericanos más jóvenes, y en qué consiste esa influencia. La verdad es que para alguien que trata de leer diversas literaturas contemporáneas y que además vive en Europa y toca la trompeta, no es fácil seguir de cerca la posible evolución del género en nuestras tierras, pero sin embargo conozco suficientes libros de jóvenes como para sospechar que *Rayuela*, más que una experiencia literaria, ha sido para mucha gente un choque que podríamos llamar existencial; así, más que técnica o lingüísticamente, ha influido extraliteriamente, tal como se lo proponía su autor al escribir eso que se ha dado en llamar una contranovela. El perceptible despiste de muchos críticos frente al libro vino obviamente de que se les escapaba de las estanterías más o menos usuales, y significativamente se pasó por alto que toda asimilación estricta de *Rayuela* a la literatura equivalía precisamente a perder contacto con los propósitos centrales del libro. Petrus Borel decía: "Soy republicano porque no puedo ser caníbal". A mi vez yo diría que escribí *Rayuela* porque no podía bailarla, escupirla, clamarla, proyectarla como acción espiritual o física a través de algún inconcebible medio de comunicación; precisamente muchos lectores, sobre todo los jóvenes, sintieron que eso no era en rigor un libro, o que sólo era un libro como Petrus Borel era republicano, y que su "influencia" se ejercía en un territorio sólo tangencialmente conectado con la literatura. De paso: ¿Hasta cuándo vamos a seguir pegados a las bibliotecas? Día a día siento que las aparentemente liquidadas torres de marfil siguen habitadas en todos sus pisos y hasta en la azotea por una raza de escribas que se horripila de cualquier acto extraliterario dentro de la literatura, entendiendo que ésta nace del hombre como un gesto de conformismo y no con el libre movimiento de Prometeo al robarle el fuego al gorila de su tiempo. Lo cual me lleva analógicamente una vez más al problema del "compromiso" del escritor en lo que se refiere a los temas de que trata, porque los locatarios de las torres de marfil se-ponen-pálidos-como-la-muerte ante la idea de novelizar situaciones o personajes de la historia contemporánea, puesto que en el fondo su idea de la literatura es aséptica, ucrónica, y tiende patéticamente a la eternidad, a ser un valor absoluto y permanente. Hahí hestá la *Odisea*, hahí hestá *Madame Bovary*, etc. Muchos escritores, pintores y músicos han cesado ya de creer en esa permanencia, en que los libros y el arte deben hacerse para que duren; si siguen escribiendo o componiendo lo mejor posible, no tienen ya la superstición del objeto duradero, que es en el fondo una rémora burguesa que la aceleración histórica está liquidando vertiginosamente. Los ebúrneos, en cambio, se dicen que los temas de la historia contemporánea suelen desgastarse o descalificarse rápidamente, y, por ejemplo, nunca dejan de mencionar en este contexto ciertos poemas del *Canto general* de Neruda; no parecen darse cuenta de que aun equivocándose históricamente, Neruda era el poeta de siempre, y que la imposibilidad de aceptar hoy en día sus elogios de Stalin no altera para nada el hecho de que haya sido sincero al escribirlos. Cuando publiqué *Todos los fuegos el fuego*, recibí no pocas cartas en las que después de alabar la mayoría de los cuentos se lamentaba la presencia del titulado "Reunión", cuyos personajes eran transparentemente el Che y Fidel. Para los ebúrneos, en efecto, *ésos no son temas literarios*. Por lo que a mí se refiere lo que ha dejado de ser literario es el libro mismo, la noción de libro; estamos al borde del vértigo, de las bombas atómicas, acercándonos a las peores catástrofes, y el libro sólo me parece una de las armas (estética o política o ambas cosas, pues cada cual debe hacer lo que le dé la gana mientras lo haga bien) que todavía puede defendernos del autogenocidio universal en el que colaboran alegremente la mayoría de las futuras víctimas. Me resulta risible que un novelista mexicano o argentino tenga úlcera de estómago porque sus libros no son lo bastante famosos, y que organice minuciosas políticas de autopromoción para que los editores o la crítica no lo olviden; frente a lo que nos muestra la primera página de los diarios al despertar cada día, ¿no es grotesco imaginar esos pataleos espasmódicos con miras a una "duración" cada vez más improbable frente a una historia en la que los gustos y sus formas de expresión habrán cambiado vertiginosamente antes de mucho? Cuando *Life* me pregunta qué pienso del futuro de la novela, contesto que me importa tres pitos; lo único importante es el futuro del hombre, con novelas o televisores o todavía inconcebibles tiras cómicas o perfumes significantes o significativos, sin contar que a lo mejor uno de estos días llegan los marcianos con sus múltiples patitas y nos enseñan formas de expresión frente a las cuales *El Quijote* parecerá un pterodáctilo resfriado. Por mi parte me reservo la úlcera de estómago para cuando camino por los suburbios de Calcuta, cuando leo un discurso de Adolf von Thaden o de Castelo Branco, cuando descubro, con Sartre, que un niño muerto en Vietnam cuenta más que *La náusea*. El futuro de mis libros o de los libros ajenos me tiene perfectamente sin cuidado; tanto ansioso atesoramiento me hace pensar en esos locos que guardan sus recortes de uñas o de pelo; en el terreno de la literatura *también* hay que acabar con el sentimiento de la propiedad privada, porque para lo único que sirve la literatura es para ser un bien común como lo intuyó Lautréamont de la poesía, y eso no lo decide ni lo regentea ningún hautor desde su torrecita criselefantina. Un escritor de verdad es aquel que tiende el arco a fondo mientras escribe y después lo cuelga de un clavo y se va a tomar vino con los amigos. La flecha ya anda por el aire, y se clavará o no se clavará en el blanco; sólo los imbéciles pueden pretender modificar su trayectoria o correr tras ella para darle empujoncitos suplementarios con vistas a la eternidad y a las ediciones internacionales.

Otra cosa que preocupa a *Life* es la de saber si para mí existe una literatura latinoamericana o tan sólo una suma de literaturas regionales. Es obvio que entre nosotros existe una especie de federación literaria, definida por matices económicos, culturales y lingüísticos de cada región; es también obvio que cada región no se preocupa gran cosa de lo que sucede en las otras, como no sea desde el punto de vista de los lectores, y que probablemente un escritor chileno le debe más a la literatura extracontinental que a la argentina, peruana o paraguaya, con todos los viceversas del caso. Incluso en estos años en que la influencia de los mejores narradores latinoamericanos se hace sentir fuertemente en el conjunto de nuestra federación literaria, no creo que esa influencia sobrepase la de cualquier otra literatura mundial importante del momento. Pese a ello (que quizá sea una cosa excelente) las analogías históricas, étnicas (con porcentajes y componentes muy variables) y desde luego lingüísticas, subtienden, por así decirlo, nuestra larguísima columna vertebral y aseguran una unidad latinoamericana en el plano literario. De lo que no estoy nada seguro es de que esta literatura en su conjunto sea hoy tan importante y extraordinaria como lo proclaman múltiples críticos, autores y lectores; hace unos días, charlando en Praga con los redactores de la revista *Listy*, dije que si se cayera cualquiera de los aviones que suelen llevar a algunos de nuestros mejores novelistas a congresos y reuniones internacionales, se descubriría de golpe que la literatura latinoamericana era mucho más precaria y más pobre de lo que se suponía. Por supuesto el chiste estaba dirigido a García Márquez y a Carlos Fuentes, que me acompañaban en esa visita a los escritores checos, y que dado su conocido horror a perder el contacto de sus zapatos con el suelo se pusieron de un color considerablemente verde; pero detrás del chiste había una verdad, y es que el supuesto "boom" de nuestras letras no equivale de ninguna manera a cualquiera de los grandes momentos de una literatura mundial, digamos la del Renacimiento en Italia, Francia e Inglaterra, la del Siglo de Oro en España o la de la segunda mitad del siglo en Europa Occidental. Carecemos de lo básico, de una infraestructura cultural y espiritual (que depende por supuesto de condiciones económicas y sociales), y aunque en estos últimos quince años podemos estar satisfechos de una especie de autoconquista en el plano de las letras (escritores que escriben por fin latinoamericanamente y no como meros adaptadores de estéticas foráneas a los folklores regionales, y lectores que leen por fin a sus escritores y los respaldan gracias a una dialéctica de *challenge and response*, hasta hace poco inexistente), de todas maneras basta mirar un buen mapa, leer un buen periódico, tener conciencia de nuestra precaria situación en el plano de la economía, de la soberanía, del destino histórico, para comprender que la realidad es bastante menos importante de lo que imaginan los patriotas de turno y los críticos extranjeros que nos exaltan y nos adulan entre otras cosas porque la moda ha cambiado, porque los novelistas yanquis han sido traducidos y digeridos hasta el cansancio, porque el neorrealismo italiano se acabó y la literatura francesa está en una etapa de transición y de laboratorio, razón por la cual nos toca ahora el turno y somos sumamente geniales y el rey Gustavo de Suecia no piensa más que en nosotros, pobre ángel. En Cuba, donde esta necesidad de afirmación de valores latinoamericanos suele llevar a ilusiones excesivas, me preguntaron hace un par de años cómo situaba el movimiento novelístico cubano contemporáneo en relación con el movimiento general de la prosa latinoamericana actual. Respondí algo que me sigue pareciendo aceptable y que reproduzco textualmente: "El término *movimiento general* es equívoco pues un lector desprevenido puede imaginar que se trata de un esfuerzo conjunto y coherente cuando en realidad las características usuales de

América Latina en el campo intelectual —que son reflejo del resto de sus circunstancias— se mantienen por desgracia en vigor: me refiero a la frecuente soledad y aislamiento de sus intelectuales, y a la escasez de su número con relación a los lectores potenciales. Si habláramos en cambio de una mera tendencia general, estaríamos más cerca de la verdad; es un hecho que en los últimos dos decenios y particularmente en el último, muchos cuentistas y novelistas latinoamericanos han coincidido, por encima de barreras geográficas y diferencias tradicionales, en el esfuerzo por asumir vigorosamente su destino nacional *y por lo tanto continental y universal* de intelectuales. En ese sentido lo mejor de la novelística cubana contemporánea se sitúa en esa misma línea, y no creo que se diferencie demasiado de las otras literaturas hermanas, como no sea por las obvias razones temáticas e idiomáticas que caracterizan parcialmente a nuestros países. Agrego que en la pregunta me parece advertir una cierta ansiedad, como si detrás de ella hubiera una injustificada timidez. A menos que encubra exactamente lo contrario de la timidez... En los dos casos lo lamentaría, porque decir literatura cubana o peruana o argentina, se reduce todavía a citar un puñado de nombres frente a la desoladora inmensidad de pueblos enteros que no han accedido al nivel a partir del cual una literatura alcanza toda su fecundidad y todo su sentido. Nadie ha hecho más que Cuba revolucionaria para colmar esa terrible distancia entre los hombres y su propia literatura; pero en el plano del futuro al que aspiramos, toda América Latina está todavía en los umbrales de su literatura y, sobre todo, de la transformación de esa literatura en progreso espiritual y en cultura de los pueblos. ¿Por qué, entonces, plantearse problemas como el que insinúa la pregunta, buscar una ubicación o diferenciación frente a algo que casi no existe de hecho? Hay que escribir más y mejor. Ya habrá tiempo para hablar de movimientos; ahora, movámonos sin hablar tanto".

Estas afirmaciones, que no pocos encontrarán desalentadoras (los flojos necesitan siempre que les digan que no lo son, etc.), me llevan a otra pregunta de *Life*, que quiere saber por qué el intelectual latinoamericano debe ser reconocido en el extranjero antes de que se lo reconozca en su propio país. Si la pregunta tenía alguna validez hace cuatro o cinco lustros, actualmente me parece absurda. Para no citar más que a figuras descollantes de la ficción, ni Borges, ni Juan Rulfo, ni Carpentier, ni Vargas Llosa, ni Fuentes, ni Asturias, ni Lezama Lima, ni García Márquez han necesitado del extranjero para enterarse y enterar a sus lectores de lo que valían; y mucho menos, en el terreno poético, un Neruda o un Octavio Paz. Yo llevo diecisiete años viviendo y trabajando en Francia, lo cual podría haber influido en ese aspecto, y sin embargo, mis libros hicieron su camino exclusivamente en español y frente a lectores latinoamericanos. El problema, una vez más, es de subdesarrollo moral e intelectual; todavía existirá durante mucho tiempo la superstición del espaldarazo del gran crítico inglés o alemán, la edición NRF o la noticia de que una novela argentina ha sido un "best seller" en Italia. Basta vivir de este lado del charco para saber hasta qué punto nada de eso tiene importancia, y cómo los buenos críticos y lectores latinoamericanos reconocen hoy a sus escritores auténticos sin necesidad de que un Maurice Nadeau o una Susan Sontag se presenten en el marco de la ventana con el lirio de la anunciación. Basta y sobra que uno de nuestros críticos o escritores conocidos señale los méritos de un nuevo narrador o poeta para que inmediatamente sus libros se difundan en toda América Latina; a mí, por ejemplo, me ha tocado contribuir en estos tiempos a que José Lezama Lima y Néstor Sánchez hayan alcanzado la popularidad que merecen. De alguna manera hemos logrado una soberanía en el campo de las letras, lo que multiplica a la vez nuestra responsabilidad como creadores, críticos y lectores; cortado el falso cordón umbilical que nos ataba a Europa (los otros lazos, las grandes arterias del espíritu, no se cortarán jamás porque nos desangraríamos estúpidamente), empezamos a vivir nuestra vida propia; pero el niño es todavía muy pequeño, moja los pañales y se cae de cabeza a cada rato; tomarlo por un ente maduro sería una nueva ilusión, no menos nefasta que la de seguir atados a las diversas madres patrias del espíritu.

Por eso, en gran medida, hay otra pregunta de *Life* que exige una respuesta más terminante que las proporcionadas habitualmente por críticos y escritores. Me interroga sobre una supuesta "generación perdida" de exilados latinoamericanos en Europa, citando entre otros a Fuentes, Vargas Llosa, Sarduy y García Márquez. En los últimos años el prestigio de estos escritores ha agudizado como era inevitable una especie de resentimiento consciente o inconsciente por parte de los sedentarios (*honi soit qui mal y pense!*), que se traduce en una casi siempre vana búsqueda de razones de esos "exilios" y una reafirmación enfática de permanencia *in situ* de los que hacen su obra sin apartarse, como dice el poeta, del rincón donde empezó su existencia. De golpe me acuerdo de un tango que cantaba Azucena Maizani: *No salgas de tu barrio, sé buena muchachita, casate con un hombre que sea como vos*, etc., y toda esta cuestión me parece afligentemente idiota en una época en que por una parte los *jets* y los medios de comunicación les quitan a los supuestos "exilios" ese trágico valor de desarraigo que tenían para un Ovidio, un Dante o un Garcilaso, y por otra parte los mismos "exilados" se sorprenden cada vez que alguien les pega la etiqueta en una conversación o un artículo. Hablando de etiquetas, por ejemplo, José María Arguedas nos ha dejado como frascos de farmacia en un reciente artículo publicado por la revista peruana *Amaru*. Prefiriendo visiblemente el resentimiento a la inteligencia, lo que siempre es de deplorar en un cronopio, ni Arguedas ni nadie va a ir demasiado lejos con esos complejos regionales, de la misma manera que ninguno de los "exilados" valdría gran cosa si renunciara a su condición de latinoamericano para sumarse más o menos parasitariamente a cualquier literatura europea. A Arguedas le fastidia que yo haya dicho (en la carta abierta a Fernández Retamar) que a veces hay que estar muy lejos para abarcar de veras un paisaje, que una visión supranacional agudiza con frecuencia la captación de la esencia de lo nacional. Lo siento mucho, don José María, pero entiendo que su compatriota Vargas Llosa no ha mostrado una realidad peruana inferior a la de usted cuando escribió sus dos novelas en Europa. Como siempre, el error está en llevar a lo general un problema cuyas soluciones son únicamente particulares; lo que importa es que esos "exilados" no lo sean para sus lectores, que sus libros guarden y exalten y perfeccionen el contacto más profundo con su tierra y sus hombres. Cuando usted dice que los escritores "de provincias", como se autocalifica, entienden muy bien a Rimbaud, a Poe y a Quevedo, pero no el *Ulises*, ¿qué demonios quiere decir? ¿Se imagina que vivir en Londres o en París da las llaves de la sapiencia? ¡Vaya complejo de inferioridad, entonces! Conozco a un señor que jamás salió de su barrio de Buenos Aires y que sabe más sobre André Breton, Man Ray y Marcel Duchamp que cualquier crítico europeo o norteamericano. Y cuando digo saber no me refiero a la fácil acumulación de fichas y libros, sino a ese entender profundo que usted busca con relación a *Ulises*, esa participación fuera de todo tiempo y de todo espacio que se entabla o no se entabla en materia literaria. A manera de consuelo usted agrega: "Todos somos provincianos, provincianos de las naciones y provincianos de lo supranacional". De acuerdo; pero menuda diferencia entre ser un provinciano como Lezama Lima, que precisamente sabe más de Ulises que la misma Penélope, y los provincianos de obediencia folklórica para quienes las músicas de este mundo empiezan y terminan en las cinco notas de una quena. ¿Por qué confundir los gustos personales con los deberes nacionales y literarios? *A usted no le gusta* exilarse y está muy bien, pero yo tengo la seguridad de que en cualquier parte del mundo usted seguiría escribiendo como José María Arguedas; ¿por qué, entonces, dudar y sospechar de los que andan por ahí porque eso es lo que les gusta? Los "exilados" no somos ni mártires ni prófugos ni traidores; y que esta frase la terminen y la refrenden nuestros lectores, qué demonios.

Un análisis de la noción de lo autóctono en la literatura latinoamericana, y una pregunta de *Life* sobre algunos novelistas actuales, me permitirán ir saliendo de estas páginas sobre las que ya debe apoyarse la soñolienta cabeza de muchísimos suscriptores de la revista. En Cuba me preguntaron hace poco qué grado de importancia le daba al sentido autóctono de un escritor, y hasta qué punto esa utilización del contexto cultural, de la tradición de raza, constituían exigencias para mí. Contesté que la pregunta me parecía ambigua en la medida en que la noción de autóctono también lo era. De hecho, ¿qué quiere decir exactamente "contexto cultural" en nuestro tiempo? Si lo reducimos a la cultura exclusivamente regional, no vamos demasiado lejos en América Latina. ¿Y "tradición de raza"? Conozco el uso que pueden hacer de estas expresiones aquellos para quienes la realidad tiende siempre a parecerse a una guitarra. A un indigenista intransigente, Borges le preguntó una vez por qué, en vez de imprimir sus libros no los editaba en forma de quipus. La verdad es que todo esto es un falso problema. ¿Qué gran escritor no es autóctono, aunque su temática pueda parecer desvinculada de los temas donde los folkloristas ven las raíces de una nación? El árbol de una cultura se alimenta de muchas savias, y lo que cuenta es que su follaje se despliegue y sus frutos tengan sabor. Ser autóctono, en el fondo, es escribir una obra que el pueblo al que pertenece el autor reconozca, elija y acepte como suya, aunque en sus páginas no siempre se hable de ese pueblo ni de sus tradiciones. Lo autóctono está antes o por debajo de las identificaciones locales y nacionales; no es una exigencia previa, un módulo al que deban ajustarse nuestras literaturas. Y todo eso lo pienso una vez más frente a un libro como *Cien años de soledad*, de García Márquez, sobre el cual *Life* me pide una opinión. Me parece una de las más admirables novelas de nuestra América, entre muchas otras cosas porque García Márquez sabe como nadie que el sentimiento de lo autóctono vale siempre como una apertura y no como una delimitación. Macondo, el escenario de su obra, es increíblemente colombiano y latinoamericano *porque además es muchas otras cosas*, viene de muchas otras cosas, nace de una multiforme y casi vertiginosa presencia de las literaturas más variadas en el tiempo y el espacio. No hablo de "influencias", palabra aborrecible y profesoral de la que se cuelgan desesperadamente los que no encuentran las verdaderas llaves del genio; hablo de participación profunda, de hermandad en el plano esencial, allí donde

Las mil y una noches, William Faulkner, Conrad, Stevenson, Luis Buñuel, Carlos Fuentes, el Aduanero Rousseau, las novelas de caballería y tantas otras cosas le dan a García Márquez su originalidad más alta, la del novelista capaz de recrear una realidad nacional sin dejar de sentir en torno a él todos los rumbos de la brújula. ¿Autóctono? Claro que sí, por escoger su realidad sin rechazar el resto de las realidades, por someterlas a su talento creador y concentrar todas las fuerzas de la Tierra en ese pueblecito de Macondo que es ya un mito imperecedero en el centro mismo de nuestro corazón.

Para terminar, pienso en el comienzo de esta entrevista, en parte por ese sentimiento de lo cíclico que gobierna mucho de lo mío, y en parte porque las consideraciones ideológicas o políticas de ese comienzo son el sustrato lógico y necesario de las consideraciones literarias de la segunda parte. Para mí, de nada vale hablar de lo autóctono en nuestras letras si no empezamos por serlo en el nivel nacional y por ende latinoamericano, si no hacemos la revolución profunda en todos los planos y proyectamos al hombre de nuestras tierras hacia la órbita de un destino más auténtico. El verbo sólo será realmente nuestro el día en que también lo sean nuestras tierras y nuestros pueblos. Mientras haya colonizadores y gorilas en nuestros países, la lucha por una literatura latinoamericana debe ser —en su terreno espiritual, lingüístico y estético— la misma lucha que en tantos otros terrenos se está librando para acabar con el imperialismo que nos envilece y nos enajena.

El creador y la formación del público

Aclaración cronológica

Como no tardará en verse, este texto fue escrito en 1969. Estaba destinado a un número de la Revista [*Casa de las Américas*] en el que se tenía la intención de analizar el lenguaje de la revolución, precisando esos conceptos básicos que suelen ser utilizados todavía con una carga pasatista que los distorsiona y los vuelve ineficaces. Palabras tales como creación, cultura, público, libertad, contenido y forma, expresión, compromiso, crítica —la lista es larga y de empleo cotidiano— exigían y exigen una especie de biopsia, un meterse en ellos para saber qué pueden, quieren o deben significar *realmente* dentro de una intención y de un lenguaje revolucionarios.

El número en cuestión se vio retrasado por las dificultades que enfrenta Cuba para mantener un contacto regular con los escritores del exterior, y sólo hoy se cuenta con materiales suficientes para responder aunque sea en parte a las intenciones iniciales. He releído las páginas que siguen, y pienso que dos años no las han marginalizado demasiado; las doy, pues, tal como dormían en las gavetas de Roberto Fernández Retamar que las conservó, dragón cariñoso, como si valieran algo. No me excusaré por el tono festivo e irreverente de las primeras páginas, que desembocan luego en algo mucho menos festivo; sigo convencido de que con la seriedad puesta como una peluca no se va nunca demasiado lejos, y que la sonrisa sigue siendo la mejor vitamina para impulsar las inteligencias y los machetes. Una revolución que no salve la alegría por debajo o por encima de todos sus valores esenciales, está destinada al fracaso, a la lenta parodia de lo que no llegó a ser; y que no se confunda la frivolidad, que no va más allá de las superficies, con la alegría, esa conciliación y esa armonía del hombre libre con su ámbito, su sociedad, su mundo.

Hadvertencia himprescindible

Con la insensatez que caracteriza siempre a los cronopios, qué podía pasar sino que me invitaran a asistir al Congreso Cultural de La Habana en enero de 1968. Apenas desembarcado, grandísima alegría y ven acá, dónde está tu ponencia. Profundo desconcierto del cronopio viajero que ha traído penicilina, diversas piezas de recambio para autos, papel fotográfico, hojitas de afeitar y números de *Playboy* destinados a numerosos cronopios menoscabados por el bloqueo, pero de ninguna manera una ponencia, empezando porque no sabe lo que es una ponencia a menos que sea una nueva vacuna o una variedad de begonia, con lo cual cunde un cierto desconcierto en el aeródromo de Rancho Boyeros y el cronopio está sumamente desconsolado hasta que diversos funcionarios lo rodean y le dicen que no es nada y que en cambio tendrá que presidir una de las cinco comisiones del Congreso, por suerte en compañía de otros tres presidentes y un secretario, con lo cual el cronopio piensa que todo va bien porque cuando hay cuatro presidentes lo más seguro es que sobrevenga un desorden total, que es la atmósfera preferida por los cronopios, y además nadie se dará cuenta de que mientras tres presidentes dirigen las sesiones con gran dinamismo y autoridad, el cuarto duerme o lee tiras cómicas debajo de la mesa que es un lugar excelente en cualquier congreso cultural, sin contar que desde allí se ve muy bien la cabina de los intérpretes y sobre todo a las chicas que trabajan en esas cabinas y que son unas ricachas como casi todas las chicas que participan en esta clase de eventos constructivos.

Lo único malo es que cada tanto se oyen unos golpes lúgubres en la puerta de la habitación del hotel donde el cronopio pasa momentos felices ensayando los botones de las luces y otros adelantos tecnológicos, y personas de gran ponderación vienen a enterarse de si ya ha preparado la ponencia y cuándo demonios la va a entregar porque el plazo está vencido y qué coño te piensas, carajo. Profundamente perturbado el cronopio destapa su máquina de escribir y luego de retirar los calcetines, esparadrapos, aspirina, comida para perros y otros productos que siempre tienden a acumularse en el hueco del teclado, empieza a trabajar activamente no sin antes pedir a los otros presidentes que le expliquen en qué consiste una ponencia, pedido que determina en dichos presidentes una marcada tendencia al color verde, símbolo de la esperanza que alienta al cronopio y lo lleva a terminar su ponencia en menos de tres horas, tiempo meritorio si se tiene en cuenta que el teléfono suena cada dos minutos y frecuentemente en la otra punta de la línea hay voces sumamente melodiosas que ronronean y arrullan y quieren saber si todo va bien o si todavía se puede hacer algo para mejorar la situación, etcétera. Con lo cual el comienzo de la ponencia se resiente un tanto de la atmósfera imperante, y en el momento de ir a entregarla el cronopio se da cuenta de que nadie la va a aceptar dado su carácter festivo y casi epitalámico, y no le queda más remedio que guardarla en el bolsillo interior izquierdo del saco mientras suspira desolado y dice así, a saber:

—¡Congresos culturales, extrañas asambleas, multitudinarias palestras!

A todo esto, enterados de que el cronopio ha decidido no presentar oficialmente su ponencia pues prevé hominosos hequívocos, diversos responsables de numerosas publicaciones lo asedian en los pasillos para pedirle el texto y darlo a conocer como colaboración espontánea, y naturalmente el cronopio no tiene ningún inconveniente en proporcionarles copias en medio de un gran entusiasmo que no guarda ninguna relación con el silencio cadavérico que sigue a la lectura de la ponencia que en privado y derramando grandes lágrimas hacen estos responsables, por lo cual el cronopio empieza a darse cuenta de que a lo largo del congreso se publicarán en los periódicos muchísimas cosas culturales pero que desde luego su ponencia no aparecerá ni siquiera en la sección de anuncios de pastas dentífricas, que por lo demás no existe como sección con lo cual la seguridad de que no aparezca es todavía más grande.

Ahora bien, a este cronopio le sigue pareciendo hoy que su ponencia no era del todo horrible, especialmente en vista de tantas cosas que ocurren aquí y allá a pesar de los congresos culturales, cosas que habría que corregir y que habrán de corregirse porque las revoluciones serán de los cronopios o no serán, y entonces llega el día en que este cronopio rápidocomoelrayo saca su ponencia y aquí está, a saber:

Cronopio y tema 5.4

> *Toutes choses sont dites déjà, mais*
> *comme personne n'écoute, il faut*
> *toujours recommencer.*
> ANDRE GIDE

En apariencia todo se presenta muy bien. Nada más lógico y más bello: al creador le incumbe la formación del público. Hay creación, hay comunicación al público, hay enriquecimiento de la vida cultural de la sociedad. Desgraciadamente las cosas están muy lejos de ser tan simples. Desgraciadamente, también, puedo equivocarme; a los cronopios les ocurre eso todo el tiempo, y en parte por eso son cronopios; en parte por eso y también porque después de equivocarse empiezan de nuevo y a veces aciertan. Escribo estas líneas entre gritos, aplausos, acciones, protestas, mojitos, delegados geniales y menos geniales, calor, comisión tercera, cóctel de mariscos, cosas así. De tiempo en tiempo el teléfono *no* suena, y aprovecho tan extraordinario fenómeno para salir al balcón y mirar el dipblusí. Me gustaría nadar un rato, pero el teléfono: Hola compañero, claro, ya mismo en el lobby. Y así, pibe, del cuatro al once de enero y no te salva ni el doctor Barnard. El tema 5.4, por ejemplo: "El creador y la formación del público". ¿Pero qué palabras son éstas que vamos a manejar a cien por hora aunque no escasee la gasolina, estos vehículos mentales que pilotaremos sin habernos puesto antes de acuerdo sobre su sentido a los fines de la discusión? Lo que yo entiendo por creador, por público y por formación del público debe ser presumiblemente distinto de lo que piensan la delegada de Nigeria sentada a mi derecha y el rotundo jurisconsulto mexicano que flanquea por la izquierda. "Público", por ejemplo. ¿Qué es el público a los fines del tema 5.4? ¿La totalidad del pueblo? ¿Los recién alfabetizados + los escolares + los universitarios + los obreros y profesionales y empleados y guagüeros? Supongo que no, puesto que el tema sitúa al público con relación a los creadores, no a los maestros o profesores o los periodistas, todos los cuales son a su manera creadores de cultura pero no específicamente lo que cabe entender por creador. ¿A menos que...? Este cronopio tiene sus dudas, pero sigue indagando. Digamos que el tema 5.4 atrapa la cosa por lo alto, o sea que cuando dice *creador* dice por ejemplo Alejo Carpentier, y que cuando dice *público* habla de jóvenes y de adultos que han alcanzado un nivel cultural a partir del cual la acción de ese creador puede ser eficaz. La *formación*, entonces, apunta a una (perdón, señorita, estoy ocupadísimo), apunta a una cultura que rebasa el nivel de la enseñanza y la información. Aquí un minuto de descanso.

Si a usted le ha parecido bien esta higiene previa de las palabras que vamos a usar, sigamos adelante y ya empieza la cosa. Porque yo a este tema 5.4 lo veo a mi manera, más bien confusa y llena de patitas y en todas direcciones. Por ejemplo, apenas leo lo de "el creador y la formación...", el tal creador se me desdobla y aquí es donde lo conflictivo deja chica a una ballena. Por una parte veo al creador puro (excusándome por la expresión tan torre de marfil, pero es para entenderse de entrada) que cumple una obra intrínsecamente solitaria y al margen de una voluntad explícita de "formación". Por el momento lo dejo de lado, aunque ya usted se habrá sospechado que es la razón central de estas páginas, y me vuelvo hacia la creación al nivel de la formación del público. ¿Y qué ven entonces los ojos de este astuto cronopio? Nada bueno en general, porque en nuestros tiempos y hacia donde se mire, la formación del público se da mucho más con miras a una alineación cualquiera (ruego al linotipista que no escriba alienación, aunque si lo hace no estará demasiado lejos de la verdad) que a un auténtico enriquecimiento cultural. Por ejemplo si este cronopio observa la cosa dentro de una sociedad capitalista (trátese de un país subdesarrollado o desarrollado), enseguida advierte lo que ocurre detrás de la fachada de la "formación" que con gran derroche de medios se da al público de esos países. Bruscamente tiene conciencia de que la creación que se aplica a esa formación del público está orientada hacia algo que, paradójicamente, no sólo no es creador sino todo lo contrario. En este espectáculo pavoroso (la palabra no es demasiado fuerte) se asiste al sistema que aplica la sociedad de consumo, aliada naturalmente a la concepción y a la defensa del capitalismo en cualquiera de sus matices o denominaciones, para uniformizar al público, llevarlo a la unilateralidad de una visión del mundo y de la vida, a una estandarización de una masa indefensa frente a la terrible fuerza que tienen el encanto, la belleza, el atractivo deliciosamente demoníaco de los recursos puestos en juego por esa aplanadora del espíritu, por esa máquina de la falsa cultura que es la formación vista con tales fines y por tales "creadores". Me refiero concretamente a cosas que son en sí del dominio de la creación y que en manos del verdadero creador se traducirían en verdad y belleza legítimamente humanas, pero que con una frecuencia aplastante se aplican hoy a ese proceso bastardo que pretende pasar por formación cultural. (A las siete, compañera, pero a las siete de veras y no a las ocho y veinte.) Me refiero entre tantas otras cosas a un cine archiconvencional, a una radio y a una televisión que buscan el conformismo estético, político e intelectual, a las hipnosis publicitarias que rigen, por ejemplo, la moda en las sociedades de consumo, la moda que el público toma ingenuamente por una prueba de libertad puesto que luego de seis meses de minifaldas habrá otros seis meses de faldas largas, y cambios por el estilo que responden en parte a la ley de la fatiga y a la necesidad de lo novedoso, a la admirable tendencia que hace de cada uno de nosotros un *homo ludens*, pero que son utilizadas para su propio provecho por los peores mecanismos de la promoción del consumo. El ejemplo de la moda, no sólo en materia vestimentaria sino en el campo de la falsa y estúpida música pretendidamente popular, las tiras cómicas a base de sadismo y violencia, y los *gadgets* tanto materiales como espirituales de la más variada especie, sirve para mostrar que esa supuesta "formación" en materia de gusto, colores, sabores, lecturas, espectáculos y audiciones, sólo incide superficialmente en el público, y que incluso cuando sus resultados son favorables —pues es evidente que la propaganda y los cambios periódicos en las motivaciones populares van refinando los sentidos, aumentando las exigencias y aguzando la capacidad crítica—, esos resultados ocultan hipócritamente lo que se está buscando por debajo y en lo más esencial: el conformismo, el consentimiento, la aceptación de esos cambios impuestos desde el anónimo sitial de los dirigentes de promoción de ventas o de orientación de las pulsiones de las masas. Y así se asiste a ese hecho que he calificado sin exageración de pavoroso, y del que la moda no es más que una de las manifestaciones más evidentes, ese hecho que es nada menos que dar al público la ilusión y las apariencias de la libertad mientras se lo condiciona cada vez más y se lo somete a un orden, a un encuadramiento, a una determinada concepción de la sociedad y del mundo que en el caso del sector capitalista sólo puede seguir sobreviviendo si el público es mantenido en una perpetua y brillante distracción, en el espectáculo de su aparente libre albedrío para elegir y comprar y leer y escuchar mientras, en el fondo, permanece pasivo e inalterable, sometido a las fuerzas que viven de él y le arrojan los restos (en tecnicolor) del banquete.

En una concepción socialista del mundo, que es la que interesa y angustia a este cronopio, también puede ocurrir que las fases de sectarismo, con su implacable visión maniquea y su desconfianza de toda visión abierta, de toda perspectiva realmente dinámica de la sociedad y del hombre, pongan a su vez en funcionamiento una máquina "creadora" que habrá de "formar" al "público". Por razones obvias esta formación no opera ya al nivel de la frivolidad, de la moda, de las artes cambiantes y los "ismos" literarios; en cambio se habla gravemente de educación y de cultura, se crea e impone un vocabulario en el que las palabras más ricas y dinámicas terminan por ahuecarse, por sonar como clisés en cada discurso, en cada artículo, en cada

255

ensayo. Un público ingenuo y bien intencionado, generosamente dispuesto a aprovechar de esa "formación" que se le dispensa, se vuelve muy pronto tan hueco como el lenguaje que compone su pretendida cultura; una vez más, por debajo, el cronopio cree percibir la alineación y el encuadramiento, el orden y la obediencia. Ya es tiempo, pues, que frente al enunciado del tema 5.4, aparentemente tan simple, intentemos definir inequívocamente los valores reales en la noción de creador y consecuentemente en las de formación y de público. Dentro del socialismo, que es la más alta tentativa jamás imaginada para instalar legítimamente al hombre en la Tierra, el creador sólo puede ser aquel que se defina como el denunciador consciente e involuntario, enemigo natural de todo falso orden, de toda de-formación del público. El creador es un continuo toque de alarma, y su dura pero siempre maravillosa tarea se resume ejemplarmente en la frase que Platón o Jenofonte le hacen decir a Sócrates: "Los dioses me pusieron sobre vuestra ciudad como a un tábano sobre un noble caballo, para picarlo y tenerlo despierto". En una concepción socialista del hombre nuevo, de ese hombre que con tanto afán está buscando Cuba, el verdadero creador es aquel que arroja una piedra al agua apenas siente que la superficie se estanca; favorecedor de los desórdenes fecundos toda vez que la rutina o la burocracia intelectual amenazan hieratizar la palabra y los actos del individuo y de la colectividad, es el instintivo robador del fuego a la hora de los acatamientos globales y las consignas monótonas que han perdido vitalidad y se han vuelto letra muerta, slogans para marcar el paso. Muchas veces al precio de la libertad cuando no de la vida, el creador hace su guerrilla interminable con armas que nada tienen de convencionales; la luz, el espacio, la vasta respiración de la existencia, el sentimiento de lo humano como un perpetuo deslumbramiento, son algunas de esas armas; hay quienes las creen insuficientes o abstractas y se lo reprochan, pero el creador sabe que entre los que hacen tales reproches no se contaron nunca un Marx, un Lenin o un Fidel Castro. Revolucionariamente hablando, al creador no se le puede exigir otra cosa que la creación, y aquí volvemos directamente al tema 5.4.

Pretender axiomáticamente que *a todo* creador le incumba específicamente la formación del público sería caer —hablo ahora en términos de praxis— en el peor y más culpable desaprovechamiento de la riqueza potencial de una sociedad revolucionaria. En primer término la creación como tal no tiene un límite, un momento en que pueda considerársela acabada como una carrera profesional o una especialización con fines precisos. El creador se está formando incesantemente a sí mismo, es de alguna manera su propio maestro en la medida en que crear es abrirse al mundo para regresar con un contenido cada vez más enriquecedor, en un proceso como de respiración vital y espiritual que se traduce en obra y que se apoya en ella para continuar el ciclo infinito, la gran aventura humana del arte y del pensamiento. Lo que el creador va dando en forma de libros, telas, músicas, conquistas científicas, el producto de esa autodeformación implacable e insustituible, entra entonces *y sólo entonces* en el dominio público, se vuelve formación del público cuando llega el día en que maestros, profesores, dirigentes y orientadores utilizan, explican, editan, comentan y difunden la obra del creador. Exigir que sea éste quien se dirija directamente al público para formarlo (no creo que haya ese sobreentendido en el tema 5.4, pero por si las moscas), significaría desaprovechar y casi seguramente malograr algunas de las fuerzas espirituales y culturales más altas de una sociedad revolucionaria. Si hay creadores capaces de participar directamente en la formación del público, y sé que los hay y me parece admirable, no es menos cierto que los productos más fecundos de la creación tienden a darse con prescindencia de la noción concreta del público. La creación (¿pero habrá que repetirlo una vez más, cuernos?) es aventura, es descubrimiento. *El creador es el que se adelanta.* ¿Cómo podría enriquecer el mundo si su obra estuviera condicionada por la necesidad de ser inmediatamente comprendida, asimilada, aprovechada? ¿Puede imaginarse a Carlos Marx o a James Joyce obligándose a escribir tratados para contribuir a la formación del público? Es casi penoso decir cosas tan obvias, y este cronopio se ruboriza y pide disculpas con grandes lágrimas, pero además tiene que agregar otra cosa todavía más obvia, y es que cincuenta años después de *Ulises* (y no hablemos de *El Capital*) la influencia de esos libros en todo el mundo ha sido tan enorme que la historia y la literatura contemporánea serían inconcebibles sin ellos. Y no se trata de que el público en general haya leído *El Capital* o *Ulises*, porque ciertamente no los ha leído, sino de que la gran aventura de Marx y de Joyce se ha abierto camino directa e indirectamente, por sí misma y a través de otros tratados y otras novelas más accesibles pero derivadas de ella, y así ha influido en la visión del mundo de los revolucionarios que luchan ahora por el acceso de los pueblos a la cultura, lo que equivale a decir que *también* ha llegado por otras vías al destino de las masas desposeídas de cultura. Y lo mismo cabe afirmar de un Picasso, de un Kafka, de un Anton Webern. Ninguno de ellos pensó jamás en formar al público a través de una acción directa, y sin embargo lo formaron de una manera irreversible, constituyeron la avanzada revolucionaria del espíritu junto con tantos otros creadores entregados solitariamente, exclusivamente a su obra.

Ahora (porque usted ya no da más de cansado, y yo no se diga) podemos releer la formulación del tema 5.4 —"El creador y la formación del público"— con una perspectiva quizá mucho más problemática, pero de eso justamente se trata porque yo no pretendo tener razón sino que también la busco como tantos otros y es natural que haya grandes fajadas y caídas de estanterías. Me parece que ahora se ve, por ejemplo, que por más aislada que se dé la creación, llega una etapa en que el público tiene acceso a ella y recibe formación de ella en su sentido más positivo. El problema es en el fondo muy sencillo, es un problema de tiempo: el creador actúa *antes* y el público *después*. Pretender que el creador se sitúe invariablemente en el tiempo del público es tan absurdo como exigirle al público que viva culturalmente en el tiempo extrapolado en que se mueve el creador; sólo los que se hacen de esto último una idea utilitaria o docente pueden insistir en una imposibilidad semejante. Pero hay algo todavía más grave, que desgraciadamente se ha visto en períodos de sectarismo dentro de una revolución, y es que precisamente los que pretenden que todo creador sea de alguna manera un maestro en ejercicio, un "formador" del público, suelen concluir, con una irrefutable cuanto terrible lógica, que todo creador que se niegue o se muestre incapaz de participar en ese magisterio público debe ser dejado de lado (por no decir más) puesto que no colabora en aquellos niveles donde se pretende que lo haga. Si este fenómeno de marginación se prolonga más allá de algún tiempo, si al creador se le niegan las posibilidades de dar a conocer su obra basándose en que esa obra no es "formativa", pronto se manifestarán los efectos esterilizantes del ostracismo cultural. Porque entonces el panorama es el siguiente: por un lado los creadores continúan su obra más solitariamente que nunca (ahora incluso los ayudan a estar solos), sabiéndose negados o resistidos, rodeados de desconfianza y recelo, y por otro lado los que se encargan de la "formación" del público se ven precisados a cumplir la doble tarea de ser creadores y formadores, con el resultado de que el nivel de su creación es por lo regular de una mediocridad bien probada en todos los períodos de sectarismo, y la consiguiente "formación" del público se ciñe al triste cuadro que describí al comienzo de estas notas. Es fatal que hombres incapaces de comprender el fenómeno de la más alta creación, sumados a los infaltables envidiosos y resentidos que atacan desde abajo sin confesar las verdaderas razones que los mueven, se coaliguen en una empresa de "formación" del público que no pasará de la superficie, de una apariencia de cultura que, lo grito una vez más, esconde una motivación más profunda: el encuadramiento, la aceptación de un nivel mediocre mal disimulado por las grandes palabras huecas que son de rigor en estos casos.

Una concepción auténticamente socialista no podría, por supuesto, tolerar semejante estado de cosas. En su extremo más alto la creación continúa y acaba siempre por abrirse paso, porque de todas maneras y contra viento y resaca los creadores siguen su obra, tiran las brillantes, escandalosas piedras de la poesía y el teatro y la novela y la filosofía y el cine en las aguas siempre demasiado tranquilas de su sociedad. A veces ni saben que las tiran, a veces ya están muertos, pero las piedras caen lo mismo, forman círculos concéntricos que poco a poco alteran la superficie del estanque, y el público sospecha que algo ocurre, se orienta difícil y confusamente pero busca y muchas veces encuentra, se mete por calles a contramano, viola reglamentos y paga multas, y de esa irrupción del desorden en plena calma del consentimiento de toda cultura a medias nace un día el retorno al único camino posible para crear el hombre nuevo que busca Cuba, para "cambiar la vida" como pedía Rimbaud, cuyas pedradas no han terminado todavía de caer en cuanto charco estancado pueda quedar por ahí. Y entonces, ya que citamos a un poeta que intentó una de las más arduas aventuras espirituales de nuestros tiempos, citemos también a su contemporáneo, al uruguayo y francés Lautréamont, que en pleno individualismo cerrado del siglo XIX se atrevió a decir lo que parecía una frase de loco: "La poesía no debe ser hecha por uno sino por todos". En el fondo, ¿qué es la "formación del público" cuando se basa en una creación digna de este nombre? Sencillamente, darle la máxima posibilidad de que también se sienta creador, a la vez como individuo y como integrante de una sociedad; no necesariamente un creador de libros o películas o máquinas o sistemas científicos, sino alguien capaz de *responder por sí mismo* a los estímulos culturales que le ofrecen los otros creadores a través de su obra, y llegar así a convertirse en el hombre nuevo, el que recibe el fuego de Prometeo y lo propaga en una vida plena, en la alegría de saberse uno de los que alzan con sus hermanos la verdadera casa del presente y del futuro. Eso es hacer la poesía entre todos, como lo pedía visionariamente Lautréamont; eso es darle al socialismo su sentido último, el de la reconquista del hombre enajenado.

(1969 y 1971)

260

La dinámica del 11 de marzo[*]

Para medir la diferencia capital que separa al nuevo peronismo del que en 1946 dio a Perón su primer triunfo, es preciso conocer a la juventud que, hoy, se proclama peronista o que, por lo menos, le aporta un apoyo táctico.

Para dar un ejemplo, asistí en Buenos Aires a reuniones de actores que dejaban sus teatros o sus filmaciones para discutir planes de trabajo colectivo. Además de los complejos problemas de coordinación en diferentes sectores de la capital y sus alrededores, había que llevar a cabo tareas precisas: organizar, en las primeras horas de la mañana en barrios periféricos, unos espectáculos adaptados a la situación local con el propósito de suscitar la participación artística pero sobre todo política de los habitantes del barrio. Pude leer también la documentación reunida por jóvenes sociólogos confrontados con una sociedad cuya composición, motivaciones e integración a la realidad nacional aún no se han explicitado en el plano de la práctica. Podría decir otro tanto de los equipos que trabajan en la esfera de las comunicaciones, de la educación y en muchas otras, desde la reforma agraria hasta el deporte... No me parecía que todo esto fuera el fruto momentáneo del entusiasmo de algunos, sino, por el contrario, el producto ya maduro de una voluntad popular encaminada a la ejecución inmediata de un vasto plan de trabajo y de acción para presentarlo el primer día al gobierno de Héctor Cámpora.

¿Cuál es la fuente profunda de tantos esfuerzos que a menudo precedieron a tanta esperanza de éxito? Yo la veo doble:

[*] *Le Monde*, París. Traducción de Aurora Bernárdez.

toma de conciencia en el plano nacional y su corolario: *una dinámica* sin precedentes en la historia del país.

Toma de conciencia: no se trata ya de sentir y de asumir la "argentinidad", según las normas tradicionales. La generación a la que pertenezco era argentina por fatalidad y su sentimiento nacional se limitaba en la inmensa mayoría de los casos a un orgullo que nada justificaba en el plano individual. El himno nacional dice: "Sean eternos los laureles que supimos conseguir", y de niños lo cantábamos con trémolos en la voz. De hecho esos laureles no los habíamos ganado nosotros sino los patriotas de 1810 y 1816, fundadores de la independencia.

Este orgullo "por interpósita persona" producía un tipo de argentino medio que he conocido demasiado bien y cuyos rasgos típicos eran un complejo de inferioridad cuidadosamente camuflado (siempre éramos los más grandes, los campeones de cualquier cosa, con tal de que fuera otro el que se deslomaba: Carlos Gardel, Juan Manuel Fangio, Juan Domingo Perón); *delegar las responsabilidades* nos marcaba a todos en tanto que comunidad.

Pero he aquí que, por primera vez desde nuestras guerras de independencia, asistimos a una verdadera toma de conciencia a nivel de los individuos: se acabó la delegación absoluta de las responsabilidades, aunque el enorme prestigio de que goza el general Perón a ojos de la mayoría del pueblo parezca contradecirme; se acabó el famoso "no te metás" que un ilustre visitante extranjero señaló alguna vez como uno de nuestros rasgos más característicos. Y he aquí que el argentino de hoy participa cada vez más, y su toma de conciencia política ya no consiste en proclamar su pertenencia "al gran pueblo" sino en asumir por su propia cuenta la pesada responsabilidad de ser argentino.

Ahora bien, esta voluntad de asumir la cosa pública se manifiesta de manera particularmente llamativa en la juventud. Si Perón sigue siendo el "caudillo", "el macho", los que de nuevo lo han llevado al poder por medio de Héctor Cámpora no están dispuestos una vez más a volver a casa después del triunfo abdicando de toda responsabilidad individual como ocurrió en la primera presidencia de Perón que acabó en la decadencia y la caída.

Al final de la Segunda Guerra Mundial la Argentina tenía en sus manos muchas más cartas de triunfo que Cuba en 1953. Sin embargo, Perón fracasó y los cubanos perseveraron, y por una razón muy simple: no emprendió ninguna revolución al tiempo que trastornaba la estructura del país. Hoy el pueblo argentino está mucho mejor equipado en el plano de la responsabilidad individual y eso le da más dinamismo y más eficacia, pero tiene en frente un ejército implacable. Perón tuvo en un momento dado el grueso de las fuerzas civiles sin atreverse a dar el paso decisivo que hubiera puesto al país en una vía verdaderamente socialista. Basta ponerse en contacto con la juventud peronista actual para darse cuenta de que, cualquiera que sea el desenlace del proceso histórico desencadenado por las elecciones del 11 de marzo, seguramente será a corto o largo plazo más positivo que el de la primera presidencia de Perón.

Si en su tiempo la iniciativa peronista fue sobre todo la obra de hombres de más de treinta años y consistía sobre todo en proyectos elaborados en la cumbre, hoy se manifiesta cada vez más en la base, entre los más jóvenes, entre las mujeres tanto como entre los hombres.

No se puede entender si, como buena parte de los argentinos de mi generación, uno se obstina en confundir el peronismo "nuevo" con el "viejo". El odio, la mala fe y, para los oligarcas y los pudientes, el miedo a una verdadera conmoción social, están en la base de esa negativa a admitir que han pasado veinte años y que estos dos decenios han sido capitales en América Latina (Cuba, Perú, Chile, otras tantas experiencias de un alcance continental incalculable). La mayoría de los "liberales" fingen creer que el peligro del peronismo reside en el riesgo de un fascismo; en realidad tienen miedo de una sola cosa, de eso que llaman con horror "el comunismo". En mi opinión, el peronismo, tal como se presenta hoy, está muy lejos de los dos "totalitarismos" (para seguir con la misma jerga).

Y me atrevería a decir, a riesgo de hacer temblar a Casandra, que este peronismo se encamina en un primer tiempo hacia lo que llaman un "socialismo nacional", término comprensible en un país en el que la noción de "socialismo" evoca un partido bastante opaco en el pasado. Ni el general Perón ni el presidente Cámpora suscribirían esta profecía pero creo que ahí se encuentra el motor que guía los pensamientos y los actos de miles de hombres y de mujeres que, al apoyar al gobierno, lo ven como una simple etapa.

Introducción a una antología de prosa latinoamericana*

En Francia, hace quince años, una mini-antología de prosa latinoamericana como ésta hubiera parecido incomprensible o ridícula. Era la época en que cualquier alusión a nuestras literaturas contemporáneas empezaba y acababa prácticamente con Borges; la crítica francesa parecía incapaz de juzgar un libro latinoamericano sin situarlo de entrada en relación con el Maestro. Esa actitud obedecía a dos razones: la ignorancia del desarrollo y de la variedad de nuestras literaturas y una fascinación mezclada con vergüenza (por haberlo descubierto tan tarde) ante la obra espléndida de Borges.

Quince años y quizá también una quincena de libros han ampliado el horizonte de los europeos. El lector francés ya no requiere que una selección de textos latinoamericanos incluya necesariamente, además de a Borges, a escritores como Asturias, Lezama Lima, Vargas Llosa, García Márquez o Carpentier: ese lector ya los conoce y sin duda preferirá que *Change* le ofrezca textos menos accesibles o incluso completamente desconocidos. Si un Felisberto Hernández, un Juan José Arreola y algunos otros empiezan a ser traducidos y estudiados, aún están lejos de tener el mismo renombre que en América Latina; vistos desde la perspectiva francesa, podría decirse que cada uno de los autores aquí reunidos es una novedad.

El criterio que ha presidido nuestra selección es el deseo de presentar algunos de los innumerables escritores que, paralelamente a los más conocidos, trabajan en la tarea común de hacer que la literatura latinoamericana sea un instrumento cada vez más vivo e influyente en la historia de nuestros pueblos, y no sólo su mera crónica nostálgica o su exégesis intelectual.

* Prólogo a *Change*, n.º 21, París, Seghers-Laffont, 1974. Traducción de Carles Álvarez.

Si los escritores que se destacan actualmente en nuestros países tienen algo en común, es su voluntad de *participar*; sea mediante libros que podemos llamar comprometidos, sea mediante una invención creadora o recreadora que parte de lo nuestro para transformarlo o enriquecerlo.

Los textos que hemos reunido aquí, sin buscar que el estilo o los temas fueran comunes, muestran claramente que los escritores que importan en nuestros países son aquellos para quienes la imaginación o la expresión son parte integrante de nuestro modo de ser, sin el recurso a los "ismos" de importación que han marcado tantas etapas literarias en nuestro continente.

Atentos y abiertos al mundo, estos escritores han querido que su residencia intelectual sea América Latina, aunque muchos viven físicamente muy lejos de ella. Por este motivo la prosa del chileno Skármeta, la uruguaya Peri Rossi, el argentino Saer o el venezolano García Brito, más allá de las diferencias que afortunadamente son muy grandes puesto que nuestro continente es ancho y diverso, se ordenan armoniosamente cuando se pone uno al lado de otro. Es innecesario añadir que esta selección no abarca ni suficientes personas ni países suficientes para dar una idea, siquiera sucinta, de la multiplicidad de formas y caminos que siguen actualmente las letras latinoamericanas. Parafraseando a Macedonio Fernández podríamos decir: "Son tantos los ausentes que si falta uno más no cabe".

Violación de derechos culturales*

Señor Presidente, compañeros de la Comisión, amigos:

Quizá haya sido en la sesión de esta mañana que la Comisión y el público que asiste a sus trabajos, han podido ver de cerca los últimos límites de la ignominia y el horror. El ejemplo clásico por excelencia del infierno, el de Dante Alighieri, se vuelve casi anodino ante esta acumulación de maldad, cobardía y vileza, que son los componentes básicos de la crueldad. Porque, aunque releamos en su totalidad el infierno de Dante, jamás encontraremos que en él se torture a un niño en presencia de sus padres. La imaginación del Dante era la de un perfecto sádico, y sin embargo no llegó a alcanzar a eso. Es por cosas así que hablar sobre la sistemática destrucción de una joven cultura popular, como la está llevando a cabo la Junta militar en Chile, me resulta casi insultante, casi irrisorio. Se diría, de alguna manera, que pasamos del infierno al purgatorio, donde los peores males son más llevaderos y contienen una posibilidad de remisión, de ascenso a la luz. Mientras que lo que hemos escuchado esta mañana es irreversible. Ya nadie devolverá esos muertos a sus parientes, esos hombres y esas mujeres a su pueblo. Hablar de cultura en este momento, a pesar de que ella es el elemento natural de mi vida, me avergüenza y casi me humilla y sin embargo, esto no debe ser así, porque es necesario hablar de cultura, de su cínico desmantelamiento en el Chile de hoy. A uno de los cómplices de Hitler se atribuye una frase tristemente célebre: "Cuando oigo hablar de cultura, saco la pistola".

* *Denuncia y Testimonio. Tercera Sesión de la Comisión Internacional de Investigación de los Crímenes de la Junta Militar en Chile, Ciudad de México, 18-21 de febrero de 1975,* Helsinki, Comisión Internacional de Investigación de los Crímenes de la Junta Militar en Chile, 1975.

Las pistolas fueron sacadas en Chile el 11 de septiembre de 1973, y si dispararon contra seres de carne y hueso en un genocidio del que acabamos de tener nuevas y abominables pruebas en esta Comisión, también dispararon contra aquello que, una vez dueños de la calle, es lo que más temen y lo que más odian los fascistas: la palabra. La palabra hecha libro, o tema de canción, o inscripción en las paredes. La palabra de los hombres que se sirven de ella para ampliar sus límites, acceder a la verdadera libertad, que no sólo es exterior sino que nace y vive dentro de la mente y de la sensibilidad de los hombres.

Yo estuve en Chile en 1970 y en 1973, en el comienzo y antes del final del régimen de la Unidad Popular. Me dediqué, incluso por deformación profesional, a observar el panorama de la cultura, y en mi segundo viaje pude verificar en plena calle, en cada quiosco de diarios y revistas, en cada población de la cintura de Santiago, el cambio producido en esos tres años. El plan de ediciones populares de la Editorial Quimantú empezaba a dar resultados más que alentadores, y al precio de un paquete de cigarrillos, el pueblo de Chile encontraba al alcance de la mano una vasta serie de colecciones y de obras que por primera vez eran accesibles a los sectores más populares del país.

Lo que vi en las universidades, a través del diálogo con estudiantes y profesores, me confirmó en la certidumbre de que el gobierno de Salvador Allende y sus asesores en el plano de la educación y de la cultura habían visto lo que en su día también viera de manera ejemplar el Gobierno Revolucionario Cubano, al proponerse no sólo la liberación exterior y física del pueblo, sino esa otra liberación igualmente difícil de conseguir: la de la mente, la de la sensibilidad frente a la belleza, la lenta y maravillosa conquista de la identidad personal, de la auténtica capacidad de ser un individuo, sin lo cual no es posible defender y consolidar la liberación exterior y la soberanía popular.

Conozco de sobra los límites de la educación y de la cultura. Los verdugos cuyas atrocidades hemos verificado una vez más en esta sala, también fueron a la escuela y tuvieron los mismos maestros, y entraron en las mismas salas de lectura de sus víctimas; sería hipócrita y sobre todo peligroso pretender lo contrario y no seré yo quien se preste a un juego maniqueo que me parece suicida. Pero tres años de Gobierno Popular en Chile no significaban un cambio de generación, tres años de admirable lucha educacional y cultural no bastaban y no bastaron para alcanzar a modificar comportamientos y conductas de muchos miles de chilenos. Personalmente, estoy convencido de que si la vía socialista anunciada y buscada por el Gobierno de la Unidad Popular hubiera tenido el tiempo mínimo necesario para que sus planes culturales se tradujeran en resultados cuantitativos mayores, ciertas formas del resentimiento contra todo lo que es bello y puro hubieran sido inconcebibles. Y si sé que un Pinochet está definitivamente más acá de toda definición de la cultura, también sé que sus planes y los de sus cómplices de fuera y de dentro no hubieran contado con la obediencia temerosa de muchos de los jóvenes soldados que habrían de tirar contra sus hermanos por limitación mental, por esa ceguera interior que hace de los hombres las ovejas del miedo. Precisamente frente a esa pasividad y esa ignorancia que acepta todos los "planes zetas" que se les hace tragar, siento cada vez con mayor claridad que la Junta comprendió perfectamente que uno de los obstáculos más peligrosos para su futuro residía en los resultados que en sectores populares de la población había alcanzado el programa de concientización política, estética y cultural de la Unidad Popular. Esos resultados eran aún precarios e insuficientes, y sin embargo, la Junta no pareció entenderlo así y se dedicó con la saña que todos conocemos a su desmantelamiento y a su liquidación. Ese miedo profundo que todo fascista tiene de la educación, ese acto de sacar la pistola, es en definitiva el certificado irreversible de su fracaso final. Matar a un hombre, exterminar a un pueblo es fácil cuando se tienen las armas, los dólares, los cómplices de dentro y de fuera. Lo que ningún sistema fascista ha podido ni podrá, es matar a alguien por dentro y dejarlo a la vez vivo; está condenado a dominar sobre un inmenso cementerio o terminar como terminaron Hitler y Mussolini, como un día no lejano terminarán Pinochet, Banzer, Stroessner y toda la sucia lista de los chacales de nuestra historia latinoamericana.

Sé que estas breves palabras son insuficientes y que simplifican demasiado un problema complejo, puesto que nada puede ser más complejo que un individuo humano, y ese proyecto de plenitud que quiere para él el socialismo. Pero pienso que dentro de sus límites, esta visión y esta esperanza son lo suficientemente claras. Y sé otra cosa y esto es lo fundamental: sé que cuando el pueblo de Chile se alce para terminar con la lenta, sádica pesadilla que vive desde hace tanto tiempo, lo aprendido en los tres años del Gobierno de Salvador Allende será una de sus armas mayores. La Junta quemó los libros de edición popular en las calles de Santiago y maneja hoy colegios y universidades como si fueran las cuadras de sus cuarteles, pero no pudo ni puede quemar el contenido de esos libros en la mente y la sensibilidad de quienes esperan el momento de traducirlos en acciones, no pudo ni puede quemar las enseñanzas ideológicas, políticas, espirituales y estéticas que laten como un corazón secreto y hermoso en millares* del pueblo chileno.

El fascismo tiene razón en odiar y temer la cultura popular, ella es la bala de plata que en las antiguas leyendas mata al vampiro, bebedor de sangre, y vuelve más hermosa la salida del sol.

---

* En la versión impresa consultada hay una nota manuscrita de Cortázar que dice "Falta algo".

Chile: otra versión del infierno

¿Vale la pena escribir esto?

En mis tiempos de estudiante le tomé una gran antipatía a Catón el Censor. La profesora de historia parecía encontrar extraordinario que al término de cada uno de sus discursos en el senado, ya se tratara de los impuestos a los trirremes o de la higiene en las termas, Catón repitiera la misma frase: *Ceterum, censeo Carthaginem esse delendum,* que nuestra profesora resumía en una vibrante admonición *Delenda Carthago!*

Esa manía de querer destruir a Cartago contra viento y marea me caía a mí pesada sin saber por qué; tal vez porque la misma profesora, sometida a un régimen de murmullos, flechas de papel y otras demostraciones de la vivacidad de los colegiales, terminaba invariablemente sus clases con un involuntario remedo del gran tribuno romano, sólo que en su caso la admonición era: "Y para la próxima clase... ¡más educación!". Mis condiscípulos no parecían advertir la simetría, pero yo creo haber nacido para descubrirlas en las cosas más dispares, y siempre esperé que la profesora se equivocara algún día e invirtiera las frases, cosa que no sucedió nunca para mi gran consternación.

Más de cuarenta años después, me inclino con respeto ante la obstinada insistencia de Catón (y de mi profesora); ahora sé que no debemos cansarnos jamás de repetir que al fascismo hay que destruirlo allí donde se lo encuentre, y aunque ignoro si los especialistas ven en Cartago un antecedente del que azotó y azota nuestro siglo XX, lo que sabemos de su historia tiende a mostrarlo así, incluido Baal Moloch y los niños que arrojaban a sus entrañas ardientes.

Si Catón viviera entre nosotros, nos diría una y otra vez: *Delenda Pinochet.* Porque es inútil que teóricos preciosistas razonen sobre lo que sucede en Chile y sostengan que no se puede hablar de fascismo en ese contexto. Hay palabras que terminan por ir más allá de su connotación final, y en nuestros días el término de fascismo rebasa la suya. Todo régimen basado en el desprecio por la dignidad humana es fascista, porque ese desprecio nace de una concepción negativa del hombre y de la historia; y si aludo aquí a Chile, no es una alusión exhaustiva en lo que se refiere al fascismo de nuestros tiempos; simplemente, desde el 11 de septiembre de 1973, todo lo que me está dado hacer en mi terreno específico se orienta en esa dirección, pero los buenos entendedores comprenderán que no estoy ciego a otros procesos similares puesto que el drama chileno es sólo la expresión más horrible de muchos dramas que envilecen hoy el continente latinoamericano.

Hace pocos meses estuve en México para participar en los trabajos de la Comisión Internacional que investiga los crímenes de la junta militar chilena (¿por qué incluso las publicaciones de izquierda escriben junta militar con mayúscula? ¿por qué ese respeto inconsciente?), y muy poco antes había cumplido una tarea similar en el Tribunal Bertrand Russell II, reunido en Bruselas. Creo, pues, saber algo sobre el caso chileno, y creo sobre todo que un escritor latinoamericano no sólo debe saberlo sino que tiene la obligación de ser Catón, de repetir hasta el hartazgo: *Delenda Pinochet.*

Inventor de ficciones a lo largo de la vida, me ha tocado descubrir casi al final de mi camino (más vale tarde que nunca, un nunca que tan cobardemente siguen cultivando muchos intelectuales de nuestros países) la necesidad insustituible de la libre palabra frente al salivazo de la fuerza bruta. Hubo un tiempo en que me hubiera preocupado repetirme, en que la originalidad me parecía un *sine qua non* del trabajo intelectual; hoy vuelvo una y otra vez al ejemplo catoniano porque todavía no hemos destruido a Cartago, aunque el plural pueda hacer sonreír a los que sólo creen en las vías de hecho para llegar a la revolución.

La palabra libre no está nunca sola, se reproduce y se vuelve cada vez más eficaz; la *Enciclopedia* francesa está ahí para probarlo, o *El Capital* por si fuera poco (Y *Mein Kampf,* por supuesto, porque toda medalla tiene su reverso y la palabra es ángel o demonio; pero estadísticamente, amigo, no hay comparación posible, loado sea el Cordero.)

Muchos escritores latinoamericanos antes prescindentes o dubitativos, han comprendido esto en un terreno más modesto que el de los ejemplos citados, pero igualmente necesario y positivo. En mi caso personal, no renunciaré jamás a mi fatalidad de tejedor de espumas y de fantasmas, que defenderé contra cualquier presión por bien intencionada que sea puesto que no creo en una humanidad privada de sueños y de juegos; pero al mismo tiempo estoy despierto a lo que me rodea como historia, y por eso, una vez más *Delenda Pinochet.*

Esta ya larga participación en la lucha que internacionalmente se libra contra el régimen de la junta me ha mostrado repetidas veces la falsedad del escepticismo que suelen mostrar frente a ella, y de una manera tristemente paradójica, tanto los prudentes liberales como los que exigen la acción directa. Unos y otros dudan de la eficacia de congresos, manifiestos, peticiones, carteles, tribunales a la manera del Russell, libros, festivales, y cualquier otra manifestación de tipo principalmente intelectual. Curiosamente, muchos de los prudentes liberales disimulan su mala conciencia al decir que sólo la fuerza puede vencer a la fuerza, lo que les permite quedarse al margen de las dos actitudes posibles puesto que ellos no están por la violencia y a la vez pretenden que el trabajo intelectual no sirve para nada. Desde posiciones totalmente disímiles, su punto de vista se parece al de muchos partidarios de la acción directa, para quienes un intelectual sólo alcanza a valer si entra en esa acción o en el peor de los casos se deja controlar por quienes la dirigen y se vuelve mero portavoz de esa acción.

Los que pensamos que de muchas maneras puede y debe lucharse por la libertad, sabemos ya que nuestro trabajo dista infinitamente de lograr lo que quisiéramos en el caso de Chile, pero que de cien maneras diferentes llevamos ya casi dos años jabonándole el piso a la junta militar, que lo sabe de sobra a juzgar por sus rabiosas rea·ciones a cada reunión del Tribunal

Russell o, recientemente, de la Comisión Internacional reunida en México. Pero hay mucho más que eso, puesto que no se trata de perder el tiempo con una mera guerra de nervios. Quienes conocemos un poco la situación europea, hemos podido ver hasta qué punto la solidaridad internacional hacia el pueblo chileno, basada en la información de la prensa, los escritores, los sociólogos, los artistas, ha determinado una inequívoca presión popular sobre los gobiernos de muchos países europeos; y de ahí una de las razones mayores para el estrepitoso fracaso de la reunión del llamado "Club de París", del que la junta esperaba moratorias y auxilio económico. Aquí el piso estuvo tan enjabonado que las repercusiones internas no tardaron en manifestarse; es más que probable que el gabinete chileno no hubiera renunciado de haberse conseguido los éxitos que se esperaban en la reunión del "Club de París" y probablemente en otras menos importantes pero igualmente imprescindibles para la junta. ¿Vale o no la pena, entonces, escribir esto, leerlo, transmitirlo, entrar en una acción donde la libre palabra muestra inequívocamente su eficacia? ¿Vale o no la pena repetir por todos los medios: *Delenda Pinochet*, y mostrar una vez más, mil veces más, por qué?

Los casos concretos

Dentro de esa línea de conducta, mi trabajo catoniano es y será un obstinado trabajo de denuncia; en cada columna que me ofrezca un diario o una revista haré lo que hago ahora en *El Sol*. Ya sabemos que es penoso ocuparse de casos individuales puesto que todo un pueblo sufre bajo la bota de Pinochet, y que por lo general los casos individuales corresponden a personas favorecidas en el plano social, intelectual o económico, en otras palabras "gente conocida". Pero una vez más no hay que caer en la cobarde prescindencia liberal; yo no tengo la culpa de conocer el caso de un escritor o un artista encarcelado, y a la vez ignorar el de un minero o el de un indio mapuche igualmente vejados por la junta. Por paradójico que sea, caer en generalidades, hablar de "miles de encarcelados" es menos eficaz como denuncia de los métodos de la junta. Nadie ignora ya la suerte común de esos miles; pero su suerte se vuelve más clara, más precisa y más horrible cada vez que se la ilustra con situaciones individuales, con detalles precisos, con uno de los muchos círculos de ese infierno en que se ha vuelto Chile.

Gente amiga me hace llegar cartas desde allá. En una de las últimas (4 de julio) se me informa sobre el caso de Julio Stuardo, ex Rector de la Universidad de Chillán y ex Intendente de Santiago. Apresado poco después del golpe militar, los cargos contra él eran de tan poca cuantía que un juez le otorgó la libertad bajo fianza. En el momento en que salía de la cárcel, fue nuevamente detenido y sigue preso sin que el aparato judicial haya reaccionado frente a ese atropello. En un martirio que dura ya *un año y diez meses*, Stuardo ha conocido las cárceles y los campos más siniestros de Chile: el Estadio Nacional, la Isla Dawson, Punta Arenas, Tres Álamos, Ritoque, y ahora la más "normal" Cárcel Pública donde no se le permite siquiera el uso de una máquina de escribir.

Un caso como éste, entre miles y miles, muestra un fenómeno que un día será necesario indagar sociológicamente: el del *ensañamiento*. Hay tiranías expeditivas, que matan o destierran a corto plazo; la junta se especializa en prolongar los sufrimientos, desplazar a los presos, jugar con ellos como el gato con el ratón, soltarlos para volver a atraparlos. Se piensa en ese horrible y admirable relato de Villiers de l'Isle-Adam, *El suplicio de la esperanza*, en el que la víctima de la Inquisición descubre que puede escapar de su celda, arrastrarse interminablemente por los subterráneos en tinieblas hasta vislumbrar una salida, y en ese instante final en que ya respira el aire de la noche y ve las estrellas de la libertad, una mano se posa en su hombro y la voz del Gran Inquisidor murmura en su oído: "¡Cómo, hijo mío! ¿Ibas a abandonarnos?".

El mismo informante —que conocí personalmente en Santiago y que merece toda mi confianza— me pide que dé a conocer lo ocurrido con Gonzalo Toro Garland, profesor de la Escuela de Artes Musicales. Si bien en un principio no parece haber sido molestado, en abril de 1974 fue agredido en plena calle y recibió cinco heridas de bala. Conducido al hospital militar, pasó por dos operaciones y sobrevivió a sus gravísimas heridas. En agosto lo sacaron del hospital "para prestar declaración": han pasado once meses *y no se sabe absolutamente nada de él.*

Frente a cosas así, señores liberales con buena conciencia (buena conciencia que consiste en decir: "Claro, es horrible, pero fíjese lo que pasa en la URSS, en realidad todo va tan mal…") se comprende de sobra que la junta cierre las puertas del país a las comisiones internacionales de investigación (el último caso es el de los enviados de las Naciones Unidas). Si no tuviera las consecuencias que tiene, uno hasta podría divertirse con el razonamiento de la junta para explicar su negativa, que puede resumirse así:

a) Los países comunistas son la cuna y el vehículo de contagio del cáncer marxista;

b) Los países comunistas no aceptan comisiones extranjeras de investigación;

c) Por consiguiente, Chile no las acepta tampoco.

En otros términos, la junta toma como ejemplo y jurisprudencia la conducta de aquellos a quienes execra y contra los cuales pretende estar en lucha. Otra variante, según las informaciones, es que la junta habría dicho que el día en que los países comunistas permitan la entrada de comisiones investigadoras, Chile hará lo mismo, o sea que aceptaría el ejemplo del enemigo. Confieso que me fascinan las lógicas heterodoxas a la manera de Lewis Carroll; la que acabo de ilustrar figura entre las más delirantes.

De una tumba sin sosiego

En estos últimos meses he hablado largamente con Matilde Neruda, de paso en París. No nos veíamos desde mi última visita a Isla Negra, en febrero de 1973, víspera de las elecciones que la Unidad Popular habría de ganar frente a la marea del odio y la mentira piloteados desde fuera y desde dentro. Aunque postrado y débil, Pablo guardaba su vitalidad de siempre y confiaba en las fuerzas profundas de su pueblo; Matilde, junto a él, era el símbolo de esa fuerza, y su sonrisa derrotaba la fatiga y la inquietud. Ahora he encontrado a una Matilde que ya puede permitirse no sonreír, y que mira hacia su patria con ojos en los que flotan todavía las visiones de la muerte, del fuego, del espanto. Y aunque me sobran las informaciones sobre el desolador panorama de la vida diaria de su pueblo, lo que ella me cuenta cae como un lento paño negro sobre las cosas y sobre los días.

Mucho se ha hablado de la tumba de Pablo Neruda, una más entre tantos miles, pero simbolizándolas a todas. Él había querido que lo sepultaran en Isla Negra, mirando hacia el océano que tan admirablemente resuena en el *Canto general*. Inútil decir que la junta no lo permitió y no lo permite aunque varias veces haya rendido su más hipócrita homenaje al poeta muerto. De la bóveda del cementerio de Santiago donde fue enterrado en un principio, hubo que sacarlo como resultado de presiones en las que el miedo y la amenaza debieron estar presentes como en todo lo que ocurre en Chile. Matilde, forzada por las circunstancias, debió colocar el féretro en un nicho del cementerio de Santiago, a la vez que continuaba sus esfuerzos para que le permitieran llevarlo a Isla Negra. Tal como me lo dijo, no existe ninguna razón para que le nieguen el cumplimiento del último deseo de Neruda, salvo el otorgamiento de un certificado de salubridad por parte de las autoridades locales.

Aquí interviene otra vez el miedo. A pesar de la insistencia de los pedidos, ninguna de esas autoridades se atreve a asumir la responsabilidad de otorgar el certificado necesario, y a esta altura de las cosas parece evidente que si Pinochet en persona no da curso al pedido, éste seguirá archivado *sine die*.

—Pablo quiso siempre que lo enterráramos frente al mar, frente a ese Pacífico que rompe sus olas bajo las ventanas de la casa de Isla Negra. Ahora está entre una multitud de tumbas, muchas de ellas de amigos y compañeros caídos en los días del golpe de septiembre; desde su nicho se ve un enorme campo de cruces negras, tumbas de pobres, al ras del suelo, que sólo algunos ramos de flores diferencian.

La voz de Matilde, serena y lenta, es como un resumen de ese otro mar de lágrimas que ella ya no deja salir; frágil pero dueña de una entereza que tantas veces mostró en las horribles circunstancias de la muerte y el entierro de Pablo, sus palabras dicen mucho más de lo que registra el oído; contienen la visión de la casa destrozada y saqueada en Santiago, de los libros y los objetos flotando en los charcos de las habitaciones azotadas por una furia vandálica; contienen lo que todos hemos visto en el cine y la televisión, el entierro de Pablo rodeado de compañeros lo bastante heroicos para gritar su nombre en medio de las bayonetas y las ametralladoras.

—Pienso que Pablo está contento de dormir entre esas tumbas de pobres —agrega Matilde—, pero para mí es como si no estuviera enterrado. No lo he enterrado como era mi deber, y eso me pesa en la conciencia. Quisiera que repose allí donde siempre quiso estar, en Isla Negra y frente al mar. También yo puedo morirme, en Chile o lejos de Chile; entonces, ¿quién lo llevará a su casa? ¿Quién se ocupará de trasladar sus restos? No lo sé, y esa incertidumbre no me deja dormir en paz, no me deja mirar de nuevo hacia adelante.

Bruscamente —y es más que una simple asociación de ideas— pienso en Palinuro, el joven piloto de Eneas en la epopeya de Virgilio, cuyo cuerpo no ha recibido sepultura y desde las sombras del Hades suplica al héroe troyano que le dé la paz definitiva. Esa tumba sin sosiego, como la llamó Cyril Connolly, es hoy también la tumba de Pablo Neruda como otro negro símbolo de los que ahogan a los nautas y a los poetas, a los que empuñan el timón de la historia para llevar al hombre a un futuro más justo y más hermoso.

Pero Matilde tiene razón cuando dice que a Pablo no le duele dormir entre las tumbas de los pobres, y por mi parte sé que también estaría contento si pudiera conocer el cumplimiento ejemplar de su último mensaje de combate. Lo que él calificó de "incitación al nixonicidio" en los poemas escritos en plena lucha de la Unidad Popular contra los dólares de la CIA, es hoy una de las pocas cosas positivas en el oscuro horizonte que nos cierne. Un nixonicidio para el cual no fueron necesarios agentes extranjeros, chilenos u otros, puesto que el propio pueblo norteamericano se encarga de borrar de la historia a quien lo estaba cubriendo de vergüenza. En el momento en que termino esta página leo que el *New York Times*, basándose en fuentes gubernamentales, sostiene que el 15 de septiembre de 1970 (once días después del triunfo electoral de Allende) Nixon autorizó personalmente una nueva intervención de la CIA en Chile, luego de reprocharle su falta de eficacia y reforzar su acción con la módica suma de diez millones de dólares. Todo esto no podía saberlo Pablo, y sin embargo de alguna manera lo sabía y lo sabíamos todos. Su incitación al nixonicidio no necesitaba justificaciones complementarias, pero es bueno que las cartas caigan por fin boca arriba en el tapete. Sí, a Pablo le hubiera gustado leer esta mañana el *New York Times*.

(1975)

Tres notas complementarias

I.

Sé que el término *fascismo* como lo empleo aquí no corresponde exactamente a su connotación histórico-política. El fascismo mussoliniano nace como un movimiento autónomo y soberano, a diferencia de los regímenes actuales de Chile o de Uruguay que sólo pueden triunfar y mantenerse gracias a una total dependencia del imperialismo norteamericano. En ese y otros sentidos deberíamos contar con un término más ajustado a la realidad, pero a la vez cabe seguir empleando el de fascismo en la medida en que *por debajo* de las condiciones históricas, esos regímenes responden a las mismas pulsiones del fascismo italiano y del nazismo alemán: la misantropía, el desprecio y el miedo.

II.

Vivir en Francia es una buena plataforma de observación para apreciar conductas individuales y colectivas que se pretenden motivadas por la libertad, la justicia y el respeto de los derechos humanos, pero que en un plano irracional ponen de manifiesto latencias sádicas y en último término fascistas. Me ha interesado seguir de cerca, reuniendo toda la información posible, los grandes procesos criminales de los últimos veinte años en Francia; este interés, basado al principio en razones tan simples como las del doctor Samuel Johnson ("soy un observador de la naturaleza humana, señor"), se fue apartando pronto de los actores principales del caso, víctimas o asesinos, para concentrarse en los que a su vez se concentraban en torno al proceso, público en general, periodistas y lectores de la prensa, asistentes a las audiencias, comentarios de café, de TV y de salón comedor. Después de haber vivido las reacciones públicas frente a procesos célebres como los de *Monsieur Hill*, Fesch, Buffet y Bontemps, y ahora el de Patrick Henry, es posible un esbozo de síntesis que confirma una vieja y conocida certeza: en este país y en cualquier país, la ejecución legal no es un acto de justicia sino de miedo. No al ejecutado, por supuesto, sino a cualquier disrupción que empiece más allá de la puerta de la calle; miedo al vecino, miedo a todo lo que vive y se agita en la ciudad y en el país y en el mundo. Un miedo que casi siempre se ignora como miedo y que se manifiesta en el plano consciente como voluntad de orden, de disciplina, de respeto a valores axiomáticos. El hombre es el lobo del hombre, y el hombre tiene miedo del lobo y su miedo lo lleva a ser el lobo, lo lleva a aullar en francés o en italiano o en español y a reclamar con perfecta racionalidad, con total sujeción a las leyes y a los derechos humanos, que un asesino sea decapitado o colgado para que la ciudad duerma esa noche más tranquila, más segura, más fascista.

Acabo de ver fotografías del público reunido frente al tribunal de Troyes, que juzgaba a Patrick Henry, asesino del niño que había secuestrado para obtener un rescate. Contrariamente a todas las presunciones (a todas las esperanzas, sería mejor decir) el jurado de Troyes tuvo el increíble coraje de hacer frente a la opinión pública y admitir circunstancias atenuantes que en un segundo cambiaron la guillotina por la prisión perpetua. Las fotos muestran a los vecinos de Troyes enterándose del veredicto: madres de familia, ancianos jubilados, jóvenes estudiantes, burgueses y obreros y pequeños empleados. Cada uno de ellos es un lobo frenético de rabia, aullando su odio y su decepción, insultando a una justicia que ha osado quebrar las reglas del juego. Nadie tiene miedo, desde luego, nadie será ya amenazado por Patrick Henry. Nadie es fascista, desde luego, se está en la derecha liberal o en el centro liberal o en la izquierda liberal. Se asiste una vez más al escamoteo total de la verdad, a un juego de cartas en que cada baraja sustituye a otra, la disimula y le cambia el valor. Esas caras son máscaras de caras que son máscaras de caras y así hasta lo más hondo, y en lo más hondo está el hombre en una sociedad que hace de él un lobo y que lo lanza a la calle con la cara de un hombre que debe denunciar y exterminar a los lobos para que los hombres puedan dormir tranquilos.

III.

La reciente "liberación" de un sector de la juventud en Occidente ha suscitado los ditirambos de quienes ven en ella un signo de derrota del liberalismo y del capitalismo como mantenedores de una estructura social de defensa (de defensa propia, por supuesto). Lo que no parecen haber observado es que en muchos sentidos ese sector de la nueva generación parece haber quebrado las murallas de la ciudad para ganar los bosques, allí donde el aullido tiende a reemplazar a la palabra.

Un sábado por la noche en el centro de París o de Londres es una renovada tentativa semanal de por lo menos instalar el bosque en la ciudad. Hombres y mujeres de 16 a 25 años convergen como por convenio tácito hacia la manada, el *gang*, la pandilla. Ver desfilar esos grupos sin fuerza económica (apenas el dinero para el cine y los tragos, o a veces con el pobre lujo de las motos y los blusones de cuero), es asistir a una errancia agresiva y estúpida; *rebels without a cause*, la mirada vacía y las bocas entreabiertas a la manera de los cantantes de *rock*. Gritos, gesticulaciones, carreras sin objeto; de golpe puede ser el ataque, la destrucción y el pillaje allí donde se dé la mínima oportunidad, corredor de metro o calle mal protegida. Esos muchachos, lumpen cultural de una sociedad en descomposición abierta, actúan desde un resentimiento perfectamente justificado, reaccionan frente a un sistema que los explota y los humilla a la vez que despliega ante ellos, pobres Tántalos, la deslumbrante vitrina de esas ciudades-tiendas de consumo que son, *inter alia*, Londres o París o Amsterdam.

Desde luego y dentro del cuadro urbano, esos jóvenes no incluyen a quienes se sitúan en la trayectoria obligada de las clases pudientes, con arreglo a la secuencia "educación-carrera-instalación en uno de los alvéolos previstos", y aún menos a los que provienen de medios políticos proletarios o pequeñoburgueses de definición socialista; *grosso modo*, la derecha y la izquierda urbanas encauzan a sus nuevas filas en una disciplina por lo menos exterior que no amenaza las murallas de la ciudad. Los otros, incapaces de reflexión política (lo que supone reflexión ética y una conducta coherente) actúan como lo que simplemente son: seres abandonados, frustrados, vegetando en un *antes* de cualquier cosa que pudiera situarlos y esclarecerlos, en otros términos humanizarlos en el sentido de pertenencia (el famoso *to belong* británico).

De esos grupos que no "pertenecen" se nutre, está históricamente probado, la primera etapa del nazismo. Todo lo que supone desborde, venganza (*per se*, contra lo que no es pertenencia) tiene asegurado de antemano el concurso de lo que los bien pensantes llaman "la plebe". Llenar las vitrinas de la ciudad con transistores o motocicletas deslumbrantes es invitar a la primera piedra y al pillaje, contra eso la policía y en último término, a la hora de la sangre, los jueces y la pena de muerte. O bien el Hitler que los hará pasar de víctimas a verdugos, de humillados a "superhombres".

¿Qué alternativa ofrece por su parte la sociedad capitalista? El trabajo, el ahorro, la compra a crédito: un día tendrás la moto y el transistor, trabaja y espera. Pero los sábados por la noche no son favorables a la paciencia o a la sobriedad; el odio al más favorecido, el desprecio al semejante, el miedo al que golpea y encarcela o la ciega obediencia al "duro" y al demagogo, se alían y se disimulan en la pandilla, es decir en la manada. Hobbes debió formular su axioma en plural para mostrar inequívocamente la pérdida del individuo en esa manada, la pérdida del hombre en los lobos. El fascismo ya está ahí, espera su brazal y su consigna y su botín.

1976

Nuevo itinerario cubano

Pequeña música nocturna

Podemos empezar este viaje por cualquier parte, digamos una playa de Isla de Pinos después de todo un día de andar a lo largo y a lo ancho, navegando en ese otro inmenso mar verde de las plantaciones de cítricos. Llegada la noche cenamos y descansamos en el hotel *Colony*, cuyo nombre suena como una broma irónica en pleno territorio libre de Cuba; al borde de la playa caliente y mosquitera que conoció el desembarco de los piratas clásicos y soportó más tarde a los otros, los civilizados piratas del norte, el hotel tiene las características de lo que se construía antes de la revolución: un enclave para gustos foráneos, la pausa que refresca, el club únicamente blanco.

Pero por lo visto los cubanos no han querido suprimir lo pintoresco que debía hacer agradables cosquillas a los plantadores y a los turistas; aún hoy somos recibidos por un portero vestido de pirata, que por lo demás se tutea con los responsables locales de las tareas agrícolas, de las construcciones escolares y de la irrigación. Un pirata revolucionario, grata sorpresa vespertina.

En el *lobby* (ha sido más fácil expulsar a los explotadores que a muchas de sus palabras ya arraigadas en la lengua) una pintura mural muestra con la cursilería adecuada un desembarco de bucaneros portadores del botín que se disponen a enterrar en cuevas inaccesibles a los cazadores de tesoros. Entre tanto, en el comedor se habla de cosas muy diferentes: Angola, las nuevas fábricas en construcción, las plantaciones de mangos y toronjas que cubren la isla como un jardín interminable y casi inverosímil. El ron y el tabaco que saboreamos son todavía los puentes secretos que devuelven a un pasado de piratas, y las mismas aguas lamen lentamente las mismas arenas.

Para el visitante y su mujer hay una sorpresa: como no tuvieron tiempo de visitar una escuela secundaria de las inmediaciones, porque en Cuba no se tiene nunca tiempo de ver todo lo que debería verse, gente de la escuela ha venido al hotel para estar un rato con ellos. Llenos de confusión nos enteramos de que los estudiantes nos esperaron esa tarde, y que como la música es para ellos una actividad importante, nos tenían preparado un concierto. De entre cientos de colegiales, una mínima y deliciosa delegación: dos niñas acompañadas por un joven profesor, una muy blanca y otra muy morena, Myriam y María Cristina. Traen en los brazos sus guitarras, pero a mí me parece ver aún el gesto con que debieron acunar no hace mucho a sus muñecas; una tiene catorce años, la otra un poquito más.

Como siempre en Cuba (y ésta no es una referencia casual sino el resumen positivo de la condición histórica y psicológica de todo un pueblo), María Cristina y Myriam son discretas y comunicativas a la vez, sin falsos rubores ni modestias aprendidas. Simplemente tenían y tienen ganas de cantar para nosotros, mostrarnos entre café y café lo que todos ellos viven cada día en su escuela del campo. Nos enteramos de que compiten en una selección de cantantes juveniles que comienza en el nivel local y va subiendo hasta terminar en un gran festival en el que unos pocos triunfan sobre cientos de participantes. Las dos, claro, confían en llegar al final y traer el galardón para su Isla de Pinos, que no por nada se llama la Isla de la Juventud; la emulación, esa palabra que suele ser mal interpretada como sinónimo de presión estatal indirecta, es aquí signo de un deseo de superación, el mismo deseo que ha acabado con el mito de la superioridad de los deportistas profesionales sobre los aficionados, y que está dando a Cuba tantas medallas en los juegos y los torneos de todo el mundo.

En la lenta y caliente noche de la costa, nada más delicioso que escuchar a Myriam y a María Cristina, entrever más allá de esas caras infantiles a dos mujeres llenas de savia, de fuerza interior, de un talento que rebasa las promesas usuales en esa edad. Tal vez han sido escogidas teniendo en cuenta la diferencia de sus gustos y de sus temperamentos, para darnos un panorama más completo de las tendencias de la canción popular; en todo caso Myriam gusta de la "nueva trova", tentativa a la vez popular y refinada de sacar a la canción de sus carriles tradicionales sin quitarle su fuerza y su poder de comunicación. Con una pequeña, afinadísima voz, canta las canciones que a veces les escuchamos a Pablito Milanés, a Silvio Rodríguez, a tantos otros que hacen música revolucionaria en un sentido que no es sólo el patriótico o el conmemorativo. Me asombra su capacidad de frasear melodías particularmente difíciles, de comprender y expresar palabras que poco tienen que ver con las de los boleros o las rumbas más populares. Y en un momento dado nos ofrece una canción con letra y música propias; como viejo melómano pienso que podría haber sido firmada y cantada por el mejor artista de la nueva trova; que Pablo y sus amigos lo verifiquen si quieren, vale la pena.

A cada una de las canciones de Myriam sigue otra de María Cristina, y el cambio es impresionante y hermoso; la mulatita tiembla en su silla, clava los dedos en la guitarra, su voz adolescente se abre en ese desgarramiento que es el signo de la música negra, nos posee con un ritmo a la vez primordial y complejo, sus canciones de amor son profundamente eso, la voz de una mujer enamorada que sufre o goza, que llama o rechaza, la voz de Benny Moré, la voz de Bola de Nieve transmutadas por un cambio sutil de los tiempos, moviéndose bajo otros vientos más exigentes pero que acariciarán siempre las mismas palmas, las mismas cinturas.

Otra cosa que parece escapar a los presentes me conmueve. Más de una vez estas niñas cantan canciones cuyas palabras se permiten libertades que serían mal vistas en otros contextos donde todavía se hace sentir un puritanismo pacato, una confusión equivocada entre amor y libertinaje, entre erotismo legítimo y pornografía degradante. Sin la menor vacilación, perfectamente segura de la legitimidad de los sentimientos que expresa, Myriam canta una balada de amor en la que varias veces la mujer le dice al hombre: *Tómame o déjame*, palabras que ninguna metaforización puede privar de su sentido más directo y hermoso, y por su parte María Cristina entona una apasionada declaración que ya nada tiene que ver con novias y doncellas: *Amante mío*... Escucharles esos gritos de la sangre a colegialas sumergidas aplicadamente en aritmética y nociones de economía socialista, es como entrever una vez más que los caminos de la historia, es decir de la vida, pasan por zonas indefinibles a la luz de la lógica; y que hay allí como una balanza buscando su equilibrio, hasta el día en que el fiel se detenga en ese punto que bien podemos llamar la felicidad.

Miro sin demasiada insistencia los rostros de los amigos cubanos que nos acompañan, buscándoles alguna huella de disentimiento o represión; no la encuentro, aunque sé que la encontraría inmediatamente fuera de un contexto artístico. Pero siento que no importa, que por muchos caminos diferentes se llega a La Habana o se sale de ella. Y ahora las chiquitas se van a dormir porque mañana hay exámenes y es tarde y grandes bostezos. Las vemos partir con tristeza y agradecimiento, nos han llenado la noche de belleza, de terreno ganado. Buena suerte en el festival, María Cristina y Myriam.

Alamar, o las mil y una noches del trópico

Hace seis años y medio pasé por Alamar y desde la carretera vi la planicie bajando hacia la costa; un mínimo poblado tendía su pobre biombo entre los ojos y el azul violento y salado. Hoy ya no se ve la costa en Alamar; como en los cuentos árabes, como en los espejismos, una ciudad nació de la nada hasta cubrir hectáreas y hectáreas con sus bloques multicolores, sus calles y sus jardines, y allá arriba algún barrilete que un chico remonta para jugar un rato con el viento y los pájaros.

Como Alamar (bonito nombre que da un deseo de seguir en verso, de largarse tras las simples, bellas rimas) hay ahora en Cuba muchas poblaciones nuevas al borde de las grandes ciudades o en la antigua soledad hostil de los campos y los montes. Alamar está al lado de La Habana pero hay otros Alamares igualmente grandes y hermosos (como el de Holguín, por ejemplo). Claro que esto no es una guía de turismo y a usted le toca descubrirlos por su cuenta, pero apúrese si quiere verlos todos porque se multiplican como conejos.

Las necesidades en materia de habitación son enormes en Cuba; la demografía no se para en tonterías, y en todas partes hay tantos niños que Herodes se suicidaría a la sola idea de ser proclamado tetrarca en semejante país. La gente se casa joven en Cuba, y nadie se inquieta ya por su prole; puesto que estamos en plan de alusiones arcaicas aquí puede afirmarse que cada niño nace con una escuela bajo el brazo, y decir escuela es decir mucho más, un sistema de asistencia social, una gratuidad que llega a inquietar a fuerza de amplitud. Esto último no lo digo por completar una frase; alguien que está más que calificada para saberlo, insistía con una fuerza que no alcanzaba a disimular la alegría y la ternura, que se dan demasiados uniformes y equipos nuevos a los niños de las escuelas, con lo cual éstos tienden a cuidar un poco menos los que están usando. ¡Poder decir una cosa así *en América Latina*! Como Alamar, hay aquí prodigios que parecen una fábula oriental hasta que se los ve y se los palpa.

Pero las fábulas nacen de la imaginación, y en cambio estos millares de bloques de departamentos, plazas, jardines, gimnasios, centros de asistencia social, han sido creados día a día por manos fatigadas que ya llevaban muchas horas de trabajo en otras cosas. Todo nació de un grupo de obreros que propuso al gobierno dedicar un tiempo suplementario para levantar las construcciones necesarias para sus familias; así nacieron las "microbrigadas", equipos de treinta y cinco personas, mujeres y hombres asesorados por arquitectos y técnicos. Se decidió que mientras la microbrigada se dedicara a la construcción, los restantes obreros de su fábrica trabajarían fuera de horario para que los planes industriales o de suministros no se resintieran por esa diversificación de las tareas. La idea fue aceptada y puesta en práctica; inmediatamente se la siguió en escala nacional. Los resultados están ahí, en cal y canto; desde que salí de Cuba ya muchos otros barrios y comunidades se habrán sumado a los que alcancé a ver.

Una arquitecta argentina que trabaja en ese plan me dijo entre dos jornadas de trabajo: "Qué querés, al principio hay paredes que salen medio chuecas, pero todo se compone poco a poco y la gente aprende y le gusta aprender". Yo no vi paredes chuecas, claro que a lo mejor se habían caído. Todo estaba a plomo y había macetas con flores en las ventanas. De muchos balcones salía música; los viejos tomaban sombra mirando los televisores. Los árboles son todavía jóvenes y las áreas verdes necesitarán mucho riego para darle a cada centro de habitación su marco más bello; la vegetación incipiente muestra la infancia de ese urbanismo destinado a darle un hogar cómodo a cada familia. Los cubanos no se duermen en los palmares, muchos otros centros urbanos esperan su hora en los centros de planificación. Le dije a mi amiga la arquitecta: "Ustedes deben estar desbordados de trabajo". Me contestó: "Por supuesto, a veces hay más problemas que soluciones. Pero mirá los resultados y pensá en otros países del continente…".

¡A quién se lo decías, monona!

Un arte del pueblo cuando el pueblo puede tener un arte

Los cubanos son insensatos; desde que los conozco para nuestra sonriente exasperación recíproca, han pretendido que en poquísimo tiempo yo absorba todo lo absorbible en cualquier terreno, e incluso lo no absorbible (en mi caso los datos científicos, las estadísticas, la tecnología y el proceso completo de la preparación de los camarones congelados). Hace tiempo que me he rendido a su exuberancia, pero en la medida de mis fuerzas trato de convencerlos de que de cuando en cuando necesito dormir o dedicar dos o tres horas a la importante y rejuvenecedora tarea de no hacer nada. Ahora bien, estos enloquecidos cronopios entienden que una de las formas merecidas del descanso consiste en ver el cine que han hecho en estos últimos años, y cuando me doy cuenta estoy en manos de Saúl Yelín y de Sergio Vigoa que me instalan en una sala de proyección del ICAIC y me inundan de celuloide.

Claro que no solamente no me quejo sino que una vez más siento que el cine —junto con la pintura y la música— es hasta ahora el gran arte de la Revolución Cubana, su enlace más vital con un pueblo tan lleno de sensibilidad estética. Frente a formas de comunicación menos logradas como el teatro y el periodismo, frente a una literatura que lucha por encontrar la difícil clave de una escritura a la vez presente y abierta hacia el futuro, el cine cubano se mueve dentro de una línea que desde un principio me pareció la más eficaz: llegar a la cabeza del pueblo sin el fácil procedimiento de apuntar a sus pies. Uno de los ejemplos más conocidos es el de las películas documentales de Santiago Álvarez, pero muchos cineastas cubanos conciben y realizan sus trabajos con la misma exigencia política y estética. Así empezó también el teatro de la revolución, pero circunstancias que creo superables lo fueron alejando en el doble plano de la creación y del público. (Mucho se habla ahora del grupo teatral del Escambray, que trabaja por así decirlo al aire libre y cumple la gran experiencia de buscar un diálogo inmediato con el público, en gran medida autor y partícipe de la representación; no me fue dado asistir a una de sus jornadas, pero se me ocurre que de ahí puede surgir lo que el teatro "de ciudad" no alcanzó a completar después de una primera etapa brillantísima.)

De las muchas películas que me pasaron pienso ahora en un cortometraje, *El arte del pueblo*, que me sirvió para comprender una especie de locura endémica atisbada a lo largo de mis andanzas por Las Villas, Oriente y la zona de La Habana. Apenas se echa una ojeada a las aulas de una escuela, a las ventanas de una casa, a las vitrinas de una tienda, se ven innumerables estatuillas de papel maché pintadas con un entusiasmo y una fantasía sólo comparables con sus formas y sus temas. Flores, hipopótamos, barcos, pájaros, mariposas, José Martí, cañeros, parejas, cocodrilos, héroes del Moncada, tractores, estudiantes, sin contar las tentativas escultóricas de una fauna imaginaria, sirenas o centauros y otros bichos indescriptibles. María Rosa Almendros me explicó que era la gran moda, y que medio mundo, grandes y chicos, pasaba sus horas libres amasando, modelando y pintarrajeando papel maché. El día en que vi la película comprendí por fin el proceso por el cual una actividad escolar mínima había terminado por ganar las casas y hasta la calle. Y en este proceso mucho tenía que ver Ñica.

Fuera de Cuba no se conoce suficientemente a Antonia Eiriz, pintora, grabadora y escultora, pero cuando la visité hace más de diez años en su casita habanera, sentí que era una gran artista, y además se sumó la historia del ensamblaje que voy a contar ahora mismo porque aunque no parezca tiene mucho que ver con esto del papel maché y otras locuras parecidas. En aquel entonces Ñica juntaba maderas viejas llenas de clavos, bisagras, alambres y otras porquerías aparentes, y las ensamblaba de tal manera que de golpe entraban en ellas la belleza y la gracia. Inútil decir que Ñica se dio cuenta de que sus obras me gustaban, y ahí nomás decidió regalarme un ensamblaje, pero fiel a muchas insensatas costumbres de la isla esperó el día en que yo me iba al aeropuerto con más carga que una caravana de tuaregs, y se me apareció con su regalo envuelto en unos periódicos precarios y atado apenas con dos vueltas de cordel anémico. (Hasta esas simples cosas eran escasas en aquellos años duros, y mientras escribo esto pienso en la diferencia actual; también un cordel y un envoltorio son pruebas históricas para quien sabe mirar y acordarse.)

El regalo de Ñica, entregado prácticamente al pie del avión, me planteó el problema de subirlo a pulso a la cabina e instalarlo sin lastimar a nadie, pero eso no fue nada comparado con mi llegada a París, donde un adusto aduanero miró el paquete del cual sobresalían maderas pintadas y fragmentos metálicos, y quiso saber de qué se trataba. Opté por decirle que era un objeto sin valor artístico, porque los aduaneros franceses piensan siempre que uno trata de pasar con la Gioconda bajo el brazo, pero no se convenció y quiso que le abriera el paquete, como si no estuviera ya lo suficientemente roto. Al ver que no se trataba de un mero juguete, el cancerbero empezó a amontonar las cejas en un solo lugar de la frente, y yo me veía ya pagando una suma considerable cuando del ensamblaje se desprendieron dos clavos herrumbrados y una bisagra. El aduanero los miró rodar por el piso, y con un gesto despectivo me dejó pasar sin más; yo aproveché, por supuesto, para juntar los clavos y la bisagra porque aunque no cambiaban para nada la apariencia del ensamblaje, si Ñica los había dejado en él sus razones tendría.

A todo esto me están pasando el documental, y de golpe veo a Ñica con los alumnos de una escuela primaria de su barrio, más tarde en el patio de su casa y en los hogares de los padres de los colegiales; simplemente Ñica les está enseñando a preparar papel maché, a modelar la pasta y a pintarla. Sin la menor puesta en escena, se ve a la población de la barriada descubriendo que sus manos y sus ojos sirven para otra cosa que el trabajo usual. Al principio son solamente los niños, a quienes Ñica deja inventar, equivocarse, trabajar solos o en grupo, llenarse el pelo y las ropas de acrílicos y pegoteos, pero después empieza lo mejor, la casi sigilosa y prudente llegada de las madres y las tías y al final los padres, primero testigos amables y distantes, luego ya dando una mano para que Pepito o Margarita completen mejor un trabajo, y finalmente instalándose en casa de Ñica o en sus propias salas, y entrando como poseídos en la gran fiesta de los colores y las formas.

Deliciosamente, la película los capta en pleno trabajo. Hay ese hombre que muestra orgulloso un bicho amarillento y explica: "Pues mira, yo lo que quería era hacer una jirafa, pero ya ves, por más que hice al final me salió este cisne"; hay la madre de familia que va formando su pequeño museo con las obras de toda la familia, hay sobre todo un sentimiento de participación, de consulta, de comentario vivo y alegre. Otra de las muchas formas del arte popular acaba de nacer y sigue invadiendo el país entero. ¿Lo invadiría así en Nicaragua, lo invadiría así en la Argentina? Nada de eso sería posible hoy en Cuba si no existieran las condiciones que lo crean y lo difunden; nadie haría mariposas o caballitos de papel maché si no se sintiera partícipe y beneficiario de una revolución que le da el clima propicio, lo alienta y lo acompaña.

De resentimientos, malas voluntades y otras formas de no querer ver

Ya sea en Francia o en cualquier país latinoamericano, cada vez que he vuelto de Cuba me he topado con un cierto tipo de preguntas cuyo trasfondo va más allá de la pregunta misma. Quienes las formulan son casi siempre los liberales, pero a veces incurren en ellas militantes de una izquierda que debería conocer mejor lo que ocurre en la isla. Me limito a las dos preguntas más frecuentes: "¿Hablaste con Fidel?", y "¿Se siente mucho la influencia soviética?".

Jamás, a mi vuelta de Inglaterra o de Italia, alguien me ha preguntado si hablé con la reina Elizabeth o con el primer ministro de turno. Se diría que una visita a Cuba carece de todo sentido si no culmina mágicamente en una entrevista con Fidel Castro; pero esto, que en sí es perfectamente positivo y deseable si las circunstancias lo permiten, contiene un sedimento muy diferente, la noción absurda de que el espaldarazo definitivo en todos los planos viene siempre de Fidel, y que todo se diluye y pierde su poder de convicción si por lo menos no se le ha estrechado la mano.

No seré yo quien explique aquí cómo un vasto, complejo y rico dispositivo de gobierno atiende el desarrollo de los múltiples sectores de la vida cubana. Si circunstancias históricas, pragmáticas y psicológicas situaron y sitúan a Fidel en su misión y su trabajo de comandante en jefe, él ha sido el primero en diversificar las funciones y las responsabilidades en un equipo más que numeroso, preparando las condiciones para un futuro crecientemente adaptado a la toma de conciencia y a la politización de todo un pueblo. Por eso, cuando un liberal latinoamericano o francés me pregunta con aire de gran concentración si he visto a Fidel, yo sé lo que está pensando aunque a veces no lo piense deliberadamente. Está pensando en la imagen verticalista que mucha gente se ha hecho de Cuba y que sus enemigos insisten en reiterar por todos los medios. Que yo no haya visto al presidente Kenyatta o al presidente Bumedienne cuando visito sus países, lo tiene completamente sin cuidado; pero no haber visto a Fidel suena casi como un fracaso, como que algo anda mal en Cuba o en el visitante. Sería para reírse si en el fondo eso no mostrara que la imagen de la Revolución Cubana no es siempre clara como debería serlo apenas se sale de sus fronteras. Y en esto los cubanos mismos tienen una responsabilidad que nunca me cansaré de repetir, y que debería llevarlos a una mayor reflexión.

En cuanto a la otra pregunta, merece una crítica equivalente. Que yo recuerde, a mi vuelta de la Argentina o de Costa Rica nadie me preguntó nunca hasta qué punto se sentía la influencia norteamericana; se diría que las personas a quienes esta influencia les merece un repudio, terminan aceptándola como una fatalidad mientras que la posible influencia de la URSS en Cuba les produce una acentuada urticaria mental.

¿Qué quieren realmente preguntar cuando preguntan eso? Los menos avisados saben de sobra que no solamente existe una coincidencia ideológica básica entre los dos países, sino que Cuba no hubiera podido resistir, sin la asistencia soviética, al infernal bloqueo yanqui y a la lacayuna complicidad de tantas naciones latinoamericanas. No pueden ignorar lo que representa el suministro de petróleo y la cooperación tecnológica para un pequeño país amenazado por el enemigo y excomulgado por sus hermanos de raza y de idioma. Pero a la hora de hacer la pregunta se diría que no saben o no quieren saber nada de todo esto, y que en definitiva lo que les molesta, para decirlo con el lenguaje que emplearía un argentino de la calle, "es que los rusos se metan entre nosotros". En ese nivel casi infrahumano por poco inteligente se sitúa la tonalidad de una pregunta que pretende mostrar gran interés por la salvaguardia de los valores específicamente latinoamericanos.

Quédense tranquilos, che. Esos valores no solamente siguen allí y mucho más altos que en tantos otros de nuestros países sometidos y despojados por las cocacolas de fuera y de dentro, sino que basta pasar unas semanas en Cuba para darse cuenta de que una cosa es el marxismo como ideología universal y otra muy diferente el que pudiera venir anotado y escogido y condicionado por directivas moscovitas. El petróleo sí llega, en buena hora, y llegan asesores y científicos y artistas y equipos de fútbol y de lucha libre, y hasta bichos para los jardines zoológicos, pobres bestias árticas condenadas a soportar los soles de la isla. Pero el socialismo como programa histórico, como línea de vida, como destino para un futuro mejor, es un socialismo de praxis cubana, de modalidades isleñas, de ritmo y de sangre y de colores locales.

Pero claro, el peso de los atavismos burgueses y liberales es casi insuperable sin la revisión profunda que cada interesado debería hacer de sus propios trasfondos, de su aire cultural acondicionado por D'Alembert, Thomas Jefferson o Giuseppe Mazzini. Los que hacen esas preguntas son los mismos que en Caracas o Buenos Aires compran con gran encanto un dentífrico yanqui, pero retroceden espantados cuando ven una lata de leche condensada soviética en cualquier tienda cubana. Sus reacciones nada tienen que ver con la inteligencia, están en un nivel visceral que viene de muy atrás, de abuelos y padres y escuelas y también, legítimamente, de la negra noche del estalinismo. Pero esa lata de leche no la exportó Stalin, y cuando los niños cubanos le hacen dos agujeritos y la chupan entusiasmados, nada sale de ella que no sea alimento y fuerzas para que sigan estudiando y jugando a la cubana. Para comprender todo esto no hay ninguna necesidad de pedirle una entrevista a Fidel, créamelo.

Puerquito atado a una estaca

—Míralos, están ensayando por la libre —me dice la responsable de la comunidad de Jibacoa. Quiere decir, claro está, por su cuenta.

Bajo un sol todavía duro, la flamante placita es como una sartén en pleno fuego, y en esa sartén se ven saltar pescaditos de todos colores. Pero estos pescaditos cantan y recitan, y por momentos se ponen en fila y hacen una especie de ronda. El mayor tendrá doce años y la menor siete; los niños preparan por la libre una pieza de teatro, y su directora tiene apenas catorce años, pero una vehemencia que le encabrita los brazos y le echa al aire las trencitas negras.

Nos acercamos, sabiendo que como siempre en Cuba nadie se molestará por ser sorprendido en sus actividades, y que los pescaditos actores estarán muy contentos de que los grandes los vean y los juzguen. Sentados al borde de una fuente, los vemos ensayar la acción dramática, y vaya si es dramática, como que una niña a quien le han dicho muchas veces que no cruce corriendo la calle, es embestida y muerta por un auto. Llanto y desesperación de sus compañeros de clase, recitado que de alguna manera enlaza con la tragedia griega (pero eso no decirlo ahí, no faltaba más), y finalmente repetición colectiva de los consejos de prudencia. Dos minutos de descanso (si se puede llamar descanso al ávido chupetear de caramelos y helados, y a las diversas carreras por la plaza) y la directora llama adustamente a un nuevo ensayo. La niña que debe echarse en el suelo y perder la vida por su imprudencia, no lo ha hecho con la suficiente convicción; en cuanto al coro griego jibacoano, tiende a champurrear su recitado. Bueno, empecemos de nuevo.

Esto pasaba al final de una larga visita a las comunidades de la región de Matanzas, pero aquí el lector necesita la misma explicación que yo había reclamado antes de conocerlas sobre el terreno. Años de dificultades y de pacientes experiencias mostraron que las nuevas formas de vida en Cuba llegaban lenta y trabajosamente a campesinos desperdigados en los cerros, los montes y las zonas de difícil acceso. Educación infantil y de adultos, servicios médicos, electricidad, implementos domésticos; otros tantos problemas a veces insolubles. Poco a poco, buscando una adaptación progresiva, se fueron creando pequeños núcleos de habitación en los cuales era posible ofrecer a las familias campesinas todo lo que una economía y una cultura primitivas les negaba. María Rosa Almendros, que ha puesto su inteligencia y su corazón en el trabajo de las comunidades, me contó cien anécdotas de esta lenta reconquista humana que muchas veces empieza por un fracaso, en la medida en que la parcela de tierra y el puerquito atado a una estaca son los tesoros del hombre del campo o del monte, que se siente atacado en lo más íntimo si se le propone cambiar su vida rural por un departamento o una casa de la comunidad. Las etapas comportan entonces una tarea psicológica e ideológica que lleva tiempo, pero que termina casi siempre con la admisión primero limitada y luego franca y abierta del campesino.

—Yo no quería saber nada, pero lo que se dice nada —me confía un jefe de familia que nos ofrece café en su departamento del segundo piso en la comunidad *El Tablón*, cerca del Escambray—. Tú sabes, que alguien viva encima o debajo de ti, y esas escaleras, y luego que ya no tienes tus cosas...

(Yo me acordaba de la unidad de habitación que Le Corbusier, nada menos, había construido en la India, y en la que los moradores preferían dormir en la calle antes de pasar la noche bajo techo, simplemente porque los habían instalado sin preparación previa.)

—Pero luego él se dio cuenta —me dice su mujer, que acuna a su nieto mientras cuela el café—, y yo, usted lo está viendo, cuando me mostraron la máquina de lavar, porque aquí cada familia la tiene, igual que el televisor y el refrigerador...

La hija mayor, una muchacha que estudia inglés, ríe mirando a los viejos, y los deja hablar. Ya ella ha dado el salto, vive una vida activa, está por tener su segundo hijo, la apasionan los estudios y el teatro. El viejo asiente, la televisión es buena cosa, y él con su reumatismo, en el campo el curandero le recetaba brebajes pero ahora el dispensario se ocupa de él y lo lleva muy bien.

—¿Y el campito? ¿No extraña eso, compañero?

—Sí, claro, sobre todo al principio, pero los compañeros tienen razón, aquí nos ayudamos entre todos, tenemos cine dos veces por semana, la otra vez vino un circo, yo leo el diario por la mañana... (Acentuando el *yo leo* y a buen entendedor pocas palabras.)

Acumula los datos positivos, como para desalojar una última nostalgia rebelde. Los agricultores trabajan ahora en los cultivos de la comunidad, está la granja avícola, las vaquitas. Ya no hacen falta los caballos porque el pueblo tiene una red de autobuses y además, cosa al principio increíble, un taxi permanente para cualquier viaje extraordinario. (Esto de los taxis es para mí la gran sorpresa, porque las comunicaciones siempre me habían parecido precarias en Cuba. La isla cuenta con flotillas de taxis flamantes, importados de la Argentina, y que no se reducen solamente a las grandes ciudades.)

Visitamos el centro comercial, organizado al modo de los supermercados con sus carritos y sus vitrinas, vemos la escuela, el dispensario, la sala de fiestas y el anfiteatro. Un viejito riega las plantas y el césped que bordean las calles. Me explican que al principio andaba triste porque ya no le correspondía trabajar por razones de edad y se sentía inútil, él que hubiera trabajado en el monte hasta el día de su muerte. Pidió que lo dejaran ser el jardinero, y ahí esta con su manguera y su pala ocupándose del jardín de todos, fumando despacio su tabaco.

No creo que ya nadie piense demasiado en el puerquito atado a la estaca; ahora le basta abrir la nevera y poner o sacar la carne que compró en el supermercado. Y entre tanto los niños, los mismos que se criaban solitarios e ignorantes en el monte, siguen ensayando su gran obra de prevención social: *Diviértete todo lo que quieras, pero no cruces corriendo la calle.* Bueno, ahora estuvo mejor, dice la directora de trencitas negras. Otra vez y nos vamos todos a la piscina…

Intermezzo: ballet

Se habla mucho de niños en estas páginas, me doy cuenta al releerlas. La razón es simple: si hubiera que definir el centro de interés de la Revolución Cubana, ese centro sería para mí la infancia, y lo que en otros países no pasa de una declaración sentimental de principios, aquí se palpa a cada instante en las formas más variadas y más ricas.

Hay signos, además, de que los responsables de la educación y la cultura buscan progresivamente una modificación revolucionaria del estereotipo humano a partir de la primera infancia, sospechando acaso que para crear el "hombre nuevo" no basta la mera formación ideológica si al mismo tiempo y desde un principio no se enriquecen y se encauzan las máximas posibilidades de la persona humana. Un ejemplo entre muchos: a la noción tan hispanoamericana de rígida diferenciación sexual, de machismo y falocracia a rompe y raja, aquí empiezan a advertirse modalidades más flexibles para que esa diferenciación se cumpla sin cartabones, por simple ritmo vital y no por la férula "pantalón-falda". Muchas veces se ha reprochado a los cubanos un criterio estrecho acerca de problemas tales como la homosexualidad (criterio extrapolable a buena parte del mundo), y es cierto que sus secuelas fueron lamentables durante muchos años. Si en ese terreno *toda América Latina es idéntica*, si en el caso de los adultos suele ser tarde para modificar puntos de vista demasiado arraigados, en cambio es posible orientar a las nuevas generaciones en un terreno donde la sexualidad no sea ni más ni menos que uno de los elementos de la persona, sin hiper ni hipovaloraciones, sin tabúes machistas que como se sabe de sobra suelen encubrir algo muy diferente.

Y eso se percibe apenas se visitan las escuelas cubanas y se asiste a la preparación física y estética de los niños y los adolescentes. La danza, por ejemplo; los padres de otros tiempos no hubieran permitido que sus niños varones entraran a formar parte de un cuerpo infantil de ballet, reservado exclusivamente a las mujeres y con el presupuesto de que los bailarines eran todos maricones (sic). Actualmente hay en Cuba gran cantidad de escuelas que incluyen cursos de danza en sus estudios, y esos cursos comienzan con los niños más pequeños a fin de ganar tiempo en su desarrollo estético. En la ciudad de Holguín vi un ensayo de ballet; era en vísperas del gran festival de Camagüey al cual concurrirían los conjuntos de danza de numerosas escuelas de toda isla, y una vez más la emulación interescolar llegaba a su punto máximo de entusiasmo. Padecí enternecido una gavota bailada por niños de seis a ocho años, y hay que reconocer que lo hacían muy bien, probablemente a costa de la salud mental y física de la pobre maestra de baile. Luego vinieron "los grandes", y ahí se vio lo que puede dar una selección rigurosa a lo largo de cuatro o seis años; nunca he visto ballet juvenil en otros países socialistas, pero aquí me maravilló la perfección que alcanzan los adolescentes, su plástica y su expresividad. Más tarde supe que el grupo de Holguín había alcanzado menciones honorables en el festival de Camagüey, de donde deduzco la calidad que tendrían los triunfadores del certamen.

Por si fuera poco, estos niños bailaban una música interpretada por un conjunto de violinistas de su misma edad, perfectamente afinados y concertados. Dos de ellos se presentaron luego como solistas, y no creo que a Menuhin o a Isaac Stern les hubiera disgustado escucharlos. Todo eso, por supuesto, ocurría en un clima de euforia, de bromas y de risas, ese clima de vida cotidiana que parece ser la tónica de la infancia en esta Cuba desbordante de fuerza. Supe que un coreógrafo soviético había roto el fuego en Holguín, y que la escuela contaba ya con profesores jóvenes que continuarían su tarea. Danzas clásicas, por supuesto; y también por supuesto los ritmos africanos latentes y todopoderosos en esos cuerpos flexibles, negros, blancos, mulatos, toda la gama del mestizaje. Giselle yoruba, lago de cisnes con caimancitos, espectro de la rosa que se vuelve orquídea o framboyán.

Mitín de los asmáticos

De chico sufrí de asma pero en Francia se me curó, yo creía que para siempre hasta que la caliente humedad de La Habana me despertó una noche con sus dos manos apretándome el pecho. La pasé de perros, porque el asma no es una enfermedad sino un lenguaje misterioso y exasperante que nadie ha alcanzado a descifrar; algo habla en nosotros, nos transmite de dentro hacia afuera un código que se resuelve en silbidos y quejumbres, y nadie ha escrito todavía su gramática, lo cual es ofensivo para un escritor.

Por razones de este tipo el asma es un gran tema de conversación y compasión en La Habana, y una parte de mis charlas con Haydée Santamaría versan siempre sobre nuestro mutuo rencor frente a algo que sólo podemos combatir con inhalaciones y pastillas. Claro que pronto nos pasamos a otros temas, porque hablar con Haydée es hablar de toda Cuba, es entrar en la dimensión total de la larga batalla. Después de casi siete años vuelvo a encontrar a la gran madre de la Casa de las Américas, madre y niña a la vez, conjunción de avidez vital y pausada conducta, inquieta por todo lo que ocurre en cualquier parte que esté en contacto con su corazón o su inteligencia, sus hijos o sus plantitas o su revista, buscándole casa a un exiliado chileno o argentino, colgando nuevos cuadros en las oficinas, yéndose al campo a trabajar con su marido (otro agitado perpetuo, Armando Hart, otro cohete supersónico incontenible), Haydée dulcemente severa, severamente tierna.

Mientras charlo con ella y compartimos proyectos que sin duda horrorizarán a los responsables del suministro de papel para libros y revistas, pienso en la foto que días antes vi en el museo de la antigua prisión de la Isla de Pinos, allí donde el joven Fidel Castro y algunos compañeros purgaron parte de su sentencia después del asalto al cuartel Moncada. El día en que Fidel salió de la cárcel, Haydée estaba entre quienes lo esperaban, y en la foto se la ve abrazándolo, mirándose los dos como al término de un largo infierno. Mi amigo Sergio Vigoa notó que yo me quedaba un rato frente a la foto, y más tarde en La Habana me regaló una reproducción que tengo en el bolsillo mientras estoy hablando con Haydée. Llevaba la intención de pedirle que me la firmara pero no lo hago, algo muy secreto y muy inexplicable me retiene; prefiero que sea así, para qué pedirle un autógrafo a alguien que está ahí con tanta vida y tanta juventud, para qué incurrir en un gesto de coleccionista; ya es hora de acabar con esos gestos, tenemos cosas más inmediatas y útiles que hacer juntos.

Pero el asma… El trío lo completa en estos días José Lezama Lima, a quien vuelvo a encontrar en su húmeda y oscura caverna de dragón empecinado, de la que nadie es capaz de arrancarlo aunque hay acuerdo universal de que debería mudarse a una casa menos hostil a sus bronquios. Lezama empieza siempre por decir que sí, y hasta parece que en algunos casos se adelanta a los ofrecimientos pero después, oscuramente llamado por mensajes y signos que sólo él descifra, decide quedarse en la calle Trocadero a pesar de la oscuridad y del ruido infernal que hacen los niños y los autos bajo su ventana. Pablo Armando Fernández me cuenta que visitó a Lezama un día en que unas perforadoras mecánicas atronaban delante de su casa y el maestro pasaba por un ataque de asma particularmente odioso. Al preguntarle cómo estaba, oyó esta respuesta que podría figurar en *Paradiso*: "Cómo quieres que esté en este fragor digno de Wagner, y yo con mi chaleco mozartiano…". Hasta los aflautados silbidos del extraño lenguaje del asma se vuelven belleza en este hombre que sigue escribiendo poemas maravillosos, termina la segunda parte de su gran novela, y fuma tabaco tras tabaco mientras su sillón se hamaca suavemente al ritmo de su palabra, de su interminable, lúcida ensoñación.

Final prosaico

Como era de suponer, Calac y Polanco se aparecen en este momento y me increpan de acuerdo a sus malditas costumbres.

—¿Y a esto le llamás un diario de viaje o algo así? ¿A estas pinceladas dignas de un mono con un tarro de pintura? ¿Dónde están las precisiones necesarias, los datos concretos, todo eso que según vos está sucediendo? Mucho hablar de despegue económico y social, de etapas cumplidas o cumpliéndose, y al final salís con unos cuadritos a la acuarela que ni nuestra tía se hubiera dignado firmar.

—Los cuadritos —digo con dignidad adusta— serán suficientemente entendidos y ampliados por quienes hayan superado la mentalidad de primates que los distingue a ustedes, ávidos de cifras y diagramas. Si quieren eso no tienen más que ir allá, o pedirle a la embajada cubana en México que está a punto de inaugurar su nuevo edificio y que vale la pena visitar aunque más no sea para ver la piscina de Martínez Pedro y el vitral de Mariano, amén de muchas otras cosas. Martínez Pedro se pasó años pintando el mar Caribe, y por fin ha realizado el sueño de cubrir una vasta superficie horizontal con su visión oceánica; el agua circulará sobre ella, los colores y las formas temblarán y dialogarán con el reflejo del sol y del cielo. En cuanto a los datos, habrá oficinas donde les darán lo que pidan, aunque con ustedes nunca se sabe.

—Es el de siempre —dice Polanco—, le preguntás algo concreto y te sale con las olitas y los reflejos.

—Para peor se lo publican —dice Calac mientras estira la mano para pedirme un cigarrillo y si es posible un fósforo.

(1976)

Un brindis, la copa en alto[*]

Si cualquiera de los exiliados argentinos publicara informaciones como las que siguen, la embajada argentina las desmentiría calificándolas de calumnias y mentiras de los "subversivos". Por eso, y porque es mi deber luchar contra el olvido de lo que ocurre en mi patria, me limitaré a sintetizar algunas declaraciones y algunos informes procedentes de fuentes no argentinas o que emanan del interior del país. En vísperas del Mundial es bueno que los lectores franceses lo recuerden antes de encender sus televisores para seguir el apasionante torneo internacional.

A propósito de la Copa, la Agencia France Presse da cuenta de un simulacro de protección que acaba de realizar en un estadio de la provincia de Mendoza, el GES, Grupo Especial de Seguridad. Unos francotiradores ubicados entre el público abren fuego contra los helicópteros que sobrevuelan el terreno de juego; los paracaidistas caen sobre el público mediante escalas de cuerda y atacan con ametralladoras mientras una escuadrilla de aviones lanzan granadas lacrimógenas y perros especialmente adiestrados buscan y localizan a los atacantes. Todo esto sucede naturalmente en un estadio colmado, lo que permite deducir fácilmente las consecuencias de este tipo de "protección".

Casi todos los diarios franceses anuncian el arresto en Buenos Aires de Antonio Sofía, presidente de la Liga por los Derechos del Hombre, poco después de que *La Prensa* publicara una lista detallada de personas desaparecidas en el país, en vísperas de la apertura del congreso anual de la Liga.

En *Le Matin* (24 de mayo) Claude Michel ponía en claro las circunstancias de la matanza de prisioneros políticos en la

* Traducido del francés por Aurora Bernárdez.

cárcel de Villa Devoto (14 de marzo), presentadas por el Gobierno como una tentativa de fuga de delincuentes comunes. Cincuenta personas fueron muertas a balazos o perecieron carbonizadas sin que las fuerzas del Gobierno contaran víctimas entre sus hombres. Sobre la causa real de sus muertes cito a Claude Michel: "Los expertos del Pentágono habían 'programado', por lo demás, la operación de Villa Devoto en un informe redactado unos meses antes de la matanza: 'El Gobierno Argentino ha elaborado planes... que incluyen la eventualidad de ejecuciones en masa de todos los rebeldes, así como la liquidación de los instigadores, hasta normalizar totalmente la situación'". Añade: "En cuanto a los cadáveres, han sido incinerados, lo que pone término a toda identificación y a toda investigación sobre la causa real de la muerte".

Roger Colombani, enviado especial de *Le Matin*, informa el 25 de mayo: "Buenos Aires, jueves pasado, tres de la mañana. Tres coches, con las luces apagadas, se detienen frente al número 2241 de la avenida Coronel Díaz, en pleno corazón de la ciudad. Se apean varios hombres. Dos de ellos bloquean la calle y empuñando sus armas se introducen en el inmueble. Un cuarto de hora más tarde, salen arrastrando a un prisionero que no se resiste. Lo meten en uno de los coches y el cortejo arranca enseguida, perdiéndose en la noche.

"Carlos Grosso, miembro del Instituto de Geopolítica, ex director de escuelas nacionales para adultos, ha sido raptado por los servicios especiales del ejército argentino.

"En otro lugar de la ciudad, a la misma hora, otro hombre conoce la misma suerte: Roberto Repetto, ex dirigente de la Unión del Personal Civil de la Nación.

"Tal vez reaparezcan, nos dicen al día siguiente los abogados con quienes hablamos de este asunto. Si no los sueltan en el plazo de siete días, habrá que preocuparse, porque se corre el riesgo de no volver a verlos jamás".

En su reunión de Bruselas (25 de febrero) el Grupo 48 de Amnistía Internacional proporcionó informaciones completas sobre los trágicos sucesos acaecidos en Bahía Blanca. El arresto arbitrario y las monstruosas torturas sufridas por el rector,

Víctor Benamo, así como el arresto de numerosos profesores de esta universidad, constituyen uno de los ejemplos más concluyentes de la violación de los derechos humanos tal como se perpetra cotidianamente en la Argentina.

En un documento que circula en Buenos Aires, Horacio Domingo Maggio, miembro de la Unión Sindical del Banco de la Provincia de Santa Fe, detenido largo tiempo en la tristemente célebre Escuela de Mecánica de la Armada, dice que encontró en la cárcel a las dos religiosas francesas recientemente desaparecidas. "Para ir al servicio, dos guardianes tenían que sostener a una de ellas que no podía tenerse en pie. Le pregunté si la habían torturado; me respondió que sí y contó que las habían atado a la cama y les habían aplicado la picana en todo el cuerpo."

La superiora de la Orden de las Misiones Extranjeras, la madre Marie-Josèphe Catteau, declara en *Le Matin* que ha perdido toda esperanza de encontrar vivas a las dos religiosas. Una frase de ese informe resume mejor que cualquier investigación detallada el nivel de la represión en el plano psicológico: "En los quioscos de periódicos un cartel advierte: 'La maestra de su hijo puede ser excelente, pero si habla de la pobreza y de la miseria en nuestro país, es una subversiva'".

La Semana, periódico en español publicado en Jerusalén, da detalles sobre la ola de antisemitismo que cunde en la Argentina de resultas de la liberación del periodista judío Jacobo Timerman: "La revista *Cabildo* ha dicho en su editorial: 'Timerman es un cruel representante de cierta raza cuyos miembros llegaron a la Argentina como refugiados. Se trata de un judío, un judío sionista y no solamente sionista sino también judío socialista… Perdonar a Timerman significa abandonar las armas frente a los principales enemigos de nuestra nación. La misión de esos enemigos es destruir el país en el plano religioso y en el nacional'".

La misma revista publica declaraciones del ministro del Interior de la junta, el general Albano Harguindeguy, pronunciadas en ocasión del quinto congreso de la Policía Provincial y Nacional. El ministro afirmó que "la policía, que ha luchado junto a las fuerzas armadas contra la guerrilla, ha adoptado métodos militares y ha caído en formas brutales de represión". Dirigió un llamamiento a la desmilitarización del cuerpo y al respeto de los derechos humanos.

No creo que los lectores de *Le Monde* hayan olvidado el artículo de Maurice Clavel titulado "La copa se desborda". Y todavía menos el que firmaba Alain Touraine en *Le Matin*, donde se podía leer: "Sabemos que Chile y Uruguay ya han sufrido una represión violenta y sistemática. Si la denuncia es urgente en Argentina, es porque todavía puede ser útil... En primer lugar es indispensable que cese la ignorancia que ha beneficiado al régimen militar y que le ha servido durante demasiado tiempo para pasar indavertido".

La embajada argentina calificará sin duda de calumniosas las denuncias presentadas por un grupo de médicos argentinos residentes en Francia (*Le Monde*, 19 de abril). El texto, que daba informaciones precisas sobre la salvaje persecución de los científicos en la Argentina, terminaba con estas simples palabras: "Amigo, ¿lo oyes?".

Igualmente abrumadoras fueron las declaraciones del doctor León Schwarzemberg en *Le Nouvel Observateur* del 20 de febrero, cuando invitó a sus colegas a exigir a la junta militar explicaciones sobre el destino de centenares de científicos argentinos, como condición previa a la asistencia al congreso de oncología que tendrá lugar en Buenos Aires el próximo mes de octubre. Acabo de leer además (*Le Monde*, 28 de mayo) las declaraciones del profesor Mathé, otra eminencia en el campo de la medicina. A buen entendedor... ¿Pero cuántos de nosotros realmente quieren *oír*? En *Le Nouvel Observateur* del 29 de mayo, François Schlosser traza el cuadro aterrador de los calabozos y los campos de tortura, y titula su artículo: "Lo que el equipo de Francia no verá en la Argentina". En un recuadro presenta el testimonio de una mujer que, al oír llorar desesperadamente a uno de sus codetenidos en la Escuela de Mecánica de la Marina, se enteró de que acababa de ver cómo le cortaban las manos a su mujer con una sierra mecánica. Amigo, ¿lo oyes?

Paradoja final: el gobierno de los Estados Unidos presentó a fines de abril a la junta militar una lista de *diez mil* prisioneros y desaparecidos en la Argentina. Que esta protesta la presente el país que carga con la más pesada responsabilidad en lo que se refiere a la situación actual del Cono Sur de América Latina, debería hacer reflexionar a los más escépticos. Por mi parte, me he limitado a enumerar algunas de las pruebas más flagrantes para que el lector juzgue por sí mismo. Mi opinión personal no se añadirá a todo lo que precede porque, claro está, no es más que la opinión de un "subversivo".

(1978)

Alguien llama a la puerta

Para muchos, para demasiados países de América Latina y del Caribe, el año que acaba de terminar ha sido horrible. Si la cresta de la ola de sangre se dio en Nicaragua, el panorama de terror, de represión y de desprecio a los derechos humanos siguió afirmándose y perfeccionándose allí donde lo más espectacular se había consumado en años anteriores; en Chile, en Uruguay, en Argentina. A balazo limpio o con las sordinas de mecanismos más refinados, los regímenes dictatoriales han seguido pisoteando todo aquello que les parece libre, democrático y popular.

Desde luego, la triste ley de la fatiga y del olvido adelgaza las memorias de quienes necesitan para indignarse las hormonas diarias de la TV y los periódicos; los muertos no hablan, desde luego, los presos tampoco, y la gran mayoría de los exiliados se pierden poco a poco en los diferentes países extranjeros donde les toca sobrevivir en la tristeza y la nostalgia.

Por cosas así, me reconforta poder decir que ese siniestro año 1978 se cerró a pesar de todo con algo que entrará en este nuevo año como una fuerza de combate y una gran esperanza. Me refiero concretamente a la creación de HABEAS, fundación para los derechos humanos en las Américas, nacida de una iniciativa del novelista Gabriel García Márquez y financiada por él en su primera etapa. Con sede en México y patrocinada por un grupo de personalidades de diferentes países latinoamericanos y del Caribe, HABEAS se propone luchar por lo que su nombre indica y que el diccionario define claramente: "*Hábeas corpus*, derecho de todo ciudadano, detenido o preso, a comparecer inmediata y públicamente ante un juez o tribunal, para que, oyéndolo, resuelva si su arresto fue legal o no legal".

De sobra sabemos que diversos organismos y asociaciones nacionales e internacionales combaten desde hace años por la misma causa, y que su acción tiene mucha más eficacia de lo que imaginan los escépticos o los indiferentes. Para quienes se interesan por lo que está ocurriendo en Argentina, en Chile o en Uruguay *inter alia*, la labor de cuerpos como Amnesty Internacional, las diversas ligas de defensa de los derechos humanos, el Tribunal Bertrand Russell, la Comisión de Helsinki y muchas otras asociaciones públicas o privadas, constituye una denuncia cotidiana de las vejaciones, las torturas y las persecuciones de que son objeto miles y miles de hombres y mujeres culpables del grave delito de pensar por su cuenta, de extraer las conclusiones lógicas y de obrar en consonancia. Pero la desventaja de fuerzas con relación a las máquinas dictatoriales del terror es demasiado grande, y si en el terreno moral esos organismos logran avances que inquietan e incluso exasperan a los Somoza, los Pinochet y los Videla, su acción debe ser reforzada y enriquecida con nuevas iniciativas y modalidades, con un aflujo mucho mayor de voluntades y de recursos. En ese sentido, la fundación de Habeas tiene una significación especial, que me lleva a participar plenamente en su patrocinio y su combate, y a escribir estas líneas para los hombres libres de todo el mundo.

Complementariamente a la denuncia sistemática de las violaciones de los derechos humanos que llevan a cabo las organizaciones internacionales y nacionales ya citadas y sus homólogas, Habeas se propone una tarea más inmediatamente práctica. Claramente lo dice el documento informativo que la presentó hace unas semanas: "Más que la denuncia de situaciones infames, Habeas tratará de activar la liberación efectiva de los prisioneros. Más que poner en evidencia a los verdugos, procurará hasta donde le sea posible clarificar la suerte de los desaparecidos y allanar a los exiliados los caminos de regreso a su tierra". Con un criterio obligatoriamente pragmático, que no impide por supuesto la condena inequívoca que le merecen los regímenes opresores, Habeas quiere lograr una eficacia práctica más allá de las denuncias y las reprobaciones, quiere que la infamia cese como resultado de una acción capaz de mostrar a los verdugos que su ciega prepotencia los está llevando a su propia pérdida. Claramente lo dice la declaración: "Los presos políticos, los desaparecidos y los exiliados son frutos tenebrosos de los regímenes de opresión. Pero su persistencia se ha convertido no sólo en una desgracia para las víctimas y sus familias, sino también en un baldón y una carga difícil para los propios gobiernos opresores. A partir de esa suposición, HABEAS se propone ofrecer sus buenos oficios y concebir iniciativas útiles para encontrar —sin prejuicios torpes— soluciones distintas y aceptables".

Después de muchos años de trabajo en este campo, no me sorprendería que esta declaración provoque reacciones negativas en aquellos que —sobre todo desde los cafés y las sobremesas— se muestran intransigentemente implacables con los regímenes del terror. Personalmente pienso que los únicos que tienen derecho a esa intransigencia total son los que los enfrentan con las armas en la mano o con una resistencia de cualquier naturaleza en la que arriesgan sus vidas o sus libertades. Los que, como en mi caso, cumplen a distancia una acción de carácter intelectual o moral a fin de crear un repudio cada vez más universal de las dictaduras latinoamericanas, no tienen derecho a poner en tela de juicio toda acción conducente a mejorar la situación de los presos políticos, a esclarecer el destino de los desaparecidos y a presionar sobre los regímenes opresores para que se aflojen las mallas de la tortura y de la persecución. Así encarada la única posibilidad eficaz de hacer algo a distancia por los pueblos que sufren, se comprenderá mejor lo que afirma HABEAS: "En síntesis —y a diferencia de otras organizaciones igualmente necesarias— nuestra labor tendrá un mayor interés inmediato en ayudar a los oprimidos que en condenar a los opresores". Sólo la fácil intransigencia del que mira las cosas de lejos y en seguridad podría dejar de ver que aquí lo uno supone de hecho lo otro, y que la ayuda a los oprimidos confirma y acentúa la condenación de los opresores.

Por todo eso he decidido sumarme a los firmantes del primer llamamiento de HABEAS a la conciencia internacional, junto a hombres como Gabriel García Márquez, Ernesto Cardenal, Juan Bosch, Michael Manley, Nicolás Guillén y otras personalidades del campo político e intelectual de América Latina y del Caribe. Confío en que no pase mucho tiempo sin que seamos legión, y que dispongamos de las fuerzas morales y materiales capaces de influir concretamente en la suerte de los perseguidos. Como lo dice el llamamiento de HABEAS, ese esfuerzo "deberá traducirse en una poderosa campaña de solidaridad con los pueblos latinoamericanos que padecen la tiranía, la barbarie y la negación de sus esenciales derechos humanos". Quienes se sientan llamados a participar en esta acción, sean o no latinoamericanos o caribeños, tendrán plena oportunidad de hacerlo; los medios informativos proporcionarán a breve plazo los datos necesarios. El llamamiento de HABEAS abre grandes las puertas a la buena voluntad de todos los hombres honrados, y lo dice explícitamente: "Una solidaridad de todos los que sienten la vocación de la justicia y el respeto por el decoro humano, unidos en un esfuerzo común por encima de banderas políticas, creencias religiosas y militancias ideológicas".

(1979)

Acerca de las colaboraciones especiales

No es ninguna novedad que los escritores tienen fama de susceptibles, y que por motivos no siempre importantes se trenzan en polémicas interminables, mandan cartas abiertas, y en otros tiempos hasta se batían en duelo. No sé quién, hace ya siglos, los calificó de *genus irritabile*, distinguiéndolos de otros *genus* menos quisquillosos, aunque finalmente la cosa está por verse ya que los pintores, los músicos y los abogados tienden también a arreglar cuentas entre ellos de manera sumamente viva y a veces desaforada.

Por mi parte nunca he creído que las polémicas sirvan de mucho, aunque no quede más remedio que entrar en ellas cuando las razones van más allá de la mera susceptibilidad. Tal es nuestra mala fama en este terreno que basta una simple rectificación o un intercambio de opiniones divergentes para que los ecos periodísticos hablen enseguida de polémica y, lo que es peor, hagan todo lo posible por echarle aceite al fuego y armar una fogata con lo que no era más que un fueguito.

Hace años mantuve un cambio de pareceres con el gran José María Arguedas, y otro con Óscar Collazos; en ambas oportunidades se habló de polémica cuando en realidad se trababa de tentativas de diálogos a distancia, cosa muy diferente de una polémica puesto que ésta es casi siempre agresiva como bien lo indica la raíz misma del término. Esas experiencias me dejaron un recuerdo amargo, no por ellas en sí pero por la tendencia general de los colegas y lectores a considerarlas como combates a doce rounds o duelos a sablazo limpio. De ahí que haya preferido dejar pasar más de una vez diversos comentarios insidiosos, provocaciones, calumnias y tergiversaciones, entendiendo que eran productos del resentimiento literario o del antagonismo ideológico, y que todas ellas terminarían ahogándose en su propio charco como sucedió en la gran mayoría de los casos.

Hoy, sin embargo, me encuentro ante un problema diferente que resumiré en pocas líneas y que trataré de resolver de una manera aparentemente paradójica pero que a mí me parece bastante divertida. Ocurre que el diario *El Mercurio*, de Santiago de Chile, ha publicado tres textos míos a lo largo de los cuatro últimos meses, y los ha publicado con la mención expresa de que se trata de colaboraciones especiales, es decir enviadas directamente por mí a ese monolito del oficialismo chileno.

Cualquiera que me conozca un poco, y sobre todo cualquiera que conozca un poco *El Mercurio*, comprenderá que estoy tan lejos de enviarle colaboraciones especiales como de felicitar al general Stroessner en el día de su cumpleaños o de iniciar una colecta en favor de Amín Dada. En Chile, sin embargo, donde la información proveniente del exterior es nula o tendenciosa, estas "colaboraciones especiales" han creado una comprensible sorpresa, máxime cuando ya llegan a tres y cualquiera de estos días pasarán a cuatro o cinco. Es tiempo, entonces, de explicar lo que ocurre.

Hace ya un año que entrego diversos textos a la agencia de noticias EFE, con sede en Madrid, que los distribuye a los diversos periódicos españoles y latinoamericanos que se han abonado a sus servicios y entre los cuales se cuenta *El Mercurio*. Mis textos, como los de muchos escritores, se publican así en numerosos países, y los diarios los presentan con la mención obligada de la Agencia EFE como fuente informativa. Pero hete aquí que *El Mercurio* ha considerado sumamente astuto e inteligente dar a conocer mis textos como si se tratara de colaboraciones especiales o exclusivas. Idea tan brillante como estúpida, y que ya es tiempo de desmontar con todo el desprecio que merece.

Mis amigos de la Agencia EFE, tan perjudicados como yo y los lectores chilenos por este escamoteo de barraca de feria, comprenderán que mi sentido del humor no me va a fallar en tan luctuosas circunstancias, y que es a ellos a quienes entregaré esta aclaración para que la difundan a sus abonados. Lo divertido empieza ahora, pues se abren diversas posibilidades en el futuro inmediato. La primera, totalmente descartable, es que *El Mercurio* publique esta nota de Julio Cortázar como su cuarta o quinta "colaboración especial". Si por un error o un milagro así lo hiciera, asistiríamos al regocijante fenómeno de una colaboración especial en la que se desmiente que ésa y las anteriores sean colaboraciones especiales. Pero como *El Mercurio* no está dirigido por Lewis Carroll ni por Woody Allen, podemos tener la seguridad de que sus columnas no se inmortalizarán con esa joya que generosamente les ofrezco.

La segunda posibilidad, no menos imposible, es que *El Mercurio* decida comportarse honestamente y publique este texto con la mención de su fuente de origen. Esto, claro está, satisfaría a los directores de la Agencia EFE, pero mucho me temo que se queden con las ganas, ya que vivimos tiempos tristes y nadie hace el menor esfuerzo para alegrar el ánimo de los demás.

La tercera posibilidad es la vencida: *El Mercurio* tiene perfecto derecho de no publicar un texto que no le agrada, y naturalmente es lo que hará. Sólo que en este caso no puede impedir que la Agencia EFE distribuya estas líneas al resto de sus abonados y cumpla así un deber de elemental justicia, permitiendo que usted y millares de lectores estén en condiciones de juzgar los valores éticos por los que se guía *El Mercurio*. Y como todo llega finalmente a todas partes, los chilenos acabarán por saberlo y la gallada se tirará al suelo de risa, que es finalmente lo único que merecen esas vilezas.

(1979)

Respuesta a una carta*

Hace más de tres años un relato mío fue prohibido en la Argentina; en él se narraba la inexplicable desaparición de un hombre en una oficina nacional a la que había sido convocado junto con otras personas. Que ese cuento fuera visto como una denuncia y una provocación no tiene nada de extraño; tal vez a los censores del régimen les hubiera parecido más extraño enterarse de que el cuento había sido escrito dos años antes de que en mi país las desapariciones se transformaran en un nuevo, silencioso y eficaz vehículo de la muerte.

Un escritor responsable debe asumir las consecuencias de sus escritos, que a veces sobrepasan lo imaginable. Yo inventé un desaparecido, y hoy me toca volver a ese tema en un terreno horriblemente real y cotidiano. No soy el único que enfrenta ese deber y esa tarea, pero me cabe el triste privilegio de haberlo vivido ya imaginativamente antes de que se concretara en múltiples ocasiones en la Argentina. Un mero personaje de palabras y papel tiene ahora los rostros de mujeres y de hombres bruscamente disueltos en la nada como una nube en el aire; tiene cada vez más nombres aunque aquí, como en aquel cuento, yo hable solamente de uno de ellos; pero esa sola persona es legión, y es por ella y de ella que hablo.

Desde México me llega una carta de Daniel Vicente Cabezas para pedirme, como miembro del Tribunal Bertrand Russell, que haga todo lo posible para denunciar y esclarecer la desaparición de su madre, Thelma Jara de Cabezas, ocurrida en Buenos Aires el 30 de abril último. La prensa ha informado ya ampliamente sobre el hecho, puesto que la señora de Cabezas era la secretaria de la Comisión de Familiares de Desaparecidos

* *El País*, Madrid, 21 de agosto de 1979.

y Detenidos por Razones Políticas, y lo era por la misma razón que hoy motiva estas líneas: su hijo Gustavo Alejandro, un estudiante de diecisiete años, desapareció en mayo de 1976 sin que hasta la fecha se hayan tenido noticias de su destino.

Es sabido que un grupo de madres y esposas en situaciones análogas se reúne semanalmente en la Plaza de Mayo en un desfile silencioso frente a la Casa de Gobierno, y que su calificación de "locas de la plaza" contiene la mejor, exacta e implacable definición del régimen que así pretende humillarlas y desalentarlas. Es igualmente claro que esa presencia reiterada bajo los balcones de la junta militar tiene un sentido contra el cual nada pueden las explicaciones oficiales ni los disimulos de los servicios diplomáticos en el exterior; como el coro de la antigua tragedia griega, ese puñado de mujeres admirables es un testigo que turba el sueño de los déspotas. Pero llega el día en que los déspotas buscan expulsar el coro del palacio, y la técnica de las desapariciones, perfeccionada a lo largo de varios años, entra en acción. No es por casualidad que se cumpla hoy en la persona de la señora de Cabezas, puesto que se trataba de una de las dirigentes del grupo, y su ausencia asesta un duro golpe a quienes viven en el desconcierto y la amenaza permanentes.

Al escribirme desde México, su hijo Daniel Vicente cometió un error comprensible por la falta general de información que reina en nuestros países cuando se trata de lo que toca a la auténtica soberanía de los pueblos. Al apelar a mi intervención como miembro del Tribunal Russell, ignoraba que este tribunal llegó hace tres años al término de su cometido y que se disolvió luego de haber investigado la situación imperante en Argentina, Chile, Uruguay y otros países latinoamericanos sometidos a regímenes dictatoriales, y dictado una sentencia que condenaba (sólo moralmente, por desgracia) a esos regímenes en base a pruebas aplastantes de sus infinitas violaciones de los derechos humanos más elementales. Pero frente a la carta y la petición de Cabezas, tanto yo como cualquiera de los miembros del Tribunal Russell en una situación análoga, sólo podíamos hacer una cosa: asumir personalmente la responsabilidad de reiterar la denuncia del caso en cuestión y, por los medios a nuestro alcance, difundir lo más posible sus incalificables circunstancias. Como escritor tengo la posibilidad de hacer llegar mi palabra a muchos lectores latinoamericanos y españoles, y nunca lo habré hecho con tanto deseo de ser leído como hoy, porque si nuestras armas intelectuales poco pueden contra la fuerza bruta, la mentira y el desprecio, tienen otro tipo de fuerza a largo plazo que se basa en la confianza en el lector honesto y libre, en la seguridad de que ese lector recogerá el mensaje que le alcanzan las palabras y a su vez lo difundirá y le dará cada vez mayor peso, mayor eficacia.

Quisiera señalar algo que, en su siniestra simetría, da a la desaparición de la señora de Cabezas un sentido todavía más condenatorio para quienes vejan así a todo un pueblo en la persona de una mujer que valerosamente supo asumir su atroz sufrimiento de madre frente a la desaparición de su hijo adolescente y luchar, con otras mujeres igualmente valerosas, por la causa de la libertad. Todo el mundo recuerda la espectacular visita que hiciera el general Videla al Papa en el Vaticano; lo que pocos saben, en cambio, es que la señora de Cabezas se trasladó a Puebla, en México, para interesar al nuevo Papa por la suerte de los desaparecidos y prisioneros políticos en la Argentina. El general Videla volvió a sus funciones y allí sigue; la señora de Cabezas regresó a Buenos Aires y poco tiempo después una bomba destrozó su automóvil; como resultara indemne, lo que no se logró con la violencia de un explosivo se consumó en el silencio de una desaparición sin rastros. Si el Papa leyera estas cosas, tendría acaso materia para una útil reflexión nocturna.

En todo caso, Daniel Vicente Cabezas leerá este texto en México, y los miembros de la junta militar argentina lo sumarán a sus expedientes sobre lo que llaman la subversión manipulada desde el exterior. No puedo hacer más, pero si muchos seguimos contestando así las cartas que nos dirigen, y denunciando lo que las prensas oficiales buscan ahogar bajo resonantes triunfos deportivos y otros de la misma calaña, el día de la luz estará más próximo. Lo digo pensando en Nicaragua, por ejemplo.

Al general no le gustan los congresos

Precisamente por eso hay que seguir organizándolos, porque al general (ponga usted el nombre, los hay de sobra en América Latina) no le gustan los congresos, y más que los congresos en sí lo que no le gusta al general es que los asistentes vuelvan a sus respectivos países y hablen de esos congresos, escriban y difundan los detalles y las conclusiones de cada congreso. En este mismo momento hay una cantidad de personalidades políticas y jurídicas, profesores, periodistas y escritores que están diseminando en todas las formas posibles los trabajos de la Conferencia Internacional sobre el Exilio y la Solidaridad en América Latina de los años 70, realizada del 21 al 27 de octubre en las ciudades venezolanas de Caracas y Mérida. El general ha tomado desde hace mucho las medidas necesarias para que esos informes no brinquen sobre las alambradas que cercan el país bajo el nombre de fronteras (ponga usted el nombre de los países, es fácil), pero la libertad y las palabras que la enuncian y la defienden son más ágiles de lo que el general quisiera, y los resultados de esta y de otras conferencias se abren paso contra viento y censura, contra miedo y marea. Usted, lector, puede ser uno de sus trampolines; a veces basta una carta cuyo sobre se adorne inofensivamente con el membrete de una ferretería o de un hotel de turismo; las ondas cortas de la radio no tienen nada de cortas cuando quieren, y el ingenio vuela con más seguridad y precisión que las palomas mensajeras.

Mínimos puntos de referencia: Del Tribunal Bertrand Russell II, que condenó moral e inapelablemente a las dictaduras del Cono Sur en el período 1973-1976, surgió la Fundación Internacional Lelio Basso por el Derecho y la Liberación de los Pueblos, que a su vez dio origen a una Liga Internacional con el mismo cometido, y al llamado Tribunal de los Pueblos, instituido en Bolonia en mayo de este año. Infatigable hasta el día de su muerte, Lelio Basso ansiaba la celebración de una gran conferencia que, en tierra latinoamericana, examinara los problemas de toda naturaleza que plantea el exilio de centenares de miles de argentinos, chilenos, uruguayos y paraguayos dispersos en el mundo, y su deseo se vio realizado por los esfuerzos conjuntos de la Fundación y de dos universidades venezolanas: la Central y la de Los Andes, con sede en Caracas y Mérida. La conferencia contó con la participación de figuras tales como Hortensia Buzzi de Allende, François Rigaux, presidente de la Liga, José Herrera Oropeza, Louis Joinet, Piero Basso, Ernesto Cardenal, Mario Benedetti, Carlos Droguett, Eduardo Galeano, Guillermo Toriellos, León Rozitchner, Antonio Skármeta, Luis Suardíaz, Ángel Guerra, Pierre Merteus, André Jacques, Ruth Escobar, Domitila Barrios, Armando Uribe, Silvia Berman y Roberto Guevara, para citar algunos de los muchos juristas, sociólogos, psiquiatras y escritores que examinaron el problema del exilio desde sus más diversos ángulos: político, científico, económico y cultural.

Personalmente tiendo a mirar con mayor atención al público que llena la sala que a los que ocupan el estrado, y esta vez me fue dado comprobar el interés y la participación de los venezolanos, en su gran mayoría jóvenes universitarios de Mérida y Caracas. Si los numerosos exiliados que residen en Venezuela siguieron muy de cerca los debates de las plenarias y las comisiones, los estudiantes lo hicieron con igual pasión, mostrando que los problemas de la solidaridad latinoamericana los tocaban de lleno y los movían a conocer más de cerca algo que muchas veces se reduce a lugares comunes y a frases más o menos retóricas. Fui a la conferencia con la noción precisa, que ya había adelantado en otras reuniones, de que el exilio no puede ni debe ser entendido en términos solamente negativos, puesto que eso es precisamente lo que buscan las dictaduras al exiliar a muchos de los mejores representantes de los pueblos sometidos por ellas, y aceptar la regla usual y tradicional del juego es darles las cartas del triunfo. Confieso que temía una visión negativa de conjunto, una deploración indignada frente a la diáspora, un análisis clínico de una enfermedad sin remedio. No fue así, muy al contrario, pues desde las primeras intervenciones se vio que la gran mayoría de los participantes (oradores y público) sostenían una noción positiva y dinámica del exilio, proponían y fundamentaban las bases para hacer de él un arma de combate, la antesala de un retorno ganado por la superación de angustias y traumatismos legítimos pero estériles. Eduardo Galeano resumió mejor que nadie este punto de vista al decir: "La nostalgia es buena, pero la esperanza es mejor". Porque la esperanza, así entendida, cesa de ser negativa y se convierte en fuerza, en creación, y sólo ella puede llevar a que cada exiliado haga el balance de errores y fracasos y a partir de él luche por dar el máximo de sí mismo en su terreno político, profesional o artístico.

Las conclusiones de la Conferencia se alinearon dentro de esta perspectiva. Si muchas de ellas reiteraron la condenación de las represiones de los movimientos campesinos, obreros y sindicales y la institucionalización de la contrarrevolución bajo las formas de dictaduras militares y de las llamadas "democracias viables, restringidas o protegidas" que hacen la delicia del pensamiento liberal, y si una vez más volvió a estigmatizarse la tortura como forma de terrorismo de gobierno que busca la destrucción política de sus víctimas, también se buscaron y encontraron nuevas líneas de fuerza para abrir todavía más el campo de la lucha contra las dictaduras. Así, la Conferencia creó un nuevo concepto del terror y la tortura al calificarlas de "enfermedades endémicas" en el ámbito de países como Argentina, Bolivia, Chile, Haití, Paraguay y Uruguay, y señalarlas enérgicamente a la atención de los organismos internacionales de la salud tales como la OMS y la Oficina Panamericana de la Salud. Esta noción, aparentemente metafórica, fue defendida científicamente en la comisión médico-psiquiátrica, y habrá de tener una incidencia considerable en la órbita de acción de las organizaciones aludidas. De la misma manera, en un terreno práctico, la Conferencia exigió de los colegios médicos y de odontólogos, así como de los organismos de trabajadores de la salud, que investiguen y sancionen a los médicos, psiquiatras, psicólogos y dentistas que directa o indirectamente participan en la concepción y la aplicación de la tortura y en la creación de un clima de terror en muchos países de América Latina. Las "escuelas de tortura" organizadas y asesoradas por los Estados Unidos en territorio latinoamericano fueron denunciadas ante las Naciones Unidas, con todas las pruebas del caso, como ya lo había hecho en su día el Tribunal Bertrand Russell.

Este muy breve resumen de una Conferencia positiva y fecunda debe completarse con su párrafo final, que reproduzco textualmente: "(La Conferencia) exige a los países de acogida el respeto de los derechos humanos de los exiliados, el respeto de su estatuto jurídico, laboral, social y cultural, así como de sus derechos de asociación y de libre expresión política respecto a sus países de origen". Nada de formal tiene este párrafo, pues una cosa es el entusiasmo y la solidaridad de quienes participaron en la Conferencia, y otra la frecuente hostilidad, desconfianza y discriminación que se manifiestan en los medios oficiales, comerciales y profesionales de muchos países de acogida, y que acentúan penosamente las duras condiciones en que debe moverse y sobrevivir la inmensa mayoría de los exiliados.

Alguna vez —y no vacilo en repetirlo— me tocó hacer una referencia directa a esta actitud en España, recordándole al pueblo español la acogida sin restricciones que tuvieron en América Latina los exiliados españoles víctimas del franquismo. Esto, desgraciadamente, puede extrapolarse a otros países de acogida. Al general no le gustan los congresos, pero hay muchos gobiernos considerados como democráticos, muchas gentes y muchos intereses a quienes tampoco les gusta que se les digan verdades elementales. Parecería que a algunos de nosotros nos toca reiteradamente esa tarea, qué le vamos a hacer; como siempre, nuestros lectores dirán la última palabra.

(1979)

Ayudar a tender puentes[*]

Poco antes de las elecciones que habrían de llevarlo a la presidencia de su país, François Mitterrand formuló para la Agencia EFE una serie de declaraciones acerca de las relaciones entre Francia y los países de América Latina. Se explicitaban allí una serie de intenciones concretas por parte del candidato socialista, que asumen hoy una importancia fundamental y que exigen un mayor conocimiento público si se quiere ayudar a su materialización.

En materia de promesas preelectorales, los latinoamericanos tenemos en general una triste e irónica experiencia. Pienso, por ejemplo, en el lejano pasado democrático de la Argentina, y recuerdo que las diferencias entre lo que se prometía antes de las elecciones y lo que se cumplía después era casi siempre consternante. (Por lo demás esto no ha cambiado con las dictaduras, y lo estamos viendo en estas mismas semanas: después de solemnes promesas de "apertura", todo sigue tan cerrado como antes en la Argentina.) Es por eso que las euforias preelectorales son recibidas por nosotros con las debidas precauciones; frente a las promesas más entusiastas, todos pensamos en aquel candidato a quien los habitantes de una ciudad le pedían un puente sobre el río, y que afirmó: "¡Pues claro que lo tendrán! ¿Y cómo lo quieren: a lo largo o a lo ancho?".

Ocurre ahora en Francia que François Mitterrand ha prometido, como candidato, ciertos puentes con relación a América Latina; ocurre también que apenas instalado en el poder, el ex candidato Mitterrand ha puesto en marcha una serie impresionante de medidas que responden exactamente a sus diversas intenciones electorales. No me cabe ninguna duda de que

* *Proceso*, México, n.º 246, 18 de julio de 1981.

también lo hará con las que se refieren a América Latina, pero si me ocupo en especial del tema es porque de ninguna manera hay que dejarlo solo en esta dura tarea de tender puentes positivos entre nuestros pueblos y el suyo, y porque estoy convencido de que todos los latinoamericanos responsables, lejos y cerca de Francia, tenemos la urgente obligación de colaborar en esa tarea con todas nuestras fuerzas y capacidades.

Nuestra primera obligación me parece la de dar a conocer lo más posible los proyectos franceses en este terreno; por mi parte lo intento aquí con la seguridad de que otros lo estarán haciendo también en el terreno de una información pública lo más amplia posible, puesto que sin esa información no puede haber ni solidaridad ni eficacia. *Es preciso que Mitterrand sepa desde el comienzo que cuenta con una enorme masa de latinoamericanos que lo apoya, que tiene conciencia de sus puntos de vista, y que hará todo lo que esté a su alcance para que cada una de sus medidas y decisiones encuentre de inmediato una respuesta inequívoca y un apoyo masivo.* ¿Cómo dejar solo a alguien que nos busca por lo mejor de nosotros mismos como pueblos, y no por las turbias razones políticas y comerciales de los gobiernos precedentes? La cosa es clarísima, señores: basta pasar revista a las declaraciones de Mitterrand para darse cuenta de que la mayoría de los gobiernos latinoamericanos *no* se contarán entre los que apoyen esta audaz y decidida política francesa de solidaridad popular, y que por eso y para llevarla a cabo hará falta el apoyo de todos los pueblos oprimidos y necesitados de nuestro continente. ¿La colaboración concreta? Salta a la vista: hoy, ahora, inmediatamente, todos los que luchan por la causa de nuestros pueblos en el interior o en el exilio, y de manera específica los intelectuales y los científicos latinoamericanos, tienen una tarea tan urgente como imperiosa: difundir los proyectos que son ahora parte del programa del gobierno de Francia, y ofrecer su colaboración allí donde pueda ser útil para llevar a la práctica el programa del socialismo francés con respecto a América Latina.

De las intenciones concretas de Mitterrand se destacan las que él mismo puso en primer lugar en sus declaraciones. Allí se califica de "urgencia prioritaria" el sostén de Francia a la lucha del pueblo de El Salvador y —cito— "a la búsqueda de una solución política que tenga como primer principio las aspiraciones a la justicia social y a la libertad de ese pueblo". Ocurre, claro está, que las declaraciones de Washington se sirven continuamente del mismo lenguaje, entendiendo por "solución política" el sostén y la defensa de la junta presidida por Napoleón Duarte. Precisamente por eso, Mitterrand añade a renglón seguido que esa búsqueda de solución supone el rechazo de toda injerencia extranjera, "lo que se aplica especialmente a los Estados Unidos". Imposible ser más claro y rotundo.

La segunda prioridad concierne a Nicaragua, a la que Francia promete ayudar "en su pesada tarea de reconstrucción y en el sostén a la instauración de un régimen democrático". Cualquiera que haya visitado Nicaragua después de su liberación sabe hasta qué punto esa doble tarea es difícil y penosa. Si a las grandes potencias europeas les llevó años levantarse de las ruinas de la Segunda Guerra Mundial, ¿qué se puede esperar de un pequeño y pobre país asolado por un sub-Hitler y sometido desde hace medio siglo a la miseria, al analfabetismo y a las enfermedades? Lo que han hecho los nicaragüenses en dos años es admirable en el plano material y educativo, pero día a día se sienten más las trabas de origen interno y externo al avance de una auténtica democratización del país. La triste paradoja que se diera en Chile en tiempos de la Unidad Popular, surge ya en Nicaragua: las libertades de prensa y de expresión son aviesamente utilizadas por los peores intereses materiales y clasistas, favorecidos abiertamente desde el exterior; cada vez que el gobierno nicaragüense reacciona contra un abuso o una calumnia, inmediatamente se lo acusa de estar amordazando al pueblo (¿a qué pueblo?) y encaminándose hacia la dictadura y el "marxismo". Por eso, si una ayuda como la prometida por Francia ha de ser útil, tenemos que apoyarla a base de una información lo más amplia y analítica posible sobre la labor de los dirigentes sandinistas, a fin de hacer frente a la enorme influencia psicológica de esa otra información teleguiada por quienes sabemos, y que sólo se ocupa de Nicaragua cuando hay que dar alguna mala noticia, como lo ha hecho con Cuba durante veinte años.

El plan de ayuda de François Mitterrand no será eficaz si el pueblo francés y toda Europa no están suficientemente enterados de la realidad como para aportar una solidaridad operativa de largo alcance.

El resto de las declaraciones del presidente francés se refieren a la cooperación económica con países como México, Ecuador y Venezuela, y al establecimiento de mejores intercambios culturales entre Francia y el conjunto de América Latina. El quinto punto tiene no solamente un valor simbólico sino que aporta un aliento considerable para la totalidad del exilio latinoamericano: me refiero a la promesa de romper las relaciones diplomáticas con Chile.

Que una nación como Francia, tierra de asilo y bastión de los derechos humanos, haya cerrado los ojos durante tanto tiempo a la horrible realidad de países como Chile, Argentina, Uruguay y Paraguay, ha sido uno de los sorbos más amargos de ese cáliz que les toca beber a aquellos que fueron o se vieron forzados a abandonar sus países, pero que continúan oponiéndose a la fuerza bruta entronizada en sus lejanas patrias. Si Francia rompe relaciones con el régimen de Pinochet, su gesto reforzará aún más la voluntad de liberación de nuestros pueblos. Mitterrand habla de "acto simbólico", pero para el régimen chileno esa ruptura será una bofetada resonando en todo el continente latinoamericano.

Breves y precisos, los cinco puntos de este programa de acción se cierran con una advertencia que creo necesario citar por entero. "América Latina no pertenece a nadie", dice François Mitterrand. "Está buscando su pertenencia propia, y es importante que Francia y Europa la ayuden a realizarla. Los Estados Unidos deben comprender que no les corresponde oponerse a ello y tratar de imponer una presencia que puede ser sentida como ilegítima cuando se lleva a cabo a expensas de la independencia de los pueblos y de los derechos humanos." A buen entendedor…

Por todo esto, creo que la única manera de agradecerle al nuevo presidente de Francia su clara posición y sus no menos claras intenciones, está en subrayar la enorme importancia que asumen hoy en todos los planos, y que acaso algunos podrían no valorar lo suficiente en una época de tantas declaraciones meramente protocolares o estratégicas. El gobierno de uno de los grandes países europeos rompe lanzas por la libertad y la dignidad de los pueblos latinoamericanos, y se dispone a probarlo con los hechos. Sepámoslo bien, dentro y fuera de nuestros países, porque saberlo es ya una de las condiciones para ayudar a quien quiere ayudarnos.

Si me hablaran de El Salvador...*

En una reciente Declaración Conjunta, Francia y México reconocieron la legitimidad del movimiento de liberación nacional que tiene por escenario a El Salvador. Al pronunciarse de manera tan inequívoca, el gobierno francés daba por sentado que su actitud sería objeto de consideración y de análisis por parte de la población del país, no sólo por la importancia en sí de esa toma de posición sino porque constituía la primera aplicación en el terreno de los hechos del compromiso histórico asumido por François Mitterrand en su campaña electoral con respecto a los pueblos oprimidos de América Latina.

Los que conocemos en detalle el complicado tablero de ajedrez que representa geográfica y políticamente la América Central, comprendemos que muchos franceses, abrumados por una información planetaria y complejas cuestiones internas, pierdan el hilo cuando se trata de El Salvador y de los países fronterizos o cercanos a él. Esa frecuente incertidumbre ha sido y es hábilmente explotada por el torrente de declaraciones —cada día más amenazantes— que proceden de los Estados Unidos y que los periódicos publican muchas veces sin el análisis objetivo que permitiría desenmascarar la versión que Washington trata de imponer de la situación en América Central y muy especialmente en El Salvador. Las falsedades y las calumnias han llegado a tal punto en boca de los principales funcionarios del régimen de Ronald Reagan —sin excluir desde luego a este último— que más que nunca se vuelve necesario mostrar —de manera obligadamente sucinta— la verdad de la coyuntura actual.

* Con el título "Si Le Salvador m'était conté..." en *Le Monde*, París, 29 de noviembre de 1981.

A pesar de las cortinas de humo, el juego es muy claro: los Estados Unidos buscan globalmente envolver a Cuba y a Nicaragua en la misma red que a El Salvador. El fantasma del "marxismo", que histeriza a la población norteamericana, es generosamente exportado a Europa, y ocurre así que de un día para otro nos enteramos de que Vietnam habría enviado nada menos que mil aviones a Nicaragua (¿junto con los pilotos, el personal técnico y la infraestructura sin los cuales no servirían de nada?). He estado varias veces en Nicaragua y, conociendo las rudimentarias posibilidades del país, una invención como ésa me arranca una carcajada. Pero, en un terreno más realista, lo que tratan de explicar los Estados Unidos es el heroico combate del pueblo salvadoreño frente a la junta presidida por Napoleón Duarte y su ejército que, protegidos y armados por Washington, no logran desmantelar una resistencia que ha costado millares de víctimas y que se ha traducido por una serie de masacres y de crímenes tan espantosos que desafían toda descripción. Inventando una presencia cubana y nicaragüense entre las masas salvadoreñas que luchan por su liberación del yugo feudal que las agobia desde hace tantos años, los Estados Unidos no solamente tratan de explicar el fracaso de la junta (y de los asesores, técnicos y dólares norteamericanos), sino al mismo tiempo justificar sus intenciones de bloqueo, cuando no sus amenazas directas de intervención armada, con respecto a Nicaragua y a Cuba.

Desde luego, los gobiernos de estos dos países han desmentido en cada caso las calumnias y los infundios; triste es reconocer, sin embargo, que los periódicos franceses otorgan menos espacio a esos desmentidos que a las informaciones emanantes de Washington. Es por eso que, después de la decidida y enérgica Declaración Conjunta de Francia y de México, existe la obligación imperiosa de estar mejor informado sobre lo que ocurre en América Central. Que estas líneas se publiquen prueba una buena voluntad en ese sentido, pero es apenas una gota de agua en la desinformación que existe y existirá en Francia hasta que los propios lectores de la prensa, es decir la inmensa mayoría del pueblo francés, haga sentir de manera inequívoca su reclamo de una información imparcial, que le permita analizar la situación a base de los elementos necesarios, y tomar partido por decisión ideológica o personal y no porque le han llenado el cráneo de mentiras y calumnias cotidianas.

Polonia y El Salvador: mayúsculas y minúsculas

Sé muy bien, puesto que lo estamos viviendo a cada instante, lo que representa el drama de Polonia para la conciencia de los hombres libres. También sé hasta qué punto la multiplicación de situaciones que podríamos llamar análogas en el sentido de opresión, violación de derechos humanos y rechazo de las vías auténticamente democráticas, se sucede cronológicamente en las primeras páginas de los periódicos y los espacios informativos de la radio y la televisión. Parece lógico que las noticias sobre los sucesos más inmediatos en ese plano desalojen en todo o en parte las que provienen de procesos iniciados hace mucho, como es el caso en lo que toca al Cono Sur y a los países centroamericanos. Incluso eso que se da en llamar "la ley de la fatiga" influye lamentable pero fatalmente en esta sucesión de *Stop the press* que rige los mecanismos informativos. ¿Pero es que las cosas deberían ser siempre así? ¿Hay que resignarse pasivamente (iba a decir estúpidamente, y como se ve también lo digo) a ese mecanismo tan parecido al de los cines donde nos cambian la película cada tantos días? Los lectores y telespectadores, ¿seguiremos siendo, *sine die*, las ovejas que pastores vestidos de agencias noticiosas o de comentaristas llevan allí donde les da la gana, so pretexto de que el pasto está más crecido y es más verde?

Hace unas semanas escribí para *Le Monde* un artículo que agitó bastantes plumas, teléfonos y comentarios personales; su tema era muy concreto, pues se refería a la escasa e incompleta información que recibe actualmente el público francés acerca de la terrible situación que impera en El Salvador y las amenazas que pesan sobre Nicaragua y Cuba por parte del gobierno norteamericano. Hacía notar cómo las informaciones provenientes de los países en cuestión son presentadas en general de la manera más sucinta posible, mientras que aquellas tocantes a los mismos problemas pero difundidas por Washington a través de sus agencias noticiosas, ocupan un espacio mucho mayor, lo que naturalmente desequilibra cualquier juicio de valor que pueda formarse el público francés. Si un funcionario o portavoz de Ronald Reagan se expide abundantemente sobre estas cuestiones (y ya sabemos cuál es la distorsión de las ideas y del lenguaje en esos casos), será inútil que los dirigentes más calificados de Nicaragua, por ejemplo, den a conocer en detalle la posición de su país, puesto que cualquier entrevista o cualquier discurso se convertirán en un pedacito de columna tipográfica que no servirá para sostener ni el codo, o en un brevísimo comentario televisado porque ya va a empezar el partido de rugby y no se puede perder más tiempo.

Esto es un hecho: lo padecemos diariamente en todos los países que se jactan de su libertad de información. Pero a eso se agrega lo que mencioné al comienzo: el desplazamiento de problemas cruciales por otros que, sin duda también importantes, invaden la actualidad precisamente por eso, por ser los más actuales, un poco como el bebé recién nacido deja en la penumbra a los hermanos mayores hasta que un nuevo bebé lo desaloje a su turno. Si sólo se tratara de eso, podría comprenderse por el hecho de que lo sucesivo es siempre más aceptable que lo simultáneo para la inteligencia. Pero lo que realmente sucede es mucho más grave, porque la inflación de la temperatura informativa, el vocabulario igualmente desaforado que se aplica a situaciones no siempre comparables en una escala objetiva de valores, hace que lo ocurrido en Polonia, para ir al grano, sea recibido en Francia, España o Italia como una tragedia frente a la cual la de El Salvador pasa a ser en la memoria colectiva lo mismo que en la prensa o la televisión: algo mucho menos importante.

Los ejemplos sobran: en las últimas veinticuatro horas, mientras por una parte los diarios franceses anuncian con enormes letras la muerte de mineros y otros resistentes polacos, en números de dos cifras, unas pocas líneas a pie de página informan que el ejército salvadoreño asesorado por los Estados Unidos ha matado por lo menos a mil campesinos calificados de "subversivos". Que nadie venga a decirme que no es el número lo que importa, puesto que soy el primero en saberlo, y cada obrero polaco que cae es para mí como si cayera muerto a mis pies. Pero a la vez, y por razones que no siempre tocan directamente a la suerte del pueblo polaco sino en muchos casos al miedo, a los intereses, a las complicidades, a la esperanza de ver derrumbarse un socialismo que enfrenta crisis más que penosas, ocurre que ciertas muertes son deploradas a toda página mientras que aquellas cuya significación es vista como mucho más lejana y más mediata entran en el dominio de las noticias de pequeño formato, para especial satisfacción de la junta salvadoreña y de sus asesores norteamericanos.

Tal vez estoy escribiendo esto por necesidad emocional, pero acaso por eso tendrá sentido. El drama del pueblo salvadoreño me toca más que nunca de cerca al enterarme de la desaparición (en octubre, pero sólo sabida ahora) de los dos hijos mayores del poeta y combatiente Roque Dalton, quien fuera asesinado en 1975 como consecuencia de un episodio aún mal conocido en el seno de su partido. Roque Antonio y Juan José Dalton participaron en un combate librado en la zona de Chilatenango, y al parecer fueron hechos prisioneros por el ejército; nada se ha sabido de su destino, aunque para imaginarlo basta pensar en el de casi todos los "desaparecidos", tanto en El Salvador como en la Argentina y otros países sometidos a dictaduras militares. Su suerte se suma a la de millares de combatientes del pueblo salvadoreño, y si los nombro aquí es porque ellos continuaban la lucha de su padre, de quien fui amigo, de quien amé la poesía y admiré la acción revolucionaria, y también porque quiero creer que están vivos y que la acción internacional puede contribuir a su reaparición. ¿Cómo olvidar que el número de desaparecidos y de muertos en condiciones casi siempre atroces ha seguido multiplicándose al mismo ritmo en que se multiplica la ayuda de los Estados Unidos a Napoleón Duarte y su ejército? Pero, claro, para saberlo hay que buscar casi siempre al pie de una página interior hasta encontrar algún eco de ese genocidio infinitamente monstruoso.

Que esta desinformación abunde en las publicaciones de la derecha, es obvio y comprensible; pero que la prensa democrática, de izquierda o simplemente liberal acepte o fije cuotas informativas aberrantes es algo que excede toda paciencia. Por eso vuelvo a mis preguntas iniciales, puesto que de su respuesta depende que salgamos un día de esa desinformación intencional o frívola, obligada en algún momento por el imperativo de la actualidad, pero mantenida después por razones casi siempre turbias. ¿Hasta cuándo los consumidores de la información vamos a seguir aceptando este juego en el que nos toca el papel más triste y más pasivo? Se protesta a gritos contra los alimentos en mal estado, pero nadie piensa que también las noticias suelen llegarnos en mal estado. Nos alzaríamos como un solo hombre si quisieran privarnos de nuestra cuota cotidiana de información, pero pocos somos los que nos rebelamos frente a la dictadura de esos periodistas y esas agencias que manipulan a su gusto el material que producen o reciben. Siempre les hemos tomado el pelo a los ingleses que, por cualquier cosa, envían cartas indignadas a sus periódicos. Pero ocurre que esos periódicos las dan a conocer, y que el peso acumulado de las protestas obliga a tener en cuenta la voluntad de los lectores. Si estamos tan dispuestos a ir en manifestación a ciertas embajadas y ciertos palacios de gobierno, ¿por qué no empezamos a manifestar epistolarmente nuestra repulsa de esa distorsión de que somos objeto diariamente? POLONIA con mayúsculas: muy bien. El Salvador con minúsculas: muy mal. Poner en minúsculas lo que exige mayúsculas es lisa y llanamente un crimen más, cometido esta vez por los mismos que denuncian los crímenes a toda página. Dentro de algunas semanas habrá una nueva noticia que reclamará mayúsculas, y Polonia irá a alinearse junto a El Salvador. ¿Hasta cuándo, hasta cuándo vamos a tolerarlo?

P. S.- En el momento en que termino estas líneas me llega el número de fin de año de *Le Matin*, diario democrático de París. En las páginas centrales: LAS IMAGENES DEL AÑO 1981. Entre muchas otras, Tejero pistola en mano en las Cortes, atentados contra el Papa y Reagan, asesinato de Sadat, Mitterrand después del triunfo socialista, y toda una página con fotos de Polonia. También a gran formato: el triunfo de McEnroe sobre Borg, y el gol de Platini que asegura la victoria de Francia sobre Holanda. Tal es el resumen de 1981: como se ve, un país llamado El Salvador no existe en este planeta. Y lo terrible, lo insoportable es que no existe en este planeta porque no existe en *Le Matin*. ¿Seguiremos así, con los brazos cruzados?

(1982)

A *Veja* le interesa saber...

A *Veja* le interesa saber —cito textualmente el tema que me propone— por qué he adoptado la nacionalidad francesa. Hasta ahora nadie me lo había preguntado públicamente, pues estaba claro que en muchos órganos de prensa se prefería contestar por mí, técnica en la que descuellan no pocos periodistas y comentaristas latinoamericanos, sin hablar de escritores y políticos.

Así, a lo largo del año transcurrido desde que el gobierno francés me otorgó la ciudadanía, he ido enterándome a través de diversos conductos de las razones principales por las cuales: *a)* he renegado de mi condición de argentino; *b)* he asumido otra nacionalidad; *c)* cuán lamentable, imperdonable y odioso es lo que he hecho en *a)*, y cuán irresponsable, antipatriótico y desalmado es lo que he cometido en *b)*.

Esta síntesis de algunas versiones ajenas sobre mi cambio de ciudadanía alcanzó su momento más sublime hace pocos meses en la Argentina, y tuvo por protagonista al entonces presidente *de facto*, general Viola, a quien le habrían preguntado su opinión sobre algunos argentinos exiliados que él consideraba como enemigos del país y agentes de la subversión (el lector puede ampliar la lista de cargos, sin duda la conoce de sobra). Cuando se mencionó mi nombre, el entonces presidente se habría mostrado sorprendido. "Que yo sepa", dijo, "ese señor es francés y no tiene nada que ver con nosotros".

Esto, que podría ser cómico o ridículo, contiene por desgracia un trasfondo que rebasa la filosofía de pasaporte de un general argentino. Sin caer en su simplismo, gentes más "leídas" y más "escribidas" han mostrado una consternación que resultaría pueril si no escondiera cosas más graves. Que los fascistas de uniforme o de civil agiten la bandera patria como una

336

siempre eficaz cortina de humo, es previsible; lo es menos que algunos argentinos exiliados en México, Venezuela, España y Francia, hayan visto mi cambio de nacionalidad como una defección, y que lo hayan manifestado al punto de obligar a otros, que me conocen bien, a responder por mí. Gracias a estos últimos, que distinguen claramente lo que va del patriotismo legítimo al nacionalismo de consignas y arengas, nunca me sentí obligado a justificarme; tampoco ahora y aquí, pero en cambio puede ser el momento de explicar lo que la estrechez de algunas miras se niega a comprender en nombre de un argentinismo tan poco inteligente a la luz de lo que ha pasado y está pasando en la Argentina.

Mi cambio de nacionalidad no se debe solamente a que llevo más de treinta años de residencia en Francia, sino al hecho de que el gobierno socialista de François Mitterrand quiso reparar una injusticia cometida por los gobiernos anteriores y que había contado con la complicidad tácita o expresa de las sucesivas embajadas argentinas en Francia, que me sabían un adversario activo de las dictaduras militares a las que servían. Como extranjero, mis posibilidades en el campo de la acción estaban restringidas al máximo en Francia, pues los informes oficiales argentinos sumados a los de la inteligencia norteamericana (en este último caso se trataba concretamente de mi solidaridad con la Revolución Cubana) me presentaban a las autoridades locales como alguien que aprovecharía de la nacionalidad francesa para incentivar la solidaridad con los países del Cono Sur sometidos a las dictaduras que conocemos, cosa que no siempre convenía a los intereses políticos y económicos de Francia. Dos veces se me negó la ciudadanía, y mis actividades a favor de los pueblos de la Argentina, Chile, Uruguay y Paraguay tuvieron que circunscribirse a una acción dirigida solamente hacia el exterior, sin poder enriquecerla con una acción interna que se hubiera traducido en movimientos de opinión más amplios, en una solidaridad harto más útil para los oprimidos.

Hombres como el presidente Mitterrand, Régis Debray y el actual ministro de cultura, Jack Lang, estaban al tanto de esa situación y se apresuraron a normalizar una situación injusta, sabiendo perfectamente que mi cambio de pasaporte no me cambiaría en nada, cosa que algunos compatriotas optaron por ignorar por razones que prefiero calificar de tontas para no ir más lejos. El día en que Jack Lang anunció públicamente mi naturalización francesa —junto con la del novelista checo Milan Kundera—, dije al ministro y a los periodistas allí presentes que mi nueva nacionalidad me hacía sentir más argentino y más latinoamericano que nunca, puesto que me proveía de nuevos medios y de nuevas fuerzas para seguir luchando contra los regímenes que infaman el Cono Sur. No todos los periódicos allí representados transcribieron mis palabras; los complejos baratos y la estupidez empezaban ya su obra.

Que alguien haya probado tantas veces su fidelidad a los movimientos de liberación latinoamericanos, su presencia solidaria en los procesos sociales de Cuba, de Chile en tiempos de la Unidad Popular, de Nicaragua sandinista y de la Argentina camporista, a la vez que combatía con todos los medios a su alcance los regímenes militares del Cono Sur, parecería menos importante para algunos que una libreta con tapas azules y sellos de aduana. Que ese alguien haya vivido treinta años en un país de otra lengua y que haya escrito allí diez o doce libros *en español*, destinados invariablemente a los lectores latinoamericanos, parecería poca cosa frente al hecho espantoso de que ahora tengo un pasaporte francés en vez de uno argentino, como si el pasaporte fuera el verdadero corazón de los rioplatenses. Que eso lo piense el general Viola, entra en la lógica más estricta de las dictaduras y sus servidores; pero yo no acepto esa lógica, y en cambio sé dónde tengo el corazón y por quiénes late.

(1982)

Diálogos en Managua*

Para la perspectiva europea, Nicaragua es casi siempre una fuente de sorpresas. Todo el mundo sabe que el país está en guerra, una guerra no declarada pero que cobra una dosis diaria de muerte en el doble frente de las fronteras con Honduras y con Costa Rica; la guerra del norte, en la que los ex guardias somocistas (5.000 hombres según algunos) intentan una penetración progresiva con el desembozado apoyo del ejército hondureño, y la del sur, en la que Edén Pastora chapotea entre idas y venidas después de bendecir el empujón de dólares que gentilmente le han ofrecido los Estados Unidos.

Todo el mundo lo sabe, y naturalmente imagina que Nicaragua vive un clima de apagones, censuras draconianas y cinturones ajustados hasta el último agujero. Pero ocurre que justamente en esas circunstancias, los "nicas" organizan un festival de música popular que logra un éxito fuera de lo común en Managua y otras ciudades, y casi al otro día convocan a una conferencia de intelectuales sobre los problemas de América Central, con la participación de nada menos que ciento y pico de norteamericanos y dos docenas de canadienses, sin hablar de diversísimos latinoamericanos entre los cuales me incluyo, razón por la cual escribo estas líneas desde Managua la muy querida, entre dos tandas de ponencias y sus correspondientes debates. No hay nada que hacerle, habré estado aquí ocho veces pero Nicaragua seguirá dándome sorpresas; en buena hora, cuando pienso en la grisalla de tantos países que conozco, en la falta de imaginación de tantos gobiernos que deberían hacer de ella el trampolín que les falta.

* *Proceso*, México, n.º 358, 10 de septiembre de 1983.

La explicación de esta aparente paradoja es simple; así como al día siguiente de la victoria contra el régimen de Somoza los sandinistas se lanzaron simultáneamente a la reconstrucción física de su país asolado por la guerra y a un vasto plan cultural basado en la alfabetización como primera etapa, de la misma manera están decididos ahora a no permitir que el hostigamiento de sus enemigos paralice en modo alguno el proceso iniciado hace cuatro años. La guerra ya la conocen, pero los frutos de la cultura empiezan a manifestarse desde hace muy poco tiempo, y todo retraso en este terreno sería considerado con razón como un triunfo indirecto del enemigo. El *no pasarán* de las consignas populares va mucho más allá de la mera invasión que intentan los somocistas y otros títeres de Estados Unidos.

La conferencia a la que asisto es una faceta más de este proyecto cultural. Por una parte intenta un diálogo con norteamericanos (dicho sea de paso, dialogamos muy bien, pues el sistema de traducción simultánea es excelente) confiando en que todo lo que éstos vean y oigan en Nicaragua les permitirá medir mejor la distancia que va de los discursos de la Casa Blanca a la realidad nicaragüense; y por otra parte propone como tema central el de la tarea de los intelectuales en la revolución, que se inserta como es lógico en el proceso cultural cuyo primer peldaño ha sido franqueado con la alfabetización de un alto porcentaje de la población.

En este terreno del siempre debatido "compromiso" de los intelectuales, yo me siento más bien incómodo porque sé que voy a acabar echando un balde de agua fría sobre algunas cabezas demasiado calientes. Cuando me hablan del famoso compromiso, pienso en el humorista que dijo memorablemente: "Comprometidos, comprometidos… harían mejor en casarse". Parece mentira que a esta altura de las cosas se sigan haciendo gárgaras con tanta vehemente invocación a la entrega del intelectual a la causa política, o sea (en términos de gárgara) que primero es la causa y después —sí, así lo piensan muchos, aunque no hablen explícitamente de prioridades—, después la escritura, después la experimentación, después la novela o el cuento o el poema. Uf.

Mi balde de agua fría consiste una vez más en decir que el compromiso del escritor es esencialmente el de la literatura, y que ésta sólo incide de veras en un proceso liberador cuando a su vez funciona como revolución literaria, entendiendo por esto cosas tales como la experimentación, invención, destrucción de ídolos, actos *zen* de la escritura que sacudan al lector y lo den vuelta como un guante, todo ello sin perjuicio de que el escritor incursione poco o mucho en la temática específicamente ideológica y política de la causa.

Notable palidez en algunas caras, lo tengo comprobado en diversos congresos. ¿Qué idea se hacen de un escritor, la del escriba sentado del Louvre? Por mi parte no me quedo en abstracciones, y repito que nuestro compromiso existe, vaya si existe, y que además es doble: en la literatura llevada a sus máximas posibilidades, y en la crítica cada día más necesaria frente a lo fosilización lingüística que con frecuencia mediatiza y hasta anula el mensaje revolucionario. Nuestro vino nuevo necesita odres nuevos, y no sólo hay que transformar así los viejos adagios sino las estructuras de un lenguaje que cada día me aburre más cuando escucho sus sonsonetes, sus devotos rosarios de palabras que se encadenan automáticamente unas a otras, como aquello de la Roma eterna o la India milenaria.

Y claro, entre tanto me divierto muchísimo en esta conferencia donde canadienses, norteamericanos y nosotros los de más al sur cambiamos ideas, direcciones postales, libros dedicados y tragos de ron Flor de Caña, todo lo cual tendrá su incidencia necesaria en el futuro porque ese diálogo informal que mantenemos en los pasillos y en la calle le da su tono y su cercanía a la conferencia, y esas cosas forman también parte del compromiso y, sobre todo, de la esperanza.

Minidiario*

Un día que parece condensar la luz y el tiempo; la luz de un sol furioso que nos golpeará sin lástima, y la sucesión de lugares y de hechos que la memoria acabará desplegando, equivocada como tantas veces, en un lapso mucho mayor. También nosotros estamos condensados en el auto (perdón, carro) en el que viajamos de Managua a Rivas y que además del compañero chofer lleva a Sergio Ramírez, Ricardo Coronel, Carlos Schutze y el que escribe; también nuestra charla a lo largo de cuatro o cinco etapas se aprieta en una sucesión incesante de temas, aunque yo hablo poco porque estoy ahí con los amigos para escuchar y aprender de ellos lo que sólo puede ser sentido en vivo mientras se corre de la capital hacia la frontera de Costa Rica y cada paisaje, cada pueblo, cada cultivo despiertan en ellos un torrente de datos, explicaciones, cifras, proyectos, toda la esperanza de sus planes de gobierno y también sus frustraciones, la batalla diaria contra el subdesarrollo y la pobreza.

Vamos hacia El Ostional, en la costa pacífica y a apenas ocho kilómetros de la frontera que se ha vuelto hostil y tras de la cual se siguen agrupando las bandas contrarrevolucionarias que tantean las posibilidades de una invasión por el sur. Sergio Ramírez, miembro de la Junta de Gobierno de Reconstrucción Nacional, va a entregar títulos de propiedad a una serie de cooperativas de campesinos a quienes la reforma agraria distribuye tierras; el mismo Sergio que esta mañana me ha entregado a mí su libro de ensayos *Balcanes y volcanes*, lúcido análisis paralelo de la evolución (y muchas veces involución) económica y literaria de Centroamérica. Pienso en sus cuentos, en su novela cuyo título pregunta: *¿Te dio miedo la sangre?*, y mientras lo

* *Proceso*, México, n.º 363, 15 de octubre de 1983.

oigo discutir problemas de ganadería con sus compañeros veo como en un reflejo múltiple algo que me sigue asombrando, la casi inconcebible coincidencia en tantos dirigentes "nicas" del estadista, el combatiente y el intelectual. Ernesto Cardenal, Tomás Borge, Omar Cabezas... la lista es larga, y no del azar ha nacido esta lista sino de la altísima escala de valores con que se definen la lucha y la Revolución Sandinista y que explica su más auténtica razón de ser.

Pero éste es un minidiario de viajes y me paro aquí, como ahora nos paramos en la plaza del Ostional donde se agrupan los campesinos con sus niños y sus carteles (perdón, pancartas), uno de los cuales me conmueve porque lo imagino improvisado por su autor: *Las tierras osiosas / a las manos laboriosas.* En esa falta de ortografía se agazapa todo el pasado, todo el abandono en que han vivido los campesinos y que la reforma agraria quiere rescatar paralelamente a la alfabetización, rescate exterior e interior de un pueblo lleno de gracia y de poesía innatas. Y hay ya un sol del carajo, y los discursos parecen más largos de lo que son (porque son sorprendentemente cortos, empezando por el de Sergio que tiene el arte de decir mucho con poco, pese a que los altavoces tienden a ser más bien horrendos en El Ostional y lo obligan a repetir más de una frase). La alegría de la gente tiene esa mesura que ya conozco en los nicas, hay esa manera de ofrecer un trago o hacer un comentario sin salirse de un límite, de un pudor que los vuelve más hondos y entrañables.

Otra vez en marcha, pero ahora entramos en una zona donde hablar de carreteras parece una mera expresión de deseos, razón por la cual nos hemos mudado a un *jeep* (perdón, Yip) en el que me toca un asiento lateral donde parecen brotar todas las alabardas de los visigodos o el atroz tanteo previo al empalamiento fatal de los turcos. Frente a mí, Ricardo Coronel habla de granjas agrícolas, de cruces genéticos, de inseminación artificial y sobre todo del riego, porque atravesamos ahora una zona reseca donde vamos a inaugurar la micro-presa que dará fertilidad a los valles más desolados. Mientras lo escucho y aprendo un poco más sobre cosas tan alejadas de mi vida usual, me vuelve desde la otra cara de la medalla la imagen de su padre, el admirable poeta José Coronel Urtecho, y también descubro cuánto se parece Ricardo a doña María, su madre casi legendaria, la alemana amazona que durante años incontables ha sido la fuerza y la gracia de *Las Brisas*, esa finca donde pernocté en mi primer viaje a Nicaragua. Hombre, ahora que lo pienso, en ese viaje también estaba Sergio, sólo que entonces vivía exiliado en Costa Rica, y con él y Ernesto Cardenal nos metimos de contrabando en Nicaragua para visitar Solentiname. Qué lejos está ya, por suerte, ese año setenta y seis.

Si al marqués de Sade le hubieran gustado las micro-presas —y esto se prestaría a muchos juegos de palabras—, merecería ser el dueño de la de Guiscoyol, porque han instalado la tribuna de frente al sol de las tres de la tarde, nos sientan en una fila de sillas como si fueran a fusilarnos (¿usted sabía que en algunos de nuestros países se tenía esa delicada atención para que el condenado estuviera más cómodo?), y ahora los discursos me parecen maratones, las obras completas de Balzac, las arengas de Fidel, con el sol empujándome la cara, juro que es cierto, moriré convencido de que la teoría corpuscular de la luz es la única verdadera, qué ondas ni que ocho cuartos, son piedras, hermano. Y otra vez tragos pero al sol, y yo agarro mi cerveza y encuentro un árbol perdido por ahí y le digo que es mi árbol, que lo amo apasionadamente, no sea cosa de que se me vaya de golpe, puede pasar en este país de locos. Y la cerveza está caliente, para decírtelo todo.

Cambio delicioso y bien merecido una hora más tarde: Sergio inspecciona una fábrica para el procesamiento de langostinos y camarones, donde los enormes hangares tienen por lo menos el aire de ser frescos, y además la gente está contenta porque la fábrica va a dar trabajo a seiscientas personas en una zona particularmente pobre. Por eso vuelvo a subir al horrendo *jeep* un poco menos muerto que antes, pero el turco me espera con el palo ensebado y mi único consuelo es pensar en Vlad V, el príncipe rumano que se vengó de los turcos empalando a diez mil de ellos y de paso originó la leyenda de Drácula; no crea que estoy haciendo un mal juego de palabras, fue así pero allá lejos y hace tiempo.

El sol empieza a caer y da gusto decirlo aunque sea retrospectivamente (la literatura no es otra cosa al fin y al cabo). Llegamos a Belén para participar en un homenaje a jóvenes combatientes sandinistas que fueron asesinados a traición por la guardia de Somoza en la última etapa de la guerra. Ahí, junto al pequeño monumento donde se inscriben sus nombres, están las madres de muchos de ellos rodeadas por los vecinos, por los innúmeros niños de Belén. Todo es grave y tierno a la vez, y a la vez nada es lúgubre. La noche cae mientras compartimos una cena colectiva en la casa comunal, y del regreso a Managua me acuerdo poco porque ahora tengo un buen asiento en el que me duermo como corresponde; por momentos oigo a Sergio y a Ricardo discutiendo problemas de regadío. Con otras diez micro-presas se podría… También hablan de granjas avícolas, creo, todo se mezcla en mi semisueño, las gallinas se caen en las micro-presas, creo que no sirvo mucho para las inauguraciones pero no lo diré, para que me sigan llevando a todas las micro-presas y a todas las gallinas, siempre.

De los amigos

El extraño caso criminal de la calle Ocampo

El domingo 20 de octubre de 1957, alrededor de las veinte horas, fueron llegando a la pequeña casa de la calle Ocampo, número 3005, unos primero otros después, los amigos que acostumbran reunirse allí ese día; costumbre que remonta a la llegada a esta ciudad primero de Damián desde Puerto Rico, y poco después de Julio y Aurora desde París. Esa noche se sumaron más o menos casualmente el matrimonio Davidov y Guida Kágel. Todos los presentes fuimos envueltos en los tentáculos de una aventura cuyas ramificaciones, como se verá, se extendían muy lejos de las paredes de nuestra casa, y debía hacernos vivir horas de angustia y abismos de dudas.

Al final de la velada, se propuso buscar un tema para escribir sobre él, o con él, un cuento cada cual como supiera, quisiera o pudiera. La búsqueda fue mucho más complicada y larga de lo que nadie hubiese imaginado, no se concretaba nada y Eduardo y Damián estaban muy cansados, entonces dijeron: "Caperucita Roja y ya está".

Eso quedó y salieron todos juntos. David e Isabel se ofrecieron a llevar a sus casas en el auto a todos. Damián fue el primero en ser desembarcado, luego dejaron a Guida en Plaza Italia y acompañaron a los Cortázar a la casa de Aurora cerca de la estación Pacífico, donde están viviendo. Allí terminó esa noche y comenzó la intriga.

El martes por la tarde nos encontramos con Damián en el cóctel que el Museo de Bellas Artes daba a un pintor español bastante desaparecido. Apenas nos saludamos, Damián con su aire más fastidiado, con ribetes de sonrisa, nos notificó haber recibido esa mañana una carta muy extraña de "alguien" que había estado en nuestra reunión del domingo en la cual se denunciaba, absurda e idiotamente, un complot entre Aurora y David para escribir el cuento de Caperucita Roja, para que aunando esfuerzos ganaran el "concurso". ¡Gran furia! ¿Quién fue? No te creo, ¡nadie habló de concurso! Al final confesó que la carta era de Guida y que al principio la había tomado a broma, pero ahora le preocupaba no tanto lo que decía la carta sino la pobre Guida en sí misma. Era verdaderamente increíble y absolutamente insólito.

Copio seguidamente la carta recibida por Damián la mañana del 22, martes:

Buenos Aires, 23 de octubre de 1957

Estimado Bayón:

Tal vez se sorprenda al recibir estas líneas, pero me parece que son una obligación de mi parte. Por una casualidad me enteré anoche en el auto de los esposos Davidov, que él tiene la intención de colaborar con Aurora en la preparación del cuento sobre Caperucita Roja. Aunque a Julio no parece molestarle el hecho, yo entiendo que se trata de una colaboración que va en contra de lo que decidimos todos, que el concurso sea individual. Yo no quise oponerme anoche, porque todos estaban de acuerdo en el auto, pero ahora se me ocurre que como usted es tan amigo de Julio podría insinuarle que no está bien.

Si quiere que conversemos más sobre el asunto, puede llamarme a mi casa (43-2138) preferentemente de tarde.

Muchos saludos de su amiga

Guida Kágel

Amaneció para mí el miércoles 23 como todos los días, despaché los chicos mayores al colegio a las siete y cuarto, tomé mi primera aspirina y volví a la cama, a las ocho y diez levanté a Sandra y después de vestirla bajamos a tomar el desayuno juntas mientras se levantaba Eduardo. Cuando se fueron todos empecé los invisibles, eternos y molestos quehaceres domésticos y cuando ya me remontaba a nuestra adorada buhardilla, llama Damián preguntándome el teléfono de Guida, porque había perdido la carta, y también la dirección, porque si no la podía encontrar como le había sucedido la tarde anterior, entonces le escribiría. Subo a la buhardilla y Cata me trae la correspondencia. La primera carta que abro está dirigida a Eduardo (tengo la autorización necesaria), y es de Julio, manuscrita, dice así:

23 de Octubre 157 (!)

Querido Eduardo:

No consigo dar con vos por teléfono, y prefiero mandarte unas líneas. Quisiera pedirte que si vamos a reunirnos el domingo como de costumbre, trates de que Chiche y Celestino estén con nosotros, pues hace rato que no los veo y la semana pasada recordarás que ellos no estuvieron. Ya se acerca el tiempo de nuestra partida, y lamento haber visto tan poco a la gorda y a su marido.

Espero que Caperucita Roja avance (si te has decidido a intervenir en el certamen). Cariños a María y hasta pronto,

Julio

Sin pensar nada especial y anotarme de convencer por cualquier medio a Dora y Arias de venir la próxima reunión abro la segunda carta que venía a mi nombre:

23 de octubre de 1957

Querida María:

Como no consigo hablarte por teléfono, te mando estas líneas bastante deshilvanadas, pero mejor te las escribo antes de pensar demasiado. Parecería que nuestra reunión del domingo pasado tiene consecuencias curiosas. Recibí una carta de Guida Kágel, en la que me denuncia la intención de Aurora y Davidov de preparar en colaboración el cuento sobre Caperucita Roja. A Guida esto la ha indignado mucho al parecer, pues entiende que los trabajos tienen que ser individuales, y me pide que yo haga de mediador ante Julio. Julio me

351

dijo por teléfono que estaba muy sorprendido, porque no recordaba para nada que los Davidov hubieran hablado con él o Aurora de colaborar en el cuento. De todos modos me resulta molesto que Guida me escriba por semejante tontería, y además me pregunto si los Cortázar no tendrán verdaderamente el propósito de aunar fuerzas con los Davidov. Me gustaría saber qué piensas de esto. Para mí, el episodio demuestra lo de siempre: en la Argentina no sabemos lo que es el *fair play*, y todo el mundo aprovecha la menor ocasión para faltar a la palabra dada, si con eso consigue lucirse y brillar en primer plano. Ojalá esté equivocado por lo que se refiere a Aurora.

Yo pienso escribir algo que veremos si sale legible. Y a vos te tengo mucha más confianza que a mí. Decile a Eduardo que no se tire a muerto y que haga algo también.

Hasta pronto,

Damián

Bueno... una cosa muy rara me pasó al mediar la lectura de esta carta, cuando, sonriendo llegué al punto: "y además me pregunto si", etc. etc. Algo horrible como un bicho sucio me fue cubriendo por dentro la imagen de Damián, sentí feo gusto en la boca y frío en la nuca, ése no era Damián, ese que insinuaba era algo más bien repugnante, y no era verdad nada, ni lo que decía, ni lo que no decía, nada. Bajé rogando que el teléfono funcionara y funcionó muy amablemente, no sólo esa vez sino toda la mañana, después de casi un mes de incomunicación por la huelga. Atiende Damián y yo muy alegre le notifico que acabo de recibir su carta... silencio... —Acabo de recibir tu carta fechada hoy, ayer no me dijiste que me habías escrito. —María no me asustes. —¡Damián no me vas a decir que no me escribiste contándome lo de Guida! —María no me asustes, yo no te he escrito ninguna carta y esto es muy serio, o yo me estoy volviendo loco o algo pasa—. Yo volé a buscar la carta que había dejado en mi escritorio y la leí ante la consternación de Damián y fue allí que, otra vez limpio el cielo, le conté el susto que me había dado la turbia frasecita, y él cortó muy apurado dispuesto a buscar por todos los rincones la extraviada carta de Guida.

Yo aproveché el poder hablar y llamé a los Cortázar para ponerlos al tanto de tamaña madeja y pedirles si podíamos reunirnos por la tarde para comentar el lío. De más está decir que quedaron asombradísimos y decidieron venirse inmediatamente después de almorzar. Apenas corté la comunicación con Julio, llamó nuevamente Damián para notificarme el hallazgo de la carta y lo puse al tanto de nuestro propósito de encontrarnos después del almuerzo, cosa que aceptó un poco burlonamente y bastante preocupado, ya había escrito la carta para Guida pero esta carta, la única sincera, no la tengo en mi poder para copiarla, en términos generales Damián le aseguraba a Guida que había interpretado mal una simple diversión entre amigos y estaba equivocada en cuando al sentido de "concurso" que nadie le había dado al cuento.

Mientras tanto a mí me habían desaparecido todas las molestias del embarazo, cansancio, acidez, tristeza, depresión etc., y también las inherentes a mi naturaleza jocunda, como ser el dolor de cabeza. Me sentía vivificada, llena de energía y de alegría. En esto estando llama nuevamente el teléfono, bajo como una exhalación y oigo la voz de Julio muy medida y circunspecta que me notifica la recepción de una carta mía dirigida a Aurora, es ésta:

23 de octubre de 1957

Querida Aurora:

Los teléfonos tienen la culpa de esta carta, y también un poco vos. Me hubiera gustado más hablarte personalmente, pero no puedo dejar pasar más tiempo. He sabido que tienes intención de escribir un cuento para el domingo en colaboración con David. Eso me parecería muy bien en otras circunstancias, pero como en este caso se trata de un concurso amistoso, en que cada uno tiene que hacer por separado lo que pueda, me veo obligada a decirte que tu actitud no me gusta. Me parece que había quedado bien establecido que se trataba de escribir cada uno su cuento. No es una cuestión de lucimiento, sino de pasar un rato entretenido, pero parecería que David y vos pretenden juntar fuerzas para demostrar su superioridad ante los demás.

Como me creo tu amiga, no te extrañará esta franqueza. Por mi parte yo haré lo que pueda por escribir algo lindo que les guste a todos.

Los esperamos como siempre el domingo. Un abrazo y perdón,

María

¡No! Grandes gritos de mi parte, gran excitación, Julio pasó a mi pedido el tubo a Aurora la cual me aseguró que se había quedado helada al recibir y leer esa carta, que a pesar de saber ya de las otras cartas su sorpresa y su disgusto fueron enormes y confesaban estar completamente confundidos ambos, sin saber muy bien cómo catalogar esta serie de hechos sin una finalidad aparentemente definida, pues era demasiado absurdo creer en la denuncia de un complot tan estúpido, y no se nos ocurría que tuvieran una finalidad siniestra, cosa que solamente al precipitarse los acontecimientos... pero no anticipemos.

Esa tarde nos reunimos sin la presencia de Eduardo, verdadero mártir de la cátedra de Historia del Arte en la Universidad de La Plata (el pobre se enteró de todo por mis cuentos mientras comía su bife y preparaba sus bártulos a toda velocidad, para poder alcanzar el ómnibus, se fue riéndose y deseando poder estar presente a los comentarios). Sería muy largo y necesitaría un relator más ingenioso que yo para reconstruir los castillos que tejimos y destejimos en el aire de la buhardilla la cual resplandeció de pronto en la historia, la pequeña historia de nuestra vida, inefablemente. Cotejamos las cartas, se descubrió que la máquina era la misma en todos los casos, que la firma de Bayón podía muy bien ser auténtica, que el estilo de su carta también hasta el momento de: "y me pregunto si...". Que mi firma en cambio era muy discutible y mi estilo a pesar de lo viperino, lo era también. Se empezó a dudar muy seriamente que no fuera Guida la autora; Aurora estaba radiante, "¡después dicen que aquí no pasa nada!", repetía. Julio por su parte nos acusó a Damián o a mí de haber fraguado todo. Damián estaba muy serio por momentos y no se decidía si por la policía o por el manicomio. Yo hacía mucho que no me sentía tan bien, en el fondo no había ninguna calumnia grave y todo era tan excitante. Julio dio como probable la intervención de alguien que no hubiera asistido a la reunión. Yo negué esa posibilidad; nadie podía estar tan al tanto de todo lo que había pasado, ni del final con transporte a domicilio y demás. Aurora aseguró que ella había contado con detalles a varias personas por teléfono (¡por suerte que no andaban!) todas las incidencias de la famosa noche del domingo: "Dora, por ejemplo; le conté todo".

Pasaron horas y agotada ya la imaginación nos separamos decididos a encontrarnos el sábado en lugar del domingo para hacer posible la presencia de Dora, que los domingos por líos más o menos morónicos y de distribución de la tía María, se le hace muy difícil abandonar su casa de extramuros.

Al día siguiente, jueves, Aurora recibió esta carta:

Abella Neda, 23 o 22 de octubre

Ororita kerida:

El yoyega y yo sentimos mucho no encontrarnos rejuntados en lo de los Jonkieres, pero decile a Shortiti que le llevé religiosamente los cuentos y que el Jonkieres tenía que dárselos. El domingo que viene pensamos estar como un solo hombre en la cita de honor, y como allí se come mucho a mí se me cae la cara de la poca vergüenza que tengo y me parece que vos y yo por lo menos tendríamos que contribuir con algo. Vos podrías llevar unos bollos, si querés, que siempre dan el tono rústico a esas reuniones de asquerosos intelectuales (lo digo por el Julio, el Eduardo y el Damián, porque nosotras de carne somos). Yo pienso hacer mi famoso postre de plomo puro, que te va a caer propio como el aludido metaloide. Cualquier cosa me telefoneás, y decile a Shortiti que es un rico.

Chau y muchos besos.

Ch

Y Dora esta otra:

355

Lunes 23 de octubre

Querida Chiche

Te escribo a máquina porque hoy no sé por qué tengo la impresión de que a mano no me va a salir mi verdadera letra, y casi tengo miedo de ver el resultado. La ventaja de la máquina es esa impersonalidad ciega, pero aquí me salgo del tema. Ayer estuve leyendo algunos de los cuentos de Julio que me gustaron bastante, y por la noche vinieron Julio y Aurora, y también Damián y Guida, y los Davidov. Yo propuse que fijáramos un tema breve, y que cada uno escribiera un cuento para el domingo que viene. Después de mucho hablar terminamos aceptando el tema de Caperucita Roja. ¿Te das cuenta?

Esta mañana me levanté temprano para escribir algo, pero me siento muy desanimada por el tema. Es demasiado mucho o demasiado poco a la vez. Se me ocurrió que tu colaboración me sacaría del paso, porque hablando o discutiendo se hace la luz (a veces). No sé qué vas a pensar de esta invitación, pero si tuvieras un rato nos podríamos encontrar acá o en tu casa para ver si charlando sale alguna cosa que valga la pena. Si me hablas por teléfono arreglaremos. Todo tiene que estar listo el domingo que viene.

No sé si el sábado te dije que me gustaba el vestido que te habías puesto. Chau, abrazos a todos, y llámame

María

Y finalmente Julio recibió esta misiva:

Buenos Aires, 23 de octubre /957

Señor Julio Cortázar
Gral. Artigas 3246
Capital

Estimado Julio:

Quizá te extrañe esta carta, pero me parece mi deber hacértela llegar hoy mismo, porque he recibido una carta bastante rara de alguien que firma "un amigo" donde dicen que a vos no te gustaría nada saber que Aurora y yo tenemos decidido escribir un cuento para la reunión del domingo en casa de Eduardo. Como eso no es verdad, porque yo casi no la he tratado a Aurora y además no soy escritor, he pensado que lo mejor era avisarte de este chiste, porque pienso que debe ser un chiste de alguno de los que estaban el domingo, nada más que para divertirse a costa tuya o mía. Si querés telefoneame enseguida, porque yo no consigo con tu casa, y por eso escribo estas líneas. Disculpame esta tontería, pero como somos amigos yo creo que es mejor.

Saludos a Aurora y un abrazo de

David

En esto estando llegó el esperadísimo sábado, y las suspiradísimas siete de la tarde, porque Eduardo ni por todas las intrigas y suspensos del mundo iba a sacrificar una tarde de pintura. La primera en llegar fue Dora, comió queso y se puso al tanto de las últimas novedades, leyó mi cuento y yo leí el de ella y el de Elías. En eso cayó Guida, como la mismísima Diosa de la Venganza, estaba verdaderamente, peligrosamente furiosa, tenía su sospechoso favorito pero no nos quiso anticipar nada, todo sería desenmascarado a su debido tiempo y en juicio público, ella sabía.

Cuando llegó Julio yo también sabía, y lo acusé antes de saludarlo siquiera: "¡Farsante!, ¡nos tuviste a todos locos etc. etc.!". Julio me miró altamente (cosa que no le cuesta nada) reticente y me aseguró que no me escudase tanto en acusar cuando aún no estaba libre de su propia sospecha hacia mí. En cuanto llegó Damián, Eduardo lavó los pinceles y nos reunimos abajo para ver qué pasaba y después de la confusión que es de imaginar, aumentada por mis idas y venidas a la cocina para combinarles una cena a los chicos, y los chicos en cuestión, que lo único que les interesaba era escuchar lo que divertía tanto a los grandes, decidimos que cada cual daría por turno su teoría sobre lo que había pasado, quién era a su parecer el intrigante, qué finalidad perseguía y con cuáles pruebas fundamentaba su sospecha.

A todo esto Julio estaba inusitadamente serio, grave, diría trágico, y de pronto tomó la palabra y dijo estar decidido a leer el informe que traía.

Aquí está resumida toda la historia que con una genialidad de un verdadero hijo de los dioses, Julio nos leyó.

The Ocampo Street Murder Case

Nota: Toda semejanza que pudiera existir entre los personajes de esta historia y alguna persona viviente, no sólo no es accidental y fortuita sino que el autor ha procurado lograr una identidad total. Entre otras cosas, las personas aludidas figuran aquí con sus nombres verdaderos.

CAPITULO FINAL (Se omiten los anteriores por cuanto no pertenecen a la literatura escrita sino al comportamiento somático, psíquico y moral de los personajes. Lo poco que esos capítulos anteriores tienen de escrito —algunas cartas, por ejemplo— será debidamente citado y analizado en lo que sigue.)

Como en semanas anteriores, el living de la casa de la calle Ocampo se llenó de gente al anochecer. Estaban María y Eduardo, los huéspedes; estaban los amigos de siempre: Damián, Guida, Dora, los esposos Davidov, Aurora y Julio. Habían comido y bebido alegremente, como siempre, pero en la atmósfera reinaba cierta tensión que el detective (su nombre no importa aquí) había esperado y en cierta medida provocado.

Cuando llegó el momento de leer los trabajos escritos sobre el tema fijado el domingo anterior, el detective pidió que se le permitiera dar a conocer las páginas siguientes, que leyó con la voz que están ustedes oyendo:

Casi todos los presentes tienen en el bolsillo o en la conciencia una o varias cartas enviadas o recibidas en el curso de esta semana. Empeñado en averiguar la verdad sobre esa extraña y desconcertante correspondencia, procuré mantener contacto personal o telefónico con todos los presentes en esta reunión, porque desde un comienzo mi peligrosa tendencia a averiguar la verdad de las cosas pudo más que la discreción y la huelga telefónica. Tuve suerte, porque las circunstancias me ayudaron a hablar con algunos de los presentes, ya sea mirándolos en los ojos o bien aguzando hasta lo más hondo esa especie de inmenso ojo ciego que es la oreja apoyada en el tubo del teléfono. Aquí, señores, presento el resultado de mi esfuerzo, que, lo señalo de manera muy especial, no está todavía terminado. Lo estará en el momento mismo en que denuncie al culpable, y logre, como lo espero, su convicción o su confesión.

Antes que nadie piense equivocadamente (demasiadas equivocaciones han regido la conducta de varios de los aquí presentes) quiero aclarar el sentido de la palabra culpable. No me refiero meramente al o a la culpable de algunas cartas engañosas, destinadas a crear equívocos divertidos o maliciosos. No, queridos amigos: cuando este detective dice culpable, se refiere a un culpable de la gran especie, a un culpable de asesinato. (Por menos no se molesta.) Y agrego inmediatamente esto, que es capital: Señores, el crimen que he de revelar dentro de unos minutos no ha sido cometido todavía, pero debía ser cometido esta noche, aprovechando las circunstancias de esta reunión, y escudándose en una diabólica trama de añagazas, coartadas y sospechas equivocadas. El crimen no ha sido cometido pero pudo serlo, y la víctima designada por el diabólico criminal o criminala SE HALLA TODAVIA EN PELIGRO. Por eso pido a todos que controlen sus reflejos, que no se muevan de donde están, y que colaboren con su atención y obediencia llegado el momento, al desenmascaramiento del mono con figura humana que se disimula entre nosotros.

Seré breve: la amistad incondicional de uno de ustedes —me refiero a Julio— permitió acortar la investigación y sospechar de inmediato quién era la víctima predestinada de esta noche. Aquí está, sentada como un honguito inocente, ajena a todo peligro, pobre ángel. Es Aurora, la más débil, la más frágil, la más víctima de todos. ¿Por qué se hizo acreedora al odio del asesino? Lo diremos luego en detalle, pero podemos anticipar el pecado capital en el que se fundó ese odio: es la envidia, una envidia ciega aunque quizá bien fundada, como se verá luego. Y así, resumiendo, tenemos una víctima, Aurora, un móvil, la envidia, y un asesino, cuyo nombre ha de quedar todavía en silencio.

Con estos datos es relativamente fácil seguir la complicada madeja que empezó a tejerse el domingo pasado en esta misma sala. Todos están enterados de la idea de María: escribir alguna cosa sobre el tema de Caperucita Roja. Aquí, resueltamente, se instala el tema más penoso y difícil de tratar: el de la anormalidad psíquica. Señores, el asesino o la asesina está loco, pues sólo la locura explica y condiciona sus actos, que van de la sutileza más extrema a los errores más gruesos y visibles. Podemos decir sin equivocarnos que el tema de Caperucita Roja, tan inocente en apariencia, fue el catalizador que desató las fuerzas satánicas que dormían, latentes, en el alma del asesino. Su envidia hacia Aurora (pensar que uno la mira y apenas puede creerlo) se concretó bruscamente en un ansia homicida, pero esa ansia se encauzaba a su vez dentro de los moldes del cuento de Perrault. De pronto, bruscamente, en la tiniebla moral del asesino, Aurora fue Caperucita Roja. El aullido del lobo se alzó en la noche. Sí, a la hora en que ustedes volvieran a reunirse aquí para contar una vez más, cada uno a su manera, la triste historia de la niña que muere en las fauces de la bestia, Caperucita Aurora moriría realmente a manos de un licántropo, de un monstruo escondido detrás de una sonrisa y una vestimenta humanas. No creo que jamás haya podido lanzarse una conjunción tan espantosamente precisa del mito y la realidad, de un esquema tradicional que de pronto va a encarnarse y a repetir sus terribles alternativas.

Pero vayamos a los hechos. El asesino sabía que su única posibilidad de escapar a la investigación que seguiría a su crimen consistía en crear sospechas en torno a otras de las personas presentes. En su casa, después de largas horas de fría y minuciosa meditación, empezó a preparar las máquinas abominables que sembrarían la confusión y la duda en la inteligencia y la sensibilidad de los participantes en el juego. Esas máquinas decoradas con una vistosa efigie del general José de San Martín, fueron lanzadas al ataque desde distintos cañones verticales que, pintados de rojo, soportan estoicamente el nombre de buzones con que los vilipendia el habitante urbano.

Debo señalar aquí que ignoro en detalle el orden en que fueron remitidas las cartas. Casi todas están fechadas artificiosamente el 23 de octubre. Pero si acatan el grado de repercusión de las mismas, nadie dudará de que la primera y más mortífera fue la supuesta carta dirigida por Guida a Damián, en la que se denunciaba un intento de juego sucio por parte de Aurora y David. Le siguió una supuesta carta de Damián a María, característica por su refinada hipocresía, en la que claramente se adivina ahora el deseo de crear desconfianza hacia Aurora. Hubo luego una falsa carta de María a Aurora, donde el reproche hacia esta última se expresa sin rodeos; la respuesta —auténtica, creemos, aunque no puede tenerse completa seguridad— de Damián a Guida, y una carta a esta última de Julio, igualmente apócrifa, en la que el marido de Aurora expresa su asombro ante las supuestas revelaciones hechas por Guida a Damián. A estas cartas que podríamos calificar de esenciales se sumaron otras, a manera de cortina de humo, que tendían a confirmar las desconfianzas y las sospechas. Hay por ejemplo una carta apócrifa de María a Dora, en la que María incurre en la misma falta que se reprocha a Aurora: la de buscar colaboración para escribir el cuento. Hay una carta de Dora a Aurora, en la que so pretexto de sugerir la aportación de unos bollos a la parte comestible de la reunión, se procura asegurar la asistencia de Aurora, es decir, de la víctima. Hay incluso una supuesta carta de David a Julio en la que el primero rechaza las imputaciones que se han hecho sobre su colaboración con Aurora, y que evidentemente busca despertar en Julio sospechas acerca de su propia mujer, pues el desmentido es demasiado enfático como para no dejar dudas en su ánimo. Finalmente, puede haber por ahí una o dos cartas más, pero las esenciales han sido señaladas.

Nótese que a esta altura de las cosas estamos viviendo el episodio en un doble plano: el del asesino por una parte, y el de los participantes en el juego por otra. La finalidad del asesino era crear un ambiente de hostilidad contra Aurora, a fin de que una vez cometido el crimen las sospechas se volvieran contra muchos. En ese sentido debo reconocer que, teóricamente al menos, logró sus propósitos. Todos los participantes y de manera especial María, Guida y Damián, podían sentirse agraviados por la inconducta de Aurora; sus comentarios recíprocos podían volverse contra ellos luego del crimen.

Pero hay un segundo plano de sospechas, mucho más interesante para mí en el curso de mi investigación; me refiero a la presunta identidad de la persona que había enviado las cartas. Nadie podía saber que se trataba de un asesino, y nadie lo pensó. Pero en cambio se pensó que se trataba de una broma de mal gusto, o bien de una broma que incluso fue calificada —creo que por Julio— de "genial". Personalmente encuentro esta calificación un tanto hiperbólica.

Como pude entrevistar o hablar por teléfono con casi todos los participantes del juego, llegué a conocer muy bien hacia quiénes se orientaban las sospechas. Aurora, por ejemplo, sospechó siempre de Julio, cuyos falaces pretextos para hacer frecuente abandono del domicilio conyugal, so pretexto de deberes filiales, le parecían poco sólidos. Julio, a su vez, no tuvo empacho en decirles en la cara a Damián y a María que los tenía por altamente sospechosos. Damián sospechó de Guida, por cuanto había recibido la carta clave de la cuestión. Nunca supo bien la opinión de Eduardo ni la de los esposos Davidov. En fin, como se ve, una especie de terrible ceguera colectiva se apoderó de todos los participantes en el juego. Dócilmente sometidos a la sutil astucia del verdadero culpable, perdieron su tiempo tejiendo vagas y vanas hipótesis.

Mi intervención, justo es decirlo, se debió a una idea que en un momento dado se apoderó de Julio y que éste me comunicó antes de desecharla como imposible. Parece ser que en el curso de una charla entre María, Damián, Aurora y él, celebrada en la buhardilla de esta casa luego de recibidas las primeras cartas, a Julio se le ocurrió (y así lo dijo a los demás) que quizá el círculo de sospechosos fuera más amplio de lo que Damián y María pensaban. Por ejemplo, Aurora había hablado por teléfono con Dora el lunes por la mañana, y con la lamentable tendencia de toda mujer a contar detalladamente las insignificancias del día anterior, la había puesto al corriente de la reunión del domingo, del juego de Caperucita, e incluso del famoso viaje en auto con los esposos Davidov, fuente de acusación posterior contra ella y David. Del mismo modo cabía suponer que otros de los concurrentes habían podido hablar con terceros. Por ejemplo, Damián con Elba de Lóizaga o Samy Oliver, o Eduardo con Pepa Sabor, o Julio con Jorge D'Urbano, etc. Sin embargo, tanto Damián como María rechazaron de plano la idea de que el autor de las cartas pudiera ser alguien que no había estado el domingo en la casa; entonces Julio se desanimó y abandonó la idea; pero antes me la hizo saber, y yo la tengo en cuenta desde un principio.

Señores, tanto la tuve en cuenta que es hora de que lo diga: El autor de las cartas *no estuvo presente aquí el domingo pasado*. Pero en cambio *está presente esta noche*. Les ruego que no digan ni una palabra, pero que extraigan sus conclusiones y esperen todavía un instante más.

He aquí una de las cartas enviadas esta semana. Es de Dora a Aurora. Esta carta que me fue facilitada por Julio apenas la hubo recibido su mujer, me dio la primera clave. Dora pide a Aurora que contribuya con unos bollos a la reunión. ¿Por qué unos bollos? Es muy simple: porque en esa forma Aurora encarnará con más fuerza el papel que el asesino le ha impuesto, el de Caperucita Roja. La niña va a cruzar otra vez el bosque llevando una cestita con bollos. El sacrificio está preparado, y no hay más que esperar el momento y alzar el arma homicida.

Fue en ese momento, señores, cuando la luz se hizo en mí por segunda vez. La carta está firmada así: "Chiche (a) *Dora*". El estilo coincide admirablemente con el de la verdadera Dora. Tan admirablemente que no necesité demasiado para dar un paso más y pensar (juro que se me erizó el cabello) que quizá de todas las cartas enviadas en esos días, ésa era la única auténtica. Por favor no te muevas, Dora: te estoy apuntando. (Aquí el detective sacó rápida y sorpresivamente una pistola negra, de pequeño tamaño pero aspecto amenazador, de algún bolsillo, en medio del desconcierto general.) Por favor, Eduardo o Damián: revisen la cartera de esa mujer.

(Aquí siguió la consiguiente escena trágica de gritos por parte de Dora, los ayes de terror de la Caperucita liberada, y las confusas exclamaciones de todos nosotros unidas al remolino en torno a la cartera que por cierto costó bastante encontrar, y que fue revisada hasta dar con una espantosa cachiporra desplegable a modo de catalejo rematada en su extremo contundente por feroz bola de plomo.)

Ahí está el arma del crimen. La última parte de la carta se ilumina irrefutablemente. "Yo pienso hacer mi famoso postre de plomo puro, que te va a caer propio como el metaloide aludido." Detrás de la frase en broma estaba agazapado el lobo. La suerte, y debo decir que un poco de mate, han permitido salvar una vez más a Caperucita Roja.

Sólo queda una cuestión por aclarar, y me refiero al móvil del crimen. Hablé hoy de la envidia, y con razón. Señores, a pesar de estar incurablemente loca, Dora sabía muy bien que en sus ratos perdidos Aurora canta mucho mejor que ella. Y que el Metropolitan de Nueva York había decidido contratarla para cantar el año que viene *La Bohème*, so pretexto de que vive en un quinto piso en París. Desde las febriles brumas de Avellaneda, la insania aliada al bel canto tramó esta ópera. Si ustedes se han animado a escucharla hasta el final, ya sabrán que por el argumento y la originalidad tiene que ser de Giancarlo Menotti. Y como se dice en *Turandot*, *La commedia è finita*.

(1957)

En el amor todo monólogo se niega a sí mismo...[*]

En el amor todo monólogo se niega a sí mismo, como por razones paralelas todo diálogo es de alguna manera un monólogo en otra dimensión del ser; en el amor hablar es crear espejos, entrar en ese juego de facetas hielinas que se devuelven las imágenes desde un torbellino de cenizas y falenas.

Para cosas así parece tener la clave Mauricio Wacquez, y clave significa también llave, es decir apertura o regreso; ¿quién ama aquí, quién es espejo o Irene o ese que va a llegar o ese que es ésa? ¿Quién lee, quién habla, quién escribe en este juego de látigos sonrientes?

Saignon, agosto 1969

[*] Prólogo a *Excès*, de Mauricio Wacquez, París, L'Atelier des Grames, 1969.

Alto fanal presente

Un día en que le pedí que se preocupara un poco más de su salud continuamente amenazada, Lezama me respondió que eso no era un problema para él puesto que ya había arreglado cuentas con la muerte, y los dos sabían lo que les quedaba por hacer.

Ahora que está hecho, pienso en el anverso de la medalla, me digo que pocos poetas supieron arreglar tan maravillosamente sus cuentas con la vida. Cuando lo vi hace tres meses en La Habana, Lezama me mostró el grueso manuscrito de los poemas escritos en estos últimos años, y me aseguró que la segunda parte de *Paradiso* estaba prácticamente terminada. Con la publicación de esos textos culminará una de las tentativas más extremas de la creación humana, iniciada hace cuatro décadas y librada simultáneamente en el campo de la poesía, la narrativa y la reflexión. Aprehender en su unidad central una obra tan gigantesca es una tarea que la crítica latinoamericana está muy lejos de haber asumido, pero que llegado el día mostrará mucho de lo que aún se nos escapa en nuestra búsqueda de una identidad y de una definición auténticas, es decir revolucionarias frente a los estereotipos y las alienaciones que nos condicionan todavía.

En apariencia inclinado hacia lo más remoto de un pasado universal, entre real y mítico, Lezama buscó incansablemente las raíces del presente cubano, del hombre cubano, y al hacerlo iluminó los subsuelos mentales, las capas profundas de toda América Latina. Y eso es futuro y no pasado, eso es misión y no juego gratuito, eso es trabajo revolucionario y no literatura elitista. Si yo me viera forzado a releer tan sólo una novela latinoamericana, esa novela sería *Paradiso*. Y en esta hora en que me duele Lezama, en que no volveré a golpear en su ventana de la calle Trocadero, me consuela saber que ese libro es un libro nacido en la tierra y de la tierra cubana, alto fanal de belleza y de anuncio y de llegada.

(1976)

Para presentar a Susana Rinaldi*

Apenas llegué a Francia en 1951, descubrí el mercado de las pulgas y en uno de sus más extraños corredores, una tienda de viejos discos 78. Entre ellos, uno de nuestro gran cantor de tangos, Carlos Gardel, que compré de inmediato, sin tener siquiera un tocadiscos para escucharlo, tal era mi nostalgia. El vendedor, un viejo más bien jodón, miró el rótulo y meneó la cabeza. "Ah, sí, Gardel", dijo con tono apreciativo. No pude contener mi alegría y le dije con orgullo que éramos compatriotas. Tras de lo cual, echando una mirada a mi pelo largo y despeinado, lanzó: "¿Argentino, usted? ¿Y la gomina?".

Susana Rinaldi tampoco lleva pegoteado el pelo con esa especie de firma personal que nos ha dado una reputación entre halagadora y equívoca. Ha transcurrido medio siglo y nuestra manera de sentir y de interpretar el tango ha cambiado mucho. Pero si este cambio puede sorprender a los que siguen fieles a los orígenes de cualquier forma de arte (apoyados en la moda "retro" que remeda deliberadamente los aires 1920-1940), basta escuchar a Susana Rinaldi para descubrir que lo esencial permanece invariable y que el propio Gardel, muerto hace más de cuarenta años, sería el primero en admirar a la cantora de tangos más grande de nuestro tiempo.

Porque hay una especie de milagro en este arte de renovar un género anticuado haciendo resaltar aún más su esencia simple, popular, pobre como una calle de suburbio y profunda como el alma de la ciudad. Susana sabe que el tango ha sido ante todo y sobre todo Buenos Aires, una música arrabalera como la java y el blues, un testamento urbano, su crónica de las noches de amor, de abandono y de muerte, su nostalgia de una

* Traducción del francés de Aurora Bernárdez.

felicidad imposible, su acta de pobreza sin esperanza de rescate. Con esa materia bastante primaria, esas palabras y esos aires limitados, Susana desviste el cuerpo a menudo vulgar del tango para mostrarlo en su más bella desnudez y, al hacerlo, muestra a los argentinos de Buenos Aires tal como son, vulnerables y reprimidos, tiernos y hoscos. En ella los tangos maltrechos por el desgaste del tiempo recuperan su esencia porque una gran artista los cambia. Y cuando Susana se atreve a cantar uno de esos tangos cuyos derechos a perpetuidad parecían pertenecer a Gardel, se mide la distancia que va de la imitación a la recreación, de la rutina bien aceitada al brotar del manantial.

La voz de Susana Rinaldi es una voz de una perfección que debe mucho a las grandes exigencias de nuestro tiempo, y de la que ella se sirve como se sirve de la palabra entre canción y canción, sin apoyar jamás pero creando desde la primera nota o la primera palabra una tensión que el público siente como un sortilegio. Y además está la elección: Susana ha ido a buscar, en el pasado y en el presente, esos tangos donde anida la belleza, donde tiembla y murmura el alma arrabalera o el relumbrón de los cabarets de la ciudad. Jamás lo vulgar, tan frecuente, ay, en tangos a veces célebres, habrá formado parte de su repertorio. Sin privarse de los momentos más representativos de ese género tan difícil que se presta, como el flamenco, a la estafa y la insipidez, logra presentar el abanico más amplio, pasearnos a lo largo de una velada por las calles de la ciudad del tango, ese "Buenos Aires querido" del que Gardel fue el cantor.

Seguramente encontrarán ustedes en la sala a muchos argentinos. No vacilen en hablarles, estarán encantados de traducirles las palabras de los tangos, e incluso de tararearles otros durante el entreacto, en eso somos inagotables. Y además, al tango le gusta dar paseos, hacerse mimar como esa "muñeca de lujo" cuyos prestigios uno de ellos cantó en otros tiempos. La voz de Susana Rinaldi penetrará en ustedes, se les enroscará en la memoria. Como siempre cuando algo sale del corazón de un pueblo.

(1976)

Para una imagen de Cley[*]

—¿Cómo estás, Cley?

—*Tudo bem.*

A lo largo de años, de teléfonos y de cartas, cada vez que le pregunté cómo estaba escuché la misma respuesta. Pero no todo iba bien, muy al contrario, al rato de hablar se descubría que las cosan eran duras para él, que la vida había empezado a acorralarlo lentamente, sacándolo de su patria brasileña para traerlo a una Europa esquiva y difícil. Hablo de Cley Gama de Carvalho, que se suicidó hace unos meses después de regresar al Brasil; hablo de un hombre al que conocí muy poco y que sin embargo me trae a estas páginas como en otras ocasiones me trajo a la risa, a la poesía de lo absurdo, a la confianza en una amistad que no necesita de la presencia y la correspondencia para estar ahí, para hacerse sentir en esas esquinas del tiempo en que todo es como un milagro y una reconciliación.

Sé que alguna vez los brasileños descubrirán mejor a Cley y que otros amigos escribirán recuerdos más completos y ricos sobre alguien que pasó por nuestras vidas como un aletazo, como esos fragmentos de música o de prosa que alcanzamos a jirones mientras hacemos correr el dial de la radio, algo sin antes ni después, apenas presente y ya perdido. Digo solamente lo que conocí de Cley, una de sus sombras pues debió tener tantas otras que se me escaparon, sombras de frente y de perfil, imágenes de tres cuarto o en claroscuro, y sé que no debo escribir *en serio* porque Cley y yo vivimos una amistad patafísica y a manotones, y la única seriedad auténtica de esta silueta entre cortinas o desencuentros tiene que nacer de una confusión total del tiempo y el espacio, de una anarquía de la escritura por la cual

---

[*] Publicado como "Cley Gama, casi una sombra" en *El Sol*, México, 4 de mayo de 1977.

alcancen a colarse pájaros y poesía y botellas de cachaça. Ah, justamente, es por ahí que hay que empezar, por las botellas de cachaça. Las dos botellas y la damajuana de cachaça.

De dónde sacó Cley que a mí podía gustarme la cachaça, ya es tarde para preguntárselo, pero por alguna razón debía estar convencido de que yo no era capaz de sobrevivir en París o en Buenos aires sin ese pegaj/delic/peligr/olor/oso aguardiente que a decir verdad resulta difícil conseguir fuera de su hábitat natural. Cuando nos conocimos en Francia (Cley me pidió una entrevista para un diario paulista o carioca, y me escribió una carta que era un gran argumento para no dársela, razón por la cual la acepté de inmediato, cosa que él tomó con absoluta naturalidad porque, claro, *tudo bem*), pienso que bebimos café y whisky, y si la cachaça entró en los temas de la charla fue por pura casualidad. Pasaron dos años, período cíclico en mi amistad con Cley que volvía como un cometa hirsuto cuando yo empezaba a preguntarme qué demonios, etcétera, y una mañana llaman a mi puerta de la rue de l'Éperon y es un cartero que me mira severamente y me alcanza una cosa de la cual cuelgan pedazos de diarios viejos y piolines verdes.

—Usted comprenderá que el correo no se responsabiliza por el estado de esta encomienda —me dice con la perfecta voz del artículo 34 bis—. Es un milagro que haya sido aceptada en el país de origen, y mucho más que haya llegado hasta aquí, *ça alors*.

Yo, que estoy acostumbrado a frecuentes catástrofes burocráticas dada mi propia índole y la de mis amistades y amores, trato de adivinar si detrás de eso hay una multa en puerta, pero no, solamente que mi nombre ha sido escrito con tinta azul sobre el papel exterior totalmente destrozado, y realmente el correo merece mi gratitud por haber comprendido que JU O C RT AR no es un embajador esquimal sino alguien que después de sopesar el objeto, oye un gluglú y ve un cuello de botella verde. Así llegó a mi casa la primera remesa de cachaça de Cley, pero además la botella no era una botella ordinaria sino que representaba a un payaso, es decir que tenía toda clase de deformaciones y pintarrajeos y era una botella para tener acostada y abrirla por el lado del gorro amarillo del payaso, momentos en que el perfume de la cachaça salía como el genio de Aladino y se insinuaba para siempre en mi departamento de la rue de l'Éperon.

Cuando volví a ver a Cley y le describí lo que yo consideraba un prodigio de supervivencia postal, noté que se quedaba tan tranquilo, porque según él una botella envuelta en dos diarios viejos no tenía por qué malograrse entre São Paulo y París. A lo mejor era así, pero dos años después las cosas cambiaron en Buenos Aires, y antes de nada conviene decir que nunca logré saber cómo Cley consiguió mi dirección porque era una dirección bastante secreta por razones obvias, y la única explicación es que yo mismo debí dársela en respuesta a alguna de sus tarjetas postales reexpedida desde París, tarjetas donde abundaban bailarinas bahianas y guacamayos delirantes, aparte de mensajes casi siempre indescifrables pero eso no importaba puesto que su resumen era siempre el mismo, siempre *tudo bem* aunque Cley estuviera pasándolo duro en su ciudad o en cualquier otra ciudad donde siempre algo duro esperaba a Cley.

Entonces ocurre que llaman a mi puerta en la calle Maipú y un cartero me entrega un sobre oficial y me hace firmar un acuse de recepción. En el interior del sobre hay uno de esos documentos que sólo puede producir el genio de una repartición pública, con abundantes "visto que…" y "habida cuenta de…", del cual deduzco: *a)* que el Correo Central de Buenos Aires ha recibido una encomienda procedente del Brasil y destinada a mi persona; *b)* que la encomienda contiene una botella de licor no identificado (véase *c*); *c)* que el embalaje imperfecto de la susodicha encomienda ha provocado la rotura en numerosos pedazos de la botella y la consiguiente pérdida de su contenido; *d)* que los restos de la encomienda se encuentran a mi disposición en la oficina informante; *e)* que si me interesa recuperarlos, deberé abonar la suma de cincuenta y ocho pesos moneda nacional.

Con alguna ingratitud hacia tanto celo burocrático, contesté que no me parecía apasionante ir a buscar un montón de vidrios rotos, y en cambio le mandé a Cley la carta del correo para que se apesadumbrara conmigo del destino de la cachaça.

Pero él no lo tomó así ni mucho menos porque cuando volvimos a vernos en Francia, me aseguró que la botella había estado muy bien envuelta y que probablemente los del correo se la habían bebido so pretexto de alguna fiesta patria. De todas maneras su confianza en los servicios postales parecía un tanto vulnerada, porque dos años después optó por entregarme personalmente una damajuana repleta de cachaça, y como yo me quedara estupefacto ante la cantidad y el tamaño, me aseguró que no era más que una parte de la provisión que había traído para hacer frente al invierno parisiense.

Por aquel entonces yo había leído el texto de su magnífica pieza teatral *Cromosomas (Cómo somos)*, cuya representación en el Brasil no había servido precisamente para facilitar la vida y la tranquilidad de Cley. Alguien que haya visto la pieza podrá explicarme un día por qué ese texto me devuelve con tan terrible violencia a cosas como la pintura de Francis Bacon; la suerte contemporánea del Brasil, *inter alia*, está allí como arrojada a la cara del espectador, escupida y vomitada con más fuerza y más eficacia que en un panfleto o en un ensayo político.

Cuando pasé por São Paulo en el 73 (antes de la segunda botella de cachaça) tuve la impresión de que las cosas se volvían cada vez más críticas para él, aunque eso no le impidió invitarme a subir a lo más alto del edificio Italia y mostrarnos a mi mujer y a mí el panorama de la inmensa, aplastante ciudad. Hablamos de nuestros temas de siempre, sin mención especial de la política; a Cley parecía interesarle mucho más la música o el teatro o el mundo universal de los cronopios, pero yo conocía ya sus huecos de silencio, esa delicadeza con la que apartaba las referencias personales que consideraba innecesarias, pura pérdida de tiempo. Volvimos a encontrarnos en casa de Haroldo de Campos, y pocos meses después reapareció en París; me bastó verlo para saber que mis aprensiones paulistas se confirmaban. Nunca sabré exactamente lo que pasó, Cley me dijo apenas que le había prestado su departamento a un amigo que necesitaba ocultarse por un tiempo, y que la policía había considerado eso como causa suficiente para llevárselo preso y de paso romperle todos los dientes. El tratamiento médico llevaría muchos meses, pero lo importante para Cley era pedirme noticias sobre Yoyó, cosa que jamás había dejado de hacer en sus cartas y sus tarjetas postales; de manera que lo llevé a mi casa, bebimos y fumamos, y Yoyó estaba ahí como siempre y ahí sigue mientras escribo, sigue ahí para recordarme que Cley no volverá a acariciarle nunca más la cabeza y decirle alguna cosa tangencial que me está destinada y que él prefiere decirle a Yoyó.

Porque Yoyó es una escultura de bronce, un muñeco de aire truculento que vive sentado en uno de mis sillones, y que el escultor Reinhoud me regaló hace años. Todo el mundo quiere o detesta a Yoyó (supongo que él retribuye en dosis iguales, porque es perverso y juguetón como todas las criaturas de bronce u hojalata de Reinhoud) pero Cley fue el único que desde el primer día entabló una relación personal y directa, un sistema de claves que yo descifraba luego en sus cartas donde las referencias a Yoyó tenían siempre que ver con otras cosas, con otras esperanzas o temores. Se sentía que Yoyó había aceptado a Cley de entrada, que entre los dos había la misma desmesura física, zapatones y barba hirsuta en Cley, narizotas y barriga redonda en Yoyó, compadres para salir de noche por las calles de Gante o de São Paulo, para mezclar cerveza y cachaça con canciones y poemas.

Además había que vivir, Cley estaba en Francia con su mujer y un hijo pequeño, por un tiempo trabajó en una revista en portugués destinada a los turistas brasileños en Francia, supongo que hizo algunas entrevistas, acaso escribió otra pieza de teatro. Como siempre, nos veíamos poco; para mí fueron años de viajes continuos y sólo de cuando en cuando me llegaba un mensaje de Cley, su *Tudo bem* que me dejaba insatisfecho, me obligaba a pensar en la canción de Caetano Veloso en la que tan terriblemente se dice:

> *Meu amor,*
> *tudo o mondo está deserto,*
> *tudo certo,*
> *tudo certo como dos y dos son cinco…*

Nuestro último encuentro vino como siempre de Cley, quiso que yo conociera al pintor Gruber, en cuya casa estaba viviendo, y allá fuimos los dos y pasamos una larga noche con Gruber y su mujer y la mujer de Cley, mirando pinturas, comiendo delicias brasileñas, escuchando las voces de María Bethania, quizá de Gal, desde luego Chico Buarque y Caetano, la barra amiga y dispersa y querida como siempre, nuestro Brasil diferente, lejano y futuro.

No quiero ninguna necrología, después de eso vaya a saber cómo y por qué Cley viajó a un país nórdico, de allí me envió una carta poco comprensible pero que contenía referencias personales nuevas, una confianza bruscamente íntima que me sorprendió, y desde luego los recuerdos para Yoyó. Su vuelta a París coincidía con un viaje mío no sé adónde; cuando volví, un amigo anónimo había dejado un mensaje y un teléfono. Llamé, y me explicó que Cley había tenido un colapso total, que había estado en manos de los psiquiatras, que los amigos habían decidido hacerlo volver a São Paulo donde podría ser mejor atendido. Y desde São Paulo, hace muy poco, me llegó el telegrama de Gruber diciéndome que Cley no había aceptado el lento naufragio de su mente y que acababa de suicidarse. Repito que no quiero necrológicas, hablo de él como si cualquiera de estos años (siempre cada dos años, y todavía no están cumplidos) tuviera que abrir mi puerta y encontrarme al cartero con una botella de cachaça en forma de payaso o trizada en cien pedazos. Simplemente le he contado todo a Yoyó, porque es justo que lo sepa; algún día los paulistas, todos los brasileños, sabrán mejor quién era Cley Gama de Carvalho, cómo pasó por su tiempo con una dignidad de gran oso libre, con una callada sonrisa de ironía sin maldad. No sé cuántos papeles publicables habrá dejado, y si algún amigo con las calidades de Yoyó se ocupará en su tierra de fijar una imagen que para mí sigue siendo una gran sombra entre dos cortinas, un *Tudo bem* lleno de generosidad hacia mí, su amigo bienal, su cronopio de París.

Carta de amigo*

Gitano, ¿para qué estas líneas cuando el que abra tu libro no las necesitará, cuando el que entre en tu poesía va a encontrarte de pies a cabeza, con tu voz y tu palabra y tu tierra y tu destierro?

Digamos que no creo en los prólogos, pero en cambio creo en la amistad y por eso a lo largo de los años he acompañado a muchos amigos artistas y poetas en sus aventuras de papel y de tela y de arcilla; como juntarse para vagar por las calles de la ciudad, charlando entre café y café, entre cigarrillo y cigarrillo. Nunca hablé de ellos sino con ellos; nunca prologué nada pero sí estuve cerca, hombro contra hombro cuando el corazón me decía simplemente: dale.

Por eso salgo hoy contigo, porque tu poesía es Chile y eso quiere decir que es de muchos además de ti, y en esos muchos me incluyo porque yo siempre fui chileno y argentino y panameño y lo que se te dé la gana mientras sea América Latina. A más de cuatro se les fruncirá la nariz patriótica, pero no les hagas caso; en todo nacionalista duerme un fascista, está probado. No les hagas caso, Gitano, vámonos por las calles cantando y hablando de tu Valparaíso que conocí en el año cuarenta y dos; tú debías ser un chiquilín, a lo mejor nos cruzamos en una esquina y nos miramos, un cabrito chileno y un turista de Buenos Aires con su Kodak en la mano. ¿Quieres que te cuente cosas de Valparaíso en el año cuarenta y dos? Llego allí y justo Chile le declara la guerra a los nazis (parece que fue una declaración un tanto telecomandada desde Washington pero no hagamos política barata). Entonces me estoy paseando con la Kodak y se me ocurre sacar una foto en el puerto, preparo la máquina y en

* Prólogo para un libro de Osvaldo Rodríguez Musso.

eso veo una sombra ominosa a mi lado y siento una mano en el hombro. "Caballero, aquí está prohibido sacar fotos porque es zona militar", me dice un carabinero severísimo. Me quedo deunapieza, porque los turistas leen poco los diarios y yo no estaba enterado de la patriótica decisión de Chile de acabar con Hitler, Mussolini e Hirohito juntos. "Disculpe, solamente quería llevarme un recuerdo de la bahía", explico trastabillando. Y el carabinero, bajando la mano y sonriéndose de oreja a oreja: "Ya le digo, caballero, aquí no se puede pero si usted toma ese ascensor y se va allá arriba, tiene una vista completa". Dios mío, Gitano, cómo han cambiado las cosas, para no hablar de los carabineros.

Ves, Chile y yo somos una vieja amistad, con decirte que en ese mismo viaje yo escribía todo el tiempo poemas y tengo uno donde se habla nada menos que de Arturo Prat, otro sobre el Mapocho y creo que hasta uno sobre el cerro Santa Lucía. No pongas esa cara, nunca los publiqué; eran mis cartas de amor porque yo estaba enamorado de Chile —chilenas incluidas— y eso se guarda en secreto. Pero te lo cuento para que sientas todavía más por qué tu tierra es la mía, por qué estuve con ustedes el día en que llegó la hora de estar y tantos se quedaron en su casa, por qué me gusta acompañarte en estas mismas páginas donde ahora mismo va irrumpir tu poesía, tu voz, tu pueblo. Ahora mismo, Gitano, porque ya hemos llegado a la esquina y yo me despido. Sigue solo, porque no sigues solo; tampoco yo me vuelvo solo. Nos vemos, amigo.

Desde el otro lado

Volver sobre cosas ya escritas puede parecer demasiado fácil, pero en mi caso al menos siempre me ha sido más fácil inventar que repetir. Ocurre sin embargo que ciertas repeticiones, que prefiero llamar recurrencias, se me dan con la misma evidencia que diariamente nos da a todos la inevitable salida del sol. Y si esta cotidiana maravilla no nos asombra puesto que conocemos la relojería general del cosmos, hay otras repeticiones perceptibles en un dominio que ninguna ciencia ha explicado todavía, repeticiones que pertenecen a esos intersticios de lo habitual donde leyes que no son las de la física o la lógica se cumplen de una manera casi siempre inesperada. Todo esto para decir que anoche entré una vez más en esa zona de arenas movedizas, y que trato ahora de contarlo para esos lectores a quienes también les pasan cosas así y no las desechan como meras coincidencias.

Hace años que conozco a Michel Portal y que admiro su prodigiosa capacidad de instrumentista. Usted le alcanza cualquier variedad de saxo, flauta, clarinete, fagote, trombón, quena, clavecín y hasta el difícil y secreto bandoneón, y Michel lo vuelve música, y qué música. Así, para abreviar la biografía, lo mismo se lo encuentra como solista en un concierto de la llamada música clásica (Brahms y Schumann no tienen secretos para él) como mezclado en la compleja telaraña de una obra de Stockhausen; pero apenas le queda un poco de tiempo libre, Michel arma un cuarteto o un quinteto de jazz y ahí es la entrega y la creación en libertad, la invención de quien pasa de un instrumento a otro con la gracia de un gato jugando con ovillos de lana. Ocurre que somos amigos pero nos vemos apenas, andamos por órbitas tan diferentes, cuando lo busco está en el Japón o viceversa, pero anoche descubrí que su grupo actuaba en

378

una *cave* de París y me largué para escucharlos y por lo menos charlar dos minutos con Michel, es así como se vive en este siglo donde se ha perdido toda armonía entre el tiempo y nosotros, entre la infinita variedad que nos rodea y nuestra cada vez menor disponibilidad para abrazarla. Señalo de paso —es parte de este todo incomprensible que quisiera por lo menos insinuar— que la víspera yo había estado a punto de ir a escuchar a Michel y que circunstancias nimias me obligaron a dejarlo para la noche siguiente.

Desde el fondo de la *cave* humosa y gótica y llena de pelos y de barbas y de hermosas criaturas de todo sexo, escuché a Michel y a su quinteto. Él me reconoció mientras disponía sobre una mesa los cinco o seis instrumentos que utilizaría, y me hizo un gesto de saludo. Tocó —tocaron— admirablemente, improvisando casi una hora sobre temas que se iban abriendo y multiplicando como un follaje de árbol. El jazz no impide pensar (la improvisación tiene sus caídas inevitables y en esos huecos momentáneos uno se reencuentra y vuelve a su mundo mental); en algún momento me acordé de mi primer contacto con Michel en el festival de Avignon y de cómo en un café él me había hablado de mi relato "El perseguidor". Viniendo de un músico, y qué músico, su preferencia por ese cuento me había dado una de esas recompensas que justifican toda una vida, y mi manera de decírselo fue hablar largamente con él de Charlie Parker, el hombre Parker y no ya el personaje de mi relato. Su amor y el mío por la música del *Bird* nos hizo amigos para siempre.

Yo había pensado en todo eso escuchando a Michel, aunque nada hubiera de Charlie Parker en lo que se tocaba esa noche, y después llegó el intervalo y Michel cruzó la sala para encontrarse conmigo. Siempre un poco perdido, un poco en otra cosa, sentí que ahora estaba más allá que nunca de lo que la gente llama normal. Nos abrazamos, le dije de mi felicidad al escuchar su música. "No, no", se defendió apretándome el hombro con una mano como si también yo estuviera a punto de convertirme en uno de sus instrumentos. "No, esta noche es otra cosa, verte ahí y de golpe, de golpe..." Nos mirábamos, yo esperaba sin saber qué. "Es increíble", dijo Michel, "que estés aquí esta noche, Julio. Vengo de tocar en otra parte, estuve tocando con un saxo que me prestaron, un saxo increíble de viejo y gastado, con iniciales de nácar y una boquilla casi inservible. Olía a incienso de iglesia, te das cuenta, tocar en él era...". Su deslumbramiento y su angustia batallaron en un largo silencio, en sus ojos clavados en mí. "Adivina, Julio, adivina de quién era." No había nada que adivinar, la figura estaba cerrada, la maravilla cumplida. "El saxo del *Bird*", dije, y Michel que acaso había temido que en ese instante todo se viniera abajo, se apretó contra mí, feliz, como temblando. Supe que la viuda de Charlie Parker estaba en París, que ese saxo estaba destinado a un museo (hay uno muy simple y pobre y hermoso en Nueva York) y que las cosas habían girado y se habían ordenado para que esa tarde Michel pudiera tener entre las manos el saxo del *Bird*, acercar los labios a esa boquilla donde había nacido el prodigio de *Out of Nowhere*, de *Lover Man*, de tantos y tantos saltos a lo absoluto de la música, de eso que malamente yo había tratado de decir en "El perseguidor".

Nadie, claro, se dio cuenta de lo que ocurría entre Michel y yo. Me quedé todavía un rato y me fui sin volver a verlo. Nos seguiremos encontrando aquí y allá, pero si no es así ya no importa. La figura se cerró anoche, eso que llaman azar juntó otra vez tanta baraja dispersa y nos dio nuestro instante perfecto fuera del tiempo idiota de la ciudad y las citas a término y la lógica bien educada. Ahora ya nada importa, realmente; anoche fuimos tres, anoche lo vimos junto a nosotros desde el otro lado.

(1979)

El fuego ha destruido el taller donde Leopoldo y Susana Novoa...*

El fuego ha destruido el taller donde Leopoldo y Susana Novoa cumplían desde hace muchos años un admirable trabajo artístico. En uno de esos juegos de circo de lo absurdo, una lenta decantación de belleza se ha visto barrida por el instantáneo aletazo de esa fuerza inexplicable y misteriosa que creemos dominar, que guardamos en nuestras cajas de fósforos, y que en un segundo se libera como el genio encerrado en la botella para aniquilar todo cuanto le rodea.

Alguna vez me tocó a mí sospechar que todos los fuegos son un mismo fuego, y ahora asisto a algo que lo comprueba hermosamente. Las llamas del incendio acababan apenas de extinguirse cuando otro fuego, el de los corazones y el de la amistad, se ha encendido para traerles a Leopoldo y a Susana el calor entrañable de la admiración y del afecto. Decenas y decenas de pequeñas hogueras les rodean en un círculo que se da la mano y danza en torno a ellos. Y si lo que podemos hacer es poco para probarles que no están solos frente a una pérdida tan irreparable, sabemos que ellos están ahí, que sobreviven en toda su fuerza, y que nada les detendrá en su trabajo. No nos separemos de ellos, sigamos a su lado dándoles todas las pruebas posibles de nuestra fidelidad. Que al incendio ciego suceda el gran incendio lúcido del arte y los artistas.

* Hoja volante de la exposición-venta en beneficio de Leopoldo y Susana Novoa; Galerie Maître Albert, París, 22 a 25 de abril de 1979.

De una amistad*

Nunca he buscado conocer personalmente a los escritores que admiro, prefiriendo que el azar —o lo que tratamos de decir cuando empleamos esa palabra de connotaciones secretas e infinitas— me acerque a ellos; entonces sí, entonces todo puede suceder, el amor, la amistad o la indiferencia, pero en términos que rebasan las convenciones sociales, las libretas de direcciones y los autógrafos. Una de mis mayores satisfacciones es la de haberme encontrado personalmente con Samuel Beckett, que tampoco se distingue por su sociabilidad; un día en que yo entraba en la oficina de correos de la rue Danton, un caballero alto y flaco decidió salir en el mismo instante y caímos en un abrazo involuntario del que emergimos murmurando una doble, inútil excusa. Desde luego Beckett no supo nunca con quién había tenido el encontronazo, pero yo seguí mi camino con una gran felicidad y no me hizo ninguna falta provocar una presentación, un diálogo que a mi manera he tenido siempre con él a través de sus libros y su teatro. No estoy haciendo la apología de esta conducta, que sin duda me ha privado de excelentes aproximaciones que me obstino en buscar en las obras más que en sus autores. A veces he lamentado tanta misantropía intelectual; ahora que pienso en Pablo Neruda me ocurre deplorar, demasiado tarde como casi siempre, que nuestra amistad se haya cumplido dentro de un lapso demasiado corto, dentro de una historia sudamericana demasiado trágica. Y sin embargo...

Pablo era un sediento de amistad, de buscar y de que lo buscaran; sus elecciones casi siempre infalibles lo rodearon, a

<hr>

* Con el título "Von einer Freundschaft", en Karsten Garscha (ed.), *Der Dichter ist kein verlorener Stein - über Pablo Neruda*, Berlín, Sammlung Luchterhand, 1981.

lo largo de su vida más que colmada, de un mundo de continuo, rico diálogo. Pudimos conocernos muchos años antes; yo hubiera accedido a un territorio de una plenitud personal que sólo me fue dado conocer durante poco tiempo. Pero su capacidad de comunicación (no siempre a través de la palabra, no siempre en la continuidad social de las citas y las conversaciones) me colmó de tal manera en los años en que nos vimos en Chile y en Francia que hoy lo siento como un amigo de juventud, alguien con quien se han compartido las incertidumbres y las esperanzas y los terrores de una larga vida. Mi primer contacto con él (su invitación a que lo visitara en Isla Negra, en 1970) fue otra cosa que un primer encuentro; nos habíamos leído, nos gustábamos y disgustábamos por razones que siempre creímos valederas y que nos divertían cuando hablábamos de ellas con toda franqueza. Quemamos todas las etapas en un primer encuentro, y de él salimos amigos hacia el pasado y hacia el futuro; fue como si el joven argentino que en los años cuarenta había recibido como una bofetada de luz el mensaje de *Residencia en la tierra*, retrocediera vertiginosamente en el tiempo para que el poeta lo precipitara personalmente en el libro, en el prodigioso maelstrom que habría de cambiar de arriba abajo el destino de la poesía latinoamericana. Por eso nuestra amistad demasiado breve tuvo una riqueza y una plenitud que acaso no tuvieron otras; a Pablo y a mí nos bastaba mirarnos para que todos los proemios se trizaran de entrada, abriendo grandes las puertas de un contacto cuyas claves conocíamos sin haberlas convenido jamás, sin ese terreno progresivo e incierto en que se mueve la dialéctica civil del diálogo.

Muy pocas palabras nos bastaban para fijar rumbos mentales, definir opciones o preferencias; muchas veces un gesto, una broma o un juego de palabras nos situaba exactamente en el vórtice de una discusión sobre Henry James, Vicente Huidobro o Sergio Eisenstein. Frente a un círculo de amigos Pablo tendía a convertirlos en oyentes, su lenta voz encadenaba ciclos, sagas, fábulas o crónicas; a solas conmigo —y descuento que también con otros amigos tanto o más entrañables— deponía todo cesarismo intelectual para discutir, buscar, controvertir en un mismo nivel, con un gusto perceptible por el diálogo, oído y boca alternándose en su justa armonía. Pronto aprendí a conocer la escala de valores de su mirada y de su sonrisa que reemplazaban muchas veces una opinión, un rechazo o un elogio. Cuando Gallimard me pidió un prólogo para la edición francesa de *Residencia en la tierra*, lo escribí en forma de carta abierta y se lo envié a Pablo, que muchas veces había rechazado ese ciclo de su poesía como una etapa individualista y egoísta de su obra antes del gran salto al *Canto general*. Después de leer el texto, en el que yo reiteraba una admiración por *Residencia* que sigue creciendo con el tiempo, Pablo se limitó a mirarme y a sonreír, y esa mirada y esa sonrisa me dieron exactamente la medida de su secreta alegría, de su fidelidad nocturna hacia una obra que la corriente de la historia lo llevaba a negar a la luz del día. Creo que ese día sentimos mejor que nunca la fuerza de nuestra amistad, y ese silencio lleno de inteligencia sigue valiendo para mí como la más alta recompensa que me haya sido dada jamás en ese terreno; sólo José Lezama Lima supo tener conmigo un diálogo semejante, en el que muchas veces los silencios y las miradas llenaban el espacio mental de imágenes resplandecientes que el lenguaje sólo hubiera podido mostrar desde empañados espejos.

Por todo eso la ausencia de Pablo no me ha parecido nunca trágica en el plano del afecto; alguien que llena el mundo de su tiempo como él lo llenó no falta jamás a las citas del recuerdo, a los encuentros en las horas más altas. No me duele su muerte, tan grande y plena es la alegría de saberlo en la gran casa del corazón de su pueblo que es también mi casa; cuando bebo, cuando amo, cuando miro algo que me parece bello o bueno, tengo siempre un gesto de complicidad para él; sus grandes ojos lentos me devuelven esa connivencia, algún verso salta desde el trampolín de la memoria para responderme, para acompañarme. Nada puede cambiar, nada ha cambiado allí donde todo fue dicho en su justo lugar y en su hora justa.

(1979)

En defensa de Ángel Rama*

> *Se afirma que el ex presidente
> Lyndon Johnson encontró sobre su
> escritorio un libro especialmente
> dedicado a él por su autor, el poeta
> francés Saint-John Perse. Luego
> de abrirlo y mirar la primera
> página, le dijo a su secretario:* Take
> this the hell out of here!

El lector no necesita que yo le presente a Ángel Rama. Muy al contrario, ha sido él quien a lo largo de más de treinta años de reflexión crítica ha ido llevando a los lectores de lengua española la imagen y la obra de todo lo más significativo de la literatura latinoamericana contemporánea. Sin nada del *magister* que dictamina, condena o absuelve, sin esa pedantería tan frecuente en el campo crítico y que consiste sobre todo en prejuzgar sobre cualquier avanzada de la literatura basándose en criterios, etiquetas y normas que esa avanzada está precisamente trastornando o destruyendo en las propias narices de la miopía crítica, Ángel Rama ha entrado inteligente y generosamente en el mundo creador de los escritores latinoamericanos, ha buscado situarlos en su contexto más amplio, complejo y detallado, y al iluminar el proceso creativo de nuestro continente ha proyectado esa luz hacia los lectores y hacia los propios escritores, que tantas veces trabajamos demasiado aislados de un proceso multiforme del que somos apenas una pequeña parte.

Por todo eso, por su contribución fundamental a la revolución de la escritura que es una de las armas mayores de la revolución de nuestros pueblos contra los estereotipos impuestos desde dentro y desde fuera, la obra y la persona de Ángel Rama valen para sí y para tantos otros como valen los faros para los

* *Proceso*, México, n.º 314, 6 de noviembre de 1982.

marinos. Sus aceptaciones y rechazos críticos han podido y pueden ser discutidos por escritores que no tienen por qué coincidir necesariamente con sus puntos de vista, y por lo que a mí se refiere me ha ocurrido disentir frente a algunas de sus apreciaciones y seguir creyendo, con razón o sin ella, que las experiencias cuestionadas merecían ser llevadas hasta sus últimas consecuencias. Pero en todos los casos, se trate de elogios o de reservas, la crítica de Ángel Rama me ha ayudado a ver con más claridad mi propio entorno literario, mis límites y mis posibilidades. No creo equivocarme si digo que la gran mayoría de nuestros escritores sienten lo mismo frente a una reflexión que nos ayuda a todos a englobarnos mejor en nuestro contexto continental, a evitar atajos muchas veces inútiles, a seguir de frente en busca de ese libro final con el que todo escritor sueña y en el que busca alcanzar y reconocerse definitivamente para sí mismo, para su pueblo y para el universo literario.

Exiliado como es casi obvio de su país, el Uruguay, donde la inteligencia y la honestidad moral son vistas como una amenaza para el siniestro consorcio castrense que ha hecho de ese país un cementerio de enterrados vivos, Rama pasó a lo largo de más de una década por diversas etapas de exilio, hasta encontrar en la Universidad de Maryland, en los Estados Unidos, un centro cultural donde pudo reorganizar su actividad como investigador, profesor y difusor de la literatura latinoamericana. Incontables actividades docentes y múltiples publicaciones le han dado en los círculos intelectuales estadounidenses el prestigio que ya tenía en los nuestros: sus alumnos se cuentan por millares, y bien me fue dado comprobarlo hace dos años cuando di un curso de literatura en la Universidad de California en Berkeley. Casi de inmediato los estadounidenses mencionaron materiales y referencias procedentes de los trabajos de Rama en Maryland, dándome la más clara prueba de la brillante irradiación de su pensamiento y del valor que tiene su enseñanza para una mejor comprensión de lo latinoamericano en el país del norte.

Pero todo esto, tan evidente para los intelectuales, carece de importancia apenas se entra en la esfera administrativa y burocrática de los Estados Unidos (*inter alia*). La ceguera de una política cuyo carácter dominante parece ser cada vez más la estupidez, acaba de manifestarse en la intención del Departamento de Estado de negar a Ángel Rama la residencia permanente en el país, so pretexto de que se trata de un "subversivo" y, más concretamente, de un "comunista". La decisión final no ha sido tomada todavía, pero conociendo la línea actual de la administración Reagan, pocas dudas quedan de que el pánico que la domina en ese terreno y su obstinación de ver fantasmas en pleno día la inducirán a expulsar a Rama y cortar así de raíz un contacto cultural inter-americano en pleno florecimiento.

Inútil decir que las consecuencias negativas de este más que injustificado atropello se les escapan por completo a los funcionarios de inmigración y naturalización que deben decidir en este y otros casos parecidos. Que Rama haya explicado y escrito que jamás ha sido comunista y mucho menos "subversivo", es casi una nueva prueba de culpabilidad para ellos; que su trabajo docente y sus escritos contengan la demostración más aplastante de su afirmación les pasa por delante de las narices sin alterar sus puntos de vista. Bien recuerdo cuando pedí una visa para asistir a un encuentro en Nueva York cuyo tema era la traducción y sus problemas, y el cónsul norteamericano en París me recibió para notificarme que estaba considerado como *persona non grata* por cuanto no solamente era comunista (*sic*) sino que además escribía artículos para el diario comunista de Buenos Aires (super*sic*). Cuando le pregunté, aguantándome la risa, cuál era ese diario fantasma del que ni yo ni los comunistas del mundo teníamos noticias, me contestó que ésas eran sus informaciones (supongo que se refería a las de la CIA, en forma de unas fichitas que manejaba como cartas de póker mientras me hablaba). "Y además", agregó, "sabemos que usted va muy seguido a Cuba". Como sentí que la cosa era sin remedio, me di el gusto de contestarle: "Es que me encanta el cabaret *Tropicana*, como les encantaba a ustedes mientras podían ir a La Habana". Lo más increíble es que dos semanas después me dieron una visa sin que jamás haya sido sabido cómo ni por qué; probablemente por error, ya que al llegar a Nueva York me tuvieron horas en el aeropuerto, mirándome desde una ventanilla como si fuera un panda gigante y desdoblando minuciosamente mis calcetines, calzones y el resto de mi equipaje, me imagino que en busca de la subversión.

Bien se ve que no es por razones culturales que Ángel Rama podrá quedarse en Estados Unidos, y que ninguna de las múltiples protestas que se han alzado contra tan arbitrarias intenciones tendrá efecto en ese nivel. Pero lo mismo hay que protestar, y pienso que la multiplicación internacional de esas protestas puede ayudar a las que ya han formulado universidades, asociaciones e individuos de los Estados Unidos, para quienes la expulsión de Ángel Rama sería un escándalo y una humillación en los medios universitarios y culturales estadounidenses. Si los centros intelectuales españoles y latinoamericanos unen su voz a las muchas instituciones locales que se han dirigido ya al gobierno norteamericano en ese sentido, la causa de Ángel Rama se verá fortalecida en la medida en que el más obtuso de los burócratas tendrá que admitir la imposibilidad de que *todos* seamos subversivos y/o comunistas. Sin hablar de que, en el plano personal, Ángel Rama se sentirá defendido y alentado de la misma manera en que él ha defendido y alentado durante tantos años lo mejor de la literatura y del pensamiento de América Latina.

Otros territorios

Otano. 1949*

Cosa buena es pintar, si sirve para despintarnos de la mala pintura que cubre la realidad enseñada y nos tiene con el alma al duco.

Antes de enternecernos frente a la lámina de la Primavera (quinto grado) habíamos pasado por un tiempo de ver y entender, a esas horas en que amábamos los vidrios facetados, la deformación reveladora de los sifones contra la luz, el espectáculo maravilloso de una cucaracha rabiando en un calidoscopio.

Tenemos muchísimos párpados, y en lo hondo, y perdidos están los ojos. La lista de párpados —que continúo descubriendo y clasificando— incluye la instrucción primaria, el contrato social, la tradición, el culto a los antepasados sin discriminar entre los meritorios y los idiotas, el realismo ingenuo, la viveza, el a mí no me engrupen, la necesidad de hacer juego con el ropero provenzal, el cine y Vasari. Los párpados son muy útiles porque protegen los ojos; tanto que al final no los dejan asomarse a beber su vino de luz. Otano, con grandes pinzas, se ha puesto a arrancar párpados. Ay, duele; vaya si duele. Como que hace ver las estrellas.

Los ojos son para ver las estrellas.

* Catálogo de la exposición *Otano. 1949*; Galería Cantú, Buenos Aires, 5 al 17 de diciembre de 1949.

Por debajo está el búho...*

Por debajo está el búho-sapo, el búho-sapo-hombre, algo como un gran terror que ríe una oscura operación conciliatoria. Por debajo, es decir en lo más inmediato cuando se conocen los verdaderos rumbos: por eso el búho y el sapo son también y sobre todo un hombre, una mano que pinta para afirmar este presente perpetuo donde irá a estrellarse el tiempo estúpido.

¿Cómo decirlo sin traición? Sólo un lenguaje de cosmogonías, en el que aún laten hogueras, jirones de cielo primordial, ceremonias de la piel desnuda, pueden acercar al *punto de vista* de donde emergen el búho-sapo, esta pintura. Pero el búho y el sapo son el hombre, el que organiza la noche, el hacedor de los lujos: estas hogueras, estos pedazos de cielo estrellado siguen palpitando al término de la carrera de la raza. La misma mano que ofició los sacrificios arcaicos anula aquí la historia, el antes y el después, para tramar un terreno de encuentro y de acorde, la indescriptible operación del arte, desgarrón en la temporalidad que es mirar el búho y que el búho nos esté mirando, el búho-sapo, el búho-sapo-hombre, sin eras ni paisajes ni progreso. Por eso, y porque la magia no sólo es negra o blanca sino que obra desde la entera paleta del pintor, todo tiende aquí a la ruptura de lo usual para avanzar hacia una recomposición que descubre ese punto de vista a la vez remoto e inmediato.

Comprendidas las premisas (¿pero necesita comprenderlas el autor de una pintura como ésta, no actúa en un terreno privilegiado que no admite tomas de distancias mentales?) se accede por derecho propio al taller central que hace posibles telas y *collages* en una violenta y jubilosa pugna de materias, de gestos

---

* Catálogo de la segunda exposición de Rodolfo Nieto en la Galerie de France, París, 1967.

plásticos y de procedimientos donde pedazos de telegramas y mensajes, papeles industriales, planos de ciudades y una refinada pintura entablan la amistad más profunda desde sus aparentes y abolidas resistencias. La labor alquímica se anuncia ya en la superficie, donde todo se trasmuta y vira hacia un orden diferente, pero Nieto no se queda en eso, la pugna es honda y se proyecta lejos, destila y purga y cuaja materias más sutiles: aquí se osa la alegría en el centro mismo del pavor, se afirma el privilegio humano de la risa contra la nada. Por eso el frecuente lujo en esta pintura, el coraje de caerle encima con todo el color gritando en plena batalla, entre relámpagos que enlazan y destruyen y transforman, entre signos de oscuras mutaciones. Hay mucho de violento en tanta elegancia y mucho de elegante en tanta violencia: paradoja extrema de un arte donde tesis y antítesis son radicales porque tienden a una síntesis extrema, a la flecha que elevará su diamante estremecido en una realidad más rica.

De este lado, contempladores, todo nos espera: no hay más que merecerlo.

Torres Agüero[*]

Con un sutil artificio de rampa de lanzamiento, la pintura de Leopoldo Torres Agüero nos proyecta fuera de tanta monótona gravedad cotidiana para instalarnos en una órbita donde la amistad entre el espacio, la línea y las hormigas es posible, donde diminutos guantes de fieltro escriben inmovilizados y velocísimos un mensaje que va de rama en rama y de hongo en hongo; mensaje para nadie y quizá por eso para todos, ya que su eficacia nace justamente del esquivo azar que la sensibilidad suscita y favorece sin otro fin que el líquido caer de la gaviota sobre su ala, la danza en torno al arca, la misteriosa migración de las polillas en los plenilunios. Ante una pintura que tanto tiene de operación mágica —pero la magia es una ascesis, un largo y riguroso descenso hacia lo alto, no lo olviden quienes se obstinan en confundir liviandad con ligereza—, asombra casi que el pintor decida desde fuera, con las seguras armas del oficio, esa otra más secreta decisión que viene del instinto, ese oráculo zigzagueante que en cada cuadro propone una enigmática respuesta a las preguntas del deseo. El equilibrio en su forma más ardua —eso que hace la gracia de la ardilla o el ciclo del planeta, esa indecible alianza de la exigencia y la fuga— da a las pinturas de Torres Agüero la exacta tensión que las mantiene vivas en su acuario, el ritmo que repite el respirar sigiloso de las plantas. Su arte nace de fijar el instante sin que cese la vida, de que todo esté allí latiendo en el exacto centro del cristal de roca. Un vaivén de tela boca arriba, y ya la tinta puebla la nada, instala cadenciosa sus aduares en la blanca arena sin tiempo. Pero el rabdomante conocía la vena del agua, esas manos orientaron sus criaturas con la certeza de una larga vigilia. Por eso, creo,

[*] *Leo Torres Agüero*, Madrid, Ministerio de Educación y Ciencia, 1967.

hay en esta pintura como una felicidad profunda, un sentimiento de conciliación y de encuentro. Los menudos seres que
la habitan levantarán sus tiendas y seguirán a nuevas aventuras;
pero cada etapa del viaje estuvo marcada por una estrella fiel,
tuvo el sabor de la fruta mordida a mediodía y el temblor del
hombre cuando llega el instante de elegir y siente el temible,
el delicioso privilegio de su libertad como un viento en plena cara.

Opiniones pertinentes*

—Diás diasraiél! Shuadovíditis krávinis! —clamó Calac, que se jactaba de hablar el iddish con –gran– soltura—. ¡Madre querida, ángel de amor, fesa de sóreta, carpeteame un poco el escracho de este coso! ¡Y esto se deja fotografiar, esto se toma por un escritor y para más argentino! Un beséler, decime un poco. Pero vos no sabías lo que afirma F. A. Weber en *Die griechische Entwicklung der Zahl pun Raumbegriffe in der griechischen Philosophie bis Aristoteles und der Begriff der Unendlichkeit*, aparte de lo que sostiene Giovanni Domenico Romagnosi en *Che cosa è la mente sana?* En ese caso más te valdría constituirte en el tercer capítulo de la edición de J. H. Peterman, Berlín, 1895, de la *Pistis Sophia: Opus gnosticum Valentino adjudicatum a codice manuscripto coptico Londinensi descripsit et latine vertir M. G. Schwartze.*

—Lo único que me pareció entender es eso de que se toma por Valentino —dijo Polanco que era del cine mudo.

—Ma no, pibe —deploró Calac—, ni siquiera le da por ahí; vos fijate que cuando se tiene un poco de responsabilidad, uno va y le pide a Alicia y a Sara que lo saquen con la mandíbula del pensador intelectual descansando en la mano, la mano descansando en el codo, y el codo propio arriba de uno de esos escritores con tintero. Pero el punto no tiene categoría, vos te das cuenta.

—Es más bien triste —convino Polanco.

—Ponele la firma —dijo Calac.

—Y sí —dijo Polanco.

—Menos mal que siempre queda la cerveza —dijo Calac.

—Y el faso —dijo Polanco.

—No somos nada —dijo Calac.

* Sara Facio y Alicia D'Amico, *Retratos y autorretratos*, Buenos Aires, Crisis, 1973.

Luz negra[*]

En pleno día, en el estallido de lo cenital, en la cruel y deliciosa posesión del paisaje y sus criaturas por el mediodía sin sombras, la luz recorta y define la realidad cotidiana, cómplice suntuosa de una ley que busca acatamiento y obediencia. Ojo implacable, el sol es el Gran Hermano que nos mira, nos ve, nos escucha, nos juzga; dios de cien máscaras de oro a lo largo de los milenios, es hoy la estrella madre en el libro terreno de la ciencia; sagrado o profano, guarda intacto un prestigio de jabalinas de bronce, de rayos ultravioletas o de manchas que son órdenes, espuelas, ciclos de terremotos o indulgentes calmas.

Sí, pero por debajo, por dentro, en un dominio que no es solamente la pausa nocturna, el territorio de la sombra y de la luna, otra luz viene a los hombres, luz de una rebelión que impugna el estricto, amarillo código solar. Como la luz negra que en los teatros llena la escena de fosforescencias para convertir a bailarines y actores en filigranas de mercurio, así hay también una manera de sentir la realidad que niega su visión ortodoxa, su nomenclatura en el panal de los diccionarios. Cuando alguien como Antonio Gálvez fija esa negación en imágenes, se diría que la luz negra irrumpe en el inmenso circo de sol para combatir tanta aquiescencia a lo estatuido, sean mitos o muslos, teologías o sistemas, calendarios o vacaciones pagas, códigos familiares o juegos olímpicos televisados en color.

Confuso y desgarrado minotauro de tintas y *collages* y súper X, Gálvez avanza lentamente en la escritura de su Libro de los Muertos que nos incita, como el de los egipcios o los tibetanos, a un territorio diferente de la realidad, a una ruptura con la falsa legislación cotidiana. Para quien sepa mirar, ese libro es

---

[*] *Buñuel. Una relación circular con Antonio Gálvez*, Barcelona, Lunwerg Editores, 1994.

un libro de vida, pero ya no la del mediodía deslumbrante y vacío del almuerzo en una ciudad a horario, ya no la del sol bronceador en las playas del verano obligatorio; mitos y fábulas caen como moscas muertas bajo la luz negra que los persigue hasta el fondo de la mentira. Después de ese diluvio de necesarias tintas, las cosas ya no son las de antes cuando volvemos a encontrarlas en las calles de cada día.

Después hay que llegar*

Se puede partir de cualquier cosa, una caja de fósforos, un golpe de viento en el tejado, el estudio número 3 de Scriabin, un grito allá abajo en la calle, esa foto del *Newsweek*, el cuento del gato con botas,

el riesgo está en eso, en que se puede partir de cualquier cosa pero después hay que llegar, no se sabe bien a qué pero llegar,

llegar no se sabe bien a qué, y el riesgo está en que en una hora final descubras que caminaste volaste corriste reptaste quisiste esperaste luchaste y entonces, entre tus manos tendidas en el esfuerzo último, un premio literario o una mujer biliosa o un hombre lleno de departamentos y de caspa

en vez del pez, en vez del pájaro, en vez de una respuesta con fragancia de helechos mojados, pelo crespo de un niño, hocico de cachorro o simplemente un sentimiento de reunión, de amigos en torno al fuego, de un tango que sin énfasis resume la suma de los actos, la pobre hermosa saga de ser hombre.

No hay discurso del método, hermano, todos los mapas mienten salvo el del corazón, pero dónde está el norte en este corazón vuelto a los rumbos de la vida, dónde el oeste, dónde el sur. Dónde está el sur en este corazón golpeado por la muerte, debatiéndose entre perros de uniforme y horarios de oficina, entre amores de interregno y duelos despedidos por tarjeta,

---

* Texto para una carpeta de litografías de Óscar Mara. *La Nación*, Buenos Aires, 23 de noviembre de 1997.

dónde está la autopista que lleve a un Katmandú sin cáñamo, a un Shangri-La sin pactos de renuncia, dónde está el sur libre de hienas, el viento de la costa sin cenizas de uranio,

de nada te valdrá mirar en torno, no hay dónde ahí afuera, apenas esos dóndes que te inventan con plexiglás y Guía Azul. El dónde es un pez secreto, el dónde es eso que en plena noche te sume en la maraña turbia de las pesadillas donde (donde del dónde) acaso un amigo muerto o una mujer perdida al otro lado de canales y de nieblas te inducen lentamente a la peor de las abominaciones, a la traición o a la renuncia, y cuando brotas de ese pantano viscoso con un grito que te tira de este lado, el dónde estaba ahí, había estado ahí en su contrapartida absoluta para mostrarte el camino, para orientar esa mano que ahora solamente buscará un vaso de agua y un calmante,

porque el dónde está aquí y el sur es esto, el mapa con las rutas en ese temblor de náusea que te sube hasta la garganta, mapa del corazón tan pocas veces escuchado, punto de partida que es llegada.

Y en la vigilia está también el sur del corazón, agobiado de teléfonos y primeras planas, encharcado en lo cotidiano. Quisieras irte, quisieras correr, sabes que se puede partir de cualquier cosa, de una caja de fósforos, de un golpe de viento en el tejado, del estudio número 3 de Scriabin, para llegar no sabes bien a qué pero llegar. Entonces, mira, a veces una muchacha parte en bicicleta, la ves de espaldas alejándose por un camino (¿la Gran Vía, King's Road, la Avenue de Wagram, un sendero entre álamos, un paso entre colinas?), hermosa y joven la ves de espaldas yéndose, más pequeña ya, resbalando en la tercera dimensión y yéndose,

y te preguntas si llegará, si salió para llegar, si salió porque quería llegar, y tienes miedo como siempre has tenido miedo por ti mismo, la ves irse tan frágil y blanca en una bicicleta de humo, te gustaría estar con ella, alcanzarla en algún recodo y apoyar una mano en el manubrio y decir que también tú has salido, que también tú quieres llegar al sur,

y sentirte por fin acompañado porque la estás acompañando, larga será la etapa pero allí en lo alto el aire es limpio y no hay papeles y latas en el suelo, hacia el fondo del valle se dibujará por la mañana el ojo celeste de un lago. Sí, también eso lo sueñas despierto en tu oficina o en la cárcel, mientras te aplauden en un escenario o una cátedra, bruscamente ves el rumbo posible, ves la chica yéndose en su bicicleta o el marinero con su bolsa al hombro, entonces es cierto, entonces hay gente que se va, que parte para llegar, y es como un azote de palomas que te pasa por la cara, por qué no tú, hay tantas bicicletas, tantas bolsas de viaje, las puertas de la ciudad están abiertas todavía,

y escondes la cabeza en la almohada, acaso lloras. Porque, son cosas que se saben, la ruta del sur lleva a la muerte,

allá, como la vio un poeta, vestida de almirante espera o vestida de sátrapa o de bruja, la muerte coronel o general espera

sin apuro, gentil, porque nadie se apura en los aeródromos, no hay cadalsos ni piras, nadie redobla los tambores para anunciar la pena, nadie venda los ojos de los reos ni hay sacerdotes que le den a besar el crucifijo a la mujer atada a la estaca, eso no es ni siquiera Ruán y no es Sing-Sing, no es la Santé,

allá la muerte espera disfrazada de nadie, allá nadie es culpable de la muerte, y la violencia

es una vacua acusación de subversivos contra la disciplina y la tranquilidad del reino,

allá es tierra de paz, de conferencias internacionales, copas de fútbol, ni siquiera los niños revelarán que el rey marcha desnudo en los desfiles, los diarios hablarán de la muerte cuando la sepan lejos, cuando se pueda hablar de quienes mueren a diez mil kilómetros, entonces sí hablarán, los télex y las fotos hablarán sin mordaza, mostrarán cómo el mundo es una morgue maloliente mientras el trigo y el ganado, mientras la paz del sur, mientras la civilización cristiana.

Cosas que acaso sabe la muchacha perdiéndose a lo lejos, ya inasible silueta en el crepúsculo, y quisieras estar y preguntarle, estar con ella, estar seguro de que sabe, pero cómo alcanzarla cuando el horizonte es una sola línea roja ante la noche, cuando en cada encrucijada hay múltiples opciones engañosas y ni siquiera una esfinge para hacerte las preguntas rituales.

¿Habrá llegado al sur?
¿La alcanzarás un día?
Nosotros, ¿llegaremos?

(Se puede partir de cualquier cosa, una caja de fósforos, una lista de desaparecidos, un viento en el tejado —)

¿Llegaremos un día?

Ella partió en su bicicleta, la viste a la distancia, no volvió la cabeza, no se apartó del rumbo. Acaso entró en el sur, lo vio sucio y golpeado en cuarteles y calles pero sur, esperanza de sur,

sur esperanza. ¿Estará sola ahora, estará hablando con gente como ella, mirarán a lo lejos por si otras bicicletas apuntaran filosas?,

(—un grito allá abajo en la calle, esa foto del *Newsweek*—)

¿Llegaremos un día?

(1977)

Para una crucifixión cabeza abajo*

> *You could say that a scream is a horrific image; in fact, I wanted to paint the scream more than the horror. I think, if I had really thought about what causes somebody to scream, it would have made the scream that I tried to paint more successful. Because I should in a sense have been more conscious of the horror that produced the scream. In fact they were too abstract.*
>
> FRANCIS BACON,
> *entrevistado por David Sylvester*

Especialista en alaridos, Francis Bacon le dice explícitamente a David Sylvester que en ningún momento de su obra pictórica ha tratado de ser horripilante (*"I have never tried to be horrific"*). Pocas líneas más adelante agrega lo que puede leerse en el epígrafe.

Si ambas cosas se toman al pie de la letra, el panel de la derecha de los *Tres estudios para una crucifixión* sería una pintura estrictamente ceñida a imperativos plásticos. No hay por qué dudar de las afirmaciones de Bacon, que delimitan inequívocamente el campo expresivo de su obra. El problema se plantea del otro lado del cuadro, en esa zona donde el espectador la enfrenta y vive lo que el artista niega: el horror del alarido en el suplicio.

La obra de un pintor de la talla de Bacon ofrece la paradoja ejemplar del arte en cualquiera de sus puntos extremos. Allí donde el artista procede con el máximo rigor a su creación, otra cosa lo está esperando para expresarse también en ella y

* *L'Arc*, Aix-en-Provence, n.º 73, julio-septiembre de 1978.

por ella, algo que cabría llamar la dominante histórica de su tiempo. Bacon parece sorprenderse de que sus críticos (en este caso portavoces de su público) vean su pintura como subtendida por el horror. No advierte —porque el genio suele ser particularmente ciego a lo que rebasa su intensa concentración en la obra— que la historia que nos circunda ha encontrado en él a uno de sus cronistas, y que la lectura de esa crónica entraña la extrapolación de la obra en sí, su proyección como espejo del tiempo que nos incluye.

Si cualquier espectador contemporáneo del artista puede ser sensible a esta carga que emana de una creación plástica, un espectador latinoamericano será, como en mi caso, hipersensible a un cuadro que condensa en una sola imagen el panorama global de la crucifixión de su propio pueblo y de casi todos los pueblos que forman su continente. No soy yo quien elige aquí este cuadro de Francis Bacon: la actualidad y la persistencia del horror lo eligen por mí, lo devuelven por la vía de la palabra a lo que Bacon, por esa misma vía, acaba de negar mientras sus pinceles lo afirman más allá de sí mismo.

Incontables testimonios procedentes de países como Argentina, Chile, Uruguay, Bolivia, Paraguay y Brasil (la lista es mucho más larga, como los cuadros de Bacon son mucho más numerosos) documentan la actualidad de esta imagen que sólo buscó ser plástica. Sería hasta demasiado fácil incluir aquí fotografías que la duplican y la perfeccionan en el horror. Un crucificado cabeza abajo, de cuya boca brota el más horrendo de los alaridos, es sólo una instancia de un jardín de los suplicios que vuelve infantil el infierno dantesco y los fantaseos de un Octave Mirbeau. Basta consultar los archivos del Tribunal Bertrand Russell II, entre tantos otros, para multiplicar como en un juego de espejos demoníacos esta imagen que se vuelve multitud, que se vuelve mujer o niño, que de pie o tendida boca abajo o abierta hasta el descuartizamiento lanza para la nada el más atroz de los gritos de suplicio. Los testimonios de tortura presentados a tantos organismos o comisiones internacionales perfeccionan cotidianamente algo que parecía haber llegado a su límite; por eso cuando el marqués de Sade, en la obra teatral de Peter Weiss, describe con una minucia delectable el suplicio de Damiens, regicida de Luis XV, se diría que escuchamos a un aprendiz de verdugo, incapaz de sospechar el refinamiento que su arte habría de alcanzar en nuestros días.

¿Cómo mirar entonces una pintura que nada tiene de imaginaria, cómo encerrarse en su mera dimensión plástica cuando a pesar de la voluntad explícita de su creador la vemos rebasar hasta la náusea los límites de la tela e invadir como un repugnante mar de sangre y de vómitos su verdadero territorio, el del mundo y el tiempo desde donde estamos mirándola? Su belleza formal, su admirable fuerza la arrancan de la anécdota pictórica para volverla historia; pero ese paso reclama un espectador no solamente capaz de mirar y de ver, sino de asumir la emanación de la pintura con una conciencia histórica, es decir con un juicio y una opción. Que una pintura de Francis Bacon, orgullo de los museos que acopian la cultura de Occidente, los pulverice simbólicamente desde su marco, es tarea que concierne a quienes juzgan y optan en un territorio donde impera la otra fachada del sistema, donde los museos son la mentira o la caridad del poder, donde la sangre de bermellón y el alarido hábilmente sugerido tratan de superponerse y ocultar la verdadera sangre y los verdaderos gritos. Si alguien propusiera hacer un *poster* con este cuadro de Bacon y fijarlo en las paredes de Santiago o de Buenos Aires, la réplica sería la muerte; en una galería de arte —es decir, en un territorio específicamente estético—, acaso algún ministro inauguraría la exposición con las vacuas palabras presumibles.

Lo mismo ocurrirá en este libro: el cuadro y mi comentario quedarán bellamente encarcelados y neutralizados entre las cubiertas, y no sucederá absolutamente nada. Dos prisioneros más del sistema y en el sistema.

Pero algo hay ya en el hecho de que Francis Bacon haya pintado como pinta, y que muchos de los que ven sus cuadros los proyectan más allá de la estética. De sordos, insospechados y lentos procesos se nutren las mutaciones históricas: un discurso mesiánico en Galilea, un artículo en la *Enciclopedia*, una frase donde se habla de un fantasma que recorre Europa, y por qué no en nuestros días una pintura, una película, tantas cosas todavía insospechadas, un pequeño David de ojos rasgados derribando a un Goliat campeón de *baseball*: cabeza abajo en su cruz y aullando de dolor, el hombre histórico es más fuerte que su sonriente verdugo de pie. Un libro cerrado puede abrirse un día como una Bastilla de papel; un continente entero puede decidir que las pinturas de Francis Bacon entren irremisiblemente en el pasado como las decapitaciones de las tablas florentinas, como los martirios de las policromadas hagiografías. Creo que esta pintura que hoy miramos desde el horror contiene ya su reverso, su caída en los archivos de la historia. Pero es bueno que haya sido pintada, que posea un poder que a nosotros nos toca asumir y llevar a sus consecuencias últimas; sólo así habrá alcanzado su verdadero sentido, como todo lo que nace, consciente o inconscientemente, de la rebelión del hombre de luz contra el hombre de tinieblas.

Viaje a un tiempo plural[*]

El ojo entra en el campo de estas imágenes (pequeñas, distribuidas al azar de una mesa o una vitrina) e instantáneamente se pasa del tiempo del reloj a un tiempo donde todo se da como simultáneo, lo mítico y lo histórico, y donde una metamorfosis elástica y continua desliza sus serpientes de mármol o de bronce de figura en figura.

El gran Lezama Lima mostró cómo los objetos de una vitrina cumplen misteriosas interacciones que los ligan, los conciertan o los destruyen; aquí, un pequeño universo de piezas nacidas de una sola madre (pero se siente la tentación de escribir Madre con clara referencia a la fuerza primordial, a la más arcaica gestación telúrica) tienden entre ellas un juego de vibraciones y una red de signos que sólo pueden darse fuera del tiempo usual. Para quien sabe ver, todo coexiste sin fractura y sin contradicción, simultáneamente se tiene acceso al mundo de Gilgamesh y del *biscuit* dieciochesco, a la coexistencia de arpías y Coatlicues y pebeteros corintios y esfinges y terracotas libertinas y Tanit y Gudea y sirenas y lo cellinesco y zoomorfías precolombinas y afrontados genios babilónicos bajo una luz de Ishtar. Pero ésta no es una enumeración de referencias míticas o estéticas sino la única manera posible de concitar y de transmitir esa simultaneidad atemporal que Virginia Silva extrae de la arcilla con la liviana imposición de sus manos que saben más que ella, más que nosotros.

En ese múltiple circuito de fuerzas donde todo es o puede ser mandrágora, gorgona, hermafrodita, rito fálico, hierogamia y por qué no epifanía, nada se da en un solo plano, y la multiplicidad de las esencias se expresa en muchas de sus

* *Terzo occhio: periodico d'arte e cultura fantastica*, Bolonia, n.º 13, enero de 1979.

407

esculturas como incitación a acercarse y tocar; entonces se descubre que esas piezas no empezaban ni terminaban en su contorno visual sino que lo táctil está ahí para abrir una segunda compuerta. Ligera presión, levísimo empuje de los dedos, y lo monolítico se descompone en caja de Pandora, una cabeza se divide para mostrar su moviente cerebro de frutas diminutas o de temblorosos cangrejos, un sector se separa del resto para recomponerse en un orden que altera el conjunto y lo vuelve interrogación permanente. Se diría que la naturaleza se interroga allí sobre su persistente monotonía, y busca a través del arte algo más que la imitación que le sospechara Oscar Wilde, una renovación capaz de arrancarnos de la rutina genética. Todo es allí reemplazo, completación y apertura hacia nuevas constelaciones morfológicas; por debajo, entrelazándose, surgiendo como constantes que de alguna manera ordenan y codifican esa libertad que nada tiene que ver con el desenfreno, las imágenes arquetípicas se repiten: la serpiente, el acoplamiento cósmico y humano, el ramo de frutas, la joya y el cráneo vacío y desollado. Hay como una lucha interminable entre lo que el hombre histórico acata y teme, y la metamorfosis que le propone el salto al delirio y a la irrepetible creación. A semejanza de los bestiarios de oro que se esconden en un museo poco visitado de San José en Costa Rica, otros dioses juegan con otras creaciones; sin sospecharlo acaso, Virginia Silva continúa de este lado del mar una tarea secreta e infinita.

Algunas de sus criaturas parecen incluso sospecharlo en su propia presencia plástica; pienso en esa hermosa adolescente que emerge de una plataforma sostenida por un animal de las profundidades ctónicas, y que escucha los rumores que emanan de dos caracolas o dos audífonos. Atenta a lo que le llega como un murmullo marino o celeste, no parece ver esa mano innominable que yergue ante ella el libro de la civilización y la cultura, y tampoco la otra cuyo dedo busca su clítoris para iniciar en ella el placer que la exaltará hacia sí misma y le dará la clave de todo lo demás.

Casi siempre la crítica de arte consiste en centrar en la obra la interrogación y el análisis. Prefiero lo contrario, la crítica que la obra ejerce en mí como espectador, su provocación, el juego de espejos mentales y libidinales que suscita, la apertura a pasajes muchas veces vertiginosos que la ligan y me ligan a los arquetipos, a ese tiempo fuera del tiempo donde coexisten y laten la pulsiones profundas de lo humano. El microcosmos de Virginia Silva es un potenciador, un proyector hacia ese tiempo; de él vuelvo con la bella fatiga que sigue al amor y a los viajes, a todo lo que nos excentra para impulsarnos hacia el Centro.

(1978)

Bajo nivel*

Puede ser que, una vez más, todo empiece por las palabras y entonces, claro, con ellas. Puede ser que el vocabulario del metro sea en parte la raíz de ese contacto de por vida que tengo con él, y que de ahí provengan tantas páginas que le he dedicado o que él me ha dictado en relatos y novelas, bumerang del verbo que retorna a la mano y a los ojos.

Correspondencias, por ejemplo: en París es el término que indica los cambios que puedan hacerse entre las diferentes líneas, pero como en casi toda la nomenclatura de nuestros Hades urbanos, es un término *cargado*. Cuando llegué a París en 1949, trayendo como brújula la literatura francesa, Charles Baudelaire era mi gran psicopompo; el primer día quise conocer el Hôtel Pimodan, en la isla Saint-Louis, y al preguntar por el metro que me llevaría a orillas del Sena, el hotelero me indicó la línea y agregó: "Es fácil, no hay más que una correspondencia". En ese mismo momento mi memoria volvía una y otra vez al célebre soneto de Baudelaire, y de golpe sentí que todo estaba bien, que entre París y yo no habría rupturas. Veintinueve años han pasado y las correspondencias entre nosotros persisten y se ahondan.

En Inglaterra y Estados Unidos, las correspondencias se llaman *cambios*, y en mi país *combinaciones*. Cualquiera de las tres palabras contiene cargas análogas, insinúa mutación, transformación, metamorfosis. El hombre que baja al metro no es el mismo que vuelve a la superficie; pero, claro, es preciso que haya guardado el óbolo entre los dientes, que haya merecido el *traslado*, que para los demás no pasa de un viaje entre estaciones, de un olvido inmediato.

* *Raster*, Amsterdam, n.º 12, 1980. (Ilustraciones de Siet Zuyderland.)

En el principio fueron los olores. Yo tenía ocho o nueve años y desde el suburbio bonaerense donde vivíamos, mi abuela me llevaba de visita a la casa de unos amigos. Primero un tren local, luego un tranvía y por fin, desde el centro de la ciudad, el subterráneo, que los porteños llaman "subte" casi como si le tuvieran miedo a la palabra completa y quisieran neutralizarla con un corte desacralizador. Hoy sé que el trayecto en subte no duraba más de veinte minutos, pero entonces lo vivía como un interminable viaje en el que todo era maravilloso desde el instante de bajar las escaleras y entrar en la penumbra de la estación, oler ese olor que sólo tienen los metros y que es diferente en cada uno de ellos. Mi abuela me llevaba de la mano (su traje negro, su sombrero de paja con un velo que le cubría la cara, su invariable ternura), y había esos minutos en el andén en que yo veía la hondura del túnel perdiéndose en la nada, las luces rojas y verdes parpadeando en la profundidad, y luego el fragor progresivo, el tren dragón rugiendo y chirriando, los asientos de madera que yo rechazaba para quedarme de pie contra una ventanilla, la cara pegada al vidrio. Porque cuando el tren tomaba velocidad las paredes del túnel se animaban, se convertían en una pantalla móvil con cables como serpientes negras ondulando, con el paso instantáneo de las luces, y siempre ese olor en el aire espeso y lento que nada tenía que ver con el de fuera, con el de arriba. En algún momento que cada vez tenía algo de milagroso, el tren ascendía a la superficie, las ventanillas se llenaban de sol y de copas de árboles; algo como alivio, como rescate de esa breve temporada en el infierno, y a la vez la monotonía de recuperar la normalidad, las calles y las gentes y el té con pasteles que nos esperaban invariables a cada visita mensual, decirse entonces que el viaje no había terminado, que al caer la noche volveríamos a tomar el subte, de nuevo el túnel y las serpientes y el olor, de nuevo ese interregno excepcional que de alguna manera me condenaba ya a cosas como ésta, a escribirlo aquí cincuenta y tantos años después.

Por cosas así puede llegarse a mantener un comercio furtivo con el metro, una relación de la que no se habla pero que un día asoma en los sueños y en esa otra manera de soñar que son los cuentos fantásticos. Allí y en pasajes de novelas he ido coagulando a lo largo de los años ese sentimiento de pasaje que nada tiene que ver con el traslado físico de una estación a otra. Ya en Buenos Aires y en la juventud, el subte Anglo me había llevado a la escritura, y recuerdo que al subir a la superficie mi primer impulso era entrar en alguno de los viejos y sombríos cafés del centro donde de alguna manera se mantenía ese clima de extrañamiento con relación a lo que me estaba esperando en el resto del día. Era entonces mi sola experiencia en ese terreno, y no podía imaginar que alguna vez otras ciudades del mundo habrían de darme, como sin duda le ha ocurrido a Siet Zuyderland, diferentes aproximaciones a un centro común; porque hoy sé que el metro, el subte, el underground, el subway, no sólo se asemejan obligadamente en el plano funcional, sino que todos ellos crean a su manera un mismo sentimiento de *otredad* que algunos vivimos como una amenaza que al mismo tiempo es una tentación. Si bajar al metro representa para mí una leve angustia, una crispación física que pasa enseguida, no es menos cierto que salir de él significa cada vez una indefinible renuncia, un regreso a la seguridad cobarde de la calle; como haber soslayado una indicación, un sistema de signos acaso descifrables si no se prefiriera casi siempre lo *superficial*.

Como en el teatro y en el cine, en el metro es de noche. Pero su noche no tiene esa ordenada delimitación, ese tiempo preciso y esa atmósfera artificialmente agradable de las salas de espectáculos. La noche del metro es aplastante, húmeda de un verano de invernáculo y además infinita, en cualquiera de sus puntos o de sus horas la sentiremos prolongarse en los tentáculos de los túneles, en cualquiera de las estaciones a las que bajemos estará latiendo uno de los muchos corazones del inmenso pulpo negro que subtiende la ciudad. La noche del metro no tiene comienzo ni fin, allí donde todo se conecta y se transvasa, donde las estaciones terminales son a la vez llegada y partida; llamarlas terminales es una de las muchas formas de defensa contra ese temor indefinido que espera en la penumbra del primer corredor, del primer andén.

El metro como intercesor entre el condicionamiento rutinario de la calle y el momentáneo despertar de otros estados de cenestesia y de conciencia. A diferencia de la marcha en la calle, donde las opciones y la vigilancia son incesantes, basta iniciar el descenso para que una mano invisible se apodere de la nuestra y nos lleve sin la menor posibilidad de elección hacia el destino prefijado. No se va de dos maneras diferentes de la estación Étienne Marcel a la estación Ranelagh: flechas y pasajes y carteles y escaleras anulan todo margen de capricho, todo zigzag de superficie. Pasajeros y trenes se mueven dentro de la misma relojería predeterminada, y es entonces cuando las potencias de la superficie se adormecen y puede suceder que accedamos a otros niveles; al liberarnos de la libertad, el metro nos vuelve por un momento disponibles, porosos, recipientes de todo lo que la libertad de la superficie nos priva, puesto que ser libres allá arriba significa peligro, opción necesaria, luz roja, cruzar en las esquinas mirando del buen lado.

De vivir en nuestro tiempo, poetas como Gérard de Nerval y Baudelaire hubieran amado el metro; Nerval por su lado alucinatorio, cíclico y recurrente, y Baudelaire por la artificialidad total de una micrópolis en la que no hay plantas ni pájaros ni perros. (Ratas sí, pero la rata está del lado del poeta, lucha contra el sistema, lo mina y contamina en una batalla sin cuartel que dura desde la primera ciudad de los hombres y sólo acabará con la última.)

La primera vez que bajé a la estación Saint-Michel y vi las enormes estructuras metálicas, las escaleras y los ascensores de hierro, la luz mortecina y estancada en la que toda idea de sombra es inconcebible, medí hasta qué punto Baudelaire hubiera aprobado ese congelado infierno moderno. Desde hace unos años, la renovación de las estaciones del metro de París intenta "humanizar" el ambiente, pero nada parece haber cambiado en la conducta de quienes las usan. Ya a medias robotizados por los mecanismos de la superficie, el descanso los fija en una total desmultiplicación de la vitalidad, de la comunidad, de la comunicación incluso en sus formas más embrionarias. Sólo los grupos, las bandas se agitan y hablan porque poseen y transportan su propio microclima que los defiende de la soledad exterior; los otros, incluso las parejas, se encierran en un mínimo de movimientos, de gestos y de miradas. Las caras de los pasajeros de un autobús reflejan siempre algo de lo que los rodea y los invade viniendo de las ventanillas; sus ojos siguen el dibujo o las leyendas de los carteles publicitarios, el cruce de los autos, el ritmo de las vitrinas y las gentes en las aceras. Pero aquí todo es rígido y como intemporal, *y no hay nada que ver ni oír ni oler* porque todo es recurrente y periódico y forzoso y casi idéntico en cualquier estación de metro. Los carteles de publicidad duran interminablemente, y acaso nadie se da demasiado cuenta de su renovación periódica. La luz y el aire tienen siempre la misma consistencia, todos hemos leído cientos de veces las mismas leyendas, advertencias, prohibiciones y consejos municipales, y las seguiremos leyendo porque los ojos se mueren de hambre en el metro, buscan un empleo, un asidero que los arranque de ese ir y venir en la nada. *Este asiento está reservado a: 1) los mutilados de guerra, 2) las mujeres embarazadas, 3) los ancianos, etc. / Está prohibido descender a las vías en caso de interrupción de la marcha, a menos que así lo indiquen los empleados responsables, etc.* (Menos mal que la política, la estupidez y la sexualidad llenan de inscripciones un poco más cambiantes los corredores y los vagones; el ojo salta sobre ellas, las devora contento, las entrega al cerebro para que apruebe o rechace. *El Shah asesino / Mueran los judíos / Mao = Brejnev / Me gusta chupar / Sea macrobiótico / Abajo Pinochet.*)

Paradójicamente, la codificación congelada del metro favorece en algunos viajeros la irrupción de lo insólito. Sé de la disponibilidad, de la porosidad que crea la rutina, de la somnolencia favorable dentro de la colmena de indicaciones y recorridos infalibles. Lo sólito es allí tan manifiesto que la más mínima transgresión o fisura se da con una fuerza que no tendría en la superficie. El día en que me tocó viajar de pie en un vagón atestado, y una mano de mujer joven se apoyó sobre la mía y permaneció allí durante una fracción de tiempo que rebasaba lo normal antes de retirarse al otro extremo de la barra mientras su dueña se excusaba con un gesto y una sonrisa, ese mínimo episodio alcanzó una intensidad de la que hubiera carecido totalmente en un autobús, por la simple razón de que los protagonistas habrían estado más *ocupados* por su entorno, el roce de sus manos no habría tenido esa sutil transmisión de fuerzas, esa electricidad musgosa que me llegó tan a lo hondo y dio días después un relato que se llama "Cuello de gatito negro".

En otro plano, la fisura dentro de la monotonía puede nacer de ese estado de desocupación mental que el metro favorece como pocas otras cosas. Pienso en un relato mío que sigue inédito, y que nació de un comentario humorístico sobre el número de pasajeros que habían bajado en un cierto día al subte Anglo en Buenos Aires, y el número de los que habían vuelto a la superficie (faltaba uno). Broma, error de control, todo quitaba importancia y seriedad a algo que sin embargo me pareció grave, quizá horrible, y que en su proyección imaginativa se volvió el preludio de un descubrimiento abominable.

Y luego, como una fascinación que el viajero presuroso y funcional rechaza, hay la llamada más profunda, la invitación a quedarse, a *ser metro*. Es una vez más la atracción del laberinto, recurrente maelstrom de piedra y de metal. Lo insólito se da allí como un reclamo que exige la renuncia a la superficie, la recodificación de la vida. Pobres Ulises atenazados por la urgencia de los horarios y las citas, los viajeros se tapan los oídos con cualquier cosa, el diario que leen entre las estaciones, las tiras cómicas, la contemplación vacua del vagón o del andén. Algunos sin embargo oyen el canto de las sirenas de la profundidad, y yo he aprendido a reconocerlos; son los que mientras esperan un tren dan la espalda a la estación y miran perdidamente la hondura tenebrosa del túnel.

Entre ellos podría estar el protagonista de "Manuscrito hallado en un bolsillo", alguien capaz de comprender y acatar el implacable ritual de un juego de vida o muerte con el que buscará a una mujer dentro de un sistema de claves implacables que él piensa haber inventado pero que vienen del metro, de la fatalidad de sus itinerarios, de su posesión total del viajero apenas se bajan los peldaños que nos alejan del sol y de las otras estrellas.

Pero si en todo esto lo insólito se proyecta en la consecuencia literaria más que en los hechos tangibles, también vale por sí mismo, aunque luego llegue a ser un tema de escritura. Antes de narrar el viaje imaginario de Johnny Carter en el metro, yo había vivido muchas veces esa fuga fuera del tiempo o ese acceso a otra duración que Johnny, en "El perseguidor", habría de explicarle a su manera a Bruno. En *62. Modelo para armar*, muchos episodios fueron vistos y escritos alucinatoriamente, y el metro instiló también allí su aura de excentración y de pasaje; eso me explica ahora el episodio del descenso de Hélène y su contemplación de los carteles publicitarios antes de su encuentro con Delia. En esos días yo había sentido con mayor fuerza que nunca el efecto del cambio de escala en esas caras y esas manos enormes que desde las paredes del andén de la estación Vaugirard proponían marcas de quesos o vacaciones en México. Ya en la superficie seguía viéndolos como una especie de corrección de la realidad que pretendía rodearme y moldearme y someterme a su pretendida escala de formas y valores; de golpe esas imágenes monstruosas, esas uñas y esos dientes agigantados por el ansia de la sociedad de consumo, se me volvían positivos, me ayudaban a desconfiar de lo usual y lo fácil y lo presabido; de golpe yo era un pigmeo entre pigmeos, allí en la esquina podía estar esperándome, terrible y definitiva, la enorme niña que amaba el queso Babybel, y esa niña podía ser de hidrógeno o de cobalto, su zapato me aplastaría contra la acera sin odio y sin razón como nuestros zapatos aplastan hormigas a lo largo de gratas excursiones dominicales. Sentí que vivíamos por casualidad, que nuestras reglas tranquilizadoras estaban rodeadas y amenazadas por incontables excepciones, azares y demencias; todo eso busqué decirlo luego en la novela, todo eso le ocurrió a Juan, a Hélène, a los que de alguna manera tenían que pagar el precio de haber bajado al metro de sus propios corazones, de haber asumido los códigos de la noche bajo tierra.

(1978)

Ventanas a lo insólito

Se tiende a pensar la fotografía como un documento o como una composición artística; ambas finalidades se confunden a veces en una sola: el documento es bello, o su valor estético contiene un valor histórico o cultural. Entre esa doble propuesta o intención se desliza algunas veces lo insólito como el gato que salta a un escenario en plena representación, o como aquel gorrioncito que una vez, cuando yo era joven, voló largo rato sobre la cabeza de Yehudi Menuhin que tocaba Mozart en un teatro de Buenos Aires. (Después de todo no era tan insólito; Mozart es la prueba perfecta de que el hombre puede hacer alianza con el pájaro.)

Hay la búsqueda deliberada de lo excepcional, y hay eso que aparece inesperadamente y que sólo se revela cuando la foto ha sido revelada. Sus maneras de darse no tienen importancia, y si una irrupción no buscada es acaso la más bella y la más intensa, también es bueno que el fotógrafo pararrayos salga a la calle con la esperanza de encontrarla; toda provocación de fuerzas no legislables alcanza alguna vez su recompensa, aunque ésta pueda darse como sorpresa e incluso como pavor.

Dime cómo fotografías y te diré quién eres. Hay gente que a lo largo de la vida sólo colecciona imágenes previsibles (son en general los que hacen bostezar a sus amigos con interminables proyecciones de diapositivas), pero otros atrapan lo inatrapable a sabiendas o por lo que después la gente llamará casualidad. Algo sabía de eso Brancusi el día en que un joven pintor desconocido, rumano como él, llegó a su taller en busca de lecciones. Antes de aceptar, el maestro le puso en las manos una vieja Kodak y le pidió que tomara fotos de París y que se las trajera. Asombrado ante esta conducta zen *avant la lettre*, el joven tomó las fotos que se le ocurrieron, y Brancusi las aprobó como si le bastaran para saber que ese muchacho era ya, también *avant la lettre*, Víctor Brauner. Lo que no sabían ni el uno ni el otro era que una de las fotos callejeras incluía la fachada de un hotel donde años después, en una noche demasiado llena de alcohol, un vaso arrojado por el escultor Domínguez le arrancaría un ojo a Brauner. Allí lo insólito jugó un billar complejo, y se deslizó en una imagen que sólo parecía tener finalidades estéticas, adelantándose al presente y fijando (un visor, y detrás de él *un ojo*) ese destino no sospechado.

Desde que empecé a tomar fotos en mi lejana juventud de pampas argentinas, el sentimiento de lo fantástico me esperó en ese momento maravilloso en que el papel sensible, flotando en la cubeta, repite en pequeño el misterio de toda creación, de todo nacimiento. Los negativos pueden ser leídos por los profesionales, pero sólo la imagen positiva contiene la respuesta a esas preguntas que son las fotos cuando el que las toma interroga a su manera la realidad exterior. No estaba en mí el don de atrapar lo insólito con una cámara, pues aparte de algunas sorpresas menores mis fotos fueron siempre la réplica amable a lo que había buscado en el instante de tomarlas. Por eso, y por estar condenado a la escritura, me desquité en ella de la decepción de mis fotos, y un día escribí "Las babas del diablo" sin sospechar que lo insólito me esperaba más allá del relato para devolverme a la dimensión de la fotografía el año en que Michelangelo Antonioni convirtió mis palabras en las imágenes de *Blow up*. También aquí lo insólito lanzó su lento bumerang: mi esperanza y mi nostalgia de fotógrafo sin dominio sobre las fuerzas extrañas que suelen manifestarse en las instantáneas, despertó en un cineasta el deseo de mostrar cómo una foto en la que se desliza lo inesperado puede incidir sobre el destino de quien la toma sin sospechar lo que allí se agazapa. En este caso lo excepcional no repercutió en la realidad exterior; incapaz de captarlo a través de la fotografía, me fue dada la admirable recompensa de que alguien como Antonioni convirtiera mi escritura en imágenes, y que el bumerang volviera a mi mano después de un lento, imprevisible vuelo de veinte años.

No me atraen demasiado las fotos en las que el elemento insólito se muestra por obra de la composición, del contraste de heterogeneidades, del artificio en último término. Si lo insólito sorprende, también él tiene que ser sorprendido por quien lo fija en una instantánea. La regla del juego es la espontaneidad, y por eso las fotos que más admiro en este terreno son técnicamente malas, ya que no hay tiempo que perder cuando lo extraño asoma en un cruce de calles, en un juego de nubes o en una puerta entornada. Lo insólito no se inventa, a lo sumo se lo favorece, y en ese plano la fotografía no se diferencia en nada de la literatura y del amor, zonas de elección de lo excepcional y lo privilegiado.

Como en la vida, lo insólito puede darse sin nada que lo destaque violentamente de lo habitual. Sabemos de esos momentos en que algo nos descoloca o se descoloca, ya sea el tradicional sentimiento del *déjà vu* o ese instantáneo deslizarse que se opera por fuera o por dentro de nosotros y que de alguna manera nos pone en el clima de una foto movida, allí donde una mano sale levemente de sí misma para acariciar una zona donde a su vez un vaso resbala como una bailarina para ocupar otra región del aire. Hay así fotos en las que *nada* es de por sí insólito: fotos de cumpleaños, de manifestaciones callejeras, de combates de box, de campos de batalla, de ceremonias universitarias. Uno las mira con esa indiferencia a la que nos han acostumbrado los *mass media*: una foto más después de tantas otras, recurrencia cotidiana de periódicos y revistas. De golpe, ahí donde Jacques Marchais estrecha la mano de un campesino normando en un mercado callejero, ahí donde un banquero de Wall Street celebra sus bodas de plata en un salón de inenarrable estupidez decorativa, el ojo del que sabe ver (¿pero quién sabe nada en este terreno de instantáneos cortes en el continuo del tiempo y el espacio?) percibe la mirada horriblemente codiciosa que un camarero perdido en el fondo de la sala dirige a una señora afligida por un sombrero de plumas, o más allá de una puerta distingue temblorosamente algo que podría ser un velo de novia en el austero tribunal que está juzgando a un ladrón de caballos. He visto fotos así a lo largo de toda mi vida, del mismo modo que siendo niño descubrí rincones misteriosamente reveladores en los grabados que ilustraban a Julio Verne o a Héctor Malot: rincón de la maravilla, mínima línea de fuga que convertía una escena trivial en un lugar privilegiado de encuentro, encrucijada donde esperaban otras formas, otros destinos, otras razones de vida y de muerte.

Quizá, finalmente, la fotografía dé razón a quienes creyeron en el siglo pasado que los ojos de los asesinados conservan la imagen última del que avanza con el puñal en alto. No sé si me equivoco, creo que en uno de los episodios de *Rocambole* hay alguien que fotografía los ojos de un muerto y rescata la imagen que delatará al culpable, en todo caso lo recuerdo como uno de mis muchos pavores de infancia. Por eso, quizá, sigo entrando en cualquier foto como si fuera a darme una respuesta o una clave fuera del tiempo; ese novio sonriente al pie del altar, ¿no será ya el asesino futuro de la mujer que lo contempla enamorada? De alguna manera, la exploración de cualquier fotografía es infinita puesto que admite, como todas las cosas, múltiples lecturas, y lo insólito se sitúa casi siempre en la más prosaica y la más inocente. Estamos en una *no man's land* cuya combinatoria no conoce límites, como no sea la imaginación de quien entra en el territorio de ese espejo de papel orientado hacia otra cosa; la sola diferencia entre ver y mirar, entre hojear y detenerse, es la que media entre vivir aceptando y vivir cuestionando. Toda fotografía es un reto, una apertura, un quizá; lo insólito espera a ese visitante que sabe servirse de las llaves, que no acepta lo que se le propone y que prefiere, como la mujer de Barba Azul, abrir las puertas prohibidas por la costumbre y la indiferencia.

Todo fotógrafo convencional confía en que sus instantáneas reflejarán lo más fielmente posible la escena escogida, su luz y sus personajes y su fondo. A mí me ha ocurrido desear desde siempre lo contrario, que bruscamente la realidad se vea desmentida o enriquecida por la foto, que se deslice en ella el elemento insólito que cambiará una cena de aniversario en una confesión colectiva de odios y de envidias o, todavía más delirantemente, en un accidente ferroviario o en un concilio papal. Después de todo, ¿quién puede estar seguro de la fidelidad de las imágenes sobre el papel? Basta mirarlas de cerca para sentir que hay allí algo más o algo menos que desplaza los centros usuales de gravedad, así como en las fotos de grupos escolares donde se trata de mostrar *a posteriori* la presencia ilustre de Rómulo Gallegos o de Alain Fournier, es fatal que otros rostros se impongan con más fuerza y que el único recurso sea indicar con una cruz al menos presente, al menos interesante del grupo.

Las cámaras polaroid multiplican el vértigo de quien presiente la irrupción de lo insólito en la imagen esperada. Nada más alucinante que ver nacer los colores, las formas, avanzar desde el fondo del papel una silueta, un caballo, una bicicleta o un cura párroco que lentamente se concretan, se concentran en sí mismos, parecen luchar por definirse y copiar lo que son fuera de la cámara. Todo el mundo acepta el resultado, y pocos son los que perciben que el modelo no es exactamente el mismo, que el aura de la foto muestra otras cosas, descubre otras relaciones humanas, tiende puentes que sólo la imaginación alcanza a franquear. En un cuento mío (ya se sabe que no soy fotógrafo) alguien que ha tomado instantáneas de cuadros *naïfs* pintados por campesinos de Nicaragua, descubre al proyectar las diapositivas en París que el resultado es otro, que las imágenes reflejan en sus formas más horribles y más extremas la realidad cotidiana del drama latinoamericano, la persecución y la tortura y la muerte que han sentado ahí sus cuarteles de sangre. Como se ve, mi sentimiento de lo insólito en la fotografía no es demasiado verificable. ¿Pero no es precisamente eso el signo de lo insólito?

(1978)

De trufas y topos

La mano está más sola en el grabado que en el dibujo o la pintura. Más sola y más inmediata en ese terreno que trabaja como un arador para quien el ojo cuenta menos que el contacto entre dos materias adversarias y cómplices a la vez.

Los dedos que empuñan la gubia ven por su cuenta, y lo que el ojo cree guiar y articular sólo vale muchas veces como mera gramática.

Hablo, por supuesto, del grabado en libertad, ese que el metal, la madera y la piedra parecen insinuar y desear en los accidentes de su materia pura.

La anécdota, la reproducción, no son más que aplicaciones específicas de algo que el dibujo y la pintura solicitan y llevan a su extremo; por su parte el grabado tiende a cerrarse a esos fastos: le basta una intimidad táctil para proyectar su propio universo, pequeño como la gota de mercurio en la que sin embargo tiembla la serpiente cósmica.

Dado que no sé grabar, todo esto puede ser falso, pero algo me dice que la escritura —otro arado contra la blanca tierra de la página— acerca un poco a ese territorio donde lo visual dista de ser omnipotente. También la pluma traza y el escritor sabe del goce de ese resbalar en el que todo es posible por dúctil, por topo, por trufa, por vena de agua.

Cuántas veces habré empezado o terminado una frase con los ojos cerrados. Algún grabador, acaso, miró un fragmento de su obra *después* de haberlo burilado. Para corregir, claro, todos tenemos tiempo y ojos.

(1984)

Fondos de cajón

Orden del día

A qué viene la noche si no es buscando pájaros. Sobre la profundidad que abraza mi balcón, asisto sin palabras a la marea ciega y astuta, sus lápices infatigables, el pausado latido concéntrico de su corazón. Por eso he abandonado el sueño, saliendo de sus manos por un infinito estudio y una segura consecración. Ahora estoy enteramente en la actitud nocturna que las horas más graves exigen. Huyo de los relojes, establezco distancias invariables de mi cuerpo al llamado de timbres y campanas. Sostenido en mi balcón por una paciencia osada, miro llenarse la calle de topacios, en una sorda batalla de sustituciones, hasta que las aristas de toda construcción son arrastradas por la marea de lo que viene y las aguas de la sombra ascienden, con aspirados torbellinos silenciosos, hasta mi refugio. A qué viene la noche si no es buscando pájaros. Cuando está junto a mí, abro los brazos, la bebo profundamente y me dejo ir, ya olvidado de resistencias, como un halcón fulminado o una construcción gótica.

Julio Denis, XLI

The Simple Lover

Amo las vastas achicorias de la noche, sus músicas de cuero mojado y el caminar fragoso de antílopes azules transportando los árboles del bosque un poco más lejos, mudando los árboles cada noche con ternura murmurante de institutrices o colmenas.

Amo la forma en que tocas el piano, como con cuentagotas de jade tirando aquí y allá los pequeños campanarios que tienes en la concavidad de las uñas.

Amo los enternecidos escarabajos de Australia, los discursos cadenciosos del mariscal Smuts y esos espectáculos del tiempo vernal, cuando muchachos encendidos buscan entre los juncos una nunca encontrada escolopendra.

Mendoza, noviembre/45

Doctor Livingstone, I presume

Un ruido jabonoso me atrajo cuando salía del bosque; fui por curiosidad, pero también por miedo porque si uno deja un ruido jabonoso a la espalda es probable que más tarde lo deplore. Bastaba acercarse andando un poco de perfil (a causa de la creciente espesura del aire) para dar a un calvero donde se alzaba el árbol. Pensé que sería el Igdrasil, pensé que sería el Anchar, y también el árbol Josefina que es propiedad del gerente de la Ford en Belgrado, pero me desengañé. Sólo el ruido jabonoso proseguía, como una mano pegando en un pedazo de hígado crudo o el doctor Capdevila leyendo sus poemas.

Me senté astutamente en una laja y procedí de acuerdo a los métodos de observación que nos enseñan la epistemología y los rompecabezas. Durante tres minutos no había ruidos jabonosos, y después se sucedían dos precipitados ruidos jabonosos y al cabo de pocos segundos otro ruido jabonoso. Mirando con atención, noté la coincidencia entre la caída de los ruidos jabonosos y la precipitación a tierra de esferas negras que parecían aplastarse y desaparecer. Venciendo el temor me aproximé: estaba ante el árbol que produce las cigüeñas. Cada esfera era una cigüeña madura que se desprendía de las ramas, y de inmediato practicaba su nido en tierra y se esmeraba en poner huevos y empollarlos. De los huevos nacían niños, las cigüeñas los envolvían en servilletas crecidas en las ramas por lo cual se denominan hojas-servilleta, y poco después remontaban vuelo llevándose a los niños. El árbol se estremecía como satisfecho, y una respiración anhelosa le dilataba el tronco por momentos; en ese instante, el tronco era casi transparente y el árbol entero resplandecía como un gran abuelo debajo de un árbol de Navidad; sólo que aquí el árbol se envolvía en su propia sombra, y era casi transparente.

Diciembre/47

Billet doux

No creas que he olvidado. Suelo. Pero no hay olvido de agua salada, una memoria de llagas: hidra de bocas amarillas. Ningún peligro de que te falte tu lugar en el tiempo; inscripta con honor en la noche más pegajosa, en la cama más hundida. Una medalla verde bajo la palma de la mano. Muerta en la escalera, entre el segundo y el tercero. Por autor o autores desconocidos. Descuida, pues, sigue gozando. Indescifrable, no descifres nada. Sin indicación de remitente.

En un vaso de agua fría o preferentemente tibia

Es triste, pero jamás comprenderé las aspirinas efervescentes, los alcaselser y las vitaminas C. Jamás comprenderé nada efervescente porque una medicina efervescente no se puede tomar mientras efervesce puesto que parte de la pastilla se te pega al paladar y qué cosquillas, por lo demás totalmente desprovistas de propiedades terapéuticas. Si en cambio se la toma una vez que ha efervescido ya no se ve para qué sirve que sea efervescente. He leído mucho los prospectos que acompañan a esos productos, sin encontrar una explicación satisfactoria; sin duda la hay, pero para enfermos más inteligentes.

¿Qué hacemos con el pobre señor Spenalzo?

REVÉS?
AL
LEYENDO
ESTUVIERA
QUE
POSIBLE
¿ERA

EN VEZ DE ARRIBA
ARRIBA   ABAJO?
ABAJO
¿DE

En auxilio de las frases hechas*

Dicho todo
no queda
evidentemente
nada que decir.

*

Dicho lo cual,
¿pero qué?
Para saberlo
habría que situarse
detrás del poema,
en lo no-escrito de lo escrito,
cosa más bien difícil.

*

Después de todo
no queda nada.

*

Pasando de una cosa a otra,
otra cosa es con gomina,
único fabricante Brancato.

*

* Traducido del francés por Aurora Bernárdez.

Pensándolo bien,
no sería necesario
decir lo que precedía, ¿no?

*

Perdone, pero…
Casi siempre preludio
de algo imperdonable.

*

Lo siento, pero…
Vamos, vamos.

Hace rato que lo venía sintiendo...

Hace rato que lo venía sintiendo, sintiendo más que pensando; pero como casi siempre hacía falta alguna coagulación exterior para que la informe y neblinosa madeja interna se agrumara de golpe y adquiriera sentido. En este caso el encuentro fortuito de elementos heterogéneos se me dio una mañana en una carnicería del Faubourg Saint-Denis, donde estaba eligiendo un salame, dos bifes tiernos y un paté, y mientras esperaba el paquete sentí que mi pie izquierdo marcaba un ritmo en las baldosas y tardé un segundo en descubrir que mi cuerpo obedecía a la música de ambiente que cada vez más reina en las tiendas para supuesto contento de empleados y clientes.

Si la música hubiera sido la habitual en estos casos (debe haber proveedores de cassettes especialmente destinadas a los supermercados y otras tiendas), la hubiera ignorado sin el menor esfuerzo, por aquello de no hay mejor sordo etc., pero mi pie se estaba moviendo con algo así como un reconocimiento profundo de algo personal, de algo querido, de *Jazz me Blues* desde la corneta de Bix, desde los Wolwerines impensablemente tocando *Jazz me Blues* en una carnicería parisiense. Cuando me di cuenta, porque del pie a la cabeza hubo un trecho de incredulidad, de maravillado absurdo, mucho de lo que había estado sintiendo en otros terrenos y en otros días cuajó de golpe y empezó a venir a la palabra. El amor de un argentino por Bix Beiderbecke y los bifes cerró el triángulo; casi enseguida (en el café de la esquina, fumando delante de un Cinzano de las once de la mañana, hora tan propicia para el Cinzano y el tabaco negro) todo eso viró a la literatura. Por primera vez vi claro en la madeja. Valía la pena pensarlo bien y después, es decir ahora mismo, escribirlo.

El lento desplazarse de las constelaciones
por tu piel

Después de tanta espera, de no saber cuándo ni cómo entrar en esto que no es más que un deseo puro y sin forma, bruscamente veo una puerta. En la tumba de La Osita, hablándole de tantas cosas, de que estoy empezando a traducir sus cuentos, de golpe pienso en los centenares de textos sueltos y fragmentarios de ella que aún no he leído. Me digo si la fusión de esos textos con el mío (sin mezclar los discursos, claro) no sería la manera de llevarlos a un libro, cosa imposible de otro modo, y que ese libro sea, como el París Marsella, otra vez nuestro libro.

Ahora voy a leer todos los textos, y elegir. Ojalá lo mío vaya naciendo, sea llamado por ellos. Cuánto quisiera que escribiésemos de nuevo juntos muchas páginas, Osita. Creo que lo haremos, quiero que lo hagamos. Estaremos de nuevo tan juntos, Osita.

ENTREVISTAS ANTE EL ESPEJO

Arnaldo: Aquí tenés el texto que necesitabas para pre-anunciar el libro...

Arnaldo:

Aquí tenés el texto que necesitabas para pre-anunciar el libro. Vos pondrás las preguntas, cuyo esquema te voy dando antes de contestarlas. Huelga decirte que, en la medida de lo posible, me gustaría que mi texto apareciera tal como te lo envío: deliberadamente lo he escrito "oralmente", de manera que la entrevista tenga el aire más espontáneo posible.

(Contestación a una pregunta sobre mi idea general del libro.)

—Obviamente, *Último round* será considerado por críticos y lectores como una segunda parte de *La vuelta al día en ochenta mundos*, y eso agradará a muchos e irritará a otros por razones igualmente obvias. Como varias veces he citado en libros o reportajes la frase de Gide: *Ne jamais profiter de l'élan acquis*, tengo algún derecho a poner las cosas en su sitio y decir que el azar teje sus mallas con las hebras más diversas. Hace dos años me hablaste del problema de la eventual traducción de *La vuelta al día*, y te hice notar que había allí una serie de textos que no tendrían mayor sentido para un sueco o un italiano; quedamos en que escribiría algunos textos sustitutivos, y entonces me pasó como a Einstein aquella vez en que subió a cambiarse de chaleco para ir a una comida a la que nunca fue porque una hora más tarde su sobresaltada esposa lo encontró desnudo y profundamente dormido en la cama, es decir que Einstein se había quitado el saco para llegar al chaleco, después se había quitado el chaleco y, lanzado ya a la operación de desvestirse, no paró hasta el sueño, cosa que por lo demás prueba su genio si todavía hiciera falta. En mi caso lo que probé fue la

441

tendencia a sentirme profundamente vivo mientras estoy en lo
mío, y unas cuantas semanas después me di cuenta de que no
sólo tenía los textos de recambio necesarios, sino una cantidad
de otras cosas que a su vez estaban atrayendo nuevos temas y
cuentos, se abrían cajones de escritorio y mesas de luz y salían
papeles con notas y proyectos que no tardaban en pararse sobre
sus patas como potrillitos húmedos. En síntesis, que cuando me
acordé había un libro casi hecho y ninguna razón para no publicarlo. Te diré, de todas maneras, que *una* de las explicaciones
del título es la intención de no seguir por ese camino de los li-
bros-almanaques; ya está bien como diversión, quiero decir diversión para mí. Y ahora se me ocurre: ¿qué voy a hacer el día
en que quieran traducir *Último round* al holandés o al ruso?
¿Habrá que pensar en nuevos textos de sustitución? Lo que empezó como un homenaje a Julio Verne, ¿terminará con otro a
Alejandro Dumas, bajo la forma terciaria del vizconde de Bra-
gelonne? Te doy mi palabra de que no; transmitila a los demás,
que te lo agradecerán seguro.

(Contestación a una pregunta como: Este libro,
¿te interesa y te incluye a fondo como cualquiera de
los anteriores?)

—Por supuesto. No vayas a pensar que tengo mala conciencia al publicar este librito. Nació un poco por casualidad,
como te expliqué, pero ya sabemos que detrás de esas casualidades están las grandes Obreras, las sigilosas Ordenadoras.
Como de costumbre habrá toda clase de malentendidos, el primero de los cuales nacerá del simple hecho de que las páginas
del libro (idea de Julio Silva) están guillotinadas horizontal-
mente en el tercio inferior, lo cual proporciona dos juegos de
textos y de lectura. Me temo que esta bastante elemental combinatoria, útil para mí en la medida en que resolvía la presentación de textos de longitud e intención dispares, hará correr tanta tinta como el segundo método de lectura de *Rayuela*. Por lo
demás, si *La vuelta al día* llevó a decir a muchísimos críticos

que se trataba de una "obra menor" (con esa especie de autozarpazo vicario que se pretende provocar en el autor-mayor bruscamente degradado por el mismo autor-menor, en un acto que participa de la autofagia, el masoquismo y otras agresiones), imaginate lo que se podrá decir de un nuevo libro que no tiene en cuenta para nada tan aleccionante advertencia.

Por supuesto, detrás de esta noción de obras "mayores" y "menores" se esconde la persistencia de un subdesarrollo intelectual. Todavía no hemos conseguido liquidar del todo la noción de que una obra (¡huna hobra, doctor!) tiene que ser "seria"; es inútil que una nueva generación de lectores les demuestre diariamente a los magísters de la crítica pontificia que sus tablas de valores están apolilladas, y que la "seriedad" no se mide por cánones que huelen de lejos a un humanismo esclerosado y reaccionario. Mientras la nueva generación elige resueltamente a sus autores, prescindiendo con una espléndida insolencia de los dictámenes que emanan de las altas cátedras, los titulares de estos venerables mausoleos siguen hablando de géneros, de estilos, de contenidos y de formas como si las grandes novedades bibliográficas de las últimas semanas fueran *La montaña mágica* o *Canaima*. Vos dirás que exagero, y por supuesto que exagero porque para llegar a una esquina siempre conviene mirar un poco más lejos y entonces la esquina te queda ahí nomás cerquita. Pero decime un poco: ¿Vos leíste las críticas de un Manuel Pedro González, por ejemplo? Te lo cito como caso extremo de pterodactilismo intelectual, un poco por eso de la esquina que te decía, pero no te creas que es el único, che. La lista argentina o mexicana es nutrida y vistosa e igualmente paleontológica.

(Contestación a: ¿Vos creés, entonces, que las intenciones de tu libro no serán entendidas por la crítica magistral?)

—En todo caso ya verás que este libro será agredido por la Seriedad y la Profundidad y la Responsabilidad, todas esas gordas que se te tiran a los ojos con las agujas de tejer. Qué querés, eso viene de nuestro pecado original: la falta de humor de los españoles, sumada a la de los indios de nuestras tierras (Dios los crió y ellos se juntaron), nos fastidiará todavía un tiempo, pero salta a la vista que los lectores realmente alertas de estos años se han dado cuenta de que el espíritu sopla donde quiere, y que casi siempre es en algún libro que no está firmado por los serios de la literatura; la prueba, García Márquez. Con lo cual vamos muy bien, y ya verás que en pocos años acabaremos con las etiquetas y los úkases; y así a la hora de encontrarnos realmente en todos los terrenos, quiero decir a la hora de la revolución latinoamericana, ya vas a ver quiénes llegan a la esquina y quiénes se quedan en sus casas. Hace unos meses le dije a un periodista mexicano que necesitábamos muchos Che Guevara del lenguaje, es decir de la literatura. Si el Che hubiera sido un señor serio, tendría un afamado consultorio médico en Buenos Aires, no te parece. Pero no era serio como lo entienden los serios, y lo que él hizo en el terreno de la acción otros deberán llevarlo a cabo en el de la palabra, que por ahora se está quedando atrás de los hechos revolucionarios en Latinoamérica. Una revolución que no abarque todas las estructuras de la personalidad humana, y la lingüística es primordial, es una revolución a medias, una revolución amenazada desde adentro mucho más que desde afuera.

(Contestación a una pregunta sobre el contenido del libro.)

—Bueno, los lectores de prosa encontrarán que hay demasiados poemas, y viceversa, cosa que contribuye desde ahora a mi más eminente regocijo. Por su parte, los que creen que las fotos y los dibujos tienden a convertir un libro en una revista, se mostrarán sumamente iracundos frente a los que aceptan más y más el mundo audiovisual que nos rodea. Te diré que sacar algunas series de fotos me ha dado tanto trabajo y tanto placer como escribir ciertos textos, y que encontrar algunas ilustraciones especiales ha sido una vez más el gran juego de azar de los dos Julios, siempre cómplices en estos desafueros. ¿Sabés lo que me gustaría hacer algún día? Una fotonovela. Hacerla a mi manera, digamos como *62*, pero en fotonovela. Estoy seguro de que la alianza de las imágenes y el texto darían mucho de lo que esa alianza da en el cine cuando la operan un Resnais o un Godard. Y para volver a tu pregunta sobre el contenido, en *Último round* hay un "Homenaje a Alain Resnais" que se puede leer permutatoriamente, lo que modifica cada vez el sentido al mismo tiempo que conserva el clima inicial de *L'année dernière à Marienbad*. Hay también una despedida a Teodoro W. Adorno, que se ha convertido al catolicismo; hay varios cuentos, largos y cortos, hay una especie de diario de un día de vida en mi aldea provenzal de Saignon. Hay una defensa de Salvador Dalí (¡oh!); hay un examen general de los problemas del erotismo en la expresión literaria latinoamericana; hay un ensayo sobre el cuento breve y sus alrededores, cuestión que me sigue preocupando y sobre la cual no se ha escrito gran cosa. ¿Te bastan esos botones, o necesitás todo el costurero?

(1969)

Estamos como queremos o los monstruos en acción*

No es la primera vez que lo hacen, y me temo que no será la última, malditos sean. Estoy leyendo la correspondencia cotidiana como me gusta, solo y fumando, y a veces miro la casa de enfrente donde numerosas palomas se pasean con las manos en la espalda como las vio Jean Cocteau, pero capaces de inventar unos ballets amorosos que nos estarían vedados a los humanos en tan incómoda posición. Justo al final de la pirámide postal encuentro una carta de Eduardo Galeano y otra de Vogelius, y en el preciso instante en que me entero de que quisieran una entrevista para *Crisis* zas el timbre y son los monstruos una vez más, enfundados en sobretodos como para cruzar a pie el estrecho de Bering y ese aire de suficiencia que les conozco demasiado.

Imposible negarles el café y el coñac que reclama la intemperie, con lo cual Calac se instala en el mejor sillón y empieza a mirar mis discos mientras Polanco elige los libros que se va a llevar como de costumbre sin la menor intención de devolverlos. Es fatal que la entrevista me la harán ellos y que yo me someteré con inútiles gruñidos, máxime cuando Polanco ha empezado de entrada a tomarme el pelo después de alcanzarme la fotocopia de una reseña sobre un libro mío publicado en Detroit, Michigan.

—Che ñato —dice Polanco sirviéndose un segundo coñac de tamaño natural—, ahora resulta que además de argentino es francés, éste, es el internacionalismo pagado por alguien, no me vas a negar.

—No le revolvás el facón en la buseca —aconseja Calac que parece decidido a elegir entre quince y diecisiete discos de

* *Crisis*, Buenos Aires, n.º 11, marzo de 1974.

446

excelente música barroca— ya bastante lo escorcharon cuando estuvo en la Argentina y a cada momento venían a explicarle que al fin y al cabo el harakiri dolía menos que la vergüenza y que en el peor de los casos siempre estaban las pastillas o los pasos a nivel.

—Bah, eso no es nada —digo yo—, cada vez que me enarbolaban la enseña que Belgrano nos legó se vino a descubrir al cabo de cinco minutos que los muchachos simplemente no conocían el principio de la doble nacionalidad y que se quedaban más bien confusos, la prueba es que terminábamos siempre como ustedes y yo ahora, con la diferencia de que eran ellos los que pagaban el café y la caña seca.

—Hace alusiones insidiosas —le dice Polanco a Calac.

—Como si uno pretendiera quedarse a almorzar —dice Calac—, y eso que ya más o menos vendría a ser la hora.

—Ha perdido toda originalidad, te das cuenta. En vez de invitarnos derecho viejo, pensar que le trajimos el recorte yanqui sacrificando nuestros propios archivos, che.

—¿Vos por qué decís che? —pregunta inesperadamente Calac—. Justamente a éste otra de las cosas que le reprocharon cuando su último libro es que el che ya casi no se emplea y él en cambio dale que va. En esa forma le estimulás los atrasos lexicográficos, hermano, al final es un amigo, qué tanto, aunque esté en pie lo del almuerzo y esas cosas.

—Bah, si se trata de criticarme, lo del recorte es otro golpe bajo —les digo—. De lo que deberían convencerme ustedes es que el empleo de recortes revela el agotamiento de la capacidad creadora, y en cambio ya me han dejado poner uno de entrada en la entrevista.

—Resuella por la herida —le dice Calac a Polanco—, desde que le enseñamos esa señera reseña preñada de saña que sobre el *Libro de Manuel* le hizo en *Clarín* una nena que ya no me acuerdo.

—Yo sí —dice Polanco con sádica satisfacción—, y qué te cuento del pesto, madre querida. De los recortes le dijo que estaban pegados en forma desmañada, te juro que (*sic*), mirá en tu colección el ejemplar del 9/8/73.

—Y eso —digo yo— que los pegué con esa goma que huele tan rico a almendras amargas, olor que sin duda deben tener los pelícanos a juzgar por la etiqueta. La nena, como irrespetuosamente la definís vos, se llama Alicia Dujovne Ortiz, aunque andá a saber por qué una revolucionaria tan vehemente usa doble apellido, y se pasó tres columnas dándome consejos, el más importante de los cuales es que me vuelva a mi cuarto y a mi identidad pequeñoburguesa de "hombre de letras", puesto que jamás tomaré el fusil (*sic*). En esto no se equivocó, porque ni a mí ni a un montón de escritores se nos ha ocurrido que nuestros libros sólo pueden ser útiles si primero "nos agarramos a balazos con el imperialismo". La cosa ya es tan obvia que cansa repetirla, pero te voy a decir que como conozco excelentes poemas de esa chica (y me divierte que los haya publicado nada menos que en una editorial que se llama Rayuela), me da un poco de pena que siga pasando un disco tan escuchado. ¿No me creés, vos? Mirá este pasaje que voy a tratar de pegar de la manera menos desmañada posible para que Alicia no se enoje de nuevo.

—Mirá —dice Calac, más bien cabrero—, a mí tu libro no me pareció gran cosa, pero de ahí a llevar el masoquismo hasta el punto de dar a leer por segunda vez un ataque de tantos megatones, haceme un poco el favor. ¿Somos argentinos o qué?

—En fin —alcanzo a insertar—, que conste de paso que no estoy polemizando concretamente con Alicia, sino que a través de ella apunto a la legión de aristarcos más bien baratieri que en vez de marcar sus propios goles se van a la tribuna a tirarles botellas a los jugadores que no hacen lo que ellos mandan.

—A lo mejor tiene razón —dice Polanco que siempre se pone de mi lado cuando me la arriman demasiado—. Es bastante insólito que en nuestros pagos un tipo no tenga úlcera ni se precipite al analista porque el presbítero Mujica, un tal Revol o esa nena lo sacuden contra las cuerdas. O elogios o silencios: ésa es la regla de oro.

—En el fondo es un vivo —resume Calac—. Saca a relucir ataques para contragolpear con la ventaja del que pega último, por escrito se entiende. Claro que la culpa la tenés vos, porque ésta no es una manera de hacerle una entrevista.

—¿Yo? —brama Polanco—. Fuiste vos el que empezó con lo del pasaporte, yo venía dispuesto a preguntarle después del almuerzo cosas tales como si los últimos escritos de Ronald Barthes repercuten en su traspasamiento espiritual o en su semiótica más estructurada.

—Mi respuesta es muy sencilla —digo—. No hay nada para almorzar.

—Ya ves —protesta Calac—, hay que hacerle preguntas fáciles y en una de ésas quién te dice que saca los sándwichs. Yo por ejemplo le quería preguntar así nomás, blandito y sin forzar el ritmo del combate, cuáles son, maestro, sus actividades del momento. ¿Puede saberse sin indiscreción si prepara algo?

—Un libro de cuentos.

—¿Otro más? —dice Polanco con delicadeza.

—Sí. Se llama *Octaedro* y va a salir muy pronto.

—Qué bien —me felicita el desgraciado de Calac—. ¿Y puedo preguntar si esos cuentos continúan, vamos a decir así, la línea?

—¿Cuál línea? Ah, ya veo. No, son más bien cuentos fantásticos, de "una tersa escritura sabiamente burguesa que alcanzan el máximo nivel de lo correcto que suena a perfección, etcétera"; para el final de la descripción de mi estímulo mirá la reseña de que hablábamos.

—Te voy a decir una cosa —produce Polanco—. Lo fantástico ha dejado de interesar en América Latina, la realidad supera de tal modo a la ficción que tus cuentos van a caer como sopa fría. Ahora nosotros estamos en el testimonio, che, en las aportaciones al proceso geopolítico, somos los hijos de Sánchez. Ya es tiempo de que te enteres que el conde Drácula anda de capa caída, cosa que no le gusta ni medio a un vampiro porque pierde la pinta.

—A propósito de ficción me permito recordarte un libro llamado *Cien años de soledad*, del que se vendió un millón de ejemplares —digo astutamente—. Una cosa es rechazar lo imaginario o lo fantástico si se sospecha que encubre un escapismo fácil, y otra rechazarlo por sí mismo, cosa que afortunadamente está lejos de suceder en nuestros países. Estos cuentos de que te hablaba no tienen nada de escapistas; siguen buscando a su manera algunas raíces del bicho humano que creo inseparables de toda forma de conciencia revolucionaria en la medida en que se oponen a los estereotipos fáciles, a las ideas recibidas, a todos esos itinerarios sobre rieles de viejísimos, caducos sistemas. Mirá, si alguien admira la tarea que está llevando a cabo gente como un Rodolfo Walsh en la Argentina soy yo, che (dale con el "che", que ya no se usa); pero como conozco un poco a Rodolfo sé muy bien que cualquier trabajo imaginario que no sea un ejercicio de fuga cómoda le parecería tan necesario en una perspectiva revolucionaria como *Operación Masacre*. Y eso, que Walsh entiende tan bien, no quieren entenderlo los que en el fondo le tienen miedo a su propio inconsciente y prefieren prenderse con las manos del "contenidismo", el "compromiso" y otras comodidades a mano. Nadie se cree más comprometido que yo en lo que hago, pero como dijo alguien de *El escarabajo de oro*, hay más de cuatro comprometidos que harían mejor en casarse de una buena vez.

—Se largó —le informa Polanco a Calac que haciéndose el inocente maniobra las palancas de un grabador de bolsillo y pretende disimularlo detrás de la botella de coñac.

—De todos modos —dice Calac—, según muchos críticos sesudos, la cuota de fantástico, de lúcido o de humorístico en tu *Libro de Manuel* actuó en contra de las intenciones que según vos eran buenas.

—Aunque no te niego la tentación de pegar aquí mismo cuarenta y cinco recortes que prueban otra cosa, me limitaré a decirte que sólo a los contrarrevolucionarios de la revolución se les paran los pelos apenas alguien toca estos temas sin el pathos que requieren sus apolilladas preceptivas literarias y políticas: no sólo hay pobres de solemnidad sino revolucionarios de solemnidad, que son precisamente contrarrevolucionarios que se ignoran y que se destaparán el arito apenas agarren la manija como se ha visto en tantos lados. Por suerte los creo en minoría, aunque tiendan a aglomerarse en el nivel de la crítica periodística, extraño producto en el que la suma de los dos factores tiende casi siempre al cero.

—Observa cómo nos veja —dice Polanco.

—Es que me aburren, che.

—Vos dirás lo que quieras, pero cada vez se piensa más que lo fantástico puro huele a raje —dice Polanco que ha verificado la extinción del coñac y se venga como puede.

—Se puede rajar en muchas direcciones, viejo, y la fuga hacia adelante es casi siempre la mejor manera de salir del pozo. Te voy a contar una historia fantástica que empieza en Santiago de Chile. Fijate de paso que soy yo el que cita a Chile, porque ustedes hasta ahora parecen ignorar lo que pasa por ese lado, y eso que toda entrevista a un escritor latinoamericano debería partir de ahí aunque muchos argentinos pretendan que sus problemas son más importantes.

—Nadie pretende eso —dice Calac.

—Sí, y todos los días, y no solamente en lo que toca a Chile sino que se llega a una tal inconsciencia del contexto continental que un señor que se llama Ricardo Otero y que es ministro de Trabajo ha podido decir en un discurso que el Che Guevara era un renegado (*sic*), ahí tenés el recorte de *La Opinión* del 16/12/73. Yo seré un poeta ignorante de toda política, pero la frialdad de tantos argentinos con respecto a la Revolución Cubana me parece no solamente suicida sino estúpida. En fin, dejame que te cuente la historia fantástica; empezó en casa de Salvador Allende una noche de febrero del año pasado. Éramos unos pocos, y entre ellos un viejito mexicano cuyo nombre no retuve y que apenas terminadas las presentaciones me dijo que aunque no era versado en letras había seguido con mucho interés una entrevista que me habían hecho en la tevé de su país. Le hice notar que se confundía pues jamás había aparecido en esas pantallitas hogareñas que como viejo y del modo que soy, me producen espanto. Insistió en su afirmación, sosteniendo que había visto una larga entrevista hecha por una muchacha de cabellos rubios, y que le había gustado mi manera de contestar las preguntas, aparte de mi manera de pronunciar las erres, etcétera. A riesgo de crear una situación incómoda tuve que reiterar mi negativa, y como éramos gente educada buscamos la salida por el lado de los sosías y de los dobles, nos reímos un rato y pasamos a otra cosa.

—Si le suprimís los dobles se desinfla como un globito —dice Polanco.

—Esperá mientras te saco otra botella, porque ustedes dos están al borde de la deshidratación —les digo compadecido—. Hace apenas dos meses, en París, la mujer de Carlos Fuentes me pidió una entrevista para la televisión de su país. Como creo que una de mis obligaciones es la de hacer todo lo posible para ayudar a desenmascarar a la Junta que tiene muchos más partidarios de los que ustedes se imaginan, acepté con la condición de hablar sobre Chile, y así lo hice. Filmaron la entrevista en casa de Fuentes y yo conté mi último encuentro con Pablo Neruda en Isla Negra, hablé del proceso chileno y de mis diálogos con Allende, y sólo mucho más tarde, mientras me volvía a mi casa, me di conscientemente cuenta de que la entrevista me la había hecho una muchacha de cabellos rubios.

—De donde se sigue que el señor de aquella noche había visto en febrero un equivalente de lo que vos hiciste ocho meses después. Supongo que ese cuento figura en tu nuevo libro, claro.

—No, estoy acostumbrado a que me pasen cosas así y me aburriría aprovecharlas literariamente. ¿Querés que te cuente otra historia fantástica?

—Madre querida —dice Polanco.

—Ésta es más bien al revés. Yo empecé por escribir un cuento hace muchos años, y el otro día recibí una carta de uno de sus personajes, un tal John Howell. Aquí tenés el encabezamiento, le podés escribir si no me creés.

—Tradúcela —manda Calac—, desde hace un tiempo el inglés se me mezcla con el sánscrito y otras lenguas antiguas en las que estoy sumido.

—Más bien te la resumo, porque si no Galeano se va a enojar por el papel que le traigo a *Crisis*. La carta consta de cuatro puntos. En el primero se dice que la persona en cuestión estuvo poco antes en París y que como hace años le gustan mis libros, aprovechó para comprar y leer *Rayuela* y los cuentos que se desarrollan en esta ciudad. A su vuelta a Nueva York leyó por casualidad una reseña de *Todos los fuegos el fuego* que acababa de publicarse en inglés, y se enteró de que contenía un cuento titulado *Instructions for John Howell*. Como segunda cosa apunta que hace rato que trabaja en un libro muy extenso, en el que la palabra "Instrucciones" tiene una resonancia especial para él. En tercer lugar, te acordarás de que el narrador de mi cuento va a un teatro donde lo inducen a improvisar un papel, el de "John Howell". Mi corresponsal visitó el año pasado a un amigo que dirige un teatro en Nueva York, y aunque jamás había trabajado como actor, aceptó participar en una obra que su amigo tenía planeada y que él podía ayudarle a completar desde el punto de vista del personaje: así fue, y John Howell apareció durante tres meses en escena. El último punto de la carta es que mientras estaba en París, Howell empezó a escribir un cuento que de alguna manera tendía a reflejarme a mí dentro del contexto de la ciudad. Por eso decidió proceder sin rodeos, y el personaje de su cuento terminó llamándose como yo y siendo yo mismo. Por supuesto, Howell termina su mensaje confiándome su perplejidad, su sentimiento de lo que él llama "una ficción ampliada", y también "una magia estructural que de alguna manera se prolonga desde los libros a la vida".

—En realidad —le dice Calac a Polanco—, nosotros no vinimos a preguntarle esta clase de cosas, vos fijate cómo se va colocando en el terreno que más le conviene, es el Archie Moore de la labia.

—Me gusta la imagen —le digo—. ¿Ustedes querían hablar de boxeo o era solamente una alusión? Cuando estuve en Buenos Aires, los muchachos de *El Gráfico* me invitaron a ver pelear a Castellani, y yo les escribí una opinión más bien fría de su performance. ¿Qué tal anduvo el muchacho desde entonces?

—Las preguntas las hacemos nosotros —dice Polanco—, pero para darte el gusto podés contarnos qué te pareció Monzón frente a Bouttier.

—No pude ir porque estaba con sinusitis.

—Mirá los nombres que tienen sus rebusques —dice Polanco a quien de cuando en cuando hay que dejarle hacer un mal chiste.

—Pero la vi enterita en la televisión y te diré que algo no andaba en Monzón, ganó como quiso, claro, pero no estaba frente a Tony Mundine ni a José Nápoles. Si al final se hace la pelea con Nápoles, ojalá que el dicho famoso no se le aplique a Carlitos, lo deseo de todo corazón.

—No es necesario que te arrodilles ni llores —dice Calac conmovido—. Todo el mundo empezando por Monzón sabe que sos un hincha de veras, y ya vas a ver que el pibe se porta. Pasemos a otros deportes: ¿Qué libros te han gustado en esta temporada?

—Gran parte de los que me está afanando Polanco —digo más bien hosco—, o sea ése, ése y sobre todo aquel de ahí.

—En efecto —dice Calac a quien jamás lo agarré desprevenido—, son excelentes, sobre todo ése y ése. ¿Y qué viste en el cine últimamente?

—Malas películas que a mí me parecen buenas, y viceversa. Casi me han golpeado por decir que *Gritos y susurros* no valía el gran Bergman de otros tiempos, y que en cambio una película erótica holandesa llamada *Turkish Delights*, que empieza de una manera perfectamente asquerosa, va mostrando una segunda intención que la agranda y la hermosea. Qué querés, sigo prefiriendo cosas marginales a las grandes máquinas tipo *Doctor Zhivago* y *Odisea del espacio*, aunque hay que decir que en ésta la parte de los monos al principio era para llorar de risa, cosa que no abunda en estos tiempos pinochescos.

—¿Y *El último tango en París*? —dice Calac como haciéndose el idiota.

—Ah, esto es un caso especial porque me toca un poco personalmente. Uno de los primeros lectores del *Libro de Manuel* me hizo notar diversas y curiosas simetrías (sin hablar de la última, escandalosa y boca abajo) entre el libro y la película, digamos entre Bertolucci y yo. Como se trataba de un crítico profesional, cayó rápidamente en la trampa de las "influencias" sin las cuales estos muchachos andan medio perdidos, y pensó que la

454

película había marcado la conducta de mis personajes. Pero aparte de que ese tango se tocó en París mucho después de terminado el libro, y que Bertolucci y yo no nos hemos visto nunca, las simetrías me parecen curiosas y significativas; una vez más siento como una figura, una red que de alguna manera nos incluye a los dos. ¿Te fijaste que la acción de la película empieza en la calle Julio Verne, que el protagonista es un americano en París, que la chica es una burguesita, que el héroe y el amante de su difunta mujer son quizá la misma persona y su doble?

—Al final no nos invitó a almorzar —dice Polanco recogiendo los libros después de una última selección que consiste en agregar siete u ocho.

Ya están en la puerta llevándose gran parte de mis pertenencias, cuando Calac me larga una mirada al bies y me pregunta:

—¿Y cómo anda el *boom*, maestro?

—Mejor que nunca —le digo satisfecho de que al fin me hagan una de las grandes preguntas del día—. Nos hemos organizado de la manera más perfecta, partiendo del principio general de llevar a la práctica las fábulas que a lo largo de estos años urdieron esos intelectuales que tanto se preocupan del porvenir de los demás. Esto no lo publiquen: nos reunimos cada tres meses en hoteles de superlujo, eligiendo cada vez una ciudad diferente en la que podamos organizar nuestras orgías sin llamar la atención. García Márquez, Fuentes, Vargas Llosa, Asturias, Carpentier y yo (generosamente aceptamos de cuando en cuando a dos o tres más, cuyos nombres me callo para no herir a otros postulantes) discutimos la situación con nuestro gerente general, que nos fue recomendado por Lucky Luciano *himself* y que tiene certificados de Onassis y de Spiro Agnew. Nuestras acciones están dando dividendos satisfactorios; Feisal nos consulta para lo del petróleo, hemos comprado tierras y propiedades en todas partes, y de cuando en cuando donamos algún premio o algunos derechos de autor por aquello del qué dirán. Yo he agregado otros cinco pisos y dos ascensores a mi suntuosa residencia de verano en Saignon que, como se sabe, no es más que una manera de disimular que de allí estoy a un paso de mi yate en Marsella, que me lleva hasta el castillo que tengo en el sur de Italia y en el cual guardo secuestrada a una chica de quince años (algunos sostienen que es un chico, y me parece bien mantener el suspenso). Con eso y la salud, ya te darás cuenta.

—Nos arruinó el almuerzo —dice Polanco.

—Son mentiras pero lo mismo te alteran el jugo gástrico —murmura Calac—. En realidad antes de retirarnos tendríamos que haberle preguntado qué piensa de la situación nacional, ¿no te parece?

—Hum —dice Polanco, y me mira despacito.

—El error —digo yo sabiamente— es hablar de situación, palabra que da una idea de emplazamiento fijo, de cosa más o menos definida, situada, cuando por lo visto en la Argentina todo se desplaza, vira, tantea dentro de un panorama cada vez más moviente y complejo. Si este vocabulario les gusta, agregaré que el optimismo crítico que tantas veces marcó mis opiniones cuando estuve por allá en la época de las elecciones presidenciales, no se ha modificado en lo esencial, aunque el componente crítico tienda a tener mucho más a raya un optimismo que resultó prematuro. En ese entonces creí (y mi fe en lo mejor del pueblo sigue siendo inquebrantable) que el proceso se iba a acelerar rápidamente en la dirección que ustedes saben: conmigo lo creyó también una cantidad de gente que hoy se ve obligada a un duro compás de espera y que incluso sigue en la obligación de apoyar un estado de cosas que ha de resultarle bien amargo. ¿Pero qué significa, en la historia como en la música, un compás de espera, sino esa tensión que duplicará luego la fuerza del avance de la melodía? Ya ves, no puedo pensar lo histórico sin imaginarlo en términos estéticos, es evidente que Pitágoras no ha muerto. Me acuerdo ahora de que en ese cuento mío que se llama "Reunión", el Che sentía que un determinado cuarteto de Mozart contenía el dibujo de sus ideales y sus esperanzas. Y a propósito, supongo que saben que la Junta chilena me quemó un librito de bolsillo que incluía "Reunión" entre otros relatos y que se iba a vender en los quioscos por unos centavos, como parte del formidable trabajo que estaba cumpliendo el gobierno en el plano de la cultura popular.

Cuando leí que también los libros de Jack London habían caído en la hoguera me quedé estupefacto, pero después me acordé que mi cuento tiene un epígrafe de *La sierra y el llano* en el que el Che piensa en un personaje de London, y deduje que entre él y yo lo arrastramos a las llamas al pobre Jack, vos fijate las atrocidades de que es capaz la pérfida literatura marxista.

—Empieza a perder el aliento —dice Calac—, vámonos antes de que cierren los boliches.

—No dijo gran cosa —observa Polanco—, y en cambio nos da todas estas fotos para llenar los penosos huecos de su pensamiento.

—Me las pidió Galeano, che.

—¿Te pidió una con un hipopótamo en los brazos?

—Hipopótamo tu abuela. Es mi cronopio más querido, completamente verde y lleno de inteligencia. Entérense de que en Estocolmo hay un grupo de españoles de izquierda que hace más de diez años fundaron un Club de los Cronopios; nunca he podido ir a verlos pero no importa porque lo mismo estamos juntos, cosa que muchos no comprenden si no te ven la cara todos los días. Cuando Pablo Neruda volvió de recibir el Premio Nobel, me contó que los del Club le regalaron un cronopio de felpa roja, que él guardaba con cariño y que naturalmente le habrán quemado en Chile. Unos días después me llegó un paquete postal, con un cronopio verde; creo que comprenderán ahora por qué lo tengo en los brazos, por qué lo guardaré siempre conmigo, y comprenderán también este texto de Pablo que nació de una hoja de libreta, se agrandó hasta dar un póster del Club, y volverá a reducirse para que *Crisis* pueda mostrarlo.

—En fin —dice Calac—, las cosas más interesantes las venís a eruptar cuando ya estamos en la escalera.

—Aprendan a hacer entrevistas, qué joder. Les podría decir muchas otras cosas, pero no falta gente que las está gritando desde los cuatro rincones del planeta y no hace tanta falta que yo las repita. Tomá, por ejemplo, llevate esta página de *La Opinión* del 2 de enero, donde Miguel Cabezas cuenta la forma en que los militares chilenos mutilaron y asesinaron a Víctor Jara. Ya sé, ni ustedes ni yo podemos echar abajo a la Junta; pero en cambio podemos luchar contra el olvido fácil, la vuelta de hoja de todo lector de la historia. ¿No les ha llamado la atención que de todos los que escriben en pro o en contra de mi *Libro de Manuel*, NINGUNO se ha referido concretamente a las muchas páginas finales donde, en columnas paralelas, se detalla el horror de las torturas en la Argentina y en Vietnam? Dan ganas de elegir entre varias hipótesis: *1)* Que poco les importa puesto que no les tocó a ellos; *2)* Que los jode que yo haya equiparado a los torturadores argentinos y a los yanquis, mostrando que no hay ninguna diferencia esencial; *3)* Que los archijode que les jabonen el piso literario con evidencias históricas o, viceversa, que les jabonen la historia con una novela que no niega su condición de tal. Elijan nomás, yo pienso en Víctor Jara, en el caso Garretón, en tanto de lo que sigue pasando en casa y fuera de ella. Aquí, en todo caso, estamos haciendo lo posible para que en Europa se siga con la vista fija en Chile; sólo así se irán dando las condiciones para poder terminar en un día no lejano con esa ralea de asesinos y de fascistas. Ya ves, el póster de Pablo no era una fantasía de poeta. Detrás de su liviana broma estaba latiendo la premonición de lo que iba a suceder muy poco después: los dogmáticos, los siniestros, los acurrucados, los implacables. Claro que no quisiera que tomen frío en la escalera, de modo que buen provecho y todas esas cosas.

Como ya lo hiciera otra vez, Julio Cortázar se deja entrevistar por dos de sus compatriotas...

Como ya lo hiciera otra vez, Julio Cortázar se deja entrevistar por dos de sus compatriotas, imaginarios en la medida en que él los inventó en su novela 62. Modelo para armar, *pero muy reales a la hora de ir a pedirle cuentas y fastidiarlo en todas las formas posibles. Su encuentro es siempre tormentoso, como se verá enseguida. Acaso, también, útil.*

Este reportaje ocurrió en vísperas de la publicación de Vampiros multinacionales, *que Cortázar califica de "utopía irrealizable", y que tiene por protagonista nada menos que a Fantomas el justiciero. He aquí el resultado de tan extraños encuentros en la imaginación y en la vida.*

Llegada de los tártaros pampeanos

Está escrito —y cómo, malditos sean— que jamás podré escapar a la persecución a la vez irónica y sádica de Calac y de Polanco. Es bien sabido que en el drama de Luigi Pirandello, seis personajes andan en busca de un autor; en mi caso es mucho más grave pues aunque son solamente dos, no sólo han encontrado a su autor sino que se lo hacen sentir minuciosamente, como ahora que vuelven a subir las trabajosas escaleras que llevan a mi departamento y apoyan el dedo en el timbre con ese aire definitivo que haría caer cualquier muralla de Jericó después de tres minutos de silenciosa resistencia del pobre sitiado.

—Te venimos a ver —me informan los tártaros pampeanos, como si no estuviera lo suficientemente claro— porque nos anoticiaron de un nuevo libro que parece vas a sacar en México, pobre gente, y eso siempre nos apena un poco.

—En realidad... —intento decir mientras retrocedo en el pasillo.

—Vos no te preocupés —concede magnánimo Polanco—, no queremos molestarte en tu trabajo, de modo que el whisky y el hielo lo serviremos nosotros mientras vos abrís una lata de paté o algo así para acompañar.

—Estoy leyendo unos ensayos sumamente filosóficos —digo desde mi última barricada—, y en realidad ustedes me caen más bien mal.

—Guardaremos gran silencio —promete Calac— hasta que acabes el capítulo empezado.

Como tantas otras veces, no me queda más remedio que dejarlos organizar el aperitivo, apoderarse de mis últimos puros y de los dos mejores sillones donde se desparraman con el mismo aire de triunfo que debió tener Alejandro Magno cuando se sentó en el trono de Darío. Hay un prolongado rumor de masticación y tintineo de hielo, mientras el salón se va llenando de un humo que mis buenos pesos me cuesta.

—Se rumorea en los medios cultos —dice Polanco— que tu nuevo libro es heterodoxo, anfibio, ilustrado y en colores.

—No es un libro —le hago notar—, sino una simple historieta, eso que llaman tiras cómicas o muñequitos, con algunos modestos agregados de mi parte.

—¿Así que ahora dibujás y todo?

—No, los dibujos los saqué de una historieta de Fantomas.

—Un robo, entonces, como de costumbre.

—No señor, en esa historieta Fantomas se ocupaba de mí, y en ésta yo me ocupo de Fantomas.

—Digamos una especie de plagio.

—Tampoco, che. Con que me dejen abrir la boca dos minutos, les explico la cosa.

—Serví otro trago y pasame el paté —ordena Calac a Polanco—. Ya lo conocés cuando se larga, tenemos que estar bien avituallados.

De cómo una primera historieta desencadenó una segunda

—Esta pequeña aventura —explico— la pusieron en marcha amigos mexicanos al enviarme un número de las aventuras de Fantomas titulado *La inteligencia en llamas*. Muy sintéticamente: un enemigo desconocido empieza a atacar los libros con ayuda de un arma infalible que incendia las más importantes bibliotecas públicas del mundo y hace desaparecer poco a poco los volúmenes de las colecciones privadas; de la noche a la mañana nos quedamos sin los clásicos, sin la Biblia, sin novelas ni poemas, y…

—¿Tus obras también? —pregunta Polanco con aire de inocencia, mientras Calac se ahoga de risa detrás de una tostada.

—Las mías y las de Mongo Aurelio —digo enfurecido—. Es entonces cuando Fantomas, mucho más culto que ustedes dos, consulta el parecer de sus amigos escritores, entre otros Susan Sontag, Octavio Paz, Alberto Moravia y el que tiene el desagrado de estar hablándoles. Los cuatro aparecen dibujados en diversos domicilios y actitudes, y desde luego piden a Fantomas que les saque las castañas del fuego porque además de quemarles las bibliotecas los han amenazado de muerte si siguen escribiendo.

—Te diré que más de cuatro… —empieza Calac.

—No lo ofendas —sugiere Polanco.

—En vista de todo eso —digo yo haciéndome lo que probablemente soy—, Fantomas saca pecho y en pocos días encuentra al monstruo que detestaba la cultura, un tal Steiner, y acaba con él. Colorín colorado, fin de la historieta mexicana y principio de la mía.

—Madre querida —dice Calac—. En fin, ya que te preguntamos…

—Les diré que al principio me limité a divertirme porque después de tantos años de ser espectador de diversas tiras cómicas que van desde *Barbarella* a *Mafalda*, pasando por *El llanero solitario* y otras veinte o treinta, me resultaba bastante asombroso verme reflejado en un diminuto espejo de papel de colores, y convertido en actor para mí mismo. Lo primero que me pregunté fueron las razones por las cuales Fantomas me había elegido entre sus asesores intelectuales. Ninguna duda sobre Susan Sontag, por ejemplo, pues a ella todos la elegiríamos en las más diversas circunstancias. Terminé pensando que Fantomas me estimaba por motivos que me conmueven: Robert Desnos, por ejemplo, que...

—Ya empezó el catálogo —dijo Polanco.

—...que escribió una célebre *Complainte de Fantomas* que siempre me he sabido de memoria, cosa que su héroe no podía ignorar. Y también porque Fantomas, que había empezado como un horrendo criminal, ha terminado en justiciero solitario y sabe que por mi parte yo empecé como un horrendo indiferente y he terminado en no sé qué exactamente pero en todo caso en alguien que tiene sed de justicia cada vez que abre el diario y ve lo que pasa en el mundo.

—Abreviá —mandó Polanco—, no estamos para detalles autobiográficos.

Donde obedezco y abrevio

El resultado es que al terminar la historieta me quedé pensando un buen rato ("Cuesta creerle", dice Calac al oído de Polanco), y sentí que Fantomas, con toda su inteligencia y energía, se había equivocado en la historieta de los libros quemados. Me pareció que resultaba demasiado fácil atribuir ese bibliocidio en gran escala a un mero demente, y que fuerzas disimuladas habían debido poner a Fantomas sobre una pista falsa, o en todo caso incompleta. Casi simultáneamente me dije que mi deber era acudir en su ayuda y explicarle lo que me parecía la verdad. ¿Pero cómo hacerlo? ¿Cómo llegar hasta Fantomas? La respuesta era obvia: por medio de otra historieta, puesto que era el único terreno común entre él y yo.

—¿Y se puede saber lo que tenías que explicarle?

—Mirá, en esos mismos días yo volvía de una de las reuniones del Tribunal Bertrand Russell, donde durante una semana se habían presentado las pruebas irrefutables (y por desgracia mal conocidas por nuestros pueblos latinoamericanos) de la siniestra intervención de las sociedades multinacionales en la libertad y la economía de muchos de nuestros países. Bastaba sumar dos más dos para sentir que el ataque contra nuestros valores propios, nuestra manera de ser y de pensar, nuestra educación y nuestra cultura, no se explicaba tan simplemente como creía el pobre Fantomas, y que en vez de un loco armado de un rayo láser había una enorme cantidad de cerebros nada locos y armados de cosas todavía más mortíferas, sobre todo esa que llaman dólar y que parece tan mansita.

—Bah, el dólar —dijo Polanco—. Cualquiera sabe que se está marchitando cual tulipán mal regado.

—Eso te creés vos. En todo caso Fantomas no parecía haberse dado cuenta de que el enemigo no era míster Steiner, el loco del láser, sino míster Imperialismo, y que ese enemigo lo había hecho caer en la trampa para poder seguir tan tranquilo su genocidio cultural, su corrupción en todos los planos de la inteligencia, su destrucción de nuestros valores nacionales por medio de armas mucho menos espectaculares que los rayos láser pero harto más eficaces.

—¿Y eso lo descubriste vos solito?

—De ninguna manera, cosas así las sabemos desde hace rato, pero no lo bastante como para derrotar al super-Steiner. En mi versión de la historieta, cuando me preguntan cómo se llaman los verdaderos criminales que el Tribunal Russell acaba de condenar moralmente en su reunión de Bruselas, la respuesta es ésta: "Se llaman de mil, de diez mil, de cien mil maneras, pero se llaman sobre todo ITT, sobre todo Nixon y Ford, sobre todo Henry Kissinger o CIA o DIA, sobre todo Pinochet o Banzer o López Rega, sobre todo general o coronel o tecnócrata o Fleury o Stroessner, se llaman de una manera tan especial que cada nombre significa millares de nombres, como la palabra hormiga significa siempre una multitud de hormigas aunque el diccionario la defina en singular".

—Al lado de éste no somos nada —dijo Polanco—, y Demóstenes tampoco.

—Ustedes se la buscaron, ñatos. En síntesis, la historieta de Fantomas es un símbolo del gran engaño que los expertos del imperialismo nos han puesto por delante como una cortina de humo. Igualito que en su tiempo la Alianza para el Progreso, o la OEA, o la reforma en vez de la revolución, o los bancos de fomento y desarrollo, no sé si hay uno o dieciocho, y tantas fundaciones dadoras de becas, y...

—Yo una vez casi me saqué una para estudiar las costumbres del batracio —dijo soñadoramente Calac.

—Siempre fuiste muy rana —lo elogió Polanco.

—Y ahora termino porque a ustedes se les va a hacer tarde. El final es también simbólico, puesto que Fantomas se entera de que le han estado tomando el pelo con Steiner y los rayos mortíferos, y se pesca una de esas broncas que al dibujante le cuesta sudor y lágrimas representar. Decidido a vengarse, sale como un cohete, y... Pero ustedes no tienen más que comprarse la historieta y ya verán lo que pasa.

—¿No lo vas a contar? —protestaron al mismo tiempo los tártaros pampeanos.

—No —dije yo, que adoro el laconismo aunque no siempre lo practique.

De cómo me quedé solo y tranquilo en mi casa

Profundamente ofendidos, Calac y Polanco procedieron a demostrarlo sirviéndose otro whisky hasta el borde y guardándose sendos puros en el bolsillo superior izquierdo del saco. Después se levantaron con relativa dignidad y, tomados del brazo por razones de equilibrio más que de amistad, me saludaron sin mayor interés y buscaron la salida en varias partes del departamento empezando por el cuarto de baño. Me permití no ofenderlos indicándoles el buen camino y al cabo de un rato se los oyó bajar la escalera; uno de ellos daba la impresión de hacerlo rodando, pero cada cual tiene su sistema propio de locomoción.

Yo me quedé un rato fumando y después me puse a estudiar los documentos para la próxima reunión del Tribunal

Russell. Había muchas cosas sobre el Tribunal Russell en mi historieta, pero Calac y Polanco se iban sin saberlas, parecidos en eso a tantos cientos de miles de latinoamericanos privados de buena información sobre las cosas que realmente importan. En sus reuniones de Roma y de Bruselas, el Tribunal había hecho lo posible para que sus conclusiones alcanzaran a todos los sectores del continente latinoamericano, pero eso no bastaba frente a los silencios cómplices, las mentiras y la indiferencia. Quizá, pensé con ese optimismo que provoca en mis amigos un considerable regocijo, la nueva aventura de Fantomas sirviera para mostrarles a algunos lo que tan imperiosamente se necesitaba saber en toda América Latina. Quizá fuese un pequeño paso hacia la verdad, hacia un mañana diferente. La suma de muchos pequeños pasos, pensé, es al fin y al cabo la única manera de avanzar por el camino de la historia.

Como Calac y Polanco ya no estaban ahí, pude imaginar todo eso con alguna esperanza, sin verles en la cara ese aire que yo mismo les inventé en mala hora y del que me arrepentiré hasta el fin de mis días.

(1975)

Entrevista ante un espejo

J.C. en el espejo.- Mirá, esta entrevista te la voy a hacer personalmente porque me he percatado de que cada vez que vas a Cuba, y ya son por lo menos trece, cifra que amo por razones mágicas, los sujetos que te entrevistan a la vuelta ya no se interesan demasiado por lo que hayas podido ver y vivir en la isla-caimancito, sino que de inmediato quieren saber qué pensás sobre el Cono Sur tanto en general como en particular, cosa que desde luego está muy bien y que vos satisfacés lo mejor posible, pero que al mismo tiempo me parece una especie de escamoteo sospechoso, de pecado por omisión, como si en estos tiempos Cuba hubiera dejado de ser noticia.

J.C. él mismo.- De acuerdo, y aquí me tenés dispuesto a contestarte, máxime cuando en Europa (sin hablar de los USA) hay mucha gente que entrevista o se hace entrevistar con el deliberado propósito de echarle barro a Cuba, sin que ni siquiera los propios cubanos les salgan al cruce. Ya ves que empiezo con una crítica; es una de las muchas que les hago cada vez que me aparezco por sus pagos, ya que me duelen ciertos silencios que parecerían darles la razón a los fabricantes de fábulas y calumnias. En muchas ocasiones Cuba no muestra su auténtica realidad tal como podría e incluso debería hacerlo, especialmente en la órbita capitalista donde un mejor conocimiento de su proceso de desarrollo en tantos planos sería positivo para todo el mundo, allá y acá.

JCEEE.- ¿Y por qué diablos no lo hace?
JCEM.- A veces por insularidad, supongo, a veces porque los cubanos se sienten tan seguros de su causa que no les parece necesario dar explicaciones; el hecho es que esto se traduce en una cierta pasividad por parte de los servicios culturales y de

prensa. Alguien me dijo una vez: "Sabemos que en este caso tenemos razón y no responderemos a las calumnias". "Muy bien", dije yo, "¿y cómo se va a enterar el hombre de la calle en París, Londres o Ginebra de que ustedes tienen razón?".

JCEEE.- ¿No será que a Cuba le faltan vías de comunicación en un mundo dominado por agencias de prensa de cuyo nombre no quiero acordarme?

JCEM.- Desde luego, pero entonces habría que inventar otros canales, porque si una revolución no inventa se estanca, y los cubanos han dado más que sobradas pruebas de inventiva en múltiples planos. Por ejemplo, a mí me sorprende que escritores y poetas cubanos muy conocidos, algunos de los cuales incursionan incluso en el periodismo, escriban casi exclusivamente para el consumo interno. Si dedicaran una parte de su trabajo con miras a su difusión en el exterior, tendríamos testimonios irrecusables del proceso revolucionario en diversos aspectos y niveles, y frente al prestigio de los firmantes no habría tantas dificultades para su difusión en libros, revistas y periódicos. Pero la verdad es que pocas veces se encuentra una firma cubana al pie de un escrito *para* el lector europeo y creo que esto es un error que se paga caro cada vez que surge una nueva ola de calumnias y de fábulas, porque éstas sí se dan en abundancia y casi siempre firmadas.

JCEEE.- Bueno, basta de protestas y contá lo que viste por allá.

JCEM.- Vi mucho de nuevo. Los cambios no sólo son perceptibles sino profundos, desde la base hasta lo más alto de la pirámide social, y conste que esa pirámide no tiene nada de egipcia. Por ejemplo, una de las mentiras básicas difundidas en el exterior consiste en afirmar que el avance del poder popular en Cuba es una comedia. Mirá, si todas las comedias fueran así, yo me abonaría por toda la vida al teatro donde las representan. La vigencia y la conciencia del poder popular se sienten cada vez más, y se las siente de una manera que los meros ideólogos no alcanzarían a reflejar exactamente. Eso es algo que hay que intuir en la calle, en las casas, en los cafés y en cualquier reunión o asamblea. Es algo que se refleja en las palabras, las actitudes y las conductas. Lo que sostuvo y multiplicó la fuerza de la revolución en sus primeros años fue el fervor y la confianza del pueblo en sus dirigentes; ahora, a esos impulsos primarios de la sangre y del instinto sucede poco a poco otro tipo de apoyo, el que nace de la reflexión, la discusión y la creciente capacidad para manifestar aceptaciones y discrepancias. Es fácil comprobar que los dirigentes no solamente tienen en cuenta esa concientización nacida de un largo y difícil proceso que ha ido desde la alfabetización hasta la institucionalización de los canales que permiten la expresión directa de la voz del pueblo, sino que continúan estimulándola y acrecentándola por todos los medios.

JCEEE.- Un ejemplo sería bienvenido después de ese chorro.
JCEM.- De acuerdo, le paso la palabra nada menos que a Raúl Castro en el discurso que pronunció en conmemoración del levantamiento del 30 de noviembre de 1956, y en el que después de criticar duramente las insuficiencias y los errores perceptibles tanto en el nivel de la dirigencia como en el de los obreros y empleados dijo: "A la crítica revolucionaria de las masas no debemos poner freno alguno sino estimularla. A veces se argumenta que no debemos hacer públicos nuestros defectos y nuestros errores porque de ese modo favorecemos a nuestros enemigos. Éste es un concepto enteramente falso. El no enfrentamiento valiente, decidido, abierto y franco a nuestros errores y deficiencias es lo que nos hace débiles y favorece a nuestros enemigos".

JCEEE.- ¿Y eso se cumple en la práctica?
JCEM.- Sí, porque el pueblo cubano tiene buena memoria y siempre está dispuesto a recordar aquellas directivas que favorecen su propia expresión y su propia crítica. El resultado de esta evidente apertura en el terreno intelectual y político, que abarca todos los niveles de expresión que van desde la literatura hasta las opiniones en cualquier asamblea, se comprueba

apenas entrás en contacto con la gente; y eso no se traduce solamente en opiniones sino en una actitud ante la vida y las cosas, una manera de enfrentar más confiadamente la realidad como algo que ya no funciona por interpósita persona sino que resulta del enfoque directo y cotidiano de los problemas y la posibilidad de buscarles solución.

JCEEE.- Adelante con los ejemplos, si los hay.

JCEM.- Para empezar te mostraré el reverso de la medalla, porque desde luego hay gente que se pega como rémora a los viejos módulos, y lo malo es que se trata de gente situada en un nivel en el que no se puede aducir falta de cultura ni de capacidad analítica. Mientras un Raúl Castro o un Armando Hart abren en este momento un amplio espacio crítico (porque ha llegado el momento para hacerlo y no por mera arbitrariedad, esto tenelo bien en cuenta frente a lo que te dirán los de la otra acera), ocurre que las rémoras se pegan a lo ya superado y pretenden mantener un estado de cosas que ya no corresponde para nada a las posibilidades actuales. Yo acabo de saberlo en carne propia, y nada menos que en el campo del periodismo que debería ser el primero en seguir y estimular esa corriente tan positiva. De un discurso que leí en la ceremonia de la constitución del jurado para el premio anual de la Casa de las Américas, los diarios suprimieron precisamente el pasaje donde yo celebraba la creciente apertura en el campo de la crítica constructiva. La rémora de turno creyó de su deber eliminar algo que le pareció disonante; como siempre la burocracia retarda con relación al presente.

JCEEE.- ¿Y lo positivo, entonces?

JCEM.- Como ejemplo inverso dentro de este mismo campo, la amplísima encuesta publicada por *Bohemia* en la que precisamente los periodistas expusieron en detalle sus críticas, sus inquietudes y sus criterios de renovación en el campo de los *mass media*. Pero acaso lo más importante es lo que se intuye en la experiencia diaria de la vida cubana. Hace diez años hablabas con la gente de la calle, con un ascensorista o un barrendero, y casi enseguida te salían las frases hechas, la repetición un poco mecánica de consignas, cosa inevitable en una etapa de concientización progresiva. Ahora se oye cada vez más hablar a la gente por sí misma, lo que no significa distancia con respecto a las consignas revolucionarias ni mucho menos, pero sí la capacidad de aplicarlas con más espontaneidad, yo diría que con mayor personalidad.

JCEEE.- Se nos acaba el papel. ¿Seguimos otro día?
JCEM.- Si querés, porque el tema da para mucho...

(1980)

POEMAS

La mosca

Te tendré que matar de nuevo.
Te maté tantas veces, en Casablanca, en Lima,
en Cristianía,
en Montparnasse, en una estancia del partido de Lobos,
en el burdel, en la cocina, sobre un peine,
en la oficina, en esta almohada
te tendré que matar de nuevo,
yo, con mi única vida.

La ciudad

El río baja por las costas
con su alternada indiferencia
y la ciudad lo considera
como una perra perezosa.

Ni amor, ni espera, ni el combate
del nadador contra la nada.
Con languidez de cortesana
mira a su río Buenos Aires.

El tiempo es ese gris compadre
pitando allí sin hacer nada.

Los días

*—Ánima bendita
me arrodillo en vos…*
Ronda infantil

Ánima bendita me arrodillo en el recuerdo,
en las pesadas cucharas con su inscripción en alemán,
en la pantalla a flecos verdes de la araña del comedor,
en el sabor que ya no tienen los huevos pasados por agua,
la sopa de fideos y las fuentes de choclos.
Me arrodillo en mi piecita de niño solo, en los altos,
con sus dos ventanas al miedo nocturno,
y en las grandes falenas de cuerpos afelpados
y ojos que lucían como piedras, fantasmas
de sobremesa amable, cuando empezaban los mosquitos
y nos frotábamos las piernas con citronela…

La casa de Banfield, palomar del recuerdo,
era en mis días los duraznos y el esplendor de las ciruelas
        remolacha,
con tanta agua corriendo en los canteros del jardín,
con tantas enramadas de tomates y glicinas.
Me acuerdo de las abejas, más grandes que estas de hoy,
con barrigas peludas, bebiendo en el charquito al pie de la canilla,
donde también bajaban las avispas temibles
a pisar barro, a sembrar pánicos de fábula.

La patria

Patria de lejos, mapa,
mapa de nunca.
Porque el ayer es nunca
y el mañana mañana.

Guardo un olor de trébol,
una calle con árboles,
un recuento de manos,
una luz sobre el río.

Patria, cartas que llegan
y otras que vuelven,
pájaros de papel
sobre el mapa volando.

Porque el ayer es nunca
y el mañana mañana.

Los días van

Para Dorita y Jorge, una noche de pintura
y canzonettas *en el Mediterráneo*
21/1/50

Los días van como las olas y los cantos,
su rubio viento y sus profundos verdes por las horas cambiantes.
En uno de ellos queda una bahía, en otro
un pánico de estrellas o delfines,
mientras un tiempo nuevo y sigiloso
con noches de distinto meridiano
filtra sus cuerdas pálidas por los compartimentos
y se mezcla en el vino que bebemos.
Un viaje, oh dulce pena en la raíz del cuerpo
que juega con sí mismo a ser igual, constante,
y a despertar distinto cada día, bajo cielos novísimos.

Mi sufrimiento doblado...

Y también no estar triste,
no crecer con las fuentes, no doblarse en los sauces.
Ancha es la luz para dos ojos, y el dolor danza
en los pechos que aceptan sin flaqueza sus fríos escarpines.
Y no decirte ni lejana ni perdida
para no darle razón al mar que te retiene.
Y elogiarte en la más perfecta soledad
a la hora en que tu nombre es la primera lumbre en mi ventana.

> *Benditos sean mis ojos*
> *porque tan alto miraron.*

Via Appia Antica

Las amistosas lagartijas de la Via Appia que no huyen a la mano,
que sólo evaden la caricia con finos movimientos de ajedrez,
treparán incansables por el espejo del tiempo
y sentiré sus patas delicadas andar por mis oídos.

Oh campo del pasado, fragor de tantas tumbas estropeadas
y que quisieran encender sus lámparas,
proclamar los honores y los fastos
que fueron Quinto, Marco, Rufo, los tributos,
las batallas perdidas y ganadas,
el esqueleto riente de los dados,
la recompensa o la venganza, los navíos del trigo, las calendas,
        el triunfo
de cortesanas y reciarios y habas verdes.

Pequeño vientre vegetal, la lagartija corre
sobre el polvo famoso, y lo devora
en sus formas compuestas: una mosca,
un fragmento de piel, un tallo leve
que apoya la raíz sobre la lengua
reseca de oradores, de estetas, de vanidosos generales.

(1953)

Blues for Maggie

Ya ves,
y yo sigo pensando en ti.
Canción de PABLO MILANES

Ya ves

nada es serio ni digno de que se tome en cuenta,
nos hicimos jugando todo el mal necesario

ya ves, no es una carta esto,

nos dimos esa miel de la noche, los bares,
el placer boca abajo, los cigarrillos turbios
cuando en el cielo raso tiembla la luz del alba,

ya ves,
y yo sigo pensando en ti,

no te escribo, de pronto miro el cielo, esa nube que pasa
y tú quizás allá en tu malecón mirarás una nube
y eso es mi carta, algo que corre indescifrable y lluvia.

Nos hicimos jugando todo el mal necesario,
el tiempo pone el resto, los oseznos
duermen junto a una ardilla deshojada.

Actividades varias

Le pusieron poco a poco el aparato.
Su resistencia era tan terrible que se necesitaban muchos para
    sujetarla,
mientras otros le ponían lentamente el aparato.
Al principio hubo escenas de horrible confusión,
pues su negativa se expresaba de la manera más violenta,
y el sudor empapaba hasta las paredes, los gritos cortaban el aire,
y era preciso renovarse de minuto en minuto para mantenerla
    inmóvil
mientras los encargados de colocar el aparato progresaban en su
    tarea.
Transcurrió un tiempo del que ya nadie tenía noticia,
expulsado de cada uno por un presente interminable.
La colocación del aparato no quedó terminada hasta el silencio,
y cuando todas las manos soltaron lo que sujetaban
nadie sintió siquiera la satisfacción de las obligaciones cumplidas.
Era solamente una necesidad de toallas, de algodones,
el imperio de objetos corrientemente despreciados,
y ni siquiera se hablaba o se miraba, como si el término de la tarea
fuese una nueva culpa, algo tirado en una cama,
pedazos de saliva en un jadeo.

Las buenas conciencias

Sos así: inteligente, clara, refinada,
vivís en armonía con las gentes, las cosas y las plantas
que has elegido despaciosamente,
rechazando sin ruido lo que quebraba el ritmo diurno,
la calma de tus noches.
Eso no significa que ignores este caos,
este fragor de sangre que llaman siglo veinte.
Al contrario, seguís muy de cerca
cosas como el racismo, el apartheid y las transnacionales,
la sangre en Argentina y Chile y Paraguay y etcétera.
Cada tarde a las seis comprás *Le Monde*
y te indignás sinceramente
porque todo es violencia, violación y mentira
en Dublín en Beirut en Santiago en Bangkok.
Y después cuando vienen Paulita y Juan y Pepe
les explicás con té y tostadas que esto no puede ser,
que cómo puede ser que esto sea así, y la mesa
se llena de protestas democráticas,
de migas humanísticas y Derechos Humanos (cf. *Unesco*).
Todos están de acuerdo, y todos sienten
que están del justo lado, que hay que aplastar a Pinochet,
pero curiosamente
ni ellos ni vos han hecho nunca nada
para ayudar (digamos, dieron plata, se solidarizaron
algunos con las campañas periodísticas),
porque les lleva lo mejor del tiempo
aplastar al fascismo con perfectas razones silogísticas
y sentimientos impecables.
Es evidente que leer *Le Monde*
es ya un combate frente a los que leen el *Figaro*.

Lo importante es saber dónde está la verdad
y repetirlo y repetirlo cada día
a los mismos amigos en el mismo café.
Casi una militancia o poco menos,
casi un peligro porque en una de ésas
te oye un fascista y ahí nomás te fichan.
Oh, querida, ya es tarde,
andá a dormir pero antes, claro,
las últimas noticias. Mataron
a Orlando Letelier. Qué horror, verdad.
Esto no puede ser, esta violencia
tiene que terminar.
(Suena el teléfono, es Paulita
que acaba de enterarse.)
Da gusto ver
cómo vos y tu gente participan
de la historia.
Vas a dormir tan mal, verdad, mejor quedarse oyendo música
hasta que venga el sueño de los justos.

Preludio a un texto en prosa

Debe venir de alguna parte que no es parte
de ninguna,
del cuarto lado de ese triángulo que forman
las dos cervezas y la chica rubia,
en este *pub* de Chelsea. Simplemente:
queremos tanto a Glenda.

Las papas fritas huelen a pescado
y el pescado no huele: esquives y
sustituciones, estas líneas
y el barman pelirrojo y los Pink Floyd,
cada cosa desplaza lo vecino, lo empuja
a pulirse y brillar como el niño que brota de mujer.
Pero no hay *como*, aquí: las cosas
son lo que son porque son otras.

Sólo sé que respiro,
y que queremos tanto a Glenda.

Londres, febrero / 77

Lo que me gusta de tu cuerpo...*

Lo que me gusta de tu cuerpo es el sexo.
Lo que me gusta de tu sexo es la boca.
Lo que me gusta de tu boca es la lengua.
Lo que me gusta de tu lengua es la palabra.

* Traducido del francés por Aurora Bernárdez.

Viela

Por qué una vieja canción cantada por cualquiera
que tenga en la garganta como una sal de tiempo
y esa manera de decir que es siempre despedida o conjuro,
ha de llenarme el pecho con humo de desgracia,
entrarme a la región de la más dulce remembranza,
viendo caer uno a uno los muñecos del presente,
abrirse puertas en mitad de las paredes que aprisionan el día,
cortar los lazos verdes que me fijan a mi nombre y a mis ritos.

Oh fado, canto inútil, sortilegio inútil,
operación de un orden en que alientan los sueños, las estatuas,
las plazas por la noche, las bebidas más blancas, las mujeres,
el cigarro clavado entre los labios, la renuncia al mañana, el
          vómito final
que nos lava de esa verdad demasiado frágil,
nos devuelve a una cama donde esperan atentas las hermanas de
          la misericordia,
los agentes de la honradez y el pundonor,
los aliados del poder judicial de cada día dánoslo hoy,
buen muchacho, trabaja que es un gusto.

Este libro terminó de imprimirse en abril de 2009 en
Impresos y Acabados Editoriales, calle 2 de abril # 6
esq. Gustavo Baz, col. Ampliación Vista Hermosa,
CP 54400, Nicolás Romero, Edo. de México